# VOYAGES

## *IMAGINAIRES,*

### ROMANESQUES, MERVEILLEUX, ALLÉGORIQUES, AMUSANS, COMIQUES ET CRITIQUES.

#### *SUIVIS DES*

## SONGES ET VISIONS,

#### *ET DES*

## ROMANS CABALISTIQUES.

## CE VOLUME CONTIENT:

Les Voyages de MILORD CÉTON dans les sept Planettes, ou le NOUVEAU MENTOR.

# VOYAGES

## *IMAGINAIRES,*

## SONGES, VISIONS,

### ET

## ROMANS CABALISTIQUES.

*Ornés de Figures.*

## TOME DIX-SEPTIÈME.

Seconde division de la première classe, contenant les Voyages Imaginaires *merveilleux.*

## A AMSTERDAM,

*Et se trouve à* PARIS,

## RUE ET HOTEL SERPENTE.

## M. DCC. LXXXVII.

# AVERTISSEMENT
## *DE L'ÉDITEUR*
### DES VOYAGES IMAGINAIRES.

Il eſt difficile de croire, comme quelques-uns l'ont prétendu, que les Mondes de Fontenelle aient donné l'idée de l'Ouvrage que nous imprimons dans ce volume & dans le ſuivant. On avoit imaginé, avant cet illuſtre Académicien, de peupler les planettes, & ce ſyſtême avoit donné lieu à des diſſertations ſérieuſes de la part des Phyſiciens, & à des plaiſanteries de la part de quelques gens d'eſprit, qui y trouvoient matière à exercer leur ima-

*a iij*

gination. En 1656, près de trente ans avant que Fontenelle fît imprimer ſes Mondes, Bergerac avoit donné la première édition de ſon voyage de la lune. Nous connciſſons un ouvrage plus ancien encore, traduit de l'Eſpagnol, & imprimé en 1654, intitulé l'*Homme dans la Lune*, ou le *Voyage chimérique fait au monde de la Lune*, *nouvellement découvert par Dominique Gonzalez, aventurier eſpagnol, autrement dit le Courier volant*. Il ſeroit poſſible que cet Ouvrage, connu en France peu d'années avant celui de Bergerac, eût donné à ce dernier l'idée de ſon voyage dans la lune ; en tout cas il l'a bien embellié, & il a fait oublier entièrement ſon modèle. Au ſurplus le public a goûté dans tous les tems l'idée de peupler les planettes, & d'y créer des royaumes imaginaires. Le *Voyage de Cyrano*, comme nous l'avons obfervé précédemment, a eu le plus grand fuccès. Cette efpèce de plaifanterie s'eft produite jufques fur la fcène. En 1684 les Comédiens Ita-liens ont joué leur *Arlequin Empereur dans la Lune*, & cette pièce attiroit tout Paris : les gazettes du tems font mention d'un fuccès qui a peu d'exem-ples, & qui n'eft pas toujours une mar-que affurée du mérite d'un ouvrage.

Les Voyages de Milord Céton, qui ont paru près d'un fiècle après toutes ces productions, font d'un genre plus eftimable : nous ne croyons pas que l'Auteur en doive l'idée à des ouvrages paffés de mode, & d'un ton bien diffé-rent de celui qu'il a adopté : c'eft plu-tôt par une critique fine & délicate qu'il cherche à plaire, que par des images merveilleufes, par des carica-tures burlefques, qui furprennent, par la hardieffe avec laquelle elles choquent les régles les plus connues de la vrai-femblance. L'Auteur tire du nom de chacune des planettes, le caractère des habitans dont il la peuple. On trouvera donc dans la *Lune* des habitans légers & frivoles; dans *Mercure* un peuple d'a-vares, qui s'occupent à entaffer toute leur vie des tréfors inutiles. *Vénus* offrira une efpèce d'île de Cythère, où l'on ne fonge qu'à faire l'amour & fatisfaire fes paf-fions. Dans *Mars* nous ne verrons que guerre & carnage. On peuple cette pla-nette de héros dont l'unique fouci eft de s'entre-détruire. Le *Soleil* eft le fé-jour de la lumière & de la raifon. Tous les habitans y cultivent les hautes fcien-ces, & y font les plus grands progrès. Dans la planette de *Jupiter*, le tableau eft bien différent & plus fingulier; c'eft le féjour du fafte & de l'orgueil; tous

les habitans font nobles, & fe croyent
plus les uns que les autres. Enfin, on
retrouve dans la planette de *Saturne*,
les anciens tems de Saturne & de Rhée.
L'Auteur y donne une nouvelle peinture des beaux fiècles appellés l'âge
d'or. Notre projet n'étant pas de donner
ici un extrait de l'Ouvrage que nous
mettons fous les yeux de nos lecteurs,
nous nous bornons à ce que nous venons d'en dire ; nous nous contentons
d'ajouter que ce cadre heureux eft bien
rempli.

L'Auteur de cet eftimable Ouvrage
fe nommoit Marie-Anne de Roumier,
époufe de M. Robert : comme elle cul-
tivoit les lettres dans le filence, &
qu'elle vivoit rrès-retirée, fe bornant à
un très-petit cercle d'amis, nous ne
pouvons donner aucuns renfeignemens
fur fa vie : nous favons feulement qu'elle

eſt morte à Paris en 1771 , âgée d'environ ſoixante ans. Elle a compoſé pluſieurs romans , entr'autres la Payſanne Philoſophe ; la Voix de la Nature ; Nicole de Beauvais & les Ondins : ce dernier Ouvrage trouvera place dans notre recueil parmi les Romans Cabaliſtiques.

# VOYAGES

## DE

# MILORD CÉTON

## DANS LES SEPT PLANETTES,

### *o u*

# LE NOUVEAU MENTOR.

# PRÉFACE

## *DE L'ÉDITEUR.*

J'ÉTOIS un jour à rêver profondément dans mon cabinet, fort inquiette du succès que pourroient avoir certains ouvrages que je venois de donner à l'impreſſion. Ah! chienne de tête, me diſois-je, en me la frappant de la main, de quoi t'es-tu aviſée de t'annoncer pour auteur? As-tu aſſez d'eſprit & de talent pour en ſoutenir le titre? Tu vivois tranquille; tu n'avois preſque aucune inquiétude; falloit-il que la gloire vînt troubler ton repos, & que, pour en acquérir, tu choiſiſſes préciſément le chemin le plus épineux? Comment es-tu entrée dans ce labyrinthe, ſans guide & ſans ſoutien? Ne valoit-il pas mieux te borner à filer ta quenouille? On te faiſoit tous les jours mille complimens; tu reſſemblois, diſoit-on, à une des parques: l'un t'aſſuroit qu'il eût voulu que le fil de la vie eût été dans tes mains; un autre te contoit fleurette, on te régaloit fans cesse de mille petits propos légers, qui ne signifient rien, & qui cependant font la matière de la plupart des conversations : tu étois regardée comme un joli automate, auquel on ne demandoit ni sentiment, ni délicatesse, ni esprit, ni bon sens. Qui peut s'imaginer qu'il peut entrer de ces *drogues-là* dans une petite tête bourgeoise ? Est-elle faite pour avoir seulement la plus légère idée de ce qui s'appelle bon ton ? Quelles peuvent donc être ses prétentions ? Doit-on des égards à qui n'a ni qualité, ni titres, ni richesses ? C'est le raisonnement de certains nigauds, dont malheureusement il y a un très-grand nombre dans le siècle où nous sommes, c'est celui de ces gens, que l'orgueil, l'amour-propre, le caprice & l'imbécillité conduisent dans toutes les actions de leur vie ; de ces gens qui se croiroient déshonorés, s'ils osoient regarder comme amis, des personnes qui n'auroient d'autres titres que la vertu, la candeur & la droiture. D'où vient ? C'est qu'avec ces seules qualités elles les font rougir intérieurement de la bassesse de leurs sentimens. Cependant c'est une partie de ces gens que tu

frondes avec tant de liberté, qui vont
être tes juges ; mais des juges d'autant
plus rigoureux, que le titre que tu ofes
prendre femble exiger que tu n'ouvres
la bouche que pour dire des faillies. Tu
n'étois point obligée d'avoir de l'efprit ;
on va t'en demander.

Je fus interrompue dans mes réflexions
par un bruit de pétard, qui fit partir de
mon feu une prodigieufe quantité d'é-
tincelles. Je reculois précipitamment
mon fauteuil, lorfque je vis fortir du
milieu des flammes un petit homme de
feu, qui paroiffoit d'un brillant à éblouir.
Cet homme fe mit à fauter & à gamba-
der d'une fi grande force, que je me fentis
faifie de frayeur. Mon premier mouvement fut de fuir. Mais il me prit un
tremblement fi univerfel, que mes jambes me refusèrent le fervice. Je fuis naturellement poltrone ; je l'avoue d'autant plus volontiers, que je ne fuis
pas faite pour me parer de cette audace qui ne convient qu'à des guerriers.

Cependant le petit effronté renver-
verfoit tout dans mon cabinet. Il s'apperçut du trouble qu'il me caufoit, &
fe plut à l'augmenter par mille nouvelles efpiégleries : puis, d'un faut léger,

vint fe mettre à califourchon fur mon cou. Ah ! grand dieu, m'écriai-je, excitée par un redoublement de frayeur, délivrez-moi de cet efprit infernal : car je le pris d'abord pour un démon des plus malins ; ce qui le fit éclater de rire. Eloignée de l'imiter, je difois intérieurement toutes les prières & les *oremus* que je fais par cœur. Je crois même que, pour tâcher de m'en débarraffer, j'y joignis quelques invocations, en tenant toujours mes deux mains fur mon vifage : il eft vrai que je regardois au travers de mes doigts ce que deviendroit cet homme de feu, ou ce démon ; je craignois qu'il ne mît tout en cendre. Excédée de fa vivacité, j'étois prête à m'évanouir, quand je le vis s'approcher de ma table, où, après avoir jetté tout ce qui étoit deffus, il pofa un grand rouleau de papier, qu'il déploya, & arrangea avec beaucoup d'attention. Lorfque je le vis tranquille, je fis un effort fur moi-même, afin de lui montrer plus de hardieffe & de fermeté, & lui dis d'un ton qui peignoit encore mieux le trouble où j'étois, mais que je crus néanmoins fort impofant, je lui dis donc : efprit malin, je te conjure
de

de la part du grand dieu vivant, qui eſt mon maître & le tien, de me dire qui tu es, & par quelle audace tu prends plaiſir à m'épouvanter par tes feux & la rapidité de tes mouvemens.

L'effort que je fis pour exprimer ce peu de mots, m'occaſionna une ſueur froide, qui m'empêcha de continuer : j'attendis la réponſe de ce lutin avec une inquiétude extrême ; je craignois horriblement ſes acolades ; heureuſement qu'il prit enfin pitié de la peine où il me voyoit.

Tranquilliſe-toi, dit l'homme de feu ; je ſuis un ſalamandre, qui, éloigné de chercher à te nuire, n'a d'autre intention que celle de te donner des conſeils qui puiſſent t'être utiles. Tu ne dois pas ignorer que le feu eſt l'élément qui nous eſt deſtiné, & dans lequel nous vivons; c'eſt ce qui fait que nous ne pouvons nous montrer qu'en voltigeant ſans ceſſe. Mais toi, qui de puis long-tems eſt occupée à l'étude des ſciences, ne devrois-tu pas être dégagée des foibleſſes de ton ſexe? Pourquoi donc ma préſence t'a-t-elle ſi fort intimidée? Tu dois me connoître par les relations que quantité de philoſophes ont inférées dans leurs écrits ſur

les qualités des différens génies. Cela
eſt vrai, repris-je, raſſurée par ces paroles; mais eſt-on maître du premier
mouvement? D'ailleurs, je t'avoue qu'il
me falloit cette aventure pour me faire
croire aux génies : je ſais qu'il eſt très-
rare qu'ils daignent ſe communiquer
aux foibles mortels, & ne puis concevoir par quel bonheur j'ai pu mériter
une telle faveur : tu viens de diſſiper mes
craintes; achève de m'inſtruire; je ſuis
diſpoſée à t'entendre tranquillement,
pourvu néanmoins que tu puiſſes modérer un peu ta vivacité.

J'y conſens, dit le ſalamandre. Apprends donc que le haſard a mis dans
ton feu un bois qui m'y a attiré : j'ai
été témoin de tes inquiétudes; elles ont
excité ma pitié, & m'ont fait ſortir de
mon élément, afin de t'aider de mes
conſeils, & commencer à te donner
des marques de ma protection. Premièrement, je t'avertis de ne te point
offenſer, ſi meſſieurs les beaux eſprits
prennent la peine de blâmer la hardieſſe
que tu as déjà priſe de t'annoncer pour
auteur : ces grands génies honorent toujours ceux dont ils ont la bonté de médire : ſois donc bien perſuadée qu'il

n'y a que la gloire d'être critiquée qui puiſſe contribuer aux heureux ſuccès de tes ouvrages : tu ne dois pas non plus t'inquiéter s'ils manquent de ces comparaiſons brillantes, de ces métaphores hardies, de ces ornemens empruntés, de ces phraſes à la mode ; en un mot de ce bel-eſprit ſi envié, ſi recherché, puiſqu'il eſt preſque auſſi ridicule d'y prétendre, que difficile d'y atteindre. Suis naturellement le feu de ton imagination, ſans te rebuter & ſans t'embarraſſer des jugemens de certains cenſeurs, peu accoutumés à applaudir ce qui n'eſt pas ſorti de leurs plumes. Les eſprits bornés ne ſe doutent jamais de l'intention d'un auteur : ceux qui ſont trop vifs l'exagèrent toujours ; ils veulent trouver des allégories auxquelles on n'a point penſé. Il n'y a que les perſonnes de bon ſens qui ſaiſiſſent avec juſteſſe le point de vue que l'Auteur s'eſt propoſé. Ton intention doit être d'inſtruire en amuſant : ſuis exactement ce projet ; c'eſt le ſeul moyen par lequel tu puiſſes acquérir de la gloire & de la réputation.

Mon ſalamandre n'en dit pas davantage : il rentra dans mon feu, & me

laiffa livrée à de nouvelles réflexions.
Je conclus d'abord qu'il falloit que je
me fuffe endormie fur mon fauteuil, &
que tout ce que je venois de voir &
d'entendre n'étoit que l'effet d'un fonge,
produit par mon imagination & échauffé
par mes inquiétudes.

Mais quel nouveau phénomène fe
préfente à mes yeux? je n'y puis rien
comprendre. Tout eft renverfé dans mon
cabinet; j'y vois ce même rouleau de
papier, que je ne connois pas pour être
à moi : je commence à douter fi je ne
fuis point encore endormie; je me frotte
les yeux, je bois un grand verre d'eau;
rien ne fe diffipe. Je n'ai jamais été
fomnambule, me dis-je en approchant
de ma table. Cependant voilà un manufcrit qui m'eft totalement inconnu;
ma porte eft bien fermée : qui peut
donc l'avoir apporté, fi ce n'eft un
génie? Voyons ce qu'il contient. Mais
l'écriture eft tout-à-fait femblable à la
mienne : alors je le parcours avec rapidité, & je trouve que ce manufcrit
contient une hiftoire fort bien fuivie :ce
ne font néanmoins que des folies; mais
ces folies me paroiffent d'une efpèce
affez fingulière, pour me donner l'en-

vie d'en faire part à ceux qui font curieux de nouveautés.

Je les donne fans y rien changer; j'ai
feulement retranché plufieurs citations,
parce qu'elles m'ennuient; peut-être y
trouvera-t-on auffi quelques anecdotes
un peu modernes, qui pourroient bien
être forties de ma plume. C'eft un privilège qu'on doit aifément pardonner à
un éditeur femelle, qui ne fauroit fi
long-tems laiffer parler les autres fans
fe mêler à la converfation. C'eft donc
en qualité d'éditeur, que je dois rendre
compte à mon lecteur du plan qu'on
s'eft propofé dans cet ouvrage, qui a
pour titre : *Voyages de Milord Céton
dans différens Mondes.*

Milord Céton, élevé par les foins
d'un génie du premier ordre, commence
fes voyages par la lune. Ce globe lui
fournit d'abord une ample matière pour
exercer fa curiofité. C'eft de ce monde
qu'il nous dépeint ce caractère de frivolité, cet amour de la nouveauté &
l'inconféquence de la conduite des habitans de cette planette, qui, comme
l'on fait, eft fujette à mille variations.
De-là, il paffe dans celle de Mercure,
qui n'offre à fes yeux qu'un monde

rempli de citoyens qui facrifient tout à l'intérêt & à la fortune. Vénus, petite planette, brillante & pleine de feu, ne renferme que des gens voluptueux & fenfibles aux plaifirs; l'amour y règne de toutes parts. Le Soleil, féjour d'Appollon & des Mufes, nous préfente un monde de favans. Mars annonce la gloire; on n'y voit que des héros: c'eft dans cette planette que notre voyageur convient qu'il s'eft perfectionné dans l'art militaire. La nobleffe brille dans Jupiter; chacun n'y eft occupé que de fes titres, de fa grandeur & des honneurs qui leur font dus. Saturne repréfente cet âge d'or, ce bon vieux tems des patriarches; c'eft dans ce monde où l'on voit régner cette noble fimplicité, cette candeur, cet amour de la vérité, cette obéiffance aux loix, & ce refpect fi légitimement dû aux fouverains. Ce monde devroit fervir de modèle à tous les autres; mais malheureufement aucun ne lui reffemble.

C'eft-là, en peu de mots, tout le plan de cet ouvrage, qui fournit encore plufieurs petites hiftoires analogues à la façon de penfer des habitans des différens mondes où elles arrivent. Je n'y ajouterai aucune réflexion, & laiſſe à mon lecteur le plaiſir de promener ſon imagination auſſi loin qu'il voudra : je ne prétends point non plus ſoutenir, ni m'efforcer de donner du pied à mes idées, dans leſquelles l'auteur n'a ſans doute eu d'autre deſſein que celui de faire voir qu'il n'y a point d'opinions, ſi ridicules qu'elles paroiſſent aux yeux d'un homme ſenſé, qu'on ne puiſſe appuyer de l'autorité de quelques phi-loſophes.

Peut-etre trouvera-t-on que les ma-tières ſérieuſes qui ſont répandues dans cet ouvrage, n'auroient pas dû être traitées avec autant d'enjouement ; mais qu'il vous ſuffiſe d'apprendre, (ami lecteur), qu'à l'imitation de Dé-mocrite, qui rioit ſouvent ſeul des fo-lies du monde, l'éditeur, encore loin de vouloir arborer le titre de grave per-ſonnage, en fait de même, & vous in-vite à ſuivre ſon exemple : en vous don-nant cet ouvrage, il n'a d'autre ambi-tion que celle de vous amuſer. Vous remplirez parfaitement ſon attente, ſi vous prenez du plaiſir à le lire. Si vous y rencontrez quelques malices, peut-être ne vous écarterez-vous pas de l'idée de l'auteur.

VOYAGES.

# VOYAGES
## DE MILORD CÉTON
### DANS LES SEPT PLANETES.

## INTRODUCTION.

LES révolutions qui arrivèrent en Angleterre sous Cromwel, ont été la source des désordres de ma famille. Je dois ma naissance au lord Céton, qui, fortement attaché au roi, se vit, après la mort funeste de ce monarque, dans la dure nécessité de prendre la fuite, pour se souftraire à la tyrannie de Cromwel, qui, par un amour-propre déguisé, venoit de prendre le titre pompeux de protecteur du royaume, après avoir refusé celui de Roi.

Milady, désespérée d'un départ aussi précipité, eût bien voulu pouvoir accompagner son époux; mais il s'opposa formellement à son

deſſein, en lui faiſant ſentir tous les inconvé-
niens qui pourroient en réſulter. Je vous laiſſe,
dit mon père, deux enfans, qui peut-être un
jour feront renaître dans notre famille la gloire
de leurs ancêtres : c'eſt à votre tendreſſe que
je confie leurs jours ; occupez-vous de leur
éducation : j'exige de votre amour que vous
mettiez tous vos ſoins & votre attention à
faire naître dans leurs cœurs ces principes de
ſageſſe, de vertu & de raiſon, dont vous-
même êtes ſi bien pénétrée. Ne vous livrez
point, chère épouſe, à une douleur, ni à de
vains regrets, qui ne peuvent ſervir qu'à al-
térer votre ſanté. Nous devons l'un & l'autre,
ma chère, nous mettre au-deſſus de nos malheurs, & montrer, par notre conſtance,
à les ſouffrir, un cœur plus grand que tous
les maux qui nous accablent. Eſpérez du tems
que quelque heureuſe révolution pourra un
jour nous réunir : ménagez, en attendant, avec
prudence, le peu d'amis qui nous reſtent dans
Londres, afin de pouvoir profiter de toutes
les circonſtances favorables que peuvent
produire les changemens qui doivent arriver.

Après le départ de mon père, Milady ſe
livrant entièrement à toute l'amertume de ſa
douleur, ne put en ſupporter le poids. Une

maladie de langueur nous l'enleva en fix mois. Nous étions encore, ma fœur & moi, dans l'âge d'adolefcence, & nous ne pûmes d'abord fentir la perte que nous faifions.

Un de nos proches parens fut nommé pour être notre tuteur. Ce parent, homme dur, févère & cauftique, abhorroit tous les titres pompeux, qu'il regardoit comme vains & frivoles. Attaché à la fecte des quakers, il ne nommoit jamais perfonne que par fon nom propre, fans y ajouter le titre de milord, ou quelqu'autre que ce fût; & quoiqu'il fût lui-même un des premiers lords d'Angleterre, il ne fe faifoit nommer que Jacques; en forte qu'on ne voyoit, dans fon hôtel, que des Georges, des Guillaume, des Charles ou des Simon. Cependant, malgré fes préjugés contre le cérémonial & la politeffe, il ne négligea aucun des talens qui doivent fervir à l'éducation des perfonnes de naiffance.

Monime faifoit tous mes plaifirs : cette chère fœur entroit à peine dans fa quinzième année, qu'elle parut un prodige d'efprit & de beauté; les graces & les talens étoient réunis dans fa perfonne; il fembloit que la prudence eut en elle dévancé l'âge; rien n'échappoit à fa pénétration; mais les lumières de fon efprit ne fervoient qu'à lui faire mieux fentir

le dur empire que Jacques exerçoit sur nous.
Pour moi, forti alors des mains d'un gouver‑
neur, je tâchois de charmer mes ennuis par
l'exercice de la chaffe.

Un jour m'y étant égaré, je me trouvai à
l'entrée de la nuit dans une allée fombre, qui
me conduifit à un vieux château : le pont‑
levis en étoit baiffé ; je le paffai dans le def‑
fein de demander un guide, qui pût me remettre
dans mon chemin. Ne rencontrant perfonne
dans les cours, je monte fur un perron qui
fépare les appartemens : le hafard me conduifit
dans une grande pièce, que je pris d'abord
pour un temple.

Deux colonnades de marbre en foutenoient
la voûte ; je m'avançai au milieu de ce vafte
édifice, d'où promenant mes regards pour
en contempler toutes les beautés, j'apperçus
à droite fous l'une des colonnades, plufieurs
peintures, dont les figures me parurent ani‑
mées ; je vis mouvoir & marcher quantité de
graves perfonnages. Mais quelle fut ma fur‑
prife, lorfque j'apperçus le plus apparent d'en‑
tr'eux s'avancer vers moi d'un air grand &
majeftueux ! J'avoue qu'à fon afpect je me fen‑
tis pénétré d'une frayeur foudaine, mes che‑
veux fe hériffèrent & mes jambes mal affer‑
mies, fembloient plier fous moi ; mais n'ap‑

percevant rien de farouche dans les regards
de ce veillard, qui me tendit la main avec
un fourire gracieux, qui remit le calme dans
mon ame, j'eus affez de courage pour lui préfenter la mienne. Il la prend, la ferre, avance
fa tête, comme pour m'inviter à l'embraffer; ce
que je fis avec la même confiance. Ce vénérable
vieillard paffant alors fon bras autour de mon
cou, à ce noble courage, me dit-il, je re-
connois le fang des Cétons. Ah! mon fils, je
vois avec plaifir que tu ne dégénères en rien
de la valeur de tes ancêtres. Tu vois en moi le
premier de ta race. J'ai appris les malheurs
arrivés dans notre famille, ceux dont tu es
encore menacé, les duretés du quaker, & les
ennuis de la charmante Monime.

Un génie du premier ordre a conduit tes
pas vers ce château; ce même génie veut
bien, à ma prière, vous prendre l'un & l'autre
fous fa protection; mais, mon fils, pour achever de mériter fes faveurs, il faut lui donner
une feconde preuve de ton intrépidité, en con-
fentant de paffer ici la nuit, au milieu des
efprits qui habitent ce château. Vénérable
vieillard, repris-je, d'un air libre & affuré,
fi le fang qui coule dans mes veines vous a
d'abord été connu, croyez que l'amour de la
gloire & celui de la vertu feront toujours les

A iij

premiers mobiles de toutes mes actions; je n'ignore pas qu'une noble hardieſſe en doit être la baſe. Ah! mon fils, dit le vieillard, en me ſerrant ſur ſa poitrine, que j'aime à voir en toi des ſentimens ſi magnanimes! Il fit alors un ſigne de la main qui fit avancer une troupe de génies pour prendre mes armes.

Lorſque je fus déſarmé, le vieillard me conduiſit vers le génie Zachiel, qui s'étoit revêtu d'une taille avantageuſe, & de la plus belle figure du monde: une phyſionomie privilégiée, un regard doux, un air affable, me prévinrent d'abord en ſa faveur; la grandeur & la majeſté de ſa perſonne m'inſpirèrent en même tems le reſpect & la confiance. Ce génie, après m'avoir donné les plus gracieuſes aſſurances de ſa protection, me fit un long diſcours ſur les calamités de ce monde, & ajouta que Monime & moi, étions encore menacés des plus grands malheurs, & qu'on n'avoit différé juſqu'à ce jour à pourſuivre le lord Céton, en ſe vengeant ſur ſa famille du parti qu'il avoit conſtamment ſoutenu, que par conſidération pour quelques parens de Miladi, qui juſqu'alors avoient joui de la confiance de Cromwel; mais que ceux-ci venant d'être diſgraciés à leur tour, le miniſtère avoit expédié des ordres, afin de

s'assurer des seuls rejettons d'une famille pros-
crite par le tyran, dans la vue de les faire
périr dans la Tour de Londres.

Hâtez-vous, poursuivit le génie, dès que
l'aurore paroîtra, d'aller faire part à Monime
de l'important avis que je vous donne; enga-
gez-la à venir ici se remettre entre mes mains;
calmez ses frayeurs, & ne négligez rien pour la
convaincre, que ce château si abandonné &
si désert qu'il vous paroisse, est néanmoins le
seul lieu de toute l'Angleterre où vous soyez
sûr de trouver du secours & de la protection:
assurez-là que je suis en état de vous défendre
l'un & l'autre contre toutes les forces du
royaume. Le génie me quitta en m'invitant de
me livrer le reste de la nuit au repos: mais
mon esprit trop agité n'en put goûter aucun.

Le crépuscule, qui annonce le retour du
jour, commençoit à peine à paroître lorsque je
sortis du château: un cheval très-bien enhar-
naché se trouva à la porte; je le montai sans
crainte, & il me conduisit de lui-même chez
le Quaker. Je précipitai mes pas vers l'appartement de Monime, qui avoit passé la nuit dans
de mortelles inquiétudes. Hélas! cher frère,
me dit-elle, est-il possible que le soin de mon
repos vous touche si peu? Je ne m'opposerai
jamais à tout ce qui pourra vous amuser: par

pitié, du moins, donnez quelques heures dans
la journée à une malheureuse, qui n'a de
plaifirs ni de diffipation que ceux que vous lui
procurez; aidez-moi à fupporter mes ennuis.
Hélas! fi votre cœur étoit pénétré des mêmes
fentimens que j'éprouve, feroit-ce à moi à
vous faire appercevoir que deux jours fe font
paffés, fans avoir daigné vous reffouvenir d'une
fœur qui n'eft occupée que de vous? Devez-
vous douter de tout ce que j'ai fouffert, par
la crainte qu'on eût attenté à vos jours ou à
votre liberté? Plaintes inutiles! on ne m'aime
point, & il ne me refte aucune prétention au
repos. Monime ne put retenir fes larmes.

Pénétré jufqu'au fond de l'ame d'un reproche que je méritois fi peu; arrêtez, chère
Monime, ceffez d'infulter un cœur qui n'eft
dévoué qu'à vous feule; ne condamnez point
un homme qui vous adore..... Que dis-je, en
frémiffant?..... ma raifon s'égare..... un délire,
fans doute, s'empare de mes fens. Ah! pardonnez ce trouble que vos injuftes foupçons
font naître dans mon efprit..... Je ne vous
aime point?....Ah! Monime, chère Monime!...
comment une penfée auffi injurieufe a-t-elle
pu trouver place dans votre cœur? Monime,
furprife & interdite, me regardoit fans ofer
me répondre. Après un quart-d'heure de fi-

lence; je vous aime, ma fœur, ajoutai-je avec un peu moins d'émotion ; vous n'en fauriez douter fans être injufte : je viens exprès vous donner des preuves de mon attachement.

Alors je lui racontai l'aventure du château des génies. Monime eut d'abord beaucoup de peine à la croire; mais quand je vins au détail des nouveaux malheurs qui nous menaçoient, je vis fon front fe couvrir d'une pâleur mortelle. Cher frère, me dit-elle, d'une voix tremblante, je vois avec douleur, que je ne puis plus révoquer en doute le récit que vous venez de me faire ; nos malheurs ne font que trop réels : voilà donc ce funefte myftère éclairci.

Apprenez, mon frère, que Jacques partit hier précipitamment fans me voir : une de mes femmes, que j'ai interrogée fur ce départ, m'a protefté qu'elle ne pouvoit en deviner la caufe : je fais feulement, m'a-t-elle dit, que Jacques a reçu des lettres qui lui ont été apportées par un courier exprès, & qu'il n'a pu les lire fans verfer des larmes; il s'eft renfermé auffi-tôt avec Simon, fon homme de confiance, & en fortant de fon cabinet, encore tout attendri, j'ai entendu qu'il lui a dit : c'eft à ta fidélité & à tes foins que je confie ces malheureux reftes d'une famille toujours en proie à la douleur.

Quelque affligeant que fût pour moi le difcours de Monime, je fentis néanmoins une
fecrete fatisfaction, puifque ce récit me con-
firmoit que ce qui s'étoit paffé au vieux château n'étoit point une illufion ; que le vieillard & le génie n'étoient pas non plus des
perfonnages fuppofés ; que leurs avis n'étoient
que trop fondés ; & qu'enfin je pouvois me
confier à l'amitié dont ils venoient de me
donner des marques.

Je preffai Monime de partir à l'inftant ; le
même cheval qui m'avoit ramené pouvoit
nous y conduire : mais ce ne fut qu'avec des
peines infinies que je parvins à l'y réfoudre :
mille difficultés qu'il me fallut combattre,
nous conduifirent jufqu'à la nuit. Enfin ne trouvant plus d'autres retranchemens que dans le
foin de tromper la vigilance de fes femmes
& celle de Simon, je faifis cette occafion,
& lui propofai de déguifer fon fexe, en prenant un de mes habits. Elle ne put fe refufer
à cet expédient, & nous partîmes à l'entrée
de la nuit.

Lorfque Monime fe vit proche du château,
elle fe fentit faifie d'une fi grande frayeur,
qu'elle me pria de ne la point forcer de paffer
outre. Je n'ignore pas, mon cher Céton, qu'a-
vec vous je ne dois rien craindre ; mais eft-

C. P. Marillier dir.                                        Bergnet sc.

on maître de ses mouvemens. Pourquoi voulez-
vous exiger de moi des choses au-dessus des
forces de mon sexe? Je ne puis plus soutenir
l'idée que je me forme de vivre avec des
génies: je préférerois plutôt le malheur d'être
renfermée dans la tour de Londres à tous les
biens qu'ils pourroient me faire. Qu'avez-vous
à craindre de ces génies, repris-je? Est-il possible que les lumières que vous avez acquises
ne puissent encore servir à vous faire surmon-
ter de vains préjugés? Me croyez-vous capable
d'exposer des jours qui me sont si précieux?
Non, Monime, soyez certaine que je les dé-
fendrai plutôt au péril de ma vie.

Pendant ce discours, Monime tremblante &
éperdue, ne s'étoit point apperçue que le
cheval, redoublant sa course, nous avoit conduits jusqu'à l'entrée du perron. Le génie s'a-
vançant pour la recevoir, venez, charmante
Monime, lui dit-il, en lui présentant la main
afin de la rassurer: vous jouirez ici de cette
paix & de cette tranquillité qui doit être le
partage des ames pures.

Seigneur, dit Monime d'une voix tremblante,
mon frère m'a instruite des bontés dont vous
voulez bien nous honorer: je sais que ce n'est
qu'aux soins du premier de notre race que
nous devons des faveurs si peu méritées. Il

eſt vrai, dit Zachiel, que je me ſuis d'abord
rendu aux inſtances du grand Céton ; mais,
belle Monime, ajouta le génie d'un air galant, qui peut vous connoître ſans s'intéreſſer vivement à votre bonheur ? Il nous conduiſit enſuite dans le grand ſalon.

Je fus ſurpris de voir paroître un autre
vieillard qui ſortit d'entre les colonnades qui
étoient à gauche : ſa taille haute & majeſtueuſe,
imprimoit le reſpect : ſon front étoit orné
d'une couronne, ſes yeux étoient vifs &
brillans ; une barbe blanche pendoit juſqu'à
ſa ceinture, où étoit attaché un ſabre garni
d'eſcarboucles, qui, par leur éclat, ſembloient
éclairer ce merveilleux ſalon.

Ce vénérable vieillard vint au-devant de
Monime, qui, loin de marquer aucune crainte,
courut ſe précipiter dans ſes bras qu'il avoit
ouverts pour la recevoir. Une action auſſi
hardie de la part de Monime eut de quoi me
ſurprendre, ſur-tout après les foibleſſes qu'elle
m'avoit montrées ; mais ce n'étoit qu'à la préſence du génie qu'elle devoit ce courage. Je
ne pus entendre ce que le vieillard lui dit en
lui faiſant remarquer pluſieurs graves perſon-
nages, qui ſe promenoient ſous cette colonnade. Il me regarda enſuite avec beaucoup
d'attention ; je m'apperçus que ſes diſcours

rouloient fur moi ; ils firent une fi grande impreffion fur l'efprit de Monime, que je vis
briller dans fes yeux la joie & la fatisfaction :
elle détourna la tête pour me regarder, &
tout difparut à l'inftant.

Reftés feuls avec le génie, il nous conduifit
chacun dans un appartement féparé. Monime
trouva dans le fien plufieurs femmes deftinées
à la fervir. Je trouvai dans le mien les mêmes
fecours. Un grand cabinet rempli de livres,
joignoit l'appartement de Monime : ce cabinet
fut défigné par le génie, pour fervir à nos
inftructions.

Je ne crois pas, nous dit Zachiel, que vous
foyez jamais dans le cas de regretter votre quaker ; mais je lis dans les yeux de la tendre Monime, qu'elle défireroit favoir comment il a reçu
la nouvelle de votre fuite. Apprenez donc, qu'a-
fin de lui épargner des recherches inutiles, je
lui ai fait dire, qu'une puiffance fupérieure vous
avoit pris, l'un & l'autre, fous fa protection,
& qu'il ne feroit inftruit de votre fort qu'au
retour du lord Céton. Que de chagrins il doit
reffentir, dit Monime ! car, malgré la dureté
de fon caractère, il nous aime. Vous lui rendez
juftice, reprit le génie : foyez certaine que
la perfonne que j'ai employée pour l'avertir
de votre départ, a fu le tranquillifer & remettre le calme dans fon efprit.

Le lendemain nous paſſâmes avec le génie dans le cabinet de la biliothèque. J'ai formé ſur vous, nous dit-il, de grands deſſeins; mais il faut vous préparer à les mériter par une attention digne des ſoins que je veux bien prendre pour vous inſtruire. Comme je ſuis perſuadé que la charmante Monime eſt faite pour goûter les diſcours les plus élevés, le ciel qui l'a douée de graces & de beauté, lui a encore donné cet eſprit d'ordre, ce bon ſens & cette vivacité, qui ſont les marques d'un génie droit & fait pour recevoir les meilleures inſtructions. Je le ſouhaite avec ardeur, dit Monime. Mais, ſeigneur, aurez-vous aſſez de patience pour répondre à toutes les queſtions que je prévois être dans la néceſſité de vous faire par la certitude où je ſuis de mon ignorance? Soyez-en certaine, reprit Zachiel; ce ſera même me prouver l'intérêt que vous prendrez à nos converſations.

Je commence par vous avertir de bannir, l'un & l'autre, ce titre de ſeigneur, qui n'appartient qu'à l'être ſuprême; ce n'eſt que pour ſa gloire que je veux travailler à vous perfectionner, & vous ne pouvez atteindre à ce dégré de perfection que j'exige que par une application aſſidue, afin de tâcher de ſaiſir dans les ſciences ce qu'il y a de vrai & d'eſſentiel.

Il faut, mes chers enfans, commencer par vous dégager de la superstition & de la crainte odieuse de la mort, bien éclaircir les idées de vertus & de vices; tâcher de saisir avec justesse le point qui sépare les hommes vertueux des méchans; ce n'est qu'en suivant ces principes, qu'on peut goûter une volupté pure qui procure à l'homme deux trésors inestimables, les seuls qu'il doive ambitionner, la sagesse & la santé, parce que la sagesse est à l'ame, ce que la santé est au corps. Vous le sentirez mieux par cette figure.

Représentez-vous la volupté comme une reine magnifique, parée de sa seule beauté; son trône est d'or, & les vertus, en habits de fêtes, s'empressent à la servir; ses vertus sont, la prudence, la justice, la force & la tempérance, toutes quatre soigneuses de lui faire leur cour, & de prévenir ses moindres souhaits. La justice l'empêche de faire tort à personne, de crainte qu'on ne lui rende injure pour injure, sans qu'elle puisse s'en plaindre. La force la retient, si, par hasard, quelque douleur vive & soudaine l'obligeoit d'attenter sur elle-même. La prudence veille à son repos & à sa sûreté. La tempérance, enfin, lui défend toutes sortes d'excès, & l'avertit assiduement que la santé est le plus grand de tous les biens; celui, du

moins, sans lequel les autres deviennent inutiles, & ne sauroient se faire sentir.

Ce fut par de pareilles instructions que le
génie nous fit passer, sans ennui, plusieurs mois
dans ce château. Monime se familiarisa si bien
avec Zachiel, que je fus tenté de la prendre
elle-même pour une silphide. Ses réflexions
étoient toujours justes, souvent badines, mais
pleines de bon sens. La conversation tomba
un jour sur les génies. Monime, curieuse d'apprendre leur origine, pria Zachiel de l'en
instruire. Il faut pour cela, lui dit-il, vous révéler des secrets qui ne sont connus que de
quelques philosophes; mais je connois trop
votre prudence pour craindre que vous mé-
susiez de cette science.

Apprenez donc, belle Monime, qu'il y a
plusieurs sortes de génies. Les uns qu'on nomme
Silphes, sont répandus dans l'air; d'autres,
connus pour des Gnomes, habitent la terre;
les eaux sont remplies d'ondin, & le feu est
l'élément des Salamandres; d'autres, enfin, sont
répandus dans différentes planettes, & portent
les noms qui conviennent à leurs attributs.
Chacun de ces génies ne doit point sortir de
son élément; il n'y a que ceux de la première
classe, auxquels cette liberté soit accordée.
Vous ne devez pas ignorer que Dieu est l'auteur

de

de tout ce qui est dans la nature ; qu'il est la source unique de la lumière ; que c'est un être intelligent & suprême : ou, comme les hommes se trouvent dans un éloignement infini de ce premier être, & qu'ils ne peuvent, ni l'appercevoir, ni s'en approcher par le vuide immense qui les sépare, Dieu a voulu remplacer ce vuide par une multitude infinie de substances intermédiaires, c'est-à-dire, de démons ou de génies, qui participent plus ou moins à la lumière, dont Dieu est le principe ; ou aux ténébres, dont les hommes ne peuvent se dégager. Ces génies sont encore de deux sortes ; les supérieurs & les inférieurs : les premiers n'ont que des inclinations bienfaisantes ; ils portent à l'être suprême les prières des hommes, & leur rapportent, les bienfaits & les graces qui leur sont accordés. Les inférieurs, ou ceux qui tiennent à la terre, jaloux de ce commerce, s'y opposent vivement, parce qu'ils n'ont d'autre but que celui de nuire ; c'est pourquoi, il est de la prudence de se lier par une étroite amitié avec les premiers, qui sont les supérieurs, & tâcher de se rendre favorables les inférieurs, afin de les engager à ne point troubler ce commerce par leurs malices.

Je ne puis concevoir, dit Monime, comment vous pouvez voltiger sans cesse, de la terre au ciel, & du ciel en terre. Dites-moi donc, cher papa, ce que vous faites de vos corps pendant ces voyages : car je m'imagine qu'avec de bonnes lunettes, il ne feroit pas difficile à nos aftronomes de vous appercevoir, à moins que vous ne vous cachiez dans un nuage. Comme nos corps ne font que phantaftiques, dit le génie, le fimple defir nous en dégage, ou nous en fait revêtir, fuivant l'occafion, & nous donne, en même tems, la facilité de prendre telle figure qu'il nous plaît.

Quel dommage, reprit Monime, que nous n'ayons pas la même facilité! Auriez-vous envie de changer de figure, dit le génie? Oui, je voudrois prendre la vôtre : quel plaifir j'aurois, mon cher Zachiel, d'imaginer que Céton & moi pourrions être fans ceffe avec vous; & que voltigeant çà & là dans les airs, nous n'aurions plus à craindre les injuftes pourfuites du tyran qui nous opprime! Je fens bien que ce font de vains fouhaits, dont l'accompliffement devient impoffible.

Pas fi impoffible que vous le penfez, dit Zachiel, & fi vous vous fentez affez de courage pour m'accompagner dans différens mondes, où ma préfence eft abfolument néceffaire, je pourrois bien vous procurer l'avantage que vous défirez, en vous failant prendre des corps

phantaſtiques, pareils aux nôtres. Comment,
dit Monime, en montrant ſa ſurpriſe, eſt - ce
qu'il y a pluſieurs mondes ? Ah ! vous me ra-
viſſez ; que j'aurois de plaiſir à ſortir de celui-
ci ! Peut-être trouverons-nous dans les autres
des protecteurs de la vertu opprimée. Ne craignez rien, mon cher papa, ſoyez certain que
je vous ſuivrai dans tout ce vaſte univers,
ſans marquer aucune foibleſſe. Sans doute que
ces étoiles que j'apperçois, & qui me paroiſſent attachées au ciel comme des clous de
diamans, ſont autant de mondes qui doivent
différer du nôtre.

Oui, belle Monime, dit Zachiel, & vous
devez encore apprendre qu'entre la terre &
cette dernière voûte des cieux, où ſont attachées les étoiles fixes, il y a, à différentes
hauteurs, pluſieurs mondes qu'on nomme Planettes, qui ne ſont point attachées au même
ciel. Ces planettes ont des mouvemens iné-
gaux, ſe regardent & figurent diverſement
enſemble ; au lieu que les étoiles fixes ſont
toujours dans la même ſituation. Mais je m'arrête : comme je ne veux point vous faire un
diſcours ſur l'aſtronomie, il ſuffira de vous
dire que ces premiers principes furent découverts dans ce monde, par des bergers qui
habitoient dans la Chaldée ; de même que la

géométrie prit naiffance en Egypte, où les
inondations du Nil confondant les bornes des
champs, furent caufe que chacun travailla à
inventer des mefures exactes pour reconnoître
fon champ d'avec celui de fon voifin; ainfi
l'on peut dire que l'aftronomie eft fille de l'oi-
fiveté; & la géométrie fille de l'intérêt. Si je
vous parlois du talent de la poéfie, je ne pourrois lui donner d'autre père que l'amour.

Je fuis bien-aife, dit Monime, d'avoir appris cette généalogie des fciences; & comme
il eft queftion de voyager dans les plus hautes régions de l'air, je m'en tiens pour le préfent à l'aftronomie, & veux même renoncer
pour toujours à la géométrie; mais retour-
nons, s'il vous plaît, à nos génies; il me femble
que cette connoiffance tient un peu à l'aftronomie, puifque la plupart font habitans du
ciel. Dites-moi donc, mon cher Zachiel, pourquoi ils ont la faculté de prendre telle figure
qu'il leur plaît? C'eft, dit le génie, par l'habitude qu'ils en ont confervée.

Il faut pour cela vous donner une idée des
divers fentimens de plufieurs philofophes:
quelques-uns ont affuré que l'être fuprême
avoit permis aux génies de préparer des corps,
pour y placer les ames des premiers hommes;
d'autres ont affuré que, fi ces premiers hommes

s'étoient conduits avec fageffe & avec décence, en refpeʧant la dignité de leurs êtres, la
voix de la génération eût été tout-à-fait igno-
rée dans le monde ; on n'y auroit connu ni
l'amour, ni la diftinʧion des fexes, ni cet
attrait fi flatteur qui entraîne un fexe vers
l'autre. En vérité, dit Monime, je demande
pardon à ces meffieurs les philofophes, fi je
trouve que leur fyftême eft des plus extrava-
gans. Le beau projet, s'il avoit réuffi ! Que
feroit-on, s'il vous plaît, dans le monde fi
on en banniffoit l'amour, les defirs, l'amitié
& le fentiment ? C'eft à dire, que ces grands
perfonnages ne vouloient compofer que des
ftatues auffi froides que le marbre. Cette fail-
lie fit fourire le génie, qui fuivit ainfi fon
difcours.

Les hommes étant tombés dans des vices
& des déréglemens honteux, ces philofophes
font encore agir les génies, pour transformer
les coupables en oifeaux, en quadrupédes, en
poiffons & en coquillages. Mais, fans entrer
dans les circonftances détaillées de ces méta-
morphofes, je dirai feulement que les premiers
hommes, qui, pendant leur vie, montrèrent
trop de foibleffe & de timidité, furent changés
en femmes ou en coquillages ; que ceux qui
voulurent examiner avec trop de curiofité

les fciences divines, en cherchant à percer
dans les myftères de la nature, le furent en
oifeaux; & ceux qui fe plongèrent dans des
plaifirs bas & groffiers, le furent en quadrupédes; & qu'enfin, ceux qui paffèrent leur
vie dans une ignorance, ftupide furent changés
en poiffons. Voilà, belle Monime, la fucceffion détaillée; ou, fi vous l'aimez mieux, la
généalogie des êtres qui rempliffent l'univers.
Le defir de chaque ame eft de retourner dans
fa patrie, qui eft l'aftre qui domine en elle, & le
retardement de ce retour eft la punition de
leurs folies.

Ce que je viens de vous apprendre des différens fyftêmes de ces philofophes, n'eft point
univerfel, puifqu'ils conviennent que les ames
qui fe font bien conduites pendant leur vie,
ne feront point obligées de paffer par ces épreuves. Monime eft de ce nombre; & je fuis perfuadé qu'elle retournera dans l'aftre qui domine
le plus en elle. En ce cas, repris-je, elle ne
peut habiter que le foleil, que je regarde comme le plus beau & le plus pur de tous les
aftres.

Doucement, dit Monime, il me paroît que
vous voulez me loger bien chaudement : vous
me prenez fans doute pour une falamandre,
en me pouffant tout d'un coup dans ce globe

de feu. Comment donc, chère Monime, ai-
meriez-vous mieux habiter la lune. Pourquoi
n'y irois-je pas? je pense que ce doit être un
séjour fort agréable, sur-tout pour les petits-
maîtres & petites-maîtresses; car il n'est pas
douteux, que c'est l'astre qui domine le plus en
eux, & dans lequel ils doivent sûrement retourner après leur mort : c'est ce qui me fait croire
qu'on s'y amuse beaucoup plus que dans les
autres mondes.

Permettez-moi, mon cher Zachiel, de vous
faire une nouvelle question. Pourquoi, dans
l'histoire que vous venez de nous faire de la
métamorphose des hommes, vous ne dites pas
un mot des femmes? Ne peut-on pas conclure de-là qu'elles ont toujours fait plus d'usage
de leur raison que les hommes, puisqu'on n'a
point été obligé de les punir? Sans doute que
ces hommes changés en femmes, forment à
présent toutes les capricieuses, les folles, les
impudiques; & ces femmes à jargon qui font
dans le monde une classe plus amusante qu'esti-
mable. Je conviens que par la généalogie que
vous nous faites des premiers hommes, il paroît que l'ame n'a point de sexe : en suivant
ce systême, si les génies avcient préparé autant d'étuis mâles que de femelles, une ame
qui se trouve à présent enveloppée dans un

de ces premiers étuis, je veux dire de ces
ames raifonnables qui n'ont point encore manqué à la dignité de leur être ; cette ame, dis je,
doit fe trouver bien furprife de ne rencontrer,
dans la plupart des figures d'hommes, que foi-
blefles, ignorance & caprices ; orgueil, vanité,
amour-propre & fourberie ; que des hommes
fans religion, fans mœurs & fans aucune bonne-
foi. On doit croire que ce font de ces premiers hommes pecheurs, qui, faute de trouver à fe placer dans des étuis femelles, parce
qu'ils étoient remplis par des êtres raifonnables, ont été obligés de reprendre leurs anciennes figures.

Je vous écoute avec plaifir, dit Zachiel ;
j'avoue que je ne m'attendois pas à cette définition. Il eft vrai que les femmes favent admirablement bien tourner toutes chofes à leur
avantage. Voilà de vos railleries, dit Monime ;
cependant vous êtes fouvent forcé de convenir que les plus grands hommes n'ont pu réfifter au pouvoir de leurs charmes. Et votre
Socrate que vous vantiez dernièrement à Milord, pour être un des plus fages philofophes
de l'antiquité, trouva leur commerce fi agréable, que, malgré fa fageffe, il ne put fe con-
tenter d'une feule. Il eft vrai, dit le génie,
que Socrate a eu deux femmes, Mirta &

Zantippe, qui n'ont pas peu contribué à exercer fa patience. Auffi lorfque quelqu'un le
plaifantoit fur leurs humeurs, il répondoit en
fouriant, qu'il fortoit de chez lui tout appri-
voifé avec les bifarreries & les difparades de
ceux qu'il pouvoit rencontrer ; avantage dont
il favoit très - fouvent fe prévaloir. Tenez,
monfieur Zachiel, reprit Monime, je ne puis
pas vous fouffrir ; vous faites le mauvais plai-
fant, & croyez, fans doute, par-là me faire
goûter les fyftêmes de vos philofophes. Eh
bien, dit le génie, laiffons les philofophes,
pour fuivre notre généalogie : je fuis curieux
de favoir ce que vous penfez des quadrupédes. Je vais encore exciter vos plaifanteries,
dit Monime ; n'importe, continuons, puifque
cela vous amufe.

Je vous dirai donc que je trouve très-plaifant
d'imaginer qu'un homme peut faire fa pénitence dans le corps d'un cerf, d'un chien, ou
d'un cheval. Je vois dans celui de milord un
inftinct fi fingulier, que j'ai été tenté de croire,
avant d'apprendre notre généalogie, que c'étoit
quelque gnome qui par vos ordres en avoit pris
la forme. En effet, il a des talens fi particuliers,
qu'il faut affurément qu'il foit animé de l'ame
de quelque grand philofophe. Dites-moi confidemment, mon cher papa, ne feroit ce point

celle de Defcartes , dont vous nous parliez
avec éloge il y a quelques jours ? J'avoue que,
malgré les fuffrages que vous lui accordez , je
ne ferois point fâchée qu'il fût puni de la témérité qu'il a eue de foutenir que tous les animaux
font des machines femblables à des horloges ;
fyftême que je ne croirai jamais , & contre
lequel ma raifon fe révolte. C'eft une hypothèfe
dont les lumières naturelles démontrent évi-
demment la faulleté , & que tous les animaux
démentent chaque jour d'une manière convain-
cante.

Par exemple , comment pourra-t-on me perfuader que mon chien, dans lequel je remarque
de la mémoire , de la conception & du raifon-
nement , qui eft fenfible non - feulement aux
paffions qui agiffent directement fur les fens, comme la faim, la foif, la douleur & le plaifir ; mais
encore à celles dont les principales opérations
fe font dans l'efprit , du nombre defquelles font
l'amitié , la tendreffe , la pitié , la reconnoiffance, la fidélité , l'affliction & la jaloufie ?
Comment, dis-je , pourrai-je me figurer que
mon chien n'eft qu'une machine , qui crie fans
douleur , quoique je le voie pleurer ; qui mange
fans plaifir, ne defire & ne craint rien ? Cepend-
dant il obéit à ma voix , il a peur de me déplaire. J'ai réfléchi long-tems fur l'inftinct des

animaux, & je fuis charmée que vous foula-
giez mon efprit, en imaginant que ce font les
ames des premiers hommes qui font leur pénitence en venant animer les corps des bêtes. A
l'égard du refte de notre généalogie, je n'en
puis rien dire, finon qu'il y a dans le monde
un très-grand nombre de ces hommes-oifeaux,
qui fe tourmentent en vain pour découvrir des
chofes qui font au-deffus de leurs connoiffances.
Pour les poiffons & les coquillages, je crois
que vous me difpenferez d'en parler ; je n'imagine rien en leur faveur, & je crois néanmoins
que nous pourrions bien être dans le fiècle de
leur règne ; car combien en voit-on qui fe laiffent prendre à l'hameçon, ainfi que des oifeaux
au trébuchet?

Après avoir paffé plufieurs mois dans le vieux
château, pendant lefquels le génie continua fes
inftructions, vous n'avez pas oublié, nous dit-il
un jour, ce que je vous ai enfeigné fur la pluralité des mondes. Il eft queftion à préfent de
vous en convaincre, en vous en faifant vifiter
une partie. Vous n'ignorez pas les différentes
opinions des anciens philofophes qui en admettoient une infinité : je vous ai déja dit que les
planettes & les étoiles fixes font autant de
mondes habités par des créatures de toute efpèce, & qu'il feroit auffi ridicule de penfe

qu'il n'y a qu'un feul épi de bled dans tout un champ qui en paroît couvert, que de croire qu'il n'y a qu'un feul monde dans l'infini. La nature n'a rien produit qui foit unique dans fon efpèce; elle aime à fe copier dans fes ouvrages; & en multipliant les copies qu'elle en fait, elle fe plaît à les varier d'une infinité de façons différentes, c'eft-à-dire que fes ouvrages fe reffemblent en gros & non dans le détail. Pourquoi donc fe feroit-elle démentie en ne produifant qu'un feul monde? Il eft certain qu'il y en a plufieurs. Je ne m'arrête point aux difcours de certains favans, que l'orgueil a perfuadés qu'ils avoient pénétré dans les myftères de la nature, qui ont compté jufqu'à trois cens quatre-vingt-trois mondes, ni à ceux qui ont avancé qu'il y en avoit autant que de jours dans l'année.

Comme vous êtes fuffifamment inftruits, pourfuivit le génie, pour connoître & diftinguer les merveilles que je me prépare à vous développer, & que je veux vous favorifer de tout mon pouvoir, c'eft dans une partie de ces mondes où je vais vous conduire, nous commencerons par les planettes, &, fi vous voulez, par celle de la lune, qui eft la plus proche de la terre. Ah! mon chez Zachiel, dit Monime, vous me comblez de joie; partons, je vous en conjure, dans l'inftant. Tenez, cher papa, il me femble que j'entends déja le bruit des mondes céleftes, & que je vois les actifs & laborieux habitans des planettes, & ceux de ces brillantes étoiles, appliqués à leurs fonctions ordinaires. Dans cet inftant, mon ame ravie fe fent prête à rompre fa prifon pour jouir d'avance des précieux avantages que vous nous préparez.

Je me joignis à Monime pour fupplier le génie de ne point différer à nous accorder cette faveur : notre cœur vous eft connu, ajoutai-je, & je crois que vous nous rendez affez de juftice pour être perfuadé des fentimens de la plus vive reconnoiffance dont ils feront fans ceffe pénétrés. Il eft vrai, dit Zachiel, que je vous connois l'un & l'autre beaucoup mieux que vous ne vous connoiffez vous-mêmes ; je fuis content de votre façon de penfer ; elle ne dément point les foins que j'ai pris de vous inftruire, & c'eft cette connoiffance qui me détermine à vous diftinguer des autres mortels. Il n'eft donc plus queftion à préfent que d'opérer, afin de vous métamorphofer dans les plus petites figures. Je crois que celle de mouche convient affez à Monime ; comme vous l'aimez trop pour vous en féparer, je vais vous faire prendre la même forme.

Mon dieu! arrêtez, dit Monime; apprenez-moi, cher papa, avant d'opérer le changement que vous allez faire, s'il n'y a point d'araignées dans les mondes où vous allez nous conduire. Je frémis d'avance en penfant aux dangers où nous ferions expofés fi nous avions le malheur de nous laiffer prendre dans leurs filets; car fi elles font groffes, elles ne feroient qu'un déjeûné de nos pauvres petits individus. Ne craignez rien, dit Zachiel; les corps phantaftiques, loin de les attirer, les font fuir. Ah! voici encore un autre embarras; enfin, mon cher Zachiel, il faut bien que je vous confie toutes mes craintes. Je vous dirai donc, que je n'aime point à n'être revêtue que d'un habit phantaftique, qui, vraifemblablement, ne peut être doublé que de critique, brodé de curiofité, & garni d'efpérance : j'avoue qu'un pareil habit n'eft guère folide, & qu'il me paroît un peu trop léger pour la modeftie de mon fexe. Le génie ne put s'empêcher de fourire : avez-vous déja oublié, lui dit-il, que je commande à une multitude de génies qui me font fubordonnés, & qu'il eft en mon pouvoir de les faire aller d'un bout à l'autre de ce vafte univers ? Il ne me fera donc pas difficile de vous faire compofer, en peu de tems, une garderobe des plus complettes, d'étoffes palpables : ainfi, belle

Monime, toutes vos difficultés levées, nous pouvons présentement nous préparer à partir. Ah Dieu! laiffez-moi encore un moment; vous ne donnez pas le tems de refpirer; au moins fongez qu'il faut que je parle, que je conferve toutes les facultés de mon ame. Hélas! je friffonne, je me meurs, & ne veux plus voyager. Elle n'en dit pas davantage, & notre métamorphofe fe fit dans l'inftant.

Monime me parut alors la plus fine petite mouche qu'il foit poffible de voir. Comme vous avez renoncé aux voyages, dit Zachiel, nous allons vous reléguer dans ce cabinet. Il eft vrai que dans le moment de notre métamorphofe je me fuis fenti atteint d'une frayeur mortelle; mais à préfent que je fuis mouche, je m'en fens toute l'audace & la légèreté, & je vous protefte que fi j'étois actuellement dans le ferrail du grand feigneur, rien ne pourroit m'empêcher de voler fur fa mouftache.

# PREMIER CIEL.
## LA LUNE.

## CHAPITRE PREMIER.

### *Caractère des Lunaires.*

Nous partîmes enfin sur les ailes de Zachiel :
à mesure que nous nous élevions dans l'air,
notre terre s'appetissant par degré, ne parut
bientôt plus à nos yeux qu'un point semblable
à une comète. Le génie, toujours attentif à
nous instruire, nous fit d'abord admirer la parfaite symétrie dans laquelle les astres sont rangés. Regardez, nous dit-il, cette voie de lait
où les étoiles paroissent autant de soleils en-
tassés sans ordre les uns sur les autres : nous en
découvrîmes à droite & à gauche qui paroiffoient sortir de la profondeur du firmament,
que je n'appercevois encore qu'à peine. Mon
imagination s'y élançoit, pour ainsi dire, afin
de parcourir tous les mondes dont je me for-
mois une idée délicieuse ; elle sembloit en
même tems s'engloutir dans la vaste concavité
des cieux : déja je goûtois le ravissement que

produit

produit la contemplation d'un objet qui occupe l'ame toute entière, sans cependant la fatiguer.

Le génie nous fit voir distinctement toutes les beautés que la nature a dispersées pour l'ornement de mille mondes divers : nous vîmes briller & mouvoir ces soleils qui nous parurent déployer autour d'eux le pavillon des cieux ; je crus alors que la nature, nouvellement éclose, s'embellissoit de la fraîcheur du printems, afin de peindre toutes les beautés du premier jour du monde. Monime & moi fûmes saisis d'admiration à l'aspect de tant de merveilles, dont l'importance, la fécondité & la variété, fixoient tour à tour notre attention. Zachiel poursuivant son vol avec plus de rapidité, nous fit traverser une partie des déserts immesurables du vuide ; ce qui excita en nous une horrible frayeur.

Lorsque nous approchâmes de cette grosse motte d'argent, que quelques anciens ont appellé le soleil des nuits, nous commençâmes à découvrir la forme de la lune qui paroît sur notre terre montrer à nos yeux tantôt une joue, tantôt un nez, d'autre côté, un œil, une oreille, ou quelquefois un gros visage entier, que sûrement notre imagination lui compose, & que nos plus fameux astronomes regardent comme des taches, qui ne font néanmoins autre chofe que des chaînes de montagnes, de gros rochers, ou de grandes villes.

Peu accoutumés à voyager dans ces hautes régions, la vivacité de l'air nous avoit prefque fuffoqués : nous ne refpirions qu'à peine, lorfque le génie nous defcendit fur une pointe de rocher, dont la cîme s'élevoit jufqu'aux nues. Après nous avoir ranimés l'un & l'autre d'un fouffle divin, qui fit fur nous le même effet que la rofée du ciel, lorfqu'elle humecte une fleur fraîchement éclofe, le génie nous fit admirer la fertilité des campagnes : ce monde, nous dit-il, renferme toutes les folies des autres, & il femble que tous les contraires y foient réunis. Vous y verrez régner à-la-fois la plus fomptueufe opulence avec la plus déplorable misère ; la fcience & les talens fouvent avilis ; l'ignorance & la ftupidité toujours récompenfées. Ils ont, fans doute, des aftronomes, dit Monime, Apprenez-moi, mon cher Zachiel, ce qu'ils penfent de notre terre, & fi nous avons acquis chez eux la brillante qualité d'aftre ; s'il nous regardent comme un corps lumineux, & fi nous paroiffons à leurs yeux ce que la lune paroît aux nôtres.

Je vous en donne ma parole, reprit Zachiel votre terre devient une planette pour la lune,

de même qu'elle en est une pour vous : comme
les planettes ne peuvent être lumineuses que
parce qu'elles sont éclairées par le soleil, qui
départ à toutes sa lumière proportionnée à leur
éloignement, celle que la lune reçoit vous est
renvoyée pour éclairer vos nuits, & la lumière
que vous recevez directement du soleil, qui fait
vos plus beaux jours, est renvoyée à son tour
par la terre, afin de rendre à la lune le même
service ; & quoiqu'ils ne voient pas la terre
décrire un cercle autour d'eux, elle leur paroît
néanmoins faire assez régulièrement ses fonctions
d'astres. Je soupçonne, dit Monime, que notre
terre, au lieu de se montrer aux astronomes de
la lune sous la forme d'un gros visage, ne pourroit bien ne leur apparoître que sous celle d'un
petit derrière, sur laquelle le nez & les yeux
appliqués, ils cherchent continuellement à faire
de nouvelles découvertes & de sérieuses observations, comme font les nôtres sur les taches
de son visage.

Il me paroît, dit Zachiel en souriant, que
l'air influe déja sur vos réflexions ; je n'aurois
pas imaginé qu'en parlant de choses aussi sérieuses, elles pussent jamais inspirer de pareilles
folies. Je ne sais pourquoi vous condamnez mes
réflexions, dit Monime ; elles me paroissent si
naturelles ! Mais je suis docile & n'aime point la

dispute; j'abandonne donc mon systême; & afin
de ne vous plus déplaire, il faut reprendre un ton
grave, pour vous supplier de m'expliquer quelle
est la matière qui compose cette grande voûte
du ciel. Je ne devrois pas vous répondre, dit
Zachiel; mais comme je ne veux pas que Céton
porte la peine de votre extravagance, c'est à
lui que je m'adresse, pour lui apprendre que
quelques philosophes lunaires ont expliqué le
mouvement que les corps célestes faisoient au-
dessus du ciel que vous voyez, en y établissant
plusieurs cieux de cristal, qui devoient imprimer le mouvement aux cieux inférieurs, en
faisant passer la lumière par tous ces cristaux.
En vérité, reprit Monime, je n'y tiens plus;
vous me faites une frayeur horrible; mon cœur
palpite, & mes sens se troublent lorsque je pense
que si, par quelqu'accident imprévu, tous ces
cieux venoient à se casser, l'univers seroit boule-
versé, & les pauvres habitans de tous les mondes
hachés en pièces. Rassurez-vous, dit Zachiel;
leur systême est très-faux, puisque les cieux
ne sont formés que d'une matière fluide, tel
que l'air : mais comme l'empire de la lune n'est
point fait pour y traiter de science ni de philosophie, je vais vous transporter au bas de cette
montagne, afin de vous mettre en état d'apprendre les mœurs & les usages des lunaires.

Le génie nous defcendit alors dans une plaine émaillée de fleurs, où il nous fit prendre d'autres corps phantaftiques femblables aux nôtres. Des gnomes furent appellés dans ce moment pour nous fervir & nous procurer toutes les chofes qui pourroient nous être néceffaires. Le génie en a toujours ufé ainfi dans tous les mondes que nous avons vifités, en nous donnant l'intelligence des langues.

Une calêche admirable fe trouva prête, nous y montâmes, & Zachiel nous fit prendre une des plus belles routes qui conduit dans l'empire des lunaires. Les chemins nous parurent fort agréables, par la variété, la beauté & la fertilité des campagnes; j'admirois la richeffe de leurs terreins, couverts des précieux dons de Cérès & de ceux de Pomone. Plus avant on voyoit des vignobles, dont les raifins prêts à mûrir, préparoient aux vignerons une abondante récolte.

Ces payfages étoient variés par des maifons de plaifance, qui, à la vérité, n'offroient à nos regards que de jolis petits châteaux de cartes. Ces maifons étoient fans profondeur; tout étoit portes ou croifées; mais ces croifées étoient ornées de jaloufies ou de contre-vents peints les uns en bleu, d'autres en verd ou en rouge; ce qui, au milieu des arbres, faifoit le plus joli effet.

C iij

du monde. Monime les prit d'abord pour des décorations de perspective que les lunaires avoient fait poser dans le dessein d'orner les routes pour sauver l'ennui aux voyageurs.

Sur la pente d'une colline, nous rencontrâmes un jeune courtisan qui alloit à une de ses terres : il étoit dans une espèce de fauteuil de filigramme que traînoit un cheval qu'il conduisoit lui-même. Surpris de la légèreté de sa voiture & de la vîtesse de son cheval, qui me paroissoit voler comme un oiseau, je ne pus m'empêcher de demander à Zachiel pourquoi ce jeune homme s'exposoit ainsi dans une voiture, que le moindre choc pouvoit réduire en poudre ; qui peut donc l'obliger à une telle imprudence ? les habitans de ce monde sont-ils formés d'une autre matière que ceux du nôtre ? ou bien auroient-ils assez de présomption pour se persuader que la nature en eux doit respecter son ouvrage ? Parlez, mon cher Zachiel, expliquez-moi le sujet de leur témérité. Le génie, sans me répondre, me fit voir le jeune homme culbuté, sa voiture fracassée, son cheval renversé, & le domestique qui étoit derrière, se trouva par le choc de la voiture à califourchon sur les épaules de son maître. Monime, sensible à ce malheur, fit un cri perçant, & nous engagea de le secourir.

Il fut heureux pour ce jeune homme de nous être rencontrés sur la même route. Après qu'on lui eut donné tous les secours nécessaires, Monime s'avança gracieusement pour lui témoigner la part qu'elle prenoit à son malheur; elle s'informa avec soin s'il n'étoit point blessé. Je suis très-sensible, madame, à vos soins obligeans; je crois qu'à quelques petites contusions près, ma chûte n'aura point de suites fâcheuses. Mais, Frontin, dit-il à son domestique, le pendant de ma boucle d'oreille s'est détaché; il faut absolument le retrouver: donne-moi un coup de peigne: as-tu une brosse? mon habit est tout couvert de poudre, ma mouche est tombée, & me voilà dans un désordre à faire horreur. En vérité, madame, je suis anéanti d'être dans la nécessité de paroître en cet état devant vous: remontez, je vous en conjure, dans votre voiture. Je n'en suis descendue, monsieur, que pour vous y offrir une place, & vous conduire où vous aviez dessein d'aller. Vous me comblez, madame, vos offres sont trop précieuses pour que je puisse m'y refuser; permettez-vous qu'on cherche seulement ma boucle d'oreille? j'ai un intérêt singulier à la retrouver. Monsieur, dit Frontin, je ne la vois point; mais voilà une des breloques qui pendent après la chaîne d'une de vos montres; je ne sais si c'est celle de la gauche ou de la droite. C'étoit un petit moulin à vent très-joliment travaillé.

Ce jeune homme, qui se nommoit Damon, charmé de retrouver ce colifichet, tira avec empressement ses deux montres pour voir celle où il manquoit : nous remarquâmes qu'à la chaîne étoit attachée une infinité de petites babioles, entr'autres une girouette, une clef, un cabriolet, une truelle, des bagues, des cachets, des petits oiseaux, un singe, un more, des cassolettes, des magots, & mille autres puérilités qui semblent être les attributs de leurs caractères.

Damon tira encore un nécessaire garni de plusieurs petits flacons, remplis d'essences de différentes odeurs : il s'en fit frotter la tête, les mains, en répandit sur un mouchoir blanc, prit sa boëte à mouche, en choisit une, la posa sur son front en minaudant; & après s'être fait peigner, frotter, essuyer & brosser, il monta dans notre voiture, où nous l'attendions ; Frontin, sur le cheval qui conduisoit le petit fauteuil que Zachiel nous dit se nommer un cabriolet, & nous prîmes la route du château de Damon.

Monime jugeant, sur la recherche exacte qu'il venoit de faire faire pour une minutie, du chagrin qu'il devoit avoir de la ruine de son cabriolet, lui demanda s'il ne seroit pas possible de le rétablir ; je fuis touchée de la perte de ces jolis tableaux dont il étoit orné ; ne pourroit-on point les faire fervir à un autre, en les retouchant avec un nouveau vernis ? Fi donc, dit Damon, c'eft une horreur, il avoit fait fon tems ; vous ne croiriez peut être pas qu'il me fert depuis près d'un mois ; je n'ofois même plus le faire paroître à la ville ; je l'avois deftiné pour mes petits voyages de campagne, Ah ! fi vous voyez celui du baron de Farfadé ! il eft radieux ; il parut avant-hier fur nos remparts, & fit le raviffement de toutes les perfonnes de goût : j'en ai commandé un qui fera délicieux.

Arrivés au château de Damon, il nous engagea avec des graces fingulières de vouloir bien y paffer quelques jours, en attendant qu'on nous eût préparé à la ville un appartement dans fon hôtel. Vous êtes étrangers, ajouta Damon ; il feroit ridicule qu'après les obligations que je vous ai, je fouffriffe que vous logiez ailleurs que chez moi ; c'eft le feul moyen que je puiffe trouver pour me procurer l'avantage de vous témoigner ma reconnoiffance. Nous ne pûmes nous refufer à des offres fi obligeantes.

J'étois enchanté de l'air ouvert de ce jeune feigneur ; il eft vrai que les lunaires fe laiffent aifément pénétrer ; ils épuifent les efforts de l'art dans leurs tables, dans leurs meubles, dans leurs parures, dans leurs plaifirs & dans leurs faftes, fans en conferver qui puiffent dérober aux yeux d'un étranger leur façon de penfer : fans doute qu'ils croyent que ce n'eft pas la peine de diffimuler aujourd'hui un fentiment qu'ils n'auront peut-être plus demain ; car il eft certain qu'ils ont dans leur langage un reffort toujours agiffant, beaucoup plus prompt que la penfée.

Pendant le féjour que nous fimes chez le feigneur Damon nous apprîmes à le connoître ; c'étoit un de ces petits-maîtres que rien n'affecte, que le plaifir & la diffipation. Damon n'avoit d'autre emploi que celui de plaire, d'autre penchant que celui de s'amufer, ni d'autre goût que celui de la nouveauté. Il poffédoit dans fa plus haute perfection ce qu'on appelle le ton de la bonne compagnie chez les lunaires, c'eftà-dire qu'il avoit autant de façons de fe préfenter, & autant de variété dans fes expreffions, qu'il en faut dans ce monde pour ne point paroître uniforme chez les différens feigneurs qui l'admettoient dans leurs fociétés. Il joignoit à tous ces talens un répertoire de petits traits d'hiftoire, curieux, méchans, &, fuivant fes termes, frappés au bon coin : il prétendoit être inftruit de tout ce qui fe paffoit à la cour & à la ville, fe vantoit même d'être fupérieurement intrigué dans toutes ces aventures. On juge aisément qu'avec des connoissances aussi étendues, il avoit des premiers toutes les chansons, les vers, les épigrammes & les brochures nouvelles, dont il faisoit un amas indigeste, auxquelles il joignoit toutes les minuties & les bagatelles qui paroissoient, se piquant encore des plus profondes connoissances sur les modes.

Nous fûmes occupés le lendemain de notre arrivée à visiter le château de Damon, qui nous parut très-bien bâti. Monime ne pouvoit se lasser d'admirer la magnificence de ses meubles, la variété de ses jardins, & la vaste étendue de son parc; rien de si beau ne s'étoit encore offert à nos yeux. Monime crut qu'il étoit de la politesse de lui montrer combien elle étoit agréablement surprise des beautés sans nombre qu'elle y remarquoit à chaque pas. Fi donc, dit Damon en l'interrompant, on voit bien, belle dame, que vous conservez encore le goût de votre nation; mais si tous les pays se ressembloient, ce ne seroit pas la peine de voyager. Apprenez donc qu'ici ce château a l'air tout-à-fait gothique : il est vrai que mon père le fit bâtir à grands frais; j'y viens cependant dans le dessein de donner mes ordres pour le faire abattre; mon architecte m'a donné un nouveau plan qui est divin & supérieurement bien ima-

giné ; vous allez fûrement l'applaudir lorfque je
vous l'aurai expliqué. Premièrement, à la place
de mon château je ferai planter de belles avenues qui abrégeront mon chemin pour me rendre à la cour, de près d'une demi-lieue ; j'en
ferai bâtir un autre où font mes parterres, dont
je compte tirer auffi une avant-cour. A droite
feront mes écuries ; à gauche, un bâtiment pa-
rallèle, où je logerai ma meute & mes gens. Je
veux encore faire abattre tous les arbres de mon
parc, pour y percer de nouvelles allées, qui
donneront beaucoup plus d'étendue de vue à
mes appartemens ; conféquemment il faudra
changer mes meubles, qui, quoi qu'affez riches,
ont entièrement perdu le goût de la nouveauté :
ces deffeins maffifs ne font plus de mode, on les
prendroit pour des ouvrages d'orfévrerie. Mon
tapiffier m'a donné des idées neuves qui font
féduifantes. Vous conviendrez, lorfqu'on aura
eu le plaifir de vous poff'éder pendant quelque
tems, qu'il n'eft point de pays où l'on raffemble
comme ici le fublime en tout genre : chez nous
tout y eft de la plus parfaite excellence, tout y
eft miraculeux, divin ; on paffe la vie au milieu
des aifances, on ne roule que fur des plaifirs &
fur des enchantemens : mille mains agiles & élégantes font fans ceffe occupées à travailler avec
une dextérité raviffante à tout ce qui peut flatter
le goût.

Monime furprife que tant d'extravagances puffent entrer dans l'efprit d'un être penfant, qui devroit faire ufage de la raifon qu'il a reçue du ciel, ne put s'empêcher de la montrer à Damon par un difcours fenfé, mais qui ne fit nulle impreffion fur l'ame de ce jeune feigneur, dont la pétulence & la vivacité nous le fit regarder comme un Prothée qui prend différentes formes. La fécondité de fon imagination fur fes nouveaux projets, le contrafte de fes paffions, l'inconféquence de fa conduite, la rapidité de fes mouvemens, nous firent croire que les influences de l'air devoient agir avec beaucoup plus de force fur lui que fur les autres.

Lorfque Damon fut rétabli des contufions que lui avoit occafionné fa chûte, nous partîmes enfemble pour nous rendre dans la ville capitale. Les chemins qui conduifent à cette ville font charmans; des collines, des plaines & des bois en rendent la vue fort agréable. Nous entrâmes dans une belle & grande route, garnie d'un double rang d'arbres que forment de belles avenues : tous les environs de cette ville font ornés de beaux châteaux, avec des jardins, qui femblent avoir été deffinés par les fées, ce qui forme un fpectacle délicieux. Ces jardins n'offrent à la vue que de doubles terraffes en amphithéâtres : aux côtés font de beaux arbres taillés

en parafols ou en éventails ; des treillages fculp-
tés par main de maître ; des charmilles bien dé-
fignées, bien contournées ; de beaux boulin-
grins de toutes fortes de formes, des ifs taillés
en dragons, en pagodes, en marmouzets, &
en différentes fortes de monftres ; des parterres
dont les fleurs font renfermées dans des cor-
beilles de filigramme, & dans les deffeins qu'ils
repréfentent eft un fable varié de plufieurs couleurs. A l'ornement de ces parterres on a ajouté
de grands vafes de bronze & de belles ftatues de
marbre : des cafcades & des napes d'eaux environnent ces jolis parterres, dont la furface préfente un miroir de criftal, afin d'en redoubler
la vue.

Il me paroît, dis-je à Damon, que le goût
règne ici de toutes parts ; ces jardins ont un
coup - d'œil charmant ; mais je n'y vois rien
d'utile : pour moi, au lieu de ces petits pins fi
bien taillés, je mettrois de bons arbres fruitiers ;
au lieu de maronniers, je voudrois des noyers ;
& à la place de ces triftes ifs qui couvrent les
murs, on pourroit encore y mettre des efpaliers.
Ah ! fi donc, s'écria Damon, on n'y tient plus,
ce feroit une horreur ; jamais cette folie n'eft
heureufement entrée dans la tête de perfonne ;
il feroit du dernier ridicule de mettre dans des
jardins ce qui fe trouve à la campagne ; on ne

souffre ici ni plantes ni arbrisseaux ; on n'y veut
que des fleurs de porcelaine, des fruits de marbre. Je ne vois pas, dis-je, que la folie fût si
grande de pouvoir mêler l'utile à l'agréable, &
je trouverois fort bon de cueillir un fruit pour
me rafraîchir en me promenant. En vérité, mon
très-cher, dit Damon, vos raisonnemens sont
d'un gaulois qui m'excède, ils révoltent le bon
goût : des arbres fruitiers dans un jardin, en
cueillir, les manger ! ne vous vantez jamais de
ces burlesques idées. Mais vous ne savez donc
pas, mon cher milord, que pour être du bon
ton, on ne doit estimer que ce qui vient de très-
loin, ne seroit-ce même qu'une salade, pour lui
trouver plus de goût ; on doit au moins la tirer
de plus de cinquante lieues. Vous n'avez pas, à
ce qu'il paroît, dit Monime, le plaisir de les
manger fraîches. Aussi fraîches que votre teint,
belle dame ; c'est l'affaire d'une journée.

Apprenez-moi, demandai-je à Damon, ce qui
empêche que vos terres ne soient également
cultivées ; j'en ai vu une quantité qui m'ont
parues en friche. C'est, dit Damon, que nos
paysans ont depuis long-tems senti l'abus où ils
étoient autrefois, de se tenir dans leurs villages
pour y travailler à la sueur de leur corps, sans
pouvoir profiter du fruit de leurs travaux, tandis
qu'en se produisant dans les villes, ils sont pres-

que toujours fûrs d'y vivre dans le repos, la mollefîe & la bonne chère, parce qu'il eft de la dignité d'un feigneur d'avoir à fa fuite un très-grand nombre de domeftiques qu'il entretient à grands frais, & qui la plûpart ne fervent qu'à orner fon anti-chambre ; c'eft un ufage établi parmi nous, que tout le monde veut imiter, aux dépens même de fa fortune. Vous voyez, mon cher milord, pourfuivit Damon, qu'on eft forcé par cet ufage de travailler foi-même à fa ruine ; & fi on n'avoit quelque talent, on feroit bientôt anéanti.

Cependant vous croiriez, à n'examiner que mon extérieur, que je fuis l'homme du monde le plus heureux ; je vous avouerai néanmoins que je ne fuis pas fans chagrin : ma famille me perfécute fans ceffe pour me fixer & choi-fir un état ; elle veut, conféquemment, me prefcrire l'ennuyeux rôle d'homme fenfé. Ce n'eft pas que je ne puiffe me flatter de réuffir auffi-bien qu'un autre ; je fuis en fonds : je vous avouerai que j'avois une inclination mer-veilleufe pour les fciences, mais je n'ai ja-mais ofé m'y livrer ; je ne lis que des romans & des comédies, de peur de paffer dans le monde pour un pédant. Il eft vrai que l'on périroit d'ennui, s'il falloit imiter la plupart des favans qui s'épuifent fur les anciens au-teurs,

teur : ces gens, tout hériſſés de langues mor-
tes, ne ſauroient nous plaire. Ils ont beau
fouiller laborieuſement dans les ſources de la
ſcience : plus habiles qu'eux, nous la trou-
vons toute entière dans les journaux & les
dictionnaires, qu'on peut même encore ſe diſpenſer de lire, puiſque nous avons le ſecours
des almanachs, qui nous repréſentent toutes
les ſciences en mignature : ajoutez à ces reſſources nos bureaux d'eſprit, où on le diſ-
tribue preſque pour rien.

Avec cela, j'ai autant d'érudition qu'il m'en
faut pour remplir les premières places ; j'ai de
l'ambition, des eſpérances fondées ſur ma naiſſance & mes talens ; & on ſe flatte d'avoir un peu
de figure. Je ſuis très-bien en cour ; plus de vingt
femmes m'y protégent, auxquelles je tâche de
prouver ma profonde vénération ; & en vérité ſi
je renonçois à des prétentions auſſi ſûres, mes
créanciers me croiroient ruiné, je n'aurois
plus de crédit. Je ſuis donc forcé de faire
beaucoup de dépenſes pour le ſoutenir, de
jouer, de paſſer les nuits avec des femmes,
afin de me conſerver dans la faveur. Vous
voyez, mon cher milord, que l'honneur m'engage à ſacrifier néceſſairement la plus grande
partie de mes biens, pour parvenir à quelque
poſte conſidérable : & puis n'ai-je pas encore

la reſſource d'un mariage avantageux? Cependant voilà ce que le gothique bon-ſens de mes
vieux parens ne ſauroit comprendre : ils me
font ſécher d'ennui & de dégoût par leurs
antiques raiſonnemens; auſſi je tâche de m'en
éloigner toujours le plus que je puis.

Je n'aurois jamais cru, repris-je, qu'on dût
être à plaindre en écoutant les conſeils de la
raiſon. Je croirois, au contraire, qu'en la prenant pour guide de nos actions, elle nous fait
jouir de cette ſatisfaction intérieure, qui doit
être la ſource du ſouverain bien. Ah! quelle
folie, s'écria Damon! à peine peut-on la pardonner à ces gens inſipides au poſſible, qui ſe
trouvent réduits par leurs ennuyeuſes raiſons
à ne pouvoir plus vivre qu'avec eux-mêmes.
Fi donc, j'aime cent fois mieux conſerver mon
inutilité, & être à la mode. D'ailleurs, quand je
voudrois perdre quelques momens à l'étude des
loix & du gouvernement, ce ſeroit les dérober aux plaiſirs; &, ſur mon honneur, je n'en
ſuis pas le maître; on ne me laiſſe jamais à
moi-même : ſans ceſſe je ſuis embarraſſé ſur
le choix des partis qu'on me propoſe, & je
vous dirai confidemment que je ſuis tyranniſé
des femmes; elles s'arrachent le plaiſir de me
poſſéder.

Je vous en félicite, dit Monime avec un ſou-

tire malin : après le récit que vous nous faites de vos bonnes fortunes, je crois qu'on peut,
fans vous déplaire, vous comparer à ces nouveaux bijoux, que le caprice met à la mode,
& que la curiofité fait paffer de main en main
pour l'examiner de plus près. Ainfi, dans ce
monde, il me paroît, fuivant votre relation,
qu'il eft à-peu-près égal d'être une jolie montre ou un joli homme : l'un & l'autre font
deux méchaniques à refforts, très-faciles à dé-
traquer, dont fans doute le mérite ne git que
dans la forme & le mouvement.

Damon, loin de fe fâcher de cette raillerie,
fit une exclamation des plus vives. Il eft inconcevable, dit-il, combien cette définition
eft frappante, claire & lumineufe ; cela s'appelle tenir la quinteffence & l'extrait le plus
fubtil de toutes chofes. Savez-vous, belle
dame, que vous êtes adorable, & que vous
m'infpirez un goût très-férieux pour vos charmes? Mais je me réferve à vous inftruire de
l'impreffion que vous m'avez faite. Oh! je
vous en difpenfe, dit Monime ; vous êtes un
homme trop occupé, pour entreprendre de
me plaire.

Pendant qu'ils continuèrent à s'entretenir,
la curiofité me fit porter la vue de tous côtés.
Déja on découvroit la ville, lorfque Zachiel

D ij

me fit remarquer plufieurs maifons à demi-
bâties, qui avoient été abandonnées par l'inconftance de ces peuples. Je vis des édifices
à demi-élevés; ici, c'étoit un château où il ne
manquoit que la couverture; là, on voyoit
différens bâtimens qu'on démoliffoit pour leur
donner une forme nouvelle; d'un autre côté,
une prodigieufe quantité d'ouvriers travailloient à renverfer un chemin, pour en faire
un tout pareil dix pieds plus loin fur la même
ligne. Cet examen nous conduifit infenfiblement à la ville.

# CHAPITRE II.

### Defcription de la Ville.

A L'ENTRÉE de cette ville eft un palais dont
l'architecture me parut d'un goût achevé: je
fis arrêter notre équipage pour en admirer la
beauté, les proportions & la fymétrie. Des
pilaftres du plus beau marbre du monde, ornés de feftons, en décorent la façade. On ne
peut rien voir de plus agréable que les jardins;
leurs fituations, leurs diftributions, tout enfin
me charmoit dans cet édifice, qui me parut
digne de loger le maître du monde. Je ne dou-

tai point qu'un palais si majestueux ne fût le logement de la reine.

C'est sans doute ici, dis-je à Damon, le lieu où réside votre souveraine? Vous vous trompez, reprit-il avec un sourire dédaigneux. Il est vrai que ce palais fut autrefois destiné à loger une de nos princesses; mais comme depuis, on a négligé de le perfectionner, le goût est entièrement changé; il n'y a que les petits appartemens qui soient de mode; ceux-ci n'ont plus rien qui flatte; ils sont trop vastes, & manquent d'une infinité de cabinets, de petits boudoirs & de garde-robes: car, au vrai, mon cher, je ne connois que cela qui puisse former toutes les commodités dont on ne peut se passer. C'est ce qui fait qu'à présent ce vieux palais ne sert plus qu'à quelques officiers, auxquels on accorde des logemens, ainsi qu'aux ouvriers de la reine.

Plusieurs hôtels magnifiques s'offrirent encore à nos regards, & nous arrivâmes insensiblement dans celui de Damon, où la somptuosité & le nouveau goût régnoient de toutes parts; rien n'étoit plus élégant que ses meubles, rien de mieux orné que ses cabinets, rien de plus joli que ses boudoirs, & rien de plus commode que ses garde-robes où tout étoit d'un goût recherché. Après que Damon nous

eut conduit chacun dans l'appartement qu'il
nous avoit deftiné, il nous quitta pour aller
fe mettre à fa toilette, afin de fe rendre au
fouper de la reine.

Le lendemain, Damon propofa à Monime
de lui faire voir les plus beaux endroits de la
ville. Charmés de fa propofition, nous nous
difpofâmes à l'accompagner, afin de ne pas
paroître tout-à-fait fi neufs dans les compagnies, & de pouvoir approcher un peu du
goût de la nation, en tâchant de nous y préfenter fur le bon ton.

Après avoir parcouru différens quartiers,
admiré les belles places dont cette ville eft
décorée, vifité quelques-uns de leurs temples,
Damon nous conduifit dans une promenade
délicieufe; plufieurs rangs de chaifes en bor-
doient les allées, ces chaifes étoient occupées
parce qu'il y avoit de plus brillant dans la
ville. Monime crût d'abord que cet endroit
étoit deftiné, pour y prononcer quelque éloquent difcours en l'honneur de la folie; c'eft
la déeffe la plus révérée chez les lunaires; c'eft
auffi à elle qu'ils confacrent leurs plus beaux
jours. Prévenue de cette idée, je la vis fe hâ-
ter de prendre une place au rang des perfonnes
qui lui parurent les plus apparentes. Comment,
belle dame, dit Damon, à peine fommes-nous

entrés que vous voulez déjà vous asseoir ? Il
le faut bien, dit Monime, pour entendre. Quoi
entendre, reprit Damon ? Les conversations de
toutes ces dames ? Mais vous avez raison ; elles
font quelquefois assez plaisantes, toujours spi-
rituelles, sémillantes, badines ; elles électrisent
les personnes les plus sottes, & en tirent souvent des étincelles : on y apprend les nouvelles
les plus intéressantes. Au surplus, ce n'est que
de l'heureux contraste de la façon d'agir avec
celle de penser, que naissent ces saillies pétil-
lantes, ces écarts lumineux & cette ivresse de
sentiment.

Damon, après cette tirade de bel-esprit,
se mit à critiquer toutes les personnes qui passèrent devant nous ; nul ne put échapper à sa
satyre : il eut le secret de leur prêter à tous
des ridicules, nous apprit leurs aventures, &
en moins d'une heure nous fûmes instruits de
toute la chronique de la cour & de la ville.
Je vous quitte pour un instant, nous dit-il en
s'interrompant au milieu d'une phrase ; j'apperçois Faustine, il faut que je lui parle. Elle
fut hier présente à une scène qui se passa chez
le comte de Merluche, où elle s'est trouvée
supérieurement intriguée. Nous le vîmes joindre à l'instant quantité de personnes, dont il
venoit de déchirer impitoyablement la répu-

D iv

tation, & qu'il accabla néanmoins d'embrassa-
des avec des démonstrations d'amitié qui nous
surprirent infiniment.

Je demandai à Zachiel si Damon n'avoit pas
le cerveau un peu attaqué; je ne puis, dis-je,
concevoir l'extravagance de ce jeune homme :
feroit-il possible que tous les lunaires pen-
sassent aussi ridiculement ? Damon est un des
hommes les plus raisonnables de cet empire,
dit le génie ; le ridicule des lunaires se montre
par-tout; il est répandu dans leurs façons de penser, dans leurs ouvrages, dans leurs goûts, dans
leurs modes; ils ont un langage affecté, un ton
arrogant, des manières libres & peu sérieuses ;
ils s'embrassent à tout moment, se tutoyent,
jurent, s'emportent : l'orgueil est leur vice ordinaire; la nécessité de jouir du présent est leur
maxime. Vous pouvez, mon cher Céton, les
comparer à des décorations de théâtre, qui
perdent toujours à être examinées de trop près :
parce que leur esprit n'a aucune consistance,
toutes leurs passions sont vives, impétueuses
& passagères; la vanité les exerce, l'inconstance les varie, & jamais la modération ne
les soumet; ils ne connoissent d'autre mesure
que l'excès. Vous les verrez s'enivrer d'un
succès médiocre, & se laisser abattré par le
moindre revers ; mais leur légèreté & cet

amour de la nouveauté, les confole bientôt
par des chanfons ou des épigrammes. Ils ont
encore la reffource de plufieurs gazettes, qui
leur promettent toujours un triomphe prochain,
dans les tems où ils font en guerre; c'eft par-là
qu'on voit briller la fécondité des beaux efprits
de ce monde. Je ne vous dis rien de plus, afin de
laiffer à votre efprit & à votre pénétration le
foin de développer entièrement le caractère
des lunaires; je vous recommande, fur-tout,
à l'un & à l'autre, de vous obferver dans vos
difcours; car, pour ne fe point attirer d'ennemis, on ne doit jamais s'écarter des fentimens reçus & autorifés par l'ufage de tout un
monde, quoiqu'ils foient même contraires à
vos principes.

Damon vint nous rejoindre; il étoit accompagné d'un jeune homme qu'il nous préfenta,
en nous l'annonçant fous le nom de baron de
Farfadet. Je ne puis exprimer à quel degré ce
baron pouffoit l'impertinence, les airs ridicules,
la fauffe gloire, & le ton critique fi méprifable
& fi ordinaire chez les lunaires: la moitié de
ce monde eft occupée à médire de l'autre.
Nous ne fûmes pas un quart-d'heure à reconnoître fes brillantes qualités.

De retour à l'hôtel de Damon, je fus très-
furprife de trouver fon grand falon rempli d'une

nombreuſe compagnie qu'il avoit invitée à ſouper ; comme il étoit près d'onze heures lorſque nous rentrâmes, je crus d'abord que ſa pétulence les lui avoit fait oublier ; mais j'appris bientôt qu'il étoit du bel air ou du bon ton, de ne ſe point trouver chez ſoi lorſque la compagnie arrive.

Le ſouper annoncé, chacun préſenta la main à la dame qui lui plaiſoit le plus, la condui-ſit dans la ſalle à manger, & ſe plaça ſans façon à côté d'elle : je ſuivis l'exemple, & me mis auprès de Monime : la chère étoit délicate, ſervie en petits plats de tout ce qu'on avoit pu trouver de plus nouveau ; c'étoit des fri-caſſées de Chérubins, accommodées au ca-mailleu, de petites tortures à la ſauce bleue, des huîtres vertes à la giroflée, des hirondelles aux piſtaches, des eſcargots aux roſes, de ſauterelles au gratin, & que ſais-je encore ? car je ne puis nombrer la prodigieuſe quantité des plats qui furent ſervis avec une propreté qu'on trouva raviſſante.

Au deſſert, la table fut couverte d'un par-terre entre-mêlé de châteaux, de forts, de baſ-tions & de tourelles ; tous ces petits bâtimens étoient de ſucre, chacun prit plaiſir à les abattre & à s'en jetter les ruines. Ils furent remplacés par d'autres ſur-tout, remplis de fruits pré-

coces que Damon faifoit venir à grands frais.
Tous les convives les vantèrent à l'envi ; ils
les trouvèrent divins, parfaits, merveilleux,
enchantés. Pour moi j'en entamai plufieurs que
je trouvai déteftables, infipides & fans aucun
goût.

Lorfqu'on fut aux vins mouffeux, la joie
commença à fe développer, & nous vîmes
tout à coup éclore un torrent de propos badins, de puérilités & de bagatelles qui ne fi-
gnifient rien. De l'excès de licence qui régnoit dans leurs difcours, ils paffèrent à des
récits de nouvelles fort intéreffantes : on examina une boîte émaillée dans le dernier goût,
remplie de tabac à la crême. On dit que le
retour des officiers leur promettoit une ample
moiffon d'aventures.

A propos, dit une petite-maîtreffe, favez
vous que la brillante mademoifelle Pomponet
vient enfin de fe marier avec ce gros fénateur
qui a acheté le comté de Lourdaud ? On dit
qu'il a donné à ce bec fépulcral pour cinquante
mille écus de diamans qui font de la première
eau. Cette femme eft, fans doute, très-jolie,
dit un jeune officier : il faut que je lui faffe ma
cour. C'eft une beauté de province, reprit une
précieufe, fans ame ; un mélancolique affem-
blage de traits, qui peuvent être affez réguliers,

mais fans grace, fans phyfionomie, uniquement fculptée ; de ces figures honteufes qui rougiffent à tous propos : ainfi je crois que, malgré
l'élégance de fa parure, on aura affez de peine
à en faire un vifage du bon ton. Malgré cela,
croiriez-vous qu'elle a déja eu plus d'une aventure ? C'eft pourquoi elle auroit beaucoup mieux
fait de conferver fa liberté. Pour moi, dit Damon, je trouve ce mariage des mieux afforti. Je
fuis de votre avis, dit Licidas, j'étois à leurs
noces, & je crus voir Lucifer époufer une Gor-
gonne. Ces dames ont-elles vu la voiture du
comte, dit une femme qui n'avoit point encore
parlé ? Il faut lui en faire compliment, elle eft
étincelante. Il eft vrai, reprit le comte, qu'elle
eft radieufe ; c'eft un nouveau goût. Avez-vous
remarqué mon vernis & les peintures ? Elles
font divines. Mais, belle baronne, qu'avez-
vous ? Vous avez l'air d'un ténébreux qui me
pétrifie. Faut-il aujourd'hui vous électrifer
pour tirer quelques étincelles de votre efprit ?
Je ne fuis propre à rien, dit la baronne, j'ai du
noir dans l'ame, & je fuis d'une fottife rebu-
tante : je n'aurois pas dû paroître ici avec une
phyfionomie auffi tragique. Que voulez-vous ?
Je cherche à me diftraire d'un chagrin que je
ne puis oublier : ma chienne, cette jolie petite
gredine, la plus parfaite qui fût dans le monde !

Hé bien, madame, que lui eſt-il arrivé ? Hélas !
elle eſt morte ! O dieux ! belle dame, la pauvre
petite bête ! quelle folie elle a faite ! Pouvoit-
elle jamais être mieux ? Ah ! je veux vous en
donner une autre pour vous conſoler. Tenez,
belle dame, vous me voyez badiner ; ſur mon
honneur, je ſuis furieux : j'avois le plus beau
perroquet du royaume, qui parloit auſſi-bien
qu'un de nos académiciens, qui faiſoit toutes mes
délices : mes gens l'ont laiſſé mourir ; ces fa-
quins-là ne ſongent à rien ; c'eſt un fléau que
les domeſtiques ; ils ſont inſolens, libertins, &
ſe donnent les airs de nous contrefaire en tout.
Je paſſe aux miens toutes leurs ſottiſes, parce
qu'ils ſont grands, bien faits, qu'ils ont bon air
& aſſez d'intelligence : j'aime à me voir envi-
ronné de gens d'eſprit qui me conçoivent du
premier mot. D'ailleurs, lorſqu'on a plus d'une
affaire, il faut conſéquemment un garçon un
peu entendu, pour qu'il puiſſe nous aider à
penſer, afin d'éviter les *quiproquo* qui pourroient exciter la jalouſie des femmes qui s'at-
tachent à un jeune-homme. Pour moi j'en ſuis
excédé ; la ducheſſe de Nauſica, qui, depuis
huit jours, s'eſt paſſionnée pour quelques talens qu'on veut bien m'accorder, voudroit me
tenir ſans ceſſe auprès d'elle, & je ſuis contraint
de céder à l'impatience qu'elle a de me faire

peindre en mignature. Il faut avoir la complaifance de prêter ma figure pendant trois heures;
c'eſt pour y périr : n'importe, je ne puis lui refuſer cette conſolation.

Monime, qu'une pareille converſation en-
nuyoit beaucoup, employa les charmes de ſon
eſprit pour tâcher d'y donner une face nouvelle : elle parvint enfin à la rendre brillante,
aimable, pleine d'enjouemens & de ſaillies :
rien ne ſe reſſentit de l'indécence des premiers
propos : la modeſtie, de concert avec l'eſprit,
ſembloit alors dicter tous leurs diſcours. Les
dames, animées par l'exemple de Monime,
firent briller à l'envie la fineſſe de leurs pen-
ſées : elles y joignirent les graces d'un langage
épuré ; les termes à la mode furent employés
pour rendre avec plus d'énergie la légéreté
de leurs idées. Les hommes, à leur tour, mirent
dans ce qu'ils diſoient un peu moins de fatuité.
Mais cette converſation retomba bientôt dans
le récit de pompeuſes bagatelles, fort impor-
tunes pour des perſonnes qui ne ſauroient s'en
amuſer. Après avoir débité un fatras d'inutili-
tés, on ſe mit à chanter & à ſe louer mutuelle-
ment ſur la beauté, la flexibilité ou l'étendue
de ſa voix.

Quoiqu'il fût plus de trois heures lorſqu'on
ſortit de table, il eût été du dernier ridicule de

se retirer de si bonne heure : on proposa un camagnol, & une partie de la compagnie se mit
au jeu. Monime & moi restâmes à causer avec
Damon & Licidas. A propos, qu'est devenu le
marquis, demanda Licidas ? Je ne le rencontre
plus dans aucun endroit. Je m'attendois de le
trouver ici : c'étoit ton ami. Fi donc, dit Damon ; que veux-tu que j'en fasse ? Il n'est plus
reconnoissable. Tu ne sais donc pas qu'il a tout-
à-fait perdu le ton de la bonne compagnie ? Il
est devenu d'un uniforme, d'un ennuyeux !
c'est à périr, on n'y tient plus : je te dis que
c'est une horreur, qu'il n'est pas présentable.
La petite tonton m'assura hier qu'il donnoit à
présent dans le sublime : il s'est affublé de tous
les travers imaginables ; elle m'en fit le détail :
c'est à l'infini. Tu ne te figurerois jamais jusqu'où il pousse l'extravagance : tu sais qu'il a
quitté sa chanteuse. Hé ! non, je ne sais rien,
dit Licidas. Ah ! parbleu, reprit Damon, tu as
donc vécu dans le ventre d'une carpe, pour
être si peu instruit des nouvelles ? Apprends
donc que le Marquis, pour mettre le comble à
ses ridicules, vient de payer ses dettes ; qu'il va
se marier à une jeune personne sage, remplie
de talens, & qu'on assure être d'une beauté
miraculeuse, qu'il a choisie lui-même ; & que
renfermé avec elle tous les jours, c'est-là où

son ame se transporte, s'extasie, se sublimise & se divinise. Enfin, mon très-cher, c'est la seule idole à laquelle il sacrifie. Que dis-tu de cette métamorphose ? Ne la trouves-tu pas étonnante ? Ah ! finis donc, dit Licidas, tu m'excèdes : sais-tu que ton récit fait tableau ? En vérité, il faut s'anéantir sous le charme d'une narration si rapide & si radieuse. Tu es divin, mon cher, il faut que je t'embrasse. Mais en bonne-foi, crois-tu que le marquis pousse aussi loin la folie ? Si cela est, je ne crois pas qu'il ose jamais se montrer dans le grand monde.

# CHAPITRE III.

## Des Théâtres.

Nous passâmes plusieurs jours à faire des visites & à en recevoir : c'est une des grandes occupations des lunaires. Il vint un jour un seigneur, mis fort simplement, & dont la figure ne relevoit point du tout l'ajustement : un écuyer superbement vêtu lui donnoit la main ; nombre de domestiques étoient à sa suite, couverts d'habits rouges, galonnés d'or, avec des chapeaux bordés de même, & ornés de beaux plumets blancs. Le valet-de-chambre de Monime, qui pensoit que tous ces messieurs étoient autant

d'officiers,

d'officiers, annonça monfieur le maréchal de Cati, fuivi de plufieurs colonels : en même tems il avança des fauteuils, & penfa culbuter le maître pour faire placer fon écuyer à la première place. Monime, qui ne connoiffoit point ce feigneur, parut embarraffée, ne fachant d'abord à qui elle devoit adreffer la parole ; mais le maréchal s'affeiant, après lui avoir fait fon compliment, & l'écuyer s'éloignant par refpect, elle s'apperçut de la méprife de fon domeftique, & en fit des excufes à ce feigneur, qui fit fa vifite affez longue.

Le lendemain Damon propofa de nous conduire à la comédie. Nous eûmes toutes les peines du monde pour y aborder. C'étoit une pièce nouvelle, qui fut fort applaudie. Cependant Monime & moi la trouvâmes pitoyable, le fujet frivole, fans intrigues, fans intérêt, manquant de régularité, de vraifemblance, le dénouement trivial & la déclamation forcée.

Sans doute que la plupart des poëtes de cette planète ont oublié, ou peut-être ont-ils toujours ignoré le talent de peindre les paffions : il eft à préfumer qu'ils n'ont point eu chez eux des Térence, des Ménandre, & tant d'autres qui ont travaillé utilement à perpétuer le bon goût, en donnant des ridicules aux différens vices ou aux différentes paffions des hommes, afin de leur en faire voir toute la difformité.

Monime demanda à Damon fi leur théatre n'étoit jamais occupé de pièces plus belles & plus intéreffantes. Nous en avons d'anciennes, dit Damon, qui, fans doute, feroient plus de votre goût ; car il eft bon que vous fachiez, belle dame, que perfonne dans l'univers n'a porté plus loin que nous la force & la beauté du tragique, ainfi que l'agréable & l'inftructif du comique ; mais ces ouvrages pouvoient alors avoir quelque beauté ; c'étoit le goût de nos anciens : aujourd'hui ce goût eft devenu gothique ; on périt d'ennui à toutes ces pièces. Il nous faut du neuf, & il faut convenir que nos poëtes font fupérieurement au-deffus des anciens. Tout ce qu'on nous donne à préfent eft au fuperlatif ; ce ce font des intrigues légères ; de jolis contes de fées, mis en vers élégans ; des phrafes fublimes & inintelligibles au vulgaire. Vous n'avez donc point de poëtes, dis-je, qui travaillent à corriger les mœurs par un badinage léger, qui fait fentir le ridicule d'un caractère bifarre & chagrin, celui d'une petite-maîtreffe capricieufe & folle, enfin celui d'un avare, d'un prodigue, d'un faux brave, d'un faux favant, d'un menteur, d'un intriguant, & celui de ces gens qui fe perdent dans leurs fauffes politiques ? Il me femble que tous ces caractères ingénieufement formés pourroient faire beaucoup d'impreffion fur l'efprit de vos concitoyens. Cela peut être, dit Damon ; mais vous ne penfez pas, mon cher milord, qu'avec tous vos beaux portraits, il y a des gens qui pourroient trouver très-mauvais qu'on prît la liberté d'ofer les jouer en public. Je vous entends, repris-je, c'eft-à-dire qu'un pauvre poëte qui craint pour fes épaules, eft obligé de retenir fon efprit dans les angoiffes d'une gêne perpétuelle. Précifément, dit Damon, voilà le fait ; & puis je vous dirai que je troquerois toutes les belles actions qu'on nous rapporte des fiècles paffés pour la légéreté & la frivolité du nôtre. Il faut périr à tous ces grands récits, & Arlequin m'amufe plus lui feul que tous les philofophes ; mon cœur fe dilate en le voyant, & la fimple lecture des autres me pétrifie au point que je crains de devenir un marbre.

Je compris par le difcours de Damon que les lunaires fe font ennuyés du beau, du vrai & du naturel, puifqu'on les voit prodiguer à de monftrueufes chimères les mêmes applaudiffemens qu'on pourroit donner aux plus belles pièces. Tel eft à préfent le goût de ces peuples ; on les voit ftupides admirateurs de toutes les nouveautés. Je remarquai que la reffource ordinaire qu'emploient leurs poëtes pour acquérir leurs fuffrages, c'eft de recourir à des fictions extraordinaires qui tiennent du merveilleux outré. Les lunaires fe laiffent aifément féduire par tout ce qui porte en foi quelque marque de fingularité : la noble fimplicité, l'exacte reffemblance dans les mœurs, la fage conduite dans les incidens, les frappent moins que des événemens inattendus où manque la vraifemblance.

Le lendemain nous fûmes nous promener à la foire. Je veux, me dit Damon, vous faire voir ma marchande, qui eft toute gentille, maniérée, pleine d'efprit, fémillante au poffible. Bon jour, la belle enfant ; quel teint vermeil ! comme elle eft jolie ! qu'elle eft bien coëffée ! Elle a en vérité des graces jufqu'à la pointe des cheveux. Regardez fes yeux fripons, ils font fignificatifs ; & fes fourcils, comme ils font arrangés, & cette bouche fi bien ornée. Savez-vous, mon bel ange, que je vous adore? Vous avez là un tour de gorge divinement travaillé: fur mon honneur, on n'a jamais vu de dentelle d'un deffein auffi appétiffant. Eft-ce une blonde? Permettez que je l'examine. Finiffez, monfieur, dit la marchande, je ne vous vois ici que pour badiner : je n'y fuis que pour vendre ma marchandife, & je n'ai pas le tems d'écouter toutes vos fadeurs. Vous avez de l'humeur, à ce qu'il paroît, ma charmante. De l'humeur ! ah ! on n'a pas le tems ici de faire de la bile ; à peine a-t-on celui de manger un morceau, & nous n'avons pas besoin de monsieur Purgon pour chasser nos humeurs. Qu'elle est singulière, dit Damon ! vous voulez donc toujours me tenir rigueur ? Savez-vous que vous serez cause de ma mort ? Tant-pis, monsieur, je ne veux tuer personne. Eh bien ! que faut-il faire pour vous plaire ? Pour me plaire, achetez tout ce qui est dans ma boutique, & je vous trouverai un homme adorable. Finissez, point de bousculages : voici des nouveautés de toutes espèces ; voyez ce qui peut convenir à madame ; je vous dirai le juste prix au comptant.

Je ne puis nombrer de combien de breloques cette boutique étoit remplie : Monime s'y fournit de plusieurs parures nouvelles. Je ne trouve rien de si agréable, dit Damon, que cette variation qui se rencontre dans une foire, ces cris, ces complimens, ces marchandises de toutes espèces, où l'on voit les efforts de l'art pour toutes les gentillesses qu'on présente à nos yeux. Ne trouvez-vous pas que cela forme un spectacle qui intéresse, qui frappe & qui réjouit, joint à la diversité des jeux qui se rencontrent à chaque pas ?

Damon nous conduiſit à l'opéra-comique, où nous trouvâmes Licidas, qui étoit devenu un des ſoupirans de Monime. Il vint dans notre loge, où après avoir débité quelques joLes fadeurs, il annonça à Damon la perte d'une grande bataille, où une partie de leur armée avoit été taillée en pièces, qu'on diſoit la déroute entière ; nomma pluſieurs de ſes parens & de ceux de Damon, qui étoient reſtés ſur le champ de bataille ; d'autres avoient été faits priſonniers, & qu'enfin la conſternation étoit générale. Nous fûmes ſenſiblement touchés du malheur qui venoit d'arriver. Monime témoigna à Damon & à Licidas la part qu'elle prenoit à leurs douleurs, dans les termes les plus touchans.

Rentrés dans notre appartement avec Zachiél, nous paſſâmes une partie de la nuit à déplorer le malheureux ſort de nombre de familles. Monime, peu au fait des uſages de cette nation, plaignoit ſur-tout quantité de veuves, qui, en perdant leurs époux, ſe trouvoient encore ruinées par les dépenſes exceſſives qu'ils avoient été obligés de faire, proportionnées à leur poſte ou à leur dignité : d'autres perdoient un fils unique, ſeul ſoutien de leur nom & l'eſpérance de toute une famille.

Les jours ſuivans nous ne vîmes point Damon : nous penſâmes, qu'uniquement occupé du malheur commun de la nation, il travailloit, de concert avec les autres seigneurs, sur les moyens de trouver quelque expédient qui pût remédier à la perte qu'on venoit de faire. Il est vrai qu'il s'en étoit entièrement occupé, mais par un motif bien différent de celui que nous lui prêtions. Sa journée s'étoit passée à parcourir la cour & la ville, pour se faire écrire chez les personnes de sa connoissance : ce pénible exercice est d'usage chez les lunaires : on diroit qu'ils sont les neveux & les cousins germains de tous les grands de leur monde. Il faut nécessairement qu'ils ayent deux formules de compliment, un de félicitation & l'autre de condoléance. Semblables à un comédien qui joue plusieurs rôles dans une pièce, on les voit tristes ou gais, autant de fois que les différentes occasions le requièrent dans un même jour.

Le génie nous apprit que la mésintelligence des officiers généraux étoit cause de la perte de cette bataille, qui, loin d'agir de concert pour charger l'ennemi, s'étoient laissés surprendre dans leurs postes, chacun rejettant la faute de sa négligence sur celui duquel il envioit le poste. Mais loin de les punir d'une faute qui pouvoit mettre l'état à deux doigts de sa perte, on les a élevés à de nouveaux grades, en y joignant des pensions considérables. Voilà,

E iv.

continue le génie, de ces secrets impénétrables,
qu'il est défendu aux citoyens de ce monde
d'approfondir. C'est ainsi que ceux qui sont à la
tête du conseil en usent dans toutes les occasions, afin de s'assurer à eux-mêmes l'impunité
de leurs fautes, & d'obtenir par ce moyen les
mêmes récompenses qu'ils ont fait obtenir aux
autres; car ici chacun parvient à son tour à la
dignité de premier visir; c'est une loi établie
chez ces peuples depuis leur création.

Cependant la reine qui les gouverne est douée
de tous les talens imaginables: mais tel est le
malheur des souverains, la vérite les fuit,
quelques soins qu'ils prennent de la chercher:
la bouche des courtisans n'est point faite pour
leur présenter, jamais ils ne lui exposent les
choses comme elles sont. Si un particulier ne
peut se vanter de connoître à fond les désordres
qui se commettent dans sa propre maison, comment seroit-il possible qu'un prince, presque
toujours séduit par le nombre de flatteurs qui
l'environnent, pût être éclairé sur tout ce qui
trouble ses états? On ne doit donc jamais l'ac-
cuser des fautes qui se commettent dans son
royaume, puisqu'il est impossible que ses vues
s'étendent sur les différens objets qui le font
mouvoir, & qu'il est obligé de s'en rapporter à
la bonne-foi & aux lumières de ceux qu'il charge

du détail des affaires. Ainſi la ſcience du ſouverain conſiſte à ſavoir bien choiſir ſes viſirs &
ſes généraux, à les placer enſuite ſuivant leur
capacité ou l'étendue de leurs lumières, à diſ-
tribuer ſes faveurs & ſes récompenſes à proportion des ſervices qu'ils lui rendent, à montrer de la force & de la fermeté pour les punir
lorſqu'ils s'écartent de leurs devoirs. La trop
grande clémence eſt ſouvent dangereuſe : un
exemple de ſévérité, fait à propos, retient le
ſujet dans l'obéiſſance , empêche les vexations, maintient l'ordre & fait éviter de grands
maux.

Il me paroît, dit Monime, qu'on ſuit une
maxime toute différente chez ces peuples, puiſque les récompenſes ne ſont accordées ni au
mérite ni à la prudence , mais à l'étendue de
leurs ſottiſes. Il eſt à préſumer que le courage,
la bravoure & l'avantage de vaincre ſes ennemis, ſont actuellement regardés comme d'anciennes chimères, qui ne ſont plus de mode
chez eux; ce ſeroit, ſans doute, ſe donner un
ridicule, d'oſer montrer cette activité infatigable, qui fait le vrai caractère des conquérans.
Peut-être que ceux qui ſont aſſez nigauds pour
faire quelque action d'éclat qui faſſe trembler
l'ennemi, ſont regardés comme des imbécilles.
Au reſte, continua Monime en ſouriant, vous

m'avez appris, mon cher Zachiel, à ne point fronder les ufages reçus. Ainfi, il faut croire qu'ils ont de bonnes raifons de fe conformer à cette nouvelle mode, lorfque les récompenfes deviennent le fruit des mauvaifes manœuvres. Qui ne feroit tenté de fe laiffer vaincre à ce prix ? Car, outre la gloire qu'ils y acquièrent, ils y joignent encore l'avantage de conferver leurs individus : n'eft-ce pas là ce qui s'appelle être comblé de toutes parts des faveurs de la fortune ?

# CHAPITRE IV.

## *Portrait d'une vieille Coquette.*

DAMON vint le lendemain à la toilette de Monime. Vous êtes bien cruel, lui dit-elle, de nous laiffer fi long-tems dans l'inquiétude ! Cette malheureufe nouvelle s'eft-elle confir-mée ? Souvent on groffit les objets. Je ne fuis pas au fait, madame, dit Damon : quelle eft donc cette nouvelle ? La queftion eft fingulière, reprit Monime ; j'ai tout lieu d'être étonnée de votre fécurité : auriez-vous déja oublié la perte de cette bataille, qui a dû répandre la confter-nation dans tous les cœurs ? Quoi ! vous n'êtes

pas touché de la défolation d'un grand nombre
de familles, du défefpoir de la veuve & de l'orphelin? Ah! ciel, s'écria Damon, arrêtez, belle
dame, on n'y réfifte pas; ce début eft d'un ténébreux qui obfcurcit l'imagination, & quand
vous auriez été payée pour faire l'oraifon fu-
nèbre de tous ces pauvres défunts, vous ne
vous en acquitteriez pas mieux : fur mon honneur, on n'a jamais vu perfonne porter fi loin
fes inquiétudes. Ah! nous fommes plus raifonnables ; cette affaire eft déja oubliée. Que voulez-vous ? Nous efpérons bientôt avoir notre
revanche. A propos, j'ai plufieurs couplets de
chanfon qu'il faut que je vous montre; l'air en
eft très-joli, les rimes affez heureufes : ils ont
été faits à l'arrivée du courier ; on les chante
par-tout. Je fuis défefpéré de n'avoir pu vous
les apporter hier ; ce n'eft que la nouveauté qui
plaît. Damon fe mit à chanter ces couplets avec
un enjouement qui auroit déconcerté la gravité
d'un recteur.

Monime, loin d'applaudir à ces mifères, en
fut indignée. Comment, monfieur, lui dit-elle,
eft-ce donc avec des chanfons qu'un bon citoyen
doit fe confoler des malheurs de l'état ? Eft-ce
ainfi que les perfonnes d'un rang diftingué s'occupent du foin de réparer des maux qui doivent
accabler tous les peuples ? Vous, par exemple,

monfieur, qui vous flattez d'avoir l'oreille de
votre fouverain, vous qui prétendez en être
toujours écouté favorab ement, je croirois que,
pour mériter fa confiance, il faudroit au moins
s'intéreffer davantage au bien public. Oh ! parbleu, je n'y tiens plus, dit Damon en éclatant
de rire ; voilà des reflexions qui me paroiffent
du premier rare. Permettez-moi de vous dire,
belle dame, que vous êtes un peu mifantrope :
mais fi donc ; à votre âge, en vérité, cela eft
honteux. Je fuis pétrifié de vous entendre : je
ferois tenté de croire que vous n'êtes pas de
notre monde. J'ignore les ufages qui fe pra-
tiquent fous le climat qui vous a vu naître ; mais
apprenez qu'ici notre raifon nous fert infiniment
mieux : lorfqu'il arrive quelque événement qui
intéreffe la patrie, d'abord nous avons les yeux
ouverts fur ce qu'il produira : fouvent cet événement en fait naître mille autres, qui captivent
également notre attention : on peut les comparer à des nuages qui fe raffemblent : le premier
eft emporté par les vents ; un fecond lui fuccède
qui nous amufe ; un troifième paroît, qui ab-
forbe les deux premiers ; mais il fera lui-même
anéanti dans un inftant par une intrigue de cour.
Ainfi de nouveaux projets nous amufent ; nous
les faififfons avidement fans réfléchir, ni nous
mettre en peine des fuites qui doivent en réful-

ter ; le foin de nos plaifirs eft le feul qui nous flatte & qui nous occupe. Vous êtes, en vérité, trop aimable & trop fpirituelle, pour ne vous pas conformer à nos ufages. Bon jour, belle dame, je fuis défefpéré d'être obligé de vous quitter : il faut abfolument me rendre au petit lever de la reine ; fi j'y apprends quelques nouvelles, j'aurai foin de vous en faire part. Damon fortit fans attendre la réponfe de Monime.

Je ne puis concevoir, dit Monime, les raifons d'une conduite fi extravagante. Dites-moi donc, mon cher Zachiel, pourquoi leurs loix & leurs ufages font fi différens des nôtres ? Ce n'eft point dans l'empire de la lune qu'on doit parler de fcience ni de politique, dit le génie : tout ce que je puis vous dire, c'eft qu'ici aucun des hommes ne veut fuivre les talens qu'il a reçus de la nature & de l'éducation : tout le monde fort de fa fphère ; on quitte fon état, pour être employé à des chofes dans lefquelles on n'a nulle forte de connoiffances. La folie-des lunaires eft de vouloir paffer pour être univerfels ; ils ne veulent point borner leurs fciences ; c'eft ce qui leur fait faire tous les jours de nouvelles fottifes : mais leurs paffions font un labyrinthe où plus ils marchent & moins ils fe retrouvent. Les grands font quelquefois contraints de s'y livrer par état. Toujours ngités,

ils agitent eux-mêmes leur monde par l'extravagance de leurs visions. Voilà ce qui excite
contre eux la haine des gens raisonnables, qui
aiment l'ordre & le repos. Au reste, vous verrez dans tous les mondes un si grand mêlange de
sagesse & de folie parmi les hommes, qu'on ne
peut assez admirer l'inégalité qui les fait voir si
contraires à eux-mêmes. Tel vous paroîtra le
plus sage en une chose, qui est extravagant dans
une autre. Ce n'est pas dans le tourbillon de
ce monde qu'on doit critiquer leur folie : il y
a trop de gens intéressés à la soutenir & à la
défendre.

Licidas vint l'après-midi faire sa cour à Momime : il nous apprit qu'il s'étoit tenu un conseil extraordinaire ; car l'usage de ces peuples
est de commencer par agir ; les réflexions viennent après. Ce conseil fut donc assemblé, afin
d'y examiner ce qu'on venoit d'exécuter. Les
avis furent partagés, comme de coutume, &
chacun se sépara sans pouvoir rien résoudre
pour le présent, ni rien prévoir pour l'avenir,
soit qu'on ne trouvât aucun moyen pour remédier aux désordres, ou que les difficultés
les rebutassent, il fut seulement décidé qu'il
falloit laisser aux généraux le soin de se tirer
d'affaire comme ils pourroient. Je crois que
c'étoit le meilleur parti qu'ils pussent prendre.

Licidas nous engagea d'un air si pressant de
venir passer l'après-dînée chez lui, avec plusieurs autres personnes qu'il avoit aussi invi-
tées, que nous ne pûmes nous refuser aux
instances de ce jeune seigneur. Son hôtel ne
cédoit en rien pour la magnificence à celui de
Damon. Licidas commença par nous faire voir
tous ses appartemens; il nous en fit admirer la
distribution & les meubles qui étoient du dernier goût. Il est vrai que tout ce qui les ornoit
étoit d'une élégance admirable : de beaux cabinets remplis de figures de bronze, de vases
précieux, de magots, de petites poupées, de
pantins, de découpures de sa façon, qu'il prétendoit être les portraits pris en profil de toutes
les personnes de sa connoissance; des estampes
qui représentoient des figures indécentes; des
pots-pourris de formes différentes, étoient diftribués dans tous les coins de ses appartemens,
& y répandoient un parfum délicieux : enfin je
ne puis nombrer la prodigieuse quantité d'inu-
tilités dont sa maison étoit remplie, & qui
étoient toutes d'un prix infini ; mais pas un seul
livre, ni rien de ce qui peut annoncer le goût
d'un homme qui fait mettre à profit les momens
qu'il devroit employer à s'instruire. Quelques
brochures nouvelles étoient seulement répandues dans ses boudoirs, parce qu'il étoit du

bel air d'en apprendre les titres. Monime en
ouvrit une, qui avoit pour titre, *le Singe Petit-*
*Maître.* Elle ne douta pas que ce ne fût l'hiftoire
de quelque chevalier lunaire, qui devoit être
curieufe & intéreffante. Elle demanda à Licidas
fi ce livre étoit bien écrit. Ecrit fupérieurement, madame ; il eft divin. Un éloge auffi
complet, dit Monime, annonce que vous l'a-
vez lu avec beaucoup d'attention. Moi ? point
du tout ; je vous protefte que je ne m'en donne
pas la peine : d'un coup d'œil on voit ce que
peut contenir un ouvrage ; & lorfque le titre
plaît, cela fuffit. Dailleurs, il eft de monfieur
l'Enthoufiafme, qui, fans contredit, eft un de
nos meilleurs auteurs.

Damon qui entra nous interrompit. Que
diantre faites-vous donc là, vous autres ?
Comment ? dans un boudoir une belle dame,
un livre à la main ? Oh ! parbleu, cela eft trop
comique. Sais-tu bien que ton grand falon eft
rempli, & que mademoifelle le Nayle eft arrivée ? Madame, c'eft une galanterie de Licidas ;
il aime à furprendre, & le fait toujours agréablement. C'eft en votre faveur que fe donne
la fête ; vous allez entendre la plus belle voix
qu'il y ait jamais eu. Cette fille fait actuellement les délices de la cour & de la ville ; elle
joint à la flexibilité de fon gofier, la déclamation

mation la plus noble, la plus tendre & la plus touchante; ses sons, ses gestes & toutes ses attitudes, mettent l'ame dans une espèce de délire. Ah! Mahomet, si les houris destinées à exécuter la musique de ton paradis lui ressemblent, quelles délices pour tes bienheureux!

Voilà un enthousiasme, dit Monime, qui nous annonce une personne de beaucoup d'esprit, puisqu'elle a le talent de réveiller les passions avec tant de force. Vous êtes dans l'erreur, belle dame, dit Licidas : cette actrice n'est qu'une imbécille; à peine végete-t-elle : ce n'est qu'une espèce d'automate, dont les organes les plus parfaits sont ceux du gosier : du reste, les fibres de son cerveau sont trop grossiers pour qu'on en puisse tirer aucune étincelle de bon sens. En causant ainsi, nous nous trouvâmes à la porte du salon, qui étoit rempli d'une nombreuse compagnie. Monime y fut reçue avec ces graces que donne le bon ton; on la trouva coëffée à ravir; on examina son habit, ses parures qui furent trouvées du dernier goût. Elle ne reçut point ces louanges en ingrate: elle savoit l'usage, & les rendit au centuple.

Nous n'eûmes pas de peine à distinguer dans le nombre des musiciens, cette admirable actrice, par l'empressement que montroient

tous les seigneurs à la prévenir dans ses caprices : ils essuyèrent tour à tour cinquante impertinences de sa part, avant qu'elle voulût
les honorer d'un coup de gosier. Les complaisances qu'il plut à cette fille d'exiger d'eux,
furent poussées jusqu'à leur faire faire mille
bassesses. Je laisse à juger lequel étoit le plus
fou ou le plus imbécille, de l'actrice ou des
personnes auxquelles elle commandoit avec
une si grande autorité.

Le hasard me fit placer à côté d'une vieille
qui étoit extrêmement parée. Elle m'agaça d'a-
bord par des propos galans, qu'elle accompagnoit de petites grimaces minaudières, propres à mettre le comble à la laideur de ces vieux
siècles que la nature n'a jamais favorisés, & à
faire remarquer à tous ceux qui les regardent,
la folie de leurs prétentions. Lorsqu'elles veulent se donner un air galant & enfantin qui
ne fut jamais fait pour elles, ne peut-on pas
dire qu'elles sont les seules dans ce moment
qui s'aveuglent sur leur mérite?

Attentif à la musique, je reçus assez mal les
agaceries de Cornalise ( c'est le nom de cette
vieille poupée ), qui parut d'abord s'en offenser ; ce qui fit qu'aux manières agaçantes qu'elle
avoit prises, & qui lui seyoient on ne peut pas
moins, succéda un certain air piqué qui ne lui

alloit pas mieux. Monime, qui ne pouvoit se
lasser de l'examiner, me fit remarquer son ridicule & sa sotte vanité par un sourire & un
coup d'œil fin. Je crois, me dit-elle, en s'approchant de mon oreille, que cette femme qui
me paroît si fière & si manierée, pourroit très-
bien avoir été la nourrice de la première femme
qui soit née dans ce monde. Je regardai alors
Cornalise avec des yeux que la folie de Monime
venoit d'animer : mais soit qu'elle interprétât
ce regard en sa faveur, je la vis sourire d'une
façon si hideuse en montrant un ratelier posti-
che, que j'eus bien de la peine à garder le sé-
rieux. Elle tira une boëte à bonbons : milord,
me dit-elle, en affectant de grasseyer, goûtez
de mes pastilles ; elles sont embrées & des
meilleures. Je la remerciai assez froidement.
Je crois, poursuivit Cornalise, en ouvrant son
miroir de poche, que je suis faite à faire horreur : il fait aujourd'hui un vent perfide qui m'a
toute décoëffée en descendant de mon carrosse.
Elle rajusta les boucles de sa perruque, releva
son aigrette, se pinça les lèvres afin de les
rendre plus vermeilles, remit du rouge sur
deux gros os placés au-dessous de deux petits
trous, où l'on pouvoit appercevoir, en y regardant de près, des yeux qui sembloient être
perdus dans cette concavité : ces deux trous

étoient relevés par des croiffans très-fins, mais
du plus beau noir qu'on avoit pu trouver : on
les auroit pris pour un fil de foie qu'on auroit
artiftement collé fur fon front plâtré. Du milieu de ces deux arcades defcendoit un nez en
forme de perroquet, dont le bout venoit né-
gligemment fe repofer fur un menton des plus
pointu, qui, charmé de cet avantage, s'avançoit pour lui en marquer fa reconnoiffance par
les petites careffes qu'il lui faifoit chaque fois
que Cornalife fermoit la bouche ; ce qui lui
arrivoit fouvent par la raifon que, pour avoir
le plaifir de l'ouvrir , il faut néceffairement
qu'elle foit fermée. Mais laiffons ces deux amis
fe baifer autant de fois qu'ils en trouvent l'occafion, pour achever de peindre notre Sibylle,
du moins le bufte : je n'irai pas plus loin : je
dirai donc qu'au-deffous de ce divin menton,
on remarquoit un fquelette ridé, couvert d'une
peau jaune & huileufe, dont le fond tiroit un
peu fur le verd, malgré tout le blanc qu'on
s'étoit efforcé d'y mettre. A tous ces agrémens
fe joignoit encore une boffe : il eft vrai que ce
n'étoit pas de ces groffes vilaines boffes qui
viennent impunément fe placer au milieu du
dos ; mais une boffe complaifante, qui avoit
bien voulu fe ranger de mon côté pour la facilité des ouvrières. Je me fuis un peu étendu :

comment ne pas être prolixe lorsqu'on fait le portrait d'une nouvelle conquête ?

Le concert fini, on se mit à table, où j'eus encore l'avantage de me trouver placé à côté de mon infante, qui s'empressoit à me faire servir ce qu'il y avoit de plus délicat. Monime, qui étoit vis-à-vis, entre Damon & Licidas, examinoit toutes ces minauderies, qui l'amusoient au point qu'elle ne songeoit pas à manger. Damon qui s'apperçut de mon air distrait, & des agaceries de Cornalise, dit d'un ton plus grave qu'il put prendre, que c'étoit manquer à la politesse qu'on doit au beau sexe, d'affecter ainsi le cruel vis-à-vis d'une belle dame, qui paroissoit n'avoir pas trop le tems d'attendre, & que j'avois l'air de faire le second tome de Tantale. A cette saillie, Monime ne put s'empêcher d'éclater de rire; ce qui donna le ton à toute la compagnie. Cornalise & moi fûmes d'abord les seuls qui ne fîmes point chorus : je la regardai dans le dessein de lui faire mes excuses sur mon manque d'attention ; mais je la trouvai si risible & si déconcertée, que perdant toute ma gravité, je ne pus m'empêcher de rire à mon tour, avec d'autant plus de force que j'y étois excité par l'exemple. La fureur de Cornalise éclata alors contre moi & contre toute l'assemblée : elle oublia sa dignité, ne respecta ni elle, ni

perſonne : elle eût voulu avoir cent langues ,
afin de pouvoir les employer à multiplier les
injures qu'elle nous débita. Comme elle étoit
femme d'un homme qui tenoit un rang conſidérable dans l'état ; que d'ailleurs elle appartenoit
à tout ce qu'il y a de grand , perſonne ne voulut entreprendre de lui répondre , dans la crainte
de l'aigrir davantage ; de ſorte qu'après avoir
parlé long-tems avec beaucoup de véhémence
& de volubilité , elle fut contrainte de ſe taire
d'épuiſement & de ſéchereſſe de goſier.

Les vieilles coquettes n'ont point de fiel
quand on ſait les flatter à propos dans leurs
folies : il étoit eſſentiel d'appaiſer celle-ci ; je
vis que j'étois le ſeul qui pût l'entreprendre.
Ses poumons fatigués lui occaſionnèrent une
toux sèche qui dura un quart d'heure : pour
l'adoucir , je lui préſentai un verre d'ambroiſie ,
qu'elle fit d'abord quelques difficultés de prendre. Vous avez trop d'eſprit , lui dis-je , madame , pour vous offenſer ſérieuſement d'une
mauvaiſe plaiſanterie qui eſt échappée ſans réflexion. La feinte colère que vous venez d'affecter nous a tous intimidés , & je vous proteſte
que la joie ne reparoîtra que lorſque vous voudrez bien nous montrer un viſage plus ſerein.
Ignorez-vous que la jeuneſſe a quelquefois des
écarts qu'on doit lui pardonner ? Perſonne ne

le sait mieux que moi, dit Cornalise ; car il
m'en arrive souvent : je suis si vive, que la plupart du tems je ne sais ce que je fais. En disant
cela, pour donner un échantillon de sa vivacité, elle fit un mouvement sur sa chaise qui
pensa la culbuter, & fit échapper au maître-
d'hôtel un plat qu'il alloit poser sur la table,
qui fut entiérement renversé sur sa robe. Bon,
dit Cornalise, voilà encore de mes étourde-
ries.

A ce propos, j'eus toutes les peines du monde
à m'empêcher de rire. Je me levai avec empressement pour essuyer sa jupe. Fi donc, dit l'en-
fantine Cornalise, ne prenez pas cette peine ;
c'est une misère qui fera le profit de mes femmes : je puis vous assurer qu'elles ne seront
point fâchées de l'aventure, quoiqu'elles en
aient souvent de pareilles. Vous ne me con-
noissez pas ; je suis si folle, que je déchire, j'arrache & m'accroche par-tout. Monsieur le
vidame est quelquefois outré contre ma vivacité. Il est vrai que je ne sais ce que je fais ;
tantôt je perds ma boëte, tantôt mon miroir
de poche ; une autrefois, un de mes diamans ;
enfin tous mes bijoux s'égarent, & mes gens
ne sont occupés qu'à chercher : cela leur donne
de l'humeur ; ils prennent souvent la liberté de
me quereller ; j'en ris ; cela me réjouit beau-

coup. Je leur fais auffi quelquefois des niches ;
car il faut s'amufer avec ces animaux-là. Je fuis
fûr, madame, dit Damon, que monfieur le
vidame eft enchanté de toutes vos efpiegleries :
on peut dire que vos petites folies, puifqu'il
vous plaît de nommer ainfi le brillant de vos
faillies, font des plus agréables, & vous faites
certainement l'amufement & le charme de
toutes les compagnies que vous voulez bien
honorer de votre préfence.

Je craignis que Cornalife ne fe fâchât encore
de cette ironie que je trouvois un peu forte ;
mais loin qu'elle s'en offençât, fon amour-
propre la lui fit prendre pour un compliment
délicat & recherché. Damon continua de flatter
la folie de cette extravagante, en la louant fur fa
beauté, fa taille, fa jeuneffe, & les agrémens
qui étoient répandus dans toute fa perfonne ;
nous fit le détail de fes talens, vanta fur-tout
celui qu'elle avoit pour la déclamation, ajouta
qu'ils devoient inceffamment jouer une comédie, & qu'il falloit qu'elle y choisît un rôle.

C'étoit encore une des folies de Cornalife :
fouvent on en jouoit chez elle, où elle avoit
toujours la fureur d'y faire les premiers rôles.
Une partie de la nuit fe paffa à décider de la
pièce qu'on joueroit. C'eft la manie de ces
peuples ; tout eft théâtre chez eux, quoiqu'il en

coûte, le bourgeois, qui toujours veut être le singe des grands, en repréſente auſſi. Il n'y a point de bonne maiſon où l'on ne s'aſſemble pour y jouer toutes les nouvelles pièces qui paroiſſent. Sans doute qu'ils croient perfectionner leurs talens & leurs graces par cet exercice.

## CHAPITRE V.

### Portrait d'un faux Brave.

PLUSIEURS jours ſe paſſèrent, pendant leſquels nous fûmes invités chez différentes perſonnes, chez leſquelles nous n'apperçûmes que les mêmes ridicules & la même fatuité. Zachiel nous demanda ce que nous penſions des ſociétés qu'on rencontre chez les Lunaires. Je me ſuis apperçu, dit Monime, qu'ils ſe rendent ſouvent des viſites fort incommodes, dans leſquelles je crois qu'il y a preſque toujours plus de politeſſe que d'amitié : la plupart ne s'entretiennent qu'avec indifférence ou froideur. Je ne ſais pourquoi ils font paroître tant d'envie de s'unir pour montrer ſi peu de cordialité & de ſincérité.

C'eſt, dit Zachiel, que l'inconſtance de ces

peuples leur fait ordinairement renouveller leur société tous les trois mois : leurs amis de l'été ne font plus ceux de l'automne ; ils ont perdu jusqu'à l'idée de leurs anciennes connoif-fances. Ils fe rencontrent fans fe reconnoître : ils ont beaucoup d'ardeur à fe voir. Dans les premiers jours, ils fe promenent, vont aux fpectables, aux affemblées, aux bals, à la cam-pagne ; l'habitude de fe voir devient ennuyeufe. Comme il n'y a dans leurs cœurs ni eftime ni amitié, ils fe quittent fans regret : la familiarité détruit bientôt ce germe d'affection que la nou-veauté y avoit fait naître. Il n'y a pas affez de reffource dans leur efprit pour y foutenir de longs commerces : leurs humeurs inconftantes les dégoûtent bientôt des mêmes objets. Le charme de la converfation demande de l'efprit & du bon fens : car pour raconter agréablement & écouter ce qui fe dit avec complaifance, il faut de la douceur dans le caractère ; on doit fuir les obfcénités, les railleries piquantes, & fournir aux autres l'occafion de briller à leur tour. Ces qualités ne font point du reffort de ces peuples, parce qu'il faut du jugement & qu'ils n'ont que de la folie, à laquelle, pour augmenter leurs ridicules, ils joignent encore la pernicieufe démangeaifon de vouloir paffer pour bel efprit : termes précieux, excès de liberté,

ton impérieux, mots recherchés, fades entre-
tiens, & beaucoup d'emphafe pour dire des
riens. Vous avez dû vous appercevoir que
toutes leurs converfations ne roulent que fur
des modes; l'efprit de critique règne fur tout,
& les décifions de leurs plus braves perfonnages font prefque toujours tournées en ridicule.

Nous fûmes interrompus par l'arrivée de
Damon, qui entra, fuivi du baron de Fanfaronnet, que nous avions déja vu dans plufieurs
maifons. On vous trouve enfin, madame, dit
Fanfaronnet; j'aurois prefque renoncé à cet
avantage, fans la paffion que vous m'avez infpirée. Le foleil, à qui vous reffemblez, & auquel on dit que l'ordre de l'univers ne permet
point de repos, s'eft néanmoins fixé dans vos
yeux pour éclairer la victoire que vous avez
remportée fur mon cœur. Je vous aime, madame. Vous riez! Oh! parbleu, vous me dé-
montez; je vous protefte que j'ai pris, mais au
vrai, un goût fi vif pour vos charmes, mais fi
conftant & fi férieux, qu'il y a, je crois, près
de huit jours que je penfe à vous uniquement.
Soyez donc acceffible aux témoignages de vénération & aux proteftations d'amour de la part
d'un homme qui n'eft pas tout-à-fait indigne de
mériter un accueil favorable. Vous ne devez

pas ignorer que les déeſſes reçoivent toujours avec plaiſir la fumée de l'encens que nous leur offrons chaque jour : il manqueroit quelque choſe à leur gloire, ſi elles n'étoient adorées. Comme vous êtes fort au-deſſus d'elles, puiſque vous réuniſſez en vous ſeule toutes les perfec-tions qui ſont partagées entr'elles, il eſt certain que vos attributs doivent être adorables. Ma foi, madame, dit Damon, je vous défie de réſiſter à une déclaration auſſi radieuſe. Com-ment donc ! voici, ſi je m'y connois, du ſu-blime & du merveilleux. Faire arrêter le cours du ſoleil dans les yeux de madame ! Mais voilà, fur mon honneur, du plus brillant. Et voilà de tes écarts, dit Fanfaronnet : tu m'interromps préciſément au milieu de ma période. Et que voulois-tu y ajouter, reprit Damon ? Crois-moi, c'eſt peut-être un ſervice que je te rends : tu allois t'enivrer de fumées, d'encens, & immanquablement en approchant trop près du ſoleil, tu aurois bien pu y brûler tes ailes. Mon-ſieur Damon, dit Fanfaronnet, vous faites le mauvais plaiſant ; on pourroit rabattre votre orgueil. Demain vous aurez de mes nouvelles. C'eſt-à-dire, reprit Damon, que monſieur n'écrit plus que des cartels. Votre fatuité ſe croit invulnérable ; ſans doute que votre épée eſt faite d'une branche du ciſeau d'Atropos,

dont le vent seul peut étouffer son ennemi. Ne
diroit-on pas qu'il va foudroyer les omoplates
de la nature ? Je crains que la terre ne demeure
immobile en admirant ses prouesses ; tout doit
frémir à l'aspect de son courroux. Je saurois du
moins, dit Fanfaronnet, vous faire sentir tout
le poids de ma vengeance. Je crois, messieurs,
leur dis-je, que vous oubliez la présence de
madame & le respect que vous lui devez. Je ne
lui en ai point encore manqué, dit Damon, &
pense qu'elle ne doit pas trouver mauvais si je
repousse les bravades qu'un faquin ose me faire
jusques dans mon hôtel. De grace, messieurs,
dit Monime en se levant pour arrêter Damon ;
finissez, je vous supplie, un discours qui m'in-
quiéte, & dont les suites pourroient m'offenser.
Faut - il d'une misère en faire une affaire sé-
rieuse ? En vérité, je serois désespérée d'être
innocemment la cause d'un duel. Vous êtes
trop bonne, madame, dit le baron en sortant,
de vous intéresser aux jours d'un homme qui
ne devroit, en effet, les employer qu'à votre
service.

Damon voulut suivre Fanfaronnet ; mais je
me joignis à Monime pour l'empêcher de sortir.
Je vous tiens sous ma garde, dit Monime, &
ne souffrirai point que vous alliez sacrifier votre
vie à un faux point d'honneur. Le baron est

votre ami ; pourquoi voulez-vous verfer fon
fang pour un mot indifcrettement lâché , que
vous devez oublier ? Vous prenez, à ce que je
vois, dit Damon, cette affaire au grave : je
vous fupplie de ne vous en point inquiéter :
foyez fûr que de tout ce tapage il n'y aura que
l'écarlate qui en rougira. Je connois Fanfaronnet, & je puis vous protefter qu'il a trop d'a-
mour pour la vie pour s'expofer aux hafards
qu'on lui reproche d'être défunt. Je fuis fort
affuré qu'il va attendre des lettres du dieu mars,
qui lui indiquent l'heure à laquelle il doit commencer notre combat. Le baron n'eft pas de ces
gens qui cherchent à mourir promptement pour
en être plutôt quitte : il n'eft point du tout
preffé d'aller vifiter le fombre manoir. Plus généreux que vous ne penfez , il fait méprifer
toutes les difgraces qui lui arrivent , afin de
vivre plus long-tems : il trouve le jour fi beau,
qu'il ne veut point aller dormir fous terre à
caufe qu'il n'y fait pas clair. Vous me raffurez,
reprit Monime, qui vit par ce difcours que la
querelle n'auroit aucune fuite fâcheufe. Je m'apperçois que le feigneur Fanfaronnet eft un
homme magnifique & plein de prévoyance : il
craint , fans doute, en tombant fur le pré, de
s'embarquer indifcrettement pour l'autre monde. Que fait-on ? les feigneurs font fort fujets

à avoir beaucoup de créanciers : peut-être que les
fiens faifiroient cette occafion pour l'accufer de
banqueroute. Or, comme il eft plein d'honneur,
il veut éviter ce reproche. Convenez, ajouta
Monime, que vous avez eu tort de l'attaquer,
puifque vous voyez qu'il fe borne à la qualité de bel efprit, fans ambitionner celle d'heureufe mémoire. Que favez-vous ? peut-être a-t-il
compofé lui-même fon épitaphe, dont la pointe
ne peut être bonne qu'autant qu'il vivra long-
tems. En vérité, madame, reprit Damon, je
vous trouve aujourd'hui l'efprit d'un pétillant
& d'un fublime qui m'anéantit. Trouvez-vous,
monfieur, dit Monime en fouriant, que je commence à prendre le bon ton ? Sur mon honneur,
madame, vous n'êtes pas reconnoiffable : je ne
puis vous exprimer quel prodigieux effet ce
changement produit fur mon ame ; je vous
trouve d'une beauté miraculeufe. Damon fut
interrompu par l'arrivée du comte Frivole, qui
entra d'un air bruyant fans fe faire annoncer.

La jolie figure ! C'étoit une mine pouponne, des
cheveux accommodés en ailes d'hirondelle, dont
un ne paffoit pas l'autre : le derrière de fes cheveux
étoit renfermé dans une bourfe ornée de touffes
de rubans ; un habit couleur de cuiffe de nymphe, garni dans le dernier goût, des manchettes
à doubles rangs, des bas brodés, des talons

rouges : que fais-je encore ? enfin c'étoit l'élixir de tous les petits maîtres. Frivole nous entre-tint de fes chevaux, de fes domeftiques, de fa meute, de fes bonnes fortunes ; tira différentes boëtes qu'il tournoit dans fes mains avec tant d'art, que les doigts élevés montroient en même tems deux gros brillants, dont l'éclat fe trou-voit augmenté par leurs continuels mouvemens. Il fe lève enfuite, fait quelques pirouettes, fe regarde dans toutes les glaces en minaudant, vient fe remettre fur fon fiége, parle de fa nobleffe, de fes ancêtres ; retourne à fa jolie figure, qu'il ne peut fe laffer d'admirer, fait trois révérences, part fans rien dire, & vole fe plonger dans fa défobligeante pour aller fe faire voir au cours.

Le comte de Frivole étoit de ces petits maî-tres, dont toutes les voitures font élégantes, les chevaux toujours rendus, le coureur ex-cédé de fatigue ; qui fe préfentoit chaque jour dans trente maifons ; s'engageoit à fouper dans plufieurs, & venoit à onze heures en demander où il n'étoit point attendu, pour y débiter les nouvelles qu'il avoit apprifes, fe faire admirer par cinq ou fix phrafes étudiées, quoiqu'il n'en comprît pas lui-même le fens ; à ces rares quali-tés fe joignoit encore un applaudiffement per-pétuel fur fon compte, & la noble ambition de voulоir

vouloir paroître l'amant de toutes les femmes,
lorsqu'il n'étoit que la ressource de celles qui
font décriées, le jouet des coquettes, l'esclave
& l'imitateur de leurs airs, & le fléau de la
bonne compagnie, qui ne le reçoit que comme
une marionnette, dont on peut s'amuser un
instant.

Resté seul avec Zachiel, je ne puis, lui dis-je,
m'accoutumer aux caractères des lunaires : je
trouve une bisarrerie & un contraste perpétuel
dans toutes leurs actions : je voudrois savoir
quelles font les raisons d'une conduite si éloignée de la nôtre. C'est, dit le génie, qu'ils font
trop vifs & trop étourdis pour se soumettre aux
conseils de la raison. Loin de profiter des sottises des autres pour éviter d'en faire, on les
voit semblables à des oiseaux, se laisser prendre
dans les mêmes pièges où l'on en a pris cent
mille autres. Voilà ce qui fait que les sottises des
pères font perdues pour les enfans. Ces peuples
ont toujours eu chez eux le même penchant à
la folie, sur lequel la raison n'a jamais pu établir
son empire.

Puisque nous sommes seuls, dit Monime,
expliquez-moi, je vous prie, mon cher Zachiel,
pourquoi un siècle diffère tant d'un autre ? Ne
peut-on pas croire que la nature dépérit à force
de se mouvoir, & qu'il lui faut quelque tems

de repos pour reproduire de grands hommes?
Cette philosophie est un peu lunatique, dit le
génie : c'est une erreur de croire que la nature
puisse dépérir : elle se modifie diversement ;
mais ne change rien dans l'ordre immuable, qui
marque à tous les êtres leurs places & leurs
fonctions : la figure des corps ne change point ;
les dons de la nature sont toujours les mêmes :
on peut seulement regarder les hommes comme
des arbres sauvages, qui ne produisent que des
fruits amers, s'ils ne sont greffés par un bon
jardinier. Il en est de même de la science & des
talens, qui ne s'acquièrent que par la bonne
éducation : c'est elle qui perfectionne les hommes, & les rend propres à contribuer au bonheur mutuel de la société : mais dans l'empire
de la lune il est presque impossible de trouver
des personnes raisonnables. Si la mode d'être
savant, d'être sincère & désintéressé, pouvoit
prendre chez eux, ils en seroient beaucoup plus
heureux. Je suis sûr que sur le nombre prodigieux d'hommes qui se laissent gouverner par le
caprice & la folie, la nature n'en a peut-être
pas produit dans tout ce monde deux douzaines
de raisonnables, qu'elle a répandues dans toutes
les parties de cette planette. Vous jugez bien,
charmante Monime, qu'il ne s'en trouve jamais
dans aucun endroit une assez grande quantité

pour y faire naître une mode de sciences, de vertus & de raison.

---

## CHAPITRE VI.

### *Description du Château Sublime.*

LE lendemain, pour satisfaire notre curiosité & diversifier en même tems nos plaisirs, Damon nous mena chez un seigneur de sa connoissance, dont la folie étoit les tableaux. Cet homme étoit un curieux qui croyoit parfaitement s'y connoître, & qui avoit dissipé la meilleure partie de ses biens pour rassembler les plus beaux ouvrages de tous les peintres de l'antiquité : cependant, quoique sa maison en fût remplie, nous n'y remarquâmes qu'un seul original, qui étoit, sans contredit, sa personne.

Damon nous proposa ensuite d'exercer notre charité en faveur d'un philosophe, dont les recherches avoient consumé tous les biens. Il nous fit monter au haut d'une maison, où nous trouvâmes dans une espèce de grenier un homme si sec & si noir, que Monime le compara à un gros charbon. Cet homme, autrefois très-riche, avoit trouvé le moyen de faire passer tous ses effets par le creuset. Les chymistes, dont il étoit encore entouré, aussi gueux qu'il

l'étoit devenu lui-même par leurs opérations,
s'étoient néanmoins confervé affez d'empire
fur fon efprit, malgré leurs fourberies & leur
ignorance, qu'ils l'entretenoient toujours dans
la fauffe idée qu'ils lui avoient infpirée, qu'il
trouveroit enfin le fecret du grand œuvre qui
le dédommageroit amplement de la perte de
tous fes biens lorfqu'il auroit la facilité de
changer le cuivre en or. Nous ne vîmes chez
ce pauvre imbécile d'autres meubles que four-
neaux, creufets & charbon.

Dans cette même maifon logeoit un poëte
en grande réputation chez les Lunaires : con-
cluez de-là; les pointes & les penfées étoient
bannies de la compofition de tous fes ouvrages.
Il eft vrai que pour faire entendre fes idées, il
employoit des phrafes fi fingulières qu'on étoit
forcé d'avouer, qu'il falloit avoir un efprit &
des talens bien fupérieurs pour pouvoir raffembler les vingt-quatre lettres de l'alphabeth en
mille & mille façons différentes, fans rien dire.
Monime ne put s'empêcher de comparer ce
poëte à une grenouille fâchée, qui fe mêle de
profaner l'art divin d'Apollon, en croaffant fans
ceffe aux pieds du Mont-Parnaffe.

Damon qui étoit de ces petits-maîtres qui fe
croient très-favans, parce qu'ils ont effleuré
toutes les fciences, dont ils n'ont retenu que le

nom de chacune, nous mena le lendemain chez un géomètre, qui nous parut être un fou du premier ordre. Cet homme nous parla de sa science avec tant d'enthousiasme, que nous ne comprîmes pas un mot à ce qu'il nous dit : il nous assura qu'il avoit trouvé la quadrature du cercle, voulut nous démontrer qu'un & deux ne font qu'un, que la plus petite partie est aussi grande que le tout ; enfin cet homme, dont l'esprit abstrait négligeoit les connoissances terrestres pour contempler la marche des corps célestes qui environnent le globe de l'univers, ajouta que, par ses calculs, il avoit découvert que tous ses prédécesseurs s'étoient trompés dans leurs opérations sur la distance qu'il y a d'une planette à l'autre de plus d'une demi-lieue ; qu'il avoit passé plusieurs années à en calculer les différens dégrés par le moyen de l'infini, & que par ces mêmes calculs, il avoit très-exactement compté le nombre des atômes d'Epicure. Il nous débita encore mille autres découvertes à-peu-près aussi intéressantes.

Pour mettre de l'ordre dans nos observations, Damon, qui s'étoit érigé en mentor, nous conduisit chez un astronome, qui nous assura avoir fait la plus belle découverte du monde pour la sûreté de la navigation, & que personne avant lui n'avoit encore pu trouver

G iij

Ce font, nous dit-il, les longitudes. Il nous fallut effuyer un très-long difcours fur l'étendue des connoiffances qu'il s'étoit acquifes fur tous les autres. Cet homme nous fit monter au haut de fa maifon : là, dans un cabinet, où ce favant faifoit ordinairement fes obfervations, il nous fit voir, par le fecours d'une lunette, une pro-digieufe quantité d'étoiles, dont il favoit tous les noms; il fembloit qu'il tînt un regiftre exact de tout ce qui fe paffoit dans le ciel; toutes les deftinées lui étoient connues; mais il ignoroit la fienne, qui fut, à ce que nous dit Zachïel, de fe noyer dans un étang, en cherchant à dé-couvrir une comète à grande queue qu'il avoit annoncée, & qui ne parut point. Damon voulut profiter de l'occafion pour fe faire tirer fon horofcope.

L'aftronome, après lui avoir demandé l'heure de fa naiffance, examina fes livres, les feuil-leta long-tems, fit différentes figures, & lui dit avec beaucoup d'emphafe, qu'il trouvoit dans les fignes qui avoient préfidé à fa naif-fance, la maifon du taureau; qu'en confidé-rant les affiettes & les afpects de ces fignes, il y voyoit clairement qu'il ne pouvoit éviter de porter le panache d'un cerf. Car, ajouta le favant, en la cinquième maifon dans laquelle vous êtes né, fe rencontrent tous afpects ma-

lins & en batterie, tous signes portant armes
cornues, comme le bélier, le capricorne &
le scorpion. Vénus & Mercure dominent sur le
reste; ce qui fait que vous serez fort heureux.

Nous fûmes ensuite chez un méchanicien,
qui nous fit voir une prodigieuse quantité de
bagatelles qui amusèrent infiniment Damon :
cet homme nous assura avoir trouvé le mouvement perpétuel : c'étoit une espèce de pen-
dule assez curieuse, dont on voyoit tout le
méchanique ; mais, malheureusement pour
l'honneur de cette belle découverte, la machine
s'arrêta au moment que nous étions fort attentifs à en examiner les ressorts. L'auteur de ce
morceau curieux nous parut extrêmement déconcerté ; il nous assura néanmoins qu'il en
voyoit le défaut, & qu'il ne s'étoit trompé
que de très-peu de choses, auxquelles il lui
feroit très-facile de remédier.

Le lendemain, Damon qui se faisoit presque
un devoir de nous amuser, nous proposa d'aller
visiter le Château Sublime, nom qui lui étoit
donné pour désigner le logement de tous les
gens à systêmes, & de tous les faiseurs de projets qu'on entretenoit aux dépens de l'état. Monime, curieuse d'entendre raisonner ces génies
sublimes, accepta la partie.

Arrivé à ce château, j'en examinai la struc-

G iv

ture, qui me parut affez baroque pour me difpenfer d'en faire ici la defcription. Après que
nous eûmes traverfé une grande cour, nous
rencontrâmes un homme pâle, décharné, les
mains noires, le vifage barbouillé, un habit
très-fec, avec du linge fort fale & des yeux
égarés. Cet homme nous accofta d'un air grave,
& nous dit, après un difcours vague, qu'il
travailloit depuis plus de dix ans à inventer de
nouveaux outils propres à fervir dans toutes
les Manufactures. Il ajouta, que par le moyen
de ces outils, il prétendoit qu'un feul ouvrier
pourroit faire l'ouvrage de plus d'un cent. Un
autre vint nous aborder; il nous tira à l'écart,
pour nous dire confidemment qu'il avoit trouvé
une nouvelle méthode très-utile à la culture
des terres : cette méthode confifte à faire marcher une charrue fans le fecours de bœufs ni
de chevaux, en y attachant feulement un mât
& des voiles qui devoient aller au gré des vents,
en conduifant la charrue, de même qu'un vaiffeau; ce qui devoit être d'une grande utilité
pour les citoyens, attendu l'économie qui en
réfulteroit; en fupprimant un grand nombre
d'animaux qu'on étoit forcé d'employer à cet
ufage, & dont l'entretien étoit très-coûteux.

Nous entrâmes enfuite dans un cabinet, où
nous vîmes un grave médecin, dont la prin-

cipale étude étoit la science du gouvernement.
Cet homme, renfermé dans son nouveau systême, se croyoit le seul citoyen en état de découvrir les causes de toutes les maladies d'un
royaume, & le seul qui pût trouver les remèdes propres à le guérir : il prétendoit que
le corps naturel & le corps politique ont entre
eux une parfaite analogie; qu'on peut traiter
l'un & l'autre avec les mêmes remèdes.

Voici la méthode qu'il se proposoit d'employer. Il faut remarquer, nous dit-il, messieurs,
que ceux qui sont à la tête du gouvernement
ont toujours les humeurs beaucoup plus âcres
que les autres ; ce qui leur cause souvent des
obstructions au cœur, leur affoiblit la tête, rend
leur esprit débile, leur occasionne de fréquentes
convulsions, suivies d'une faim canine, qui doit
nécessairement leur causer des indigestions,
jointes à une contention de nerfs dans tous leurs
membres, qui les met continuellement en mouvement. Or, pour remédier à tous ces maux, je
prétends leur donner des remèdes astringens,
palliatifs, laxatifs, & les réitérer à chacune de
leur assemblée. Ce n'est que par ce moyen qu'on
peut amener l'unanimité des voix, concilier les
différens avis, rendre la parole aux muets,
fermer la bouche aux déclamateurs, calmer
l'impétuosité des jeunes visirs, réchauffer &

ranimer le fang des vieux, afin de les mettre
en état de faire valoir l'autorité des loix, qui
leur eft confiée.

Il faudroit encore, ajouta ce docteur, que
dans chacune des affemblées, après qu'on aura
propofé fon opinion, & qu'on l'aura appuyée
des moyens les plus forts, que le fouverain
prît la réfolution, pour le bien de l'état, de
conclure à la propofition contradictoire. Damon fit compliment à ce docteur fur la vafte
étendue de fon nouveau fyftême, qu'il trouva
délicieux, & ajouta qu'il en parleroit le foir
même à leur fouveraine.

Après avoir quitté le médecin, nous traverfâmes une grande gallerie pour vifiter deux
académiciens occupés, depuis long-tems, à découvrir les moyens de lever de nouveaux impôts fans faire murmurer les peuples. Le projet du premier me parut affez fingulier, en
ce qu'il tendoit à établir une taxe, fur les
vices & fur les folies des hommes. Il eft certain que cette méthode, dirigée avec prudence, pourroit peut-être contribuer à rendre
les hommes moins vicieux : mais, comment
pouvoir fe flatter d'établir des impôts, fur
les défauts & fur les vices, lorfque les hommes fe croyent tous parfaits dans ce monde,
ainfi que dans les autres?

Le projet de son collegue, entièrement opposé au premier, me parut beaucoup plus facile dans l'exécution. J'en trouvai l'idée si bonne, que je lui en demandai une copie, qu'il se fit un plaisir de me donner, parce qu'il flattoit sa vanité : je vais la traduire ici sans y rien changer.

Ce projet tendoit à lever un nouveau droit sur tous les sujets, qui doit être proportionné à leurs revenus, ou aux charges & dignités dont ils sont décorés ; mais cette taxe ne doit être établie que sur les vertus, les talens & les belles qualités de l'esprit & du corps : chacun des citoyens sera lui-même son juge, & l'impôt ne sera appliqué que sur les avantages qu'il conviendra lui-même avoir reçus de la nature ; sa propre déposition y mettra le prix.

Les droits les plus forts seront imposés sur les mignons de Vénus, proportionnés aux faveurs qu'ils auront reçues de la part de cette déesse : on s'en doit rapporter sur cet article, comme sur les autres, à la bonne-foi des petits-maîtres : l'esprit, la valeur, la souplesse, l'intrigue, les graces extérieures, la taille & la figure, seront prisés à la même valeur pour l'honneur, la probité, la sagesse, la modestie, la bonne-foi dans les traités ; en un mot, toutes les vertus morales ne payeront rien : les habitans de ce monde n'en font pas affez d'état pour fe piquer d'y exceller. Les femmes & les filles ne doivent pas être exemptes de ces impôts : un père de famille fera obligé au payement de la taxe impofée fur fes enfans, fuivant la déclaration qu'ils auront faite de leurs per-fections.

Plufieurs bureaux feront établis pour l'exé-cution de ce projet, dans lefquels les commis prépofés pour le contrôle & la recette des différentes taxes, doivent avoir les graces ou les talens annexés aux droits qu'exigent leurs poftes. On croit néceffaire, pour empêcher la partialité, ou la fraude, de faire attacher fur la porte de chaque bureau un grand tarif, où tous les habitans pourront lire le prix que leur condition ou leur fortune impofe aux talens, aux graces & au mérite, dont ils veulent fe décorer. Par ce moyen perfonne ne peut être en droit de fe plaindre de fon fort, puifque lui-même en fera l'arbitre.

En quittant nos académiciens, nous paffâmes dans une grand'falle, où étoient rangés plu-fieurs bachas occupés à compofer de la mufi-que. Cette falle étoit remplie de différens inf-trumens : à côté étoit un cabinet, dont tout le tour étoit garni de gros *in-folio*. On y voyoit plusieurs financiers rangés autour d'une table, tenant chacun un de ces gros livres qui renferment leurs code, leurs loix & leurs coutumes, qu'ils s'amusoient à commenter afin de les embrouiller de façon qu'ils puissent embarrasser les juges, & les forcer ensuite à suivre leurs décisions. Plusieurs autres visionnaires s'offrirent encore à notre curiosité ; mais leurs nouveaux systêmes me parurent si absurdes, que je me dispense de les rapporter.

Monime, qui ne pouvoit revenir de la folie & des extravagantes idées des savans personnages que nous venions de visiter, ne put s'empêcher d'en parler au génie. C'est ainsi, lui dit il, que la plupart des hommes donnent dans le faux, en cherchant à s'élever au-dessus de leur sphère. Personne ne suit dans ce monde le talent qui lui est propre. Si les hommes remplissoient leurs devoirs, il n'y auroit rien de faux dans leur façon de penser, dans leur goût ni dans leur conduite : ils se montreroient tels que la nature les auroit formés ; ils jugeroient des choses par les lumières de la raison ; il y auroit de la justice & de la proportion dans leurs vues & dans leurs sentimens ; leur goût seroit vrai, il seroit simple ; il viendroit d'eux, ils le suivroient par choix, & non par coutume, ni par hasard. Mais, belle Monime, vous avez

dû vous appercevoir que tous ces peuples
femblent s'être fait un devoir de troubler l'harmonie de leur état par de fauſſes idées qui les
éloignent infenfiblement du point fixe, auquel
ils auroient dû s'attacher. Perſonne n'a plus
l'oreille aſſez juſte pour entendre parfaitement
cette cadence.

Damon fut quelques jours fans nous voir;
il les avoit paſſés à la cour. Il vint avec Licidas; après une converfation aſſez frivole,
ils propoſèrent à Monime d'aller faire un tour,
Elle y confentit; & en montant dans fon équipage, elle ordonna au cocher de nous conduire
aux champs Elifées. Ah! fi donc, s'écria Damon; mais c'eſt pour y périr d'ennui: favez-
vous bien, belle dame, qu'on ne voit plus
dans cette promenade que des ames en peine?
De grace, attendez que nous foyons morts
pour nous y envoyer. Vous n'avez point encore vu nos remparts; c'eſt à préfent dans cet
endroit où fe raffemble tout ce qu'il y a de
grands. Pourquoi ne pas fuivre la mode? Ne
voulez-vous pas bien faire en notre faveur
cet effort généreux? Très-volontiers, dit Monime.

Ces remparts fi vantés, font bordés des
deux côtés par différens bâtimens fort élevés.
Ces bâtimens bornent la vue, & l'on ne ref-

pire dans cette promenade qu'un air infecté, produit par les immondices qu'on y porte de tous les endroits de la ville.

Ce fut néanmoins dans ce lieu aride où, dans des chars magnifiques, nous vîmes briller la femme de condition & la bourgeoise; le marquis & le financier, qui ne se font distinguer ni par leurs armes ni par leur livrée. D'où vient? C'est que la mode le défend; que tous les états font confondus, & qu'il est permis à tous les citoyens de choisir la façon qu'ils trouvent la plus agréable pour se ruiner. C'est donc sur ces fameux remparts où les lunaires se rendent en foule pour y faire admirer les peintures qui décorent leurs équipages; c'est-là où ces femmes, qu'on prendroit pour des figures de pastelle, par les différentes couleurs qui enluminent leurs visages, font briller l'éclat de leurs diamans, & étalent toute l'élégance de leurs parures: c'est-là où les hommes, couchés nonchalamment dans un vis-à-vis, font voir la richesse de leurs habits, où les mains en l'air pour les faire paroître plus blanches, & montrer en même tems de gros brillans, la finesse d'un point, dont les fleurs semblent être attachées sur rien: ces hommes aussi apprêtés que des femmes, & qui se croient plus beaux que le dieu du

jour, regardent du haut de leur fatuité la fimplicité d'un peuple qui les admire, & préfentent aux yeux d'un fpectateur raifonnable, s'il
en eft dans ce monde, un tableau vivant de
leur folie.

Nous jettâmes nos regards fur ceux qui fe
promenoient à pied. Les hommes comme les
les femmes, ont une démarche affectée, pas
cadencés & tortillés, tête au vent, nez en
l'air, révérence en plongeon, fouriant à des
petits-maîtres, qui, une main fur la hanche,
hauffant une épaule, & baiffant l'autre, regardent les femmes avec une lorgnette, en mar-
mottant entre leurs dents quelques nouveaux
couplets d'un vaudeville à la mode. D'autres
en cheveux longs, qui defcendent en pointe
jufques fur les reins, n'ofent donner aucuns
mouvemens à leurs corps, dans la crainte de
déranger un de ces cheveux, qu'ils croient,
fans doute, que l'amour a attachés exprès pour
captiver les femmes, qu'ils veulent bien honorer d'un de leurs regards, pourvu qu'elles fe
trouvent en face : car, femblables à des loups,
ils ne peuvent tourner la tête, fans tourner
tout le corps.

CHAPITRE

# CHAPITRE VII.

*Qui ne contient rien de nouveau.*

LE génie qui s'étoit abfenté pour quelques affaires qui l'avoient appellé dans un autre monde, entra un jour dans l'appartement de Monime. Ses femmes fe retirèrent, & nous reftâmes feuls avec lui. Ah! mon cher Zachiel, lui dit-elle, votre abfence m'a parue longue : croyez-vous qu'on puiffe s'amufer fans vous dans un monde où nous n'avons encore rencontré que des fous & des imbécilles ? Ne puis-je donc avoir la fatisfaction d'y voir un homme raifonnable ? De grace, avant de quitter cette planette, conduifez-nous vous-même chez quelques perfonnes de lettres. Le génie y confentit, & nous mena le lendemain chez un homme plein d'efprit, qui nous reçut d'un air fort affable. Il nous conduifit dans un cabinet qui étoit rempli de livres très-bien reliés, j'en pris un, qui avoit pour titre, *Abrégé de l'Hiftoire, avec des notes, où l'on voit le commencement de la fplendeur de l'empire.* Curieux de le parcourir, je tombai d'abord fur l'origine des fophas & des chaifes longues; la même année les femmes du bon ton avoient

*Tome I.* H

pris des jupes garnies de cercles, & en augmentant l'élégance de leurs parures, elles
avoient appris à se peindre le visage de plusieurs couleurs: elles avoient aussi introduit les
vapeurs, qui, par succession de tems, sont
passées aux hommes. Le second chapitre m'apprit en quelle année les petits-maîtres avoient
inventé la variété des équipages & de leurs
habits, les airs étourdis, les complimens légers, débités d'une voix traînante; les soupirs divins, les amours d'un jour, les petites
maisons, les pantins, les navets fleuris, &
mille autres petites curiosités semblables. J'en
visitai plusieurs, qui me parurent assez peu
intéressantes, ce qui rallentit beaucoup ma
curiosité. Surpris de n'y trouver que des contes de fées, plus propres à amuser des enfans,
qu'à satisfaire l'esprit d'un savant: pas un seul
livre de morale, pas un d'histoire, ni pas un
d'instruction. Ce n'étoit que des contes, de
petits romans remplis de fictions & d'hiper-
boles, qu'il nous assura néanmoins avoir un
sens allégorique. Je ne puis concevoir, dis-
je, monsieur, qu'un homme d'esprit, qu'un
savant s'amuse de pareilles fadaises. N'avez-
vous point ici d'auteurs plus zélés pour leurs
compatriotes, qui puissent s'occuper du soin
de les instruire, en leur remettant sous les

yeux les plus mémorables traits, & les événemens les plus finguliers qui foient arrivés
dans ce monde? Une critique fine & légère
pourroit peut-être encore faire quelque impreffion fur leurs efprits : lorfqu'un ridicule
eft bien peint, je crois qu'on doit avoir de
la honte de fe trouver dans le cas qu'il puiffe
nous être reproché. Ainfi on pourroit les
corriger en les divertiffant.

Vous parlez en homme fenfé, dit le favant:
mais dans notre monde on ne raifonne point;
on n'aime que la nouveauté; l'inconftance naturelle qui regne parmi nous, contraint un
homme de lettres à engendrer fans ceffe des
idées neuves. Ici on préfère le fingulier au beau,
l'agréable à l'utile, parce qu'il fait une impreffion plus vive : c'eft pourquoi le ridicule
domine en tout : la curiofité des lecteurs fait
croître le nombre des mauvais livres. Un titre
fingulier eft un piége pour un curieux, facile
à tromper; le nom d'un auteur à la mode,
en augmentant le prix. J'ai deux grands cabinets remplis de gros volumes qui n'ont été
écrits que dans la vue d'éclaircir un point de
mythologie; cependant je vous défierois, quelque attention que vous apportiez à les lire,
de pouvoir comprendre le fujet qui peut avoir
formé la difpute, par les contrariétés qu'ils

H ij

employent pour combattre leurs adverfaires : enfin ce font des livres qu'on veut produire pour animer le zèle des gens de parti.

En général, les citoyens ne font avides que de critique, de puérilité & de mifère. La plus grande partie des hommes croiroient fe dégrader, s'ils s'occupoient du foin d'étudier les loix fondamentales de l'empire. On peut dire qu'ils ne connoiffent non plus leurs droits & leurs priviléges, que certaines gens, la raifon & la bonne foi : philofophie & pedanterie font pour eux deux mots fynonimes ; ils méprifent fouverainement toutes perfonnes qui, en s'occupant utilement, trouvent des plaifirs plus parfaits que ceux de dormir le jour, de paffer la nuit à table avec des femmes, ou d'étaler le foir, fur quelque théâtre, ou dans les chauffoirs, une figure de poupée, en y débitant machinalement nombre de poliffonneries. Il femble que la nature en les formant, n'ait voulu produire qu'une efpèce d'animal, qui tient moitié de l'homme, & moitié du finge, leur vie fe paffe fans réfléchir un feul inftant; elle n'eft qu'un enchaînement de partie de débauches, dans lefquelles, fur ma parole, ils ne confultent ni le bien public, ni le leur propre. O, vous, monfieur, qui êtes étranger, & dont les ufages diffèrent fans doute de beaucoup des nôtres, vous conviendrez avec moi, que lorfqu'on n'eft point animé par les honneurs, par les louanges, ni par aucun autre motif, le cœur d'un favant s'abbat, & le defir de fe diftinguer ne fait plus que languir.

A quoi fert, dira un homme de lettres, le foin que je me donne de travailler fans ceffe, d'épuifer ma fanté par des veilles, afin de procurer l'utilité du bien public, en voulant lui faire part des connoiffances que je n'acquiers que par un travail affidu, fi cet injufte public fait plus de cas d'un miférable malotru, engraiffé du fang de la veuve & de l'orphelin, que de tous les favans du monde; & fi par un abus déplorable, les richeffes font honorer un faquin qui à peine végète, tandis que le vrai mérite ne peut rendre le même fervice à un honnête homme? C'eft ce qui fait qu'on ne voit ici que des gens qui cultivent avec foin le puéril talent d'arranger des mots, où il n'eft parlé que de fons, de cadences & d'harmonie, comme dans un opéra, lorfqu'on doit vraifemblablement s'attendre à y trouver des chofes qui répondent au titre pompeux & intéreffant fous lequel on les annonce : mais ces fons font fi doux, ces mots font ajuftés les uns aux autres d'une façon fi fingulière, fi extraordinaire, qu'il faut un talent tout particulier pour exceller dans cet

H iij

art, & un encore plus admirable pour deviner ce qu'ils ont voulu dire : car il y a toute apparence de croire que ces auteurs ne se font pas entendus eux-mêmes, fur-tout lorfqu'ils s'efforcent par leurs écrits à vouloir nous prouver que l'efprit & le jugement ne confiftent que dans une certaine conformation des fibres du cerveau, qui nous portent à la fcience, aux talens, à la vertu, ou à la débauche. Vous voyez que, felon ces beaux génies, tout vient du hafard.

Mais demandez-leur à quoi il tenoit que vous ne fuffiez né ftupide ou hébêté. Prefque à rien, vous diront-ils ; à une petite difpofition de fibres imperceptibles ; enfin à quelque chofe que l'anatomie la plus délicate ne fauroit jamais appercevoir.

C'eft-à-dire, repris-je, en interrompant le favant afin de lui donner le tems de refpirer & de reprendre haleine, que vos beaux efprits ofent entreprendre de vous foutenir qu'il n'y a qu'eux qui puiffent avoir du mérite & des talens indépendans du hafard : c'eft de-là, fans doute, qu'ils tirent ce noble privilège, qui leur accorde le droit de méprifer tous les hommes : mais fi auparavant de s'approprier une chofe & d'en tirer vanité, ils vouloient bien s'affurer qu'elle leur appartient, il n'y auroit pas tant d'orgueil dans le monde.

Le favant nous fit paffer dans un autre cabinet rempli d'excellens livres. Je penfe, me dit-il, monfieur, que ceux-ci feront plus de votre goût : croiriez-vous que la plupart de nos petits-maîtres condamnent, fans les avoir jamais lus, quantité de livres de nos anciens auteurs ? C'eft, difent-ils, le goût qui leur fait connoître à la première page d'un livre, que tous les favans n'étoient que des fots ; & ce goût naît en eux fans étude & fans foins : cela n'eft-il pas merveilleux ? Tous fe piquent d'érudition ; cependant vous avez dû remarquer que leur principale occupation eft la table ; la feconde, la calomnie, & la troifième, de dire des fottifes & de parler continuellement d'eux-mêmes. Au furplus, les chofes qui arrivent en ce monde ne font pas faites pour être traitées férieufement ; il faut néceffairement que tous nos ouvrages reffemblent à des perfpectives, auxquelles on doit donner plufieurs points de vue.

A ce que je vois, dit Monime, vos traités de morale doivent être regardés ici comme des fpéculations fur la fageffe, qui ne peuvent qu'ennuyer. Je me fuis apperçu qu'on ne fait nul cas du mérite, & que la vertu eft comptée pour rien. Il eft vrai, dit le favant ; c'eft auffi ce qui fait que nos auteurs les plus célèbres

Hii

font réduits à préfent à ne compofer que des
contes allégoriques , parce que tout genre d'ouvrages plus relevés y devient fufpect. Les hautes
fciences font bannies de ce monde. L'efprit
toujours gêné par la crainte de déplaire à quelqu'un , on n'ofe mettre fes penfées au jour , on
ne fe fie point à fa raifon : d'où vient? C'eft
que la fageffe n'eft fondée que fur le tempérament , & que la nature conferve ici tous fes
droits. Vous devez juger par-là combien cette
raifon , que les honnêtes gens chériffent , a
perdu de fon crédit : elle n'eft donc plus en
état de faire valoir fon autorité, puifque les
hommes ne l'eftiment pas affez pour la mettre
en ufage ; mais on eft contraint de fe conformer
à la mode , de louer fouvent ce qui paroît ridicule. Chez nous, la diffimulation eft le lien le
plus étroit de nos fociétés. Comme on fe trouve
fouvent dans la néceffité de fréquenter des gens
qu'on ne fauroit ni aimer , ni eftimer , l'artifice
prend la place de la vérité ; la politique tient
lieu de cordialité ; & la néceffité où l'on eft de
fe mettre à l'uniffon , rend ce déguifement ex-
cufable pour les perfonnes qui penfent différem-
ment.

Cependant tous nos citoyens fe croient heureux ; ils mettent tous leurs foins à fe le perfuader : mais je ne fuis pas leur dupe ; pourquoi?

C'est que je ne fais consister le bonheur suprême que dans trois choses, qui sont, la vertu,
la santé & le nécessaire. Qu'importe, pour être
heureux, que le corps soit nourri de mets délicats, lorsque l'esprit n'est abreuvé que de fiel
& d'absynthe ? Voilà en quatre mots toute ma
morale : elle n'est point goûtée chez les Lunaires, parce que leurs esprits se laissent plus séduire par l'amour-propre, que persuader par la
raison, & que la plupart des riches sont fourbes, tyrans, présomptueux & ignorans. Monime & moi fûmes enchantés de la conversation
de ce savant ; aussi étoit-il du choix du génie.
Nous le quittâmes à regret, en gémissant sur
l'extravagance de ces peuples.

Nous prîmes congé du seigneur Damon, qui
parut très-fâché de notre départ. Il fit mille
instances pour nous arrêter plus long-tems ; mais
le séjour que nous devions faire dans cette
planette étant limité, nous fûmes contraints de
partir pour visiter encore différentes provinces,
dans lesquelles nous ne remarquâmes que le
même esprit, le goût des modes, celui de la
nouveauté est la passion dominante de ces peuples : par-tout un petit-maître veut passer pour
bel esprit ; il lui suffit de critiquer, bien ou mal,
toutes les pièces de théâtre, les nouveaux
contes ; il étend même souvent ses connoissan-

ces jufqu'à des romans, pourvu qu'il n'y ait point de morale; car alors il les trouve d'un infipide & d'un ennui à périr; à peine en a-t-il lu quelques feuilles, qu'il le condamne fans retour.

On peut dire, après un mûr examen, que leur vie eft auffi uniforme, que le cours du foleil. Le matin, au lever de la reine, ou dans l'anti-chambre d'un vifir; le refte de la journée, à table, au jeu ou dans les promenades. Il eft encore du bel air de courir tous les fpectacles en un même jour : dans l'un, c'eft une actrice nouvelle qui doit paroître dans un tel acte; dans l'autre, on veut y voir un entrechat ou un pas de deux : le refte du tems fe termine en débauche dans une de leurs petites maifons. En général, on peut comparer les Lunaires à des caméléons, imitateurs ferviles des vertus ou des défauts de ceux qui les gouvernent. Triftes, dévots, joueurs ou débauchés, on les voit auffi-tôt s'honorer de ces différens vices, femblables à de vrais automates, qu'une même machine ou les mêmes refforts font mouvoir.

# CHAPITRE VIII.

*Académie des Femmes favantes dans l'art d'inventer de nouvelles modes.*

J'OUBLIOIS de dire qu'on a établi dans une des capitales du monde Lunaire, une académie de femmes, qui prennent le titre d'ingénieufes ; ces femmes tiennent leurs affemblées deux fois le jour, pour y traiter gravement des modes qu'elles doivent inventer. Perfonne ne peut s'approprier le droit d'en faire paroître aucune, fi elles n'ont paffé à l'examen de cette académie. Avant cette inftitution, les dames du bel air, & les petits-maîtres du bon ton s'étoient ingérés de faire eux-mêmes les fonctions d'ingénieux ; mais comme cela introduifoit dans la façon de fe mettre, autant de variétés qu'il y a de caprices différens, & mettoit beaucoup de confufion dans les modes, parce que chacune de ces dames prétendoit donner fon nom à la coëffure qu'elle avoit inventée, & aux nouveaux ajuftemens dont elle s'étoit parée, pour éviter les difputes & les altercations qui arrivoient chaque jour à ce fujet, celui ou celle qui étoit alors à la tête du confeil, car je ne me fouviens pas fi ce fut un homme ou une femme qui infti-

tua l'académie , mais il eſt certain qu'elle eſt
d'une grande utilité pour ces peuples, & qu'elle
produit de grandes ſommes à l'état par les taxes
qu'on y a impoſées ; il fut donc arrêté par un
arrêt du conſeil, que les modes ſeroient uni-
formes, & dureroient au moins pendant huit
jours, attendu l'intérêt qu'on prenoit au joli
viſage, à qui tout ſied, & ſans aucun égard
pour les autres. Il fut ordonné que toutes les
femmes, & les petits-maîtres paroîtroient dé-
ſormais coëffés, à peu de choſe près, dans le
même goût, qu'ils porteroient les mêmes parures ; permis néanmoins à chacune d'elles d'en
varier les couleurs, pourvu qu'il y en eût une
qui dominât tout le tems que dureroit la nouvelle mode : par ce moyen, le roſe, le jon-
quille, la violette, le mordoré, & toutes les
autres couleurs devoient régner à leur tour.
Toutes ces raiſons déterminèrent à créer cette
académie de femmes ingénieuſes, dans laquelle
aucune mode ne doit paſſer qu'à la pluralité des
voix.

On a depuis établi des écoles pour ſe perfectionner à des talens ſi utiles à la coquetterie
& à l'inconſtance de tous les citoyens de la
Lune. C'eſt dans ces fameuſes écoles où l'on
apprend à arranger les rubans, les découpures,
les aſſortimens, pour les nouvelles parures, les

pompons, les colliers, les sultannes, les tron-
chines, les sacs à ouvrage qui font aussi partie
de l'ajustement : & pour les hommes, des bour-
ses en coquilles, des nœuds d'épées en doubles
roses, des bourdaloux en aigrettes, & mille
autres ingrédiens, qui font l'ornement d'un
petit-maître, aussi amoureux de sa figure,
qu'une jolie femme. Ces écoles sont distribuées
en plusieurs salles ; les unes sont pour la com-
position des bijoux : car il faut, pour être du
bon ton, que les hommes & les femmes en
soient chargés comme des mulets ; on doit
porter des boëtes de toutes formes, & remplies
de différens tabacs, des miroirs de poche, étuis
à rouge, boëtes à bonbons. La mode est actuellement de s'en présenter, & aussi des eaux de
toutes espèces ; ce qui fait qu'on doit avoir
plusieurs flacons. Je ne sais comment ils peuvent marcher les poches remplies de tant de
brimborions, à moins que ce ne soit pour leur
servir de balancier dans les promenades, & de
matière de conversation dans leurs cercles.

Rien ne manque dans ces écoles pour l'utilité
publique : c'est-là où l'on apprend à suppléer au
désagrément des tailles difformes, où l'on étudie
à fond tous les airs de visage avec l'art de faire
valoir tour à tour la blonde & la brune, les
nez retroussés, les visages longs, les minois

chiffonnés, & de former enfin une figure du
bon ton. Lorsqu'on est parvenu à ce dégré de
perfection, on peut être admise à l'académie :
ce sont des places qu'il faut briguer long-tems
par l'immensité de bien qu'elles procurent à
celles qui en sont revêtues : car je ne puis exprimer l'intérêt que prennent à leurs beautés
tous les Lunaires en général, ni combien ils
apportent d'attention pour se procurer de nouveaux agrémens ; rien ne leur coûte pour satisfaire leur vanité ; tout leur amour propre est
renfermé dans les graces extérieures ; c'est
d'elles dont ils tirent toute leur gloire : mais de
chercher à acquérir des talens, à s'orner l'esprit en cultivant les sciences, à accorder des
graces sans se les faire arracher, à secourir les
malheureux, à rendre un cœur content, à combler une ame de joie, à prévenir d'extrêmes
besoins, ou bien à y remédier, leur vanité ne
s'étend pas jusques-là ; ils en sont incapables.

De tous les engagemens, celui qu'on con-
tracte avec le moins de précaution dans tout
le globe du monde Lunaire, c'est le mariage :
chacun y saisit en aveugle le premier objet qui
se présente ; & quelque défaut qu'il ait, pourvu
qu'il soit riche, l'intérêt l'embellit ; c'est par lui
seul que se forment toutes les convenances ; ce

n'eft que lui qu'on confulte; l'efprit, le cœur & le fentiment n'y ont aucune part. Ce rapport d'humeur, cette convenance de caractère, qui devroit faire le principal lien du mariage, y eft entiérement négligé; toutes les grandeurs confiftent dans les richeffes; c'eft dans ces baffes maximes que la plupart des Lunaires ont attaché l'honneur.

Cependant quelques-uns de ces peuples, pour corriger en quelque façon cet abus, ont introduit parmi eux une efpèce de noviciat, qu'ils font précéder de plufieurs jours les vœux folemnels: d'autres font des baux à la fin defquels il eft permis aux deux parties de fe féparer. On peut juger qu'ils ne s'entêtent point d'une chafteté dans laquelle certains peuples font confifter tout leur bonheur: il eft certain que cette vertu ne figure guère parmi eux: ils la refpectent beaucoup plus qu'ils ne l'aiment, puifqu'on les voit prendre tous les jours fans aucun fcrupule, des femmes qui ont déja paffé par plufieurs épreuves, pourvu néanmoins qu'elles aient eu le talent de s'enrichir ou de fe faire des protecteurs, parce que les préfens qu'elles exigent font regardés comme un tribut qu'on doit à leurs faveurs.

Pour voyager plus commodément, & avec moins d'embarras, Zachiel nous fit reprendre

nos figures de mouches. Nous parcourûmes
ainsi différentes provinces de la Lune. Arrivés
à une des extrémités de ce monde, Monime
fut épouvantée de la difformité des peuples qui
l'habitent, qui font un si grand contraste d'avec
les autres, qu'elle demanda à Zachiel si ce
n'étoit pas dans cet endroit où les génies fabri-
quoient leurs corps phantastiques, parce que
tous ces peuples nous parurent d'abord de grosses
masses de chair informes. Rien ne peut exprimer notre surprise, lorsque nous vîmes des
hommes sans tête, qui n'ont par conséquent ni
yeux, ni nez, ni oreilles ; des cinq sens de nature, à peine peuvent-ils jouir d'un seul, qui
est, je crois, le tact. Cependant ils ont une
bouche au milieu de la poitrine, qui est si pro-
digieusement large, qu'on la prendroit pour un
four : leurs bras sont très-longs ; leurs mains
grandes & toujours prêtes à recevoir ce qu'on
leur offre ; des pieds semblables à ceux des ânes,
dont ils ne se servent que pour faire des sauts
en arrière.

Ces peuples sont nommés fibulares ; ils relèvent des lunaires ; & quoiqu'ils soient presque
toujours en guerre avec eux, ils se plaisent
néanmoins à les imiter en tout, & saisissent
avec un soin infini toute leur folie & leur ridicule. Monime ne voulut point quitter cette partie

tie de la lune fans affifter à un bal que l'intendant de la province devoit donner à toute la
noblefle. Pour y entrer avec plus de fûreté,
nous nous plaçâmes fur l'épaule de l'intendant.
Ce feigneur en fit l'ouverture avec la marquife
de Sarabante. Cette dame fut prendre enfuite
le comte d'Entrechats, qui mena après la baronne de Contredanfe. Je n'ai jamais rien vu
de fi grotefque que cette affemblée, où tous les
hommes & les femmes avoient employé les
plus grands efforts de leur imagination pour fe
déguifer d'une façon fingulière. Plufieurs d'entre
eux s'étoient fait ajufter des têtes poftiches,
qu'ils avoient fait exactement copier fur le modèle de celles des lunaires.

Mais comme il arrive, prefque toujours,
dans les grandes affemblées, quelques évènemens finguliers qui amufent les uns & fait le
tourment & l'humiliation des autres, celle-ci,
qui étoit très-nombreufe, occafionna plufieurs
difputes fort férieufes entre les mafques, dont
la plupart avoient perdu leurs têtes dans la
foule : ces têtes étoient de carton ; quelques-
unes étoient de verre, qui, fans doute, en
tombant, s'étoient caffées ; peut-être auffi
avoit-on marché deffus. Ce qu'il y a de certain, c'eft qu'on fut obligé d'apporter de grands
ballais pour en rapprocher les débris, qui furent

mis dans un coin, afin que chacun pût retrouver les morceaux qui lui appartenoient. Cet
accident fit cesser les contredanses, & l'on ne
s'entretint le reste de la nuit que des suites que
pourroit avoir cet évènement, qui occasionna
en effet bien des troubles, auxquels on eut beaucoup de peine à remédier, parceque toutes les
affaires qui demandent de la réflexion, ou celles
qui ne s'acquièrent que par l'enchaînement des
idées, & ne se perfectionnent que par la raison,
sont tout-à-fait hors de la portée des fibulares.
Nous quittâmes l'assemblée au lever de l'aurore, & fûmes retrouver le génie, qui nous
attendoit pour continuer nos voyages.

Monime, très-peu satisfaite de n'avoir remarqué dans toute l'étendue du globe de la
lune, que sottises, fol orgueil, vanité, opi-
niâtreté, que pas de clerc, balourdises, que projets mal conçus & encore plus mal exécutés ;
en général, cette planette n'est remplie que
d'hommes foibles, légers, inquiets & passionnés pour de nouvelles bagatelles ; enfin des
gens dont les inclinations sont basses, puériles,
folles ou ridicules, qu'ils masquent néanmoins
sous les noms de goût épuré, de franchise & de
probité, tandis qu'on les voit tous les jours
sacrifier leurs meilleurs amis à de vils intérêts,
& que dans les démêlés qu'ils ont avec leurs

familles, il n'y règne que de l'animofité, & de la fourberie dans leurs arrangemens ; des goûts & des liaifons que le hafard feul a formés ; des reffemblances de caractères qu'ils s'efforcent de faire paffer pour une fuite de réflexions fages & utiles, & mille autres chofes encore, que la foibleffe, l'illufion, ou l'extrême ignorance, leur fait regarder comme belles, héroïques & éclatantes, quoiqu'au fond elles ne foient dignes que du plus fouverain mépris. Ne peut-on pas comparer, dit Monime, la plupart des habitans de ce monde à des fous ou des infenfés, plus dignes de pitié que de colère ? C'eft donc en vain, pourfuivit Monime, que je m'étois flattée que cette planette nous procureroit de l'amufement & de la fatisfaction, puifqu'après l'avoir entièrement parcourue, nous n'y avons rencontré qu'un feul homme raifonnable : je voudrois favoir la caufe de cette difette d'hommes fenfés, & pourquoi ce qui devoit naturellement m'amufer, m'a fi fort ennuié. Elle eft fimple, dit Zachiel, puifque les perfonnes qui font ufage de leur raifon ne peuvent jamais s'amufer long-tems avec des fous, des imbécilles ou des capricieux. Ils ont beau faire, leur caractère eft haï & méprifé ; ils déplaifent par toutes fortes d'endroits ; leur efprit borné, leur inconftance, leur légéreté, leurs affectations, ces gênantes

I ij

politeffes , ces fades complaifances , ne fau-
roient jamais les faire aimer. N'allez pas con-
conclure de-là , belle Monime, que tous les
hommes foient naturellement vicieux & méchans ; ceux-ci ne le font devenus que par le
befoin de fatisfaire à une multitude de paffions,
qui font l'ouvrage de leurs fociétés, ou le goût
des modes ; celui de frivolité règne de toutes
parts.

Mais ce n'eft point aux habillemens fomp-
tueux, aux parures frivoles, ni aux difcours
étudiés , qu'on doit reconnoître les hommes ;
ce n'eft qu'à l'ufage qu'ils ofent faire de leur
efprit & de leur raifon. Ici l'habitude que chacun a contractée de ne jamais réfléchir fur rien,
fait que le menfonge & l'erreur ont pris la place
de la vérité, qu'ils ont enfin rendue captive, &
qui eft regardée parmi ces peuples comme une
malheureufe étrangère, qui ne rencontre chez
eux que des difgraces & des contrariétés. Perfonne n'ofe révéler ce qu'il penfe , & l'ancienne
inimitié qui a toujours règné entre les talens &
les richeffes ne doit pas finir fi-tôt. On peut dire
que la fottife, entée fur le ridicule , fe rencontre
dans toute l'étendue de cette planète, & que
fes habitans compofent la nature de tout ce qui
eft contraire à la raifon : on les voit chaque jour
s'offrir en fpectacles , fe moquer les uns des

autres en se renvoyant la censure, sans s'appercevoir qu'elle tombe sur eux-mêmes, & sans
penser à réformer leurs défauts.

Vous n'avez dû remarquer, belle Monime,
poursuivit le génie, qu'un assortiment de vices
comiques chez ces peuples, qui entassent mé-
thodiquement visions sur visions. Il y a quatre
bonnes mères, dont ils ne reconnoissent que
les enfans ; savoir, la vérité, que toutes personnes sensées se font honneur de respecter, &
qui chez eux n'engendre que la haine : la prospérité y engendre l'orgueil & l'amour propre ;
la sévérité, le péril ; & la familiarité, le mépris : d'où vient ? C'est qu'en se familiarisant,
ils font connoître leurs défauts, & donnent à
leurs inférieurs droit de comparaison ; à leurs
semblables, droit d'autorité ; & à leurs supérieurs, droit de châtiment. Ainsi, mes enfans,
vous ne devez l'un & l'autre regarder la façon
de vivre des lunaires, que comme une leçon
utile qui puisse vous faire remarquer les dangers où entraînent de pareilles erreurs, afin d'é-
viter avec soin toute occasion d'y tomber. Il
est bon de connoître le mal pour pouvoir se
mettre en garde contre la sévérité des méchans
& des flatteurs.

Je vois, ajouta Zachiel, que rien ne doit plus
nous arrêter dans ce monde ; ainsi nous pou-

vons à préfent paffer dans la planète de Mercure : mais pour y paffer plus commodément,
je vais vous faire entrer dans un tourbillon : ce
font les voitures dont nous nous fervons pour
tous les voyages que nous fommes continuellement obligés de faire dans tous les mondes
poffibles, où on nous appelle fans ceffe pour
l'utilité des peuples qui les habitent. Nous fuivîmes le génie, quoiqu'un peu effrayés à l'afpect
de ces tourbillons, qu'on pourroit comparer au
cahos.

## C H A P I T R E  I X.

*Le Génie les fait repofer dans une Comète.*

N O U S n'eûmes pas le tems d'admirer mille
beautés nouvelles qui s'offroient à nos regards,
par la rapidité du mouvement de ces tourbillons. Il eft certain que le plus léger fcaramouche
ne put faire en fa vie autant de culbutes que ces
monftrueux tourbillons nous en firent faire en
très-peu de tems par leur continuel tournoie-
ment. Je ne confeillerois pas à des vapeuriftes
de s'embarquer dans de pareilles voitures. Monime & moi penfâmes y être étouffés entre
deux ; malgré la petiteffe de nos individus, &

nous eûmes besoin de toute l'adresse de Zachiel
pour nous débarrasser par le peu de vuide qui
les sépare. Quoi qu'en dise Descartes, qui en
est l'inventeur, si j'avois eu l'avantage de le
connoître lorsqu'il les composa, j'aurois pris la
liberté de lui en dire mon avis. Je n'ignore pas
que ces tourbillons lui ont coûté beaucoup de
veilles & d'applications, quoique ses systêmes
soient peu goûtés, que plusieurs même les com-
battent avec force, il a toujours mis sa gloire à
les soutenir, & ses chers tourbillons sur lesquels
les génies se mettent à califourchon pour passer
avec plus de promptitude dans les différens
mondes où ils sont appellés, lui sont d'un rapport considérable par les nouvelles idées qu'ils
lui fournissent chaque jour.

Zachiel s'appercevant de la foiblesse de Monime, craignit, avec raison, qu'elle ne pût résister à la violence des tourbillons : c'est pourquoi il
nous fit arrêter dans une comète qui paroissoit,
depuis plusieurs années, se montrer quelquefois
sur la lune, mais le plus souvent sur Mercure. Des-
cendus dans cette comète, le génie commença,
pour nous fortifier, de nous frotter d'une liqueur spiritueuse, qui nous donna une nouvelle
vigueur, ranima nos forces, & excita en nous
des désirs de curiosité qu'il promit de satisfaire.

I iv.

Zachiel, après nous avoir avertis de ne nous point effrayer des chofes extraordinaires qui alloient paroître à nos yeux, nous defcendit dans une plaine fombre & aride. Cet endroit commença par nous infpirer de l'horreur : nous vîmes le ciel parfemé d'étoiles, qui jettoient un feu bleuâtre : la lune, qui paroiffoit dans fon plein, ne rendoit qu'une lumière beaucoup plus pâle qu'à l'ordinaire : elle s'éclipfa enfin, & nous laiffa long-tems dans une nuit affreufe. Borée, Cœcias, le bruyant Argeftes & Thoucias, tous couverts de glace, de neige & de gelée, s'étoient renfermés dans leur prifon d'airain, & fembloient y être devenus paralytiques. On n'entendoit point le doux murmure des fontaines; elles étoient muettes; les oifeaux avoient oublié leurs ramages; les poiffons fe croyoient enchâffés dans du verre, & tous les autres animaux n'avoient de mouvement que ce qu'il leur en falloit pour trembler, & l'horreur d'un filence effroyable fembloit annoncer que la nature étoit prête d'enfanter quelque chofe de terrible.

Lorfque la lune reparut, nous nous avançâmes dans cette plaine, où nous ne rencontrâmes que des chouettes, des corbeaux & d'autres oifeaux de mauvais augure : la terre n'étoit remplie que de crapauds, de ferpens, de couleuvres & de groffes araignées, qui firent une fi grande frayeur à Moniine, qu'elle fe cacha fous les aîles du génie : enfin nous ne vîmes de tous côtés que des chardons, des pavots & de la ciguë.

Au bout de cette plaine nous apperçûmes, d'un antre affreux, fortir un grand vieillard, vêtu de blanc ; il avoit le vifage bafanné, les fourcils longs & relevés en croiffant, l'œil hagard, la barbe longue & épaiffe ; un chapeau de verveine couvroit fa tête ; fes reins étoient ceints d'une large ceinture, tiffue de fougère de maï, & de trefle a quatre, faite en treffes : à l'endroit du cœur on voyoit attachée fur fa robe une chauve-fouris, fon col portoit un carcan fur lequel étoient enchâffées fept différentes pierres précieufes, dont chacune portoit les caractères de la planète qui la domine. Avec cet habillement myftérieux, il portoit dans la main gauche un vafe fait en triangle, rempli d'eau luftrale ; dans la droite, une baguette de coudre, dont l'un des deux bouts étoit garni d'une compofition mêlée des fept métaux ; l'autre fervoit de manche à un petit encenfoir.

Ce vieillard, après avoir baifé l'entrée de fon antre, fe déchauffa en prononçant certains mots myftérieux ; il s'avança enfuite en reculant fous les branches d'un vieux chêne, qui sembloit, par sa grosseur, avoir été planté à la création du monde. Sous cet arbre, nous le vîmes creuser trois cercles l'un dans l'autre, & la terre, obéissante aux ordres de ce négromancien, prenoit elle-même, en frémissant, les figures qu'il vouloit y tracer : il y grava les noms des intelligences de tous les siècles, ceux de l'année, de la saison, du mois, de la semaine, du jour, de l'heure & de la minute, avec leurs chiffres différens, qu'il plaça chacun à leur place, & les encensa tous avec des cérémonies particulières. Il posa ensuite son vase au milieu des cercles, le découvrit, mit le bout pointu de sa baguette entre ses dents, se coucha la face tournée vers l'orient & s'endormit. Pendant son sommeil, vrai ou feint, nous vîmes tomber dans le vase cinq graines de fougère.

Lorsque le vieillard fut éveillé, il les prit & en mit une dans chacune de ses oreilles ; une dans sa bouche, une autre qu'il replongea dans le vase, & jetta la cinquieme hors des cercles, mais à peine fut-elle sortie de sa main, que nous le vîmes environné de plus d'un million d'animaux de mauvais augure. Le négromancien toucha alors de sa baguette un chat-huant, un renard & une taupe, qui entrèrent aussi-tôt dans les cercles en faisant un cri abominable : il

s'en faifit, leur fendit l'eftomac avec un cou-
teau de pierre, leur arracha le cœur, qu'il
enveloppa chacun dans trois feuilles de lau-
rier, & les avala en faifant quelques grimaces;
enfuite il fépara le foie, qu'il preffa dans un
vaiffeau de figure exagone, & l'encenfa; après
quoi il mêla ce fang avec l'eau luftrale dans un
autre baffin, & y trempa un grand rouleau de
parchemin vierge qu'il tenoit dans la main
droite; alors nous lui entendîmes faire des hur-
lemens affreux : il ferma les yeux, & commença fes invocations fans prefque remuer les
lèvres : on entendoit feulement dans fa gorge
un bourdonnement qu'on eût pris pour plufieurs voix réunies enfemble, & bientôt nous le
vîmes s'élever de terre de plus de fix pieds, en
regardant toujours attentivement l'ongle indice
de fa main gauche ; fon vifage s'enflamma ;
fes veines fe groffirent ; fes cheveux s'hérif-
sèrent ; il s'agita enfin, en faifant différentes
contorfions qui nous effrayèrent extraordinai-
rement.

Ce vieillard, que je crus poffédé de quelque
malin efprit, appella du fecours ; puis fe rele-
vant à plus de cent pieds de terre, il retomba
fur la tête, qu'il fe fendit en gémiffant : il continua néanmoins de demander du fecours ; mais
auffi-tôt qu'il eut articulé trois paroles magi-

ques, la terre s'entr'ouvrit ; une troupe de malins esprits en sortirent , les uns armés d'épées,
d'autres de fourches & de gros bâtons ; ceux-ci
de marteaux & de clous ; ceux-là de couronnes
d'épines qu'ils lui enfoncèrent dans la tête, tandis que les autres s'occupoient à le percer de
leurs épées, à le larder de clous dans tous les
membres : d'autres enfin le frappoient de grosses
büches ; tous paroissoient s'efforcer de le mettre
en pièces : mais tous ces tourmens, loin de
l'affoiblir & de lui faire mal , ranimèrent ses
forces, & le mirent en état de soutenir sans
vaciller les affreuses secousses d'un vent épou-
vantable qui souffloit contre lui , tantôt par
bouffées & tantôt par tourbillons : il sembloit
que ce vent obstiné tâchât de le faire sortir
de ses cercles ; car un instant après nous vîmes
les trois ronds tourner sous lui. Il tomba ensuite une grêle rouge comme du sang avec
des torrens de feux qui éblouissoient en tour-
nant, & se divisoient par globes , dont chacun
se fendoit en éclat , semblables aux coups de
tonnerre.

Nous vîmes alors se répandre une lumière
blanche & claire qui éloigna ce vent du fanatisme , & dissipa entièrement ces tristes mé-
téores : au milieu de cette lumière, parut un
jeune homme qui avoit le pied droit sur un

aigle, & l'autre fur un linx ; d'une main il
tenoit un glaive tranchant, dont il frappa le
magicien & tous ceux qui l'environnoient,
qui tombèrent à fes pieds, & le jeune homme
difparut.

Ce négromancien fut quelque tems étourdi
du coup qu'il venoit de recevoir ; mais repre-
nant peu à peu fes forces, nous le vîmes fe
fauver dans les effroyables ruines d'un vieux
château, où les fiècles travailloient depuis long-
tems à mettre les chambres dans les caves. Monime, faifie de frayeur, ne voulut jamais y
entrer, quoique le génie pût lui dire pour la raffu-
rer. Par pitié, lui dit-elle, mon cher Zachiel,
faites-nous fortir au plus vîte de cette comète,
qui n'annonce que des calamités. Je ferois tentée
de croire que c'eft l'enfer du monde de la
Lune, puifqu'elle n'eft remplie que de lutins
& de magiciens.

Il eft vrai, dit le génie, que cette comète
qui paroît depuis quelques années, & qu'on
voit dominer & la Lune & Mercure, ne s'eft
formée que des noires exhalaifons qu'elle attire
de ces deux mondes ; & par l'attraction qui eft
entr'elle & Mercure, plufieurs des habitans
de cette planète y font enlevés avec rapidité.
Leurs cerveaux vuides de fens & de raifon,
n'a pas affez de confiftence pour les retenir ;

& ces esprits, livrés au fanatisme, se laissent aisément séduire par les visions les plus grossières. La plupart ignorans ou faciles, sont portés à croire les plus grandes absurdités.

Le négromancien que vous venez de voir est celui qui les domine dans ce monde infecte ; c'est ici où il se fait craindre, révérer & obéir de tous ces pauvres imbécilles, qu'il entraîne chaque jour dans mille nouvelles extravagances. Tous sont persuadés qu'il est immortel, & le regardent comme un dieu, qui peut, quand il lui plaît, dispenser les biens, l'abondance ou la famine & la misère. Les intelligences que ce magicien a avec les esprits infernaux lui facilitent toutes les opérations extraordinaires dont vous venez d'être les témoins.

C'est par ces charmes qu'il suscite les guerres, en les allumant entre les mauvais génies qui gouvernent la Lune & Mercure : il commande aux démons d'habiter les châteaux abandonnés, de battre de différens instrumens ceux qui se présentent pour y loger ; il enseigne à se défaire de son ennemi, en se faisant une image de cire qui lui ressemble ; il fait trouver des mains de gloire à celui qui veut s'enrichir ; il distribue aux voleurs des chandelles de graisse de pendu, pour endormir maîtres, valets &

chiens : il fabrique l'écu volant, & des bagues
pour les coureurs, qui leur font faire cent lieues
en un jour : il apprend à guérir avec des paroles
magiques : il enseigne aux bergers la patenôtre
du loup, & les herbes qu'ils doivent cueillir à
jeûn en un certain tems de l'année : il tord le
cou à ceux qui lisent dans le grimoire sans
faire les cérémonies ordonnées. Lorsque les
voyageurs se trouvent la nuit dans les campagnes, quand les sorciers vont au sabat, il ne
leur fait paroître qu'une troupe de chats, ou
les force d'aller baiser le cul du bouc; à d'autres
il leur frotte le derrière de miel, & les fait lé-
cher par des mouches. Souvent il fait trouver
dans le lit de ses favoris, des incubes ou des
sucubes : il donne le cochemart, & provoque
les esprits à se faire rompre, empaller, rôtir
ou crucifier, larder de clous, ou de pointes
de fer aiguës : il envoie des crapauds sous le
seuil des bergeries ou des écuries, avec des
maudissons qui font périr tous les animaux. Il
donne une vertu secrète à de certaines paroles, lorsqu'elles sont récitées à rebours : il
prête aux magiciens & magiciennes un démon
familier qui les accompagne & les empêche de
rien entreprendre qu'ils n'aient fait leur prière
à monsieur Martinet, qui souvent les oblige à
se revêtir d'une façon extraordinaire.

Le négromancien enfeigne encore à pétrir le gâteau triangulaire en un certain jour pour rompre les forts : il guérit les malades du loup-garou, en leur donnant un coup d'épée entre les deux yeux : il fait fentir les coups aux forciers, lorfqu'ils font affez imprudens de fe faire fecourir ou frapper par des perfonnes qui ne font pas initiées dans leurs myftères : il apprend aux devins la manière de tourner le fas pour faire retrouver ce qui n'eft pas perdu : il excite les fées à danfer toutes nues au clair de la lune, avec des poftures lubriques & indécentes, pour inviter ceux qui affiftent à leurs infâmes cérémonies, de participer à leurs impudicités & à leurs extravagances. Il fait courir les ardens fur les fleuves & fur les rivières pour noyer les voyageurs : il apprend la compofition des brevets, des forts, des charmes, des talifmans, des miroirs magiques & de figures conftellées. Il fait trouver le guy de l'an neuf, l'herbe de fourvoiement, les gamaches, l'emplâtre magnétique ; il envoie le gobelin, la mule ferrée, le roi Hugon, les hommes noirs, les femmes blanches, les lémures, les farfadets, les larves, les lamiers, les ombres, les mânes, les fpectres & les fantômes. Ce fameux négromancien eft enfin connu dans la Lune & dans toute la Mercurie fous le nom de juif-errant. Le fe-

cret

cret qu'il a acquis par sa science de la compo-
sition d'un élixir, fait avec des serpens de même
espèce de celui que Tirésias frappa, lorsqu'il
changea de sexe, lui donne aussi la facilité d'en
changer autant de fois qu'il le juge à propos,
& par conséquent celle de se produire sous
différentes formes, selon qu'il les trouve plus
ou moins avantageuses.

Voilà, dit Monime, de tous ces secrets, le
seul que j'embitionnerois d'avoir en ma puissance. Comme je suis persuadée, mon cher
Zachiel, que rien ne vous est caché, je vous
supplie, lorsque nous serons de retour dans
notre monde, de vouloir bien me donner une
phiole de cet élixir; le génie le lui promit,
en la badinant un peu sur l'envie qu'elle témoignoit de changer de sexe.

Toutes vos plaisanteries, reprit Monime, ne
sauroient me tirer de la noire mélancolie où
je suis plongée depuis que nous sommes arrivés dans cette comète; c'est pourquoi je vous
prie de me faire sortir au plutôt d'un monde
où l'extravagance me paroît poussée à son dernier période. Je consens, dit le génie, de vous
satisfaire dans l'instant.

# SECOND CIEL.
## MERCURE.

## CHAPITRE PREMIER.

### *Planète de Mercure.*

Le génie nous transporta dans le second ciel, qui est, comme l'on sait, la planette de Mercure. La rapidité de l'attraction qui nous attiroit, nous enleva avec une si grande violence, qu'elle nous ôta presque la respiration; ce qui nous empêcha, Monime & moi, d'admirer mille beautés nouvelles qui s'offroient à nos regards.

Nous arrivâmes dans ce nouveau monde extrêmement fatigués. Nos gnomes, qui avoient pris les devants, nous attendoient sur la frontière, avec des équipages convenables à la dignité & à la dépense que doivent faire des seigneurs étrangers : mais, malgré l'impatience que nous avions de trouver un gîte qui pût nous procurer quelque repos, nous fûmes encore obligés de traverser de grandes forêts, & des plaines désertes & arides.

Le génie, pour dissiper l'ennui d'une route

auſſi peu amuſante, voulut bien nous donner
une idée des uſages qui s'obſervent dans ce
monde, & de la façon de penſer de ceux qui
l'habitent. C'eſt ici, nous dit-il, le ſéjour de
l'opulence, du luxe, du faſte, & de toutes
ſortes de magnificences ; de ſomptueux édifices ornent toutes les villes ; de beaux châteaux, des parcs admirables embelliſſent leurs
campagnes. Dans toute cette planette, l'argent
eſt le ſeul dieu, le ſeul ami, le ſeul mérite
qu'on révère : ce métal ennoblit ; il donne de
la naiſſance & de l'eſprit aux perſonnes les
plus ſtupides : il fait encore parvenir aux plus
hautes dignités, quoiqu'on n'ait nulle ſorte
de talens pour les remplir : c'eſt ce qui fait
qu'on n'eſt occupé dans ce monde que des
moyens par leſquels on peut acquérir de grands
biens. Pour y parvenir, on emploie toutes
choſes : la paſſion des richeſſes a toujours fait
le caractère dominant de tous ces peuples,
qu'on nomme Cilléniens : mais ils ont changé
depuis quelques années leurs manières d'en
uſer. Autrefois leurs grands principes étoient
de conſerver ce qu'ils avoient amaſſé : ils pen-
ſoient qu'il étoit juſte de ménager avec ſoin ce
qu'ils avoient ſu gagner avec bien des peines,
& qu'il ſuffiſoit d'avoir ſes coffres pleins pour
ſe faire des amis.

K ij

Aujourd'hui, cette façon de penser seroit regardée comme avarice. Ils ont entièrement changé leur méthode. Il n'est plus question de trésors, ni de coffres; ou, s'ils en ont, ils n'ont certainement point de fond: car, malgré la prodigieuse quantité d'or qui y entre, ils sont toujours vuides. Aussi n'y a-t-il point de monde dans l'univers où l'on trouve plus de gens qui, tout-à-la-fois, paroissent puissamment riches, & extrêmement pauvres, parce que la plupart de ceux qui font une figure des plus brillantes, sont obérés de dettes; & quoiqu'ils laissent après leur mort les plus beaux héritages, leurs enfans se trouvent néanmoins forcés de répudier l'hérédité. Avoir des dettes, est un titre de noblesse, & même de grandeur.

Cependant, écoutez-les raisonner sur leurs maximes; elles sont admirables; jamais ils ne parlent que de probité, d'honneur, de droiture & d'humanité: il leur échappe même quelquefois de vanter la conscience & la religion: mais toutes ces vertus sont regardées par la plus grande partie des citoyens, comme des préjugés de l'école; préjugés dont ils savent bientôt se débarrasser. C'est néanmoins par cette apparence de bonne-foi qu'ils commencent leur réputation; mais malheureusement ils la finissent trop souvent par la corruption. Chez

eux, devoir, amitié, gratitude, ne font plus
que de vieilles chimères, ou d'anciennes erreurs,
qui font les liens des fots ou des foibles, parce
que l'influence qui les domine les pousse & les
détermine au vrai génie d'intérêt, à celui de
fripponnerie & de brigandage ; ils cultivent
ces odieux talens par étude, & les fortifient
par expérience. L'avidité des richesses fait en
eux le même effet que dans les autres mondes,
l'ambition, les honneurs & la puissance : ils
amassent de cent façons différentes, qui font
autant de fruits de l'industrie. Vous n'en verrez
guères qui n'ait sur son compte plus d'une aventure où la probité a fait naufrage. Leur grand
secret, pour se faire des créatures, est de promettre beaucoup, & de ne donner presque jamais. Ils ont pour principe, que le plus sûr
chemin qu'on peut prendre pour obtenir l'estime des hommes, & le plus gracieux, est
celui de la fortune. Il est certain que dans ce
monde, avec de l'argent, on a de la science,
de l'esprit, de la naissance, du crédit, du
courage ; enfin, on a de tout, on donne le
ton, on fait la loi. Par conséquent, c'est un
abus de ne vouloir acquérir la considération
des hommes que par des talens & des vertus ;
cette voie est trop longue & trop pénible.

Cependant, en avançant dans la Cillénie,

K iij

nous ne rencontrâmes d'abord que de misérables villages, dont les maisons couvertes de
chaume & à demi-ruinées, n'offroient à nos
yeux que d'affreuses tanières, plus propres à
servir de retraites aux animaux sauvages, que
de logement à des êtres raisonnables : une multitude de personnes, de l'un & de l'autre sexe,
portoient le sceau de l'indigence imprimé sur
leur physionomie. Les haillons dont ils étoient
couverts, leurs visages pâles & décharnés,
leurs démarches tristes & languissantes, le silence farouche qu'ils gardoient, tout annonçoit en eux des êtres flétris par le désespoir,
& languissans sous le fardeau des besoins : des
hommes sans vigueur suivoient tristement des
vieillards épuisés : venoient ensuite des femmes
entourées de plusieurs enfans, qu'elles traî-
noient avec peine ; elles ne paroissoient occupées que des moyens qu'elles pouvoient employer pour appaiser leur faim : ces pauvres
malheureux sembloient regretter intérieurement le tems où leur lait suffisoit à leur subsistance, & où ils trouvoient dans leur sein
la nourriture qu'on refusoit à leurs cris ; & ces
pauvres petits individus, qui à peine com-
mençoient à vivre, n'avoient déjà que trop
vécu.

Monime & moi ne pûmes envisager ces miférables , fans nous fentir pénétrés d'une pitié douloureufe : nous leur fîmes diftribuer de quoi les foulager.

Plus loin , notre pitié fut encore excitée par le fpectacle le plus affreux : c'étoit de pauvres payfans à qui on enlevoit, à l'un, fa vache, feule reffource qu'il eût pour fubvenir à fes befoins ; à l'autre, fes chevaux de labour : d'un autre côté, on voit de jeunes gens forcés de fuivre des foldats , & d'abandonner leurs pères, en privant ces bons vieillards du fe-cours de leurs bras, & par ce moyen on les mettoit hors d'état de payer leurs impofitions; ce qui n'empêchoit pas un barbare recéveur de faire vendre, au nom du fouverain, le lit, la marmite, & quelques autres méchans meu-bles de bois à demi-pourris. A cela, on joi-gnoit auffi quelques mefures de grains defti-nés à la nourriture d'une femme, que l'âge & les infirmités mettoient dans l'impoffibilité de pourvoir à la fubfiftance de quatre ou cinq jeunes filles , qui n'étoient encore que dans cet âge où l'on ne fait que fouffrir.

Hélas ! s'écria Monime , le cœur rempli d'a-mertume, à l'afpect de tant de mifère, quel plaifir prenez-vous à me tromper? Pourquoi, mon cher Zachiel, voulez-vous abufer de ma crédulité? Depuis que nous fommes fous votre conduite, je vous ai toujours regardé comme mon père, mon guide & mon soutien ; vous possédez toute ma confiance, & vous vous faites un jeu d'en abuser par des peintures aussi éloignées de la vérité ? Est-ce donc là ces richesses & cette opulence que je devois voir régner de toutes parts chez ces peuples ? Dites-moi, mon cher Zachiel, quel jugement j'en dois porter, lorsque je vois au contraire que rien n'est si malheureux que les Cilléniens ?

Loin de me fâcher de vos reproches, reprit le génie, je me félicite que votre impatience me les ait attirés ; ils me font remarquer ce tendre intérêt que vous prenez au sort des malheureux : il seroit à souhaiter pour eux que les personnes qui les gouvernent eussent autant d'humanité que vous en montrez l'un & l'autre. Soyez bien persuadée, ma chère enfant, que je ne cherche point à vous en imposer. Il est vrai que rien n'est comparable à la misère du paysan ; mais apprenez que dans la Cillénie, ce n'est que par la ruine totale d'un million d'ames que l'on parvient à faire un riche. Un favori de Plutus dépense plus en un seul repas, que ne produit l'année du revenu de tout un village. C'est pour fournir à ces somptuosités, qu'on exerce tous les jours sur eux mille vexations indignes, & ce que

vous venez de voir, n'est encore qu'un foible
tableau de la misère qui règne actuellement
dans presque toutes les campagnes. Reprenez,
belle Monime, votre humeur enjouée, poursuivit le génie en souriant, accoutumez-vous
à prendre les façons de ce monde, & sachez
qu'ici tous les cœurs se roidissent contre la
charité & l'humanité. On n'y fait point l'au-
mône. Au milieu d'un luxe qui annonce la
plus grande opulence, on dit tranquillement
à un pauvre qu'on n'a rien; & loin d'être
touché de leurs maux, on ne les soulage que
par des bénédictions.

Nous découvrîmes enfin une grande ville,
que Zachiel nous dit être une des capitales de
la Cillénie. Arrivé à l'entrée d'un fauxbourg,
je fus extrêmement surpris de voir arrêter tous
nos équipages, ouvrir & renverser quelques-
unes de nos malles. Monime, qui les prit pour
des voleurs, parut d'abord saisie de crainte;
mais le génie, pour la rassurer, lui dit, que
ces hommes étoient préposés pour visiter tout
ce qui entroit dans la ville. Je trouve, dit
Monime, cette curiosité fort extraordinaire,
qu'il faille que des gens que nous ne connois-
sons point, fassent l'inventaire de nos effets:
quel usage en veulent-ils faire? Apprenez, dit
Zachiel, que ces gens cherchent a s'emparer

d'une partie de vos effets, qu'ils regardent comme une capture qui peut les enrichir; & fur le prétexte que ce font des marchandifes prohibées, ils prétendent vous en fruftrer en les faififfant. Pourquoi, demandai-je, fouffre-t-on de pareilles injuftices ? Ne peut-on pas s'en plaindre à leur fupérieur ? Cela feroit inutile, dit le génie : fi quelqu'un chez les Cilléniens veut entreprendre de fe faire rendre la juftice qui lui eft due, il eft ruiné avant de pouvoir l'obtenir. Ces gens ici font foutenus par ceux qui les employent, dont la plupart ont été les valets, & ils n'ignorent pas que celui qui les a mis dans ce pofte, l'a lui-même été d'un autre : c'eft ce qui fait naître en eux cet efprit de cupidité, & cette idée de fortune, à laquelle ils efpèrent parvenir.

Cependant, pour fatisfaire à l'impatience de Monime, je me donnai beaucoup de foins, afin d'engager ces Meffieurs de nous expédier promptement : mais ils me répondirent d'une façon brutale, que leur bureau étoit embarraffé, que la multitude de nos bagages demandoit au moins trois ou quatre heures, & que notre empreffement ne les feroit pas avancer davantage. Zachiel qui remarquoit notre inquiétude, eut bientôt trouvé la façon de nous en délivrer, en leur gliffant adroitement dans

la main quelques pièces d'or. Alors ils radou-
cirent leurs tons, nous dirent qu'ils ne vouloient pas arrêter plus long-tems des seigneurs
comme nous, donnèrent la liberté à nos co-
chers de passer, & nous saluèrent très-respec-
tueusement. Nous traversâmes une partie de
la ville, afin de nous rendre dans le plus beau
quartier, où un hôtel très-bien meublé nous
étoit préparé. J'admirois dans certains endroits
la hauteur des maisons, qu'on auroit pu prendre
pour autant de tours de Babel : peut - être les
gens qui les habitent parlent-ils aussi diverses
langues. Arrivés dans notre hôtel, nous passâmes quelques jours à nous reposer, & nos
domestiques s'occupèrent à vuider nos malles,
qui, quoiqu'elles renfermassent les habits les
plus galans, notre intendant nous assura qu'ils
n'étoient pas assez riches pour pouvoir figurer
dans ce monde. C'est pourquoi Zachiel nous
proposa d'aller chez les marchands qui avoient
la réputation d'employer les meilleures manufactures, afin d'y choisir les étoffes les plus
riches & les plus nouvelles.

Le brillant de notre équipage, le nombre
de nos domestiques, mit d'abord le marchand,
sa femme & tous ses garçons en mouvement,
plusieurs anciennes étoffes, ce qu'on appelle
des garde-magasins, furent déployées, en pro-

teſtant ſur leur honneur qu'elles étoient nouvelles. Les plus grands princes furent cités pour
en avoir de pareilles, & les dames de la cour
en faiſoient leurs plus belles parures : mais
comme elles n'étoient point du goût de Monime, ils furent contraints de nous en montrer
de nouvelles, qu'ils nous aſſurèrent que perſonne n'avoit encore vu, les caiſſes venant
d'arriver. Le marchand employa toute ſon éloquence, qui ne conſiſtoit qu'en des termes de
probité, de conſcience & d'honnête homme;
termes dont les Cilléniens ſe ſervent preſque à
chaque phraſe, & qui néanmoins ne ſignifient
autre choſe, que l'envie qu'ils ont de vous
duper.

Monime, peu au fait de ces uſages, s'y ſeroit laiſſé ſurprendre, ſi Zachiel ne l'eût avertie,
qu'on lui ſurfaiſoit ces étoffes de moitié. Après
s'être bien débattu, on convint du prix, &
le calcul fait du montant, Monime un peu
embarraſſée, fit ſigne à Zachiel, que ſa bourſe
n'étoit pas aſſez garnie pour y ſatisfaire : il ſourit
de ſon inquiétude, & ſans lui répondre, il dit
au marchand d'en charger ſon livre de compte,
& d'envoyer ſon mémoire à l'hôtel ; ce qui ne
fit aucune difficulté. Remontés dans notre voiture avec les marchandiſes, quelle eſt donc
votre ſimplicité, dit Zachiel, de vouloir payer

comptant ? Apprenez que les gens d'un certain
ton doivent toujours prendre à crédit, & que
si on ne doit de toutes parts, on est regardé
comme des personnes à qui il ne faut rien confier ; & , qui pis est, comme des gens remplis
d'ordre : ce qui est ici du dernier ridicule. Ainsi,
ma chère Monime, si vous voulez vous conformer aux belles manières & suivre les maximes de ce monde, vous devez toujours dis-
puter avec la plus grande chaleur, lorsqu'on
vous demande le prix de votre dépense ; & ne
jamais payer, sans dire aux marchands des
choses dures & désagréables.

Lorsque nous fûmes en état de paroître avec
assez de magnificence pour être bien reçus dans
les bonnes compagnies ; car il est bon d'avertir
que chez les Cilléniens, ce n'est que l'habit
& les équipages qu'on honore : un homme,
souvent de la plus basse extraction, qui s'annonce d'un air bruyant, est le plus estimé : la
prospérité cache tous ses défauts & tous ses
ridicules : c'est un aimable homme ; il est riche,
sa table est bien servie, son équipage bien
doré ; nombre de domestiques l'accompagnent ;
il fait beaucoup de dépense, il joue gros jeu ;
en voilà assez pour mériter toute leur estime ;
mais il s'en faut bien que le vrai mérite s'empare ainsi de leur vénération ; ses charmes

trouvent toujours des envieux & des critiques : tous les admirateurs suivent la fortune , & se confacrent à ses favoris.

Nous fûmes donc aisément introduits dans les maifons les plus opulentes. Monime qui, comme toutes les perfonnes d'efprit , aimoit un peu à parler , parce qu'on les écoute toujours avec plaifir , lorfqu'elles ont ce brillant & cette légéreté qui fait l'agrément de la converfation , Monime , dis-je , fut très-furprife & même un peu fâchée de voir dans tous les endroits où nous allions, qu'il n'étoit prefque pas queftion de converfation. A peine les premières révérences étoient-elles faites & rendues , qu'un valet de chambre apportoit des tables , & rangeoit autour trois ou quatre fièges : alors on vous faifoit tirer des petits bâtons de nacre ou d'ivoire. Vous alliez vous ranger où le fort vous avoit placé , & chacun déployoit un paquet qui renfermoit des morceaux de cartons barbouillés de différentes façons, les uns en rouge , d'autres en noir, auxquels on donnoit des noms de Céfar, Alexandre , Hector, Pallas , Judith , & d'autres apparemment convenables à la peinture qu'ils repréfentoient. On paffoit fix ou fept heures de fuite à mêler à fon tour ces cartons, dont on diftribuoit à la ronde à chacun un pareil nombre , qu'ils étoient obli-

gés enfuite de jetter l'un après l'autre fur la
table, & d'autres fois tous enfemble : un autre
les relevoit, afin de recommencer la diftribution ; & cette occupation puérile duroit,
comme j'ai dit, une partie de la journée. Ce
que je trouvai de fingulier, eft que tout cela
fe faifoit avec le plus grand férieux du monde:
il fembloit que l'arrangement fortuit de tous
ces cartons dût décider du fort de l'état : à
peine fe difoit-on un-mot, & ce mot comme
échappé, ne rouloit que fur la façon de jetter
fon carton : les uns paroiffoient d'une gaieté
extrême; les autres, triftes & chagrins, avoient
bien de la peine à diffimuler au-dehors les tranfports violens dont ils étoient agités au-dedans:
quelquefois on fe fâchoit les uns contre les
autres; on difputoit avec feu, & la féance fe
terminoit toujours par compter de l'argent. Je
regardois cette occupation comme un travail
de l'efprit; mais il a plu aux Cilléniens de lui
donner le nom de jeu : quelques-uns y paffent
la plus grande partie de leur vie : on peut dire
que le jeu eft chez eux une de ces maîtreffes
paffions, qui les conduit fouvent à leur perte.
On trouve de ces petits cartons dans toutes
les maifons, dont on fe fert de cent différentes
façons. En général, il ne faut ni induftrie, ni
efprit, ni favoir pour tous ces jeux ; il n'y a

que la cupidité & l'espérance du gain qui puisse
les faire goûter. Il est vrai qu'on y hasarde des
sommes considérables. Plusieurs y ont fait
d'immenses fortunes ; mais aussi plusieurs s'y
font entièrement ruinés. Il y a des maisons qui
ne se soutiennent qu'en donnant à jouer ; c'est
la ressource de quantité de personnes que le
luxe, le jeu & la bonne chère ont ruinées.
Chez eux se rassemblent plusieurs filoux, qui
forment entr'eux une société : il semble dans
bien des maisons que le jeu ennoblisse ; les
états y font confondus ; celui de joueur met
tout à l'unisson ; il est en société avec les grands ;
c'est un honnête homme ; il joue noblement
& les imbécilles que la passion aveugle, ne
s'apperçoivent pas qu'il les dupe & brille à
leurs dépens. J'allai un jour dans une de ces
académies, qui me parut un vrai coupe-gorge :
on y jouoit à des jeux qu'ils nomment de hazard. J'en vis qui, de désespoir, avaloient des
quarrés d'ivoire, parce qu'ils étoient tombés
sur un mauvais point : d'autres se mordoient
les doigts, & mangeoient des cartons qu'ils
avoient pliés & repliés de plusieurs cornes,
jurant & se maudissant de la meilleure foi du
monde. J'en remarquai aussi qui, plus fins que
les autres, savoient le secret de se rendre la
fortune favorable, par des subtilités & des

tours

tours de soupleſſe. Mais ſi le gain n'eſt pas toujours légitime, il eſt toujours bien aſſuré. Les
dettes du jeu ſont chez les Gilléniens les dettes
privilégiées, & par préférence à toutes autres,
on les appelle dettes d'honneur : faire banqueroute, fruſtrer ſes créanciers, ruiner ſa famille, violer ſes ſermens, trahir ſes amis, cela
chez eux y eſt regardé comme gentilleſſe ou
eſpiéglerie : mais ne pas ſatisfaire aux dettes
du jeu, c'eſt un déshonneur.

# CHAPITRE II.

## Suite d'Obſervations.

ZACHIEL nous conſeilla de continuer encore
quelque tems à nous répandre dans ce qui s'appelle le grand monde. Nous y vîmes, comme
ailleurs, peu de ſincérité, beaucoup de mauvaiſe foi, d'affectation & de grimace : avec
cette différence, que le courtiſan eſt plus
ſouple, agit avec plus de fineſſe, ſe plie avec
plus d'art, & ſe déguiſe avec plus d'adreſſe
pour mieux cacher la baſſeſſe de ſes ſentimens.

Les Gilléniens ſe lient volontiers les uns
avec les autres ; l'intérêt les engage à ſe voir
ſouvent ; mais le plaiſir que donne la ſociété
n'y entre pour rien : ils ſe fréquentent par po-

litique, dans la vue d'apprendre à mieux tromper ceux qui ont besoin d'eux : ils s'efforcent
de faire passer le mensonge pour vérité, & la
fourberie pour complaisance. L'esprit satyrique
répand son venin. On ne se voit que pour se
critiquer ; de-là naissent des haines irréconci-
liables. Peut-on s'aimer quand on se connoît
si bien ? Cependant on continue à se voir : les
parties de jeu ou de campagne se nouent régulièrement ; on y porte beaucoup de finesse dans
l'esprit, quantité de saillies & de bons mots,
une extrême politesse, dont la dissimulation
est la base. Je fus un jour invité à souper chez
une femme qui demeuroit dans le voisinage, &
qui faisoit une très-grande figure : cette femme
que je rencontrois chez tout ce qu'il y avoit
de mieux dans la ville, avoit rassemblé chez
elle une nombreuse compagnie. Tous montroient beaucoup d'enjouement. La maîtresse
de la maison les excitoit elle-même à la joie,
par mille propos badins, où la satyre tenoit
le premier rôle. Un officier vint annoncer
qu'on avoit servi : on passa dans une salle à
manger, où étoit une table très-bien garnie
des mets les plus délicats ; nombre de bouteilles
de différens vins ornoient le buffet. Après qu'on
se fut placé, & que chacun eut son assiette garnie, je demandai du pain à mon domestique.

Tous les convives en firent de même, penſant qu'on avoit oublié d'en mettre ſur la table. Les domeſtiques étrangers ſe mirent en devoir d'en aller prendre au buffet, & ceux de la maiſon ſe regardoient en ſouriant. La maîtreſſe, impatiente, ſe mit fort en colère, gronda ſes gens, & ſur-tout ſon maître d'hôtel, qui, pour s'excuſer, s'approcha de ſon oreille, & dit qu'on l'avoit averti pluſieurs fois qu'aucun boulanger ne vouloit plus en donner à crédit; qu'elle n'ignoroit pas que ceux qui lui en fourniſſoient depuis long-tems vouloient abſolument être payés; qu'ils l'en avoient avertie. Voilà de grands coquins, dit-elle : qui croiroit qu'on ſeroit aſſez hardi pour refuſer le crédit à une perſonne de ma condition ? J'étois à côté d'elle ; le maître d'hôtel n'avoit pas parlé aſſez bas pour n'être point entendu : je crus donc qu'il étoit de la politeſſe de lui offrir ma bourſe, où il y avoit une cinquante de louis. Elle l'accepta ſans façon, en gliſſa un à ſon maître d'hôtel, & ſans ſe démonter, fit des excuſes à la compagnie de l'étourderie de ſes gens. Mais perſonne n'en fut la dupe : il n'y eut que moi qui perdis mes 50 louis. Cette aventure réjouit beaucoup Monime, lorſque je lui en fis le récit.

Un jeune marquis vint nous prendre pour

aller rendre vifite au comte de Minucius, qui venoit de gagner un procès confidérable, qui duroit depuis plus de cinquante ans. Nous partîmes enfemble, & trouvâmes chez le comte grand nombre de feigneurs, qui étoient venus pour le féliciter. On ne parla que de fon triomphe, & déjà quelques poëtes qui fe préfentèrent, avoient exercé leur verve, afin de lui marquer en vers auffi-bien qu'en profe, la part qu'ils prenoient à fa joie.

Zachiel, qui nous accompagnoit, ne voulut pas laiffer échapper cette occafion de nous faire voir jufqu'où alloit l'imbécillité & l'entêtement des Cilléniens. Il demanda donc à Minucius quel pouvoit être le fujet d'une auffi longue conteftation? C'eft, dit le comte, pour un droit de cens, qu'un de mes voifins me difputoit. L'objet, à la vérité, n'étoit pas confidérable; mais fi un feigneur ne foutient pas fes droits, il n'eft pas eftimé dans la province, & s'attire le mépris de tous fes vaffaux. Il étoit donc effentiel que je foutinffe ce procès avec chaleur. Je l'ai fait aux dépens même de toute ma fortune; car je ne puis vous diffimuler que, malgré le gain de mon procès, je me trouve abfolument ruiné, par les fommes réitérées qu'il faut continuellement fournir à des fang-fues qui ne s'occupent qu'à faire naître & perpétuer les plus

odieuſes chicanes, & qui, ſans pitié pour de
pauvres citoyens, obligés d'avoir recours à
eux pour l'arrangement de leurs affaires, n'employent leur eſprit & leur ſcience qu'à la
ruine de la veuve & de l'orphélin, ſe char-
geant du pour & du contre, afin de favoriſer
celui qui les paie le mieux, ſupprimant les
meilleures pièces du ſac du malheureux qu'ils
ont deſſein d'accabler, extorquent aux uns des
ſignatures ou des pouvoirs, dont ils ſe ſervent
ſous des noms ſimulés, pour les conduire à
leur perte, lorſqu'ils ſont aſſez malheureux de
mettre leur confiance en eux : enfin il n'y a
point de ruſes ni de malverſations qu'ils n'employent pour s'approprier les biens de leur
partie. C'eſt à un de ces hommes à qui j'ai eu
affaire pendant long-tems. Son fils, qui lui a
ſuccédé dans ſa charge, auſſi fripon que le père,
a ſuivi ſes traces; l'un & l'autre ne m'ont point
épargné : où il ne falloit qu'une ſimple ſignifi-
cation, ils en ont fait trente; ainſi du reſte.
Jugez, Meſſieurs, ſi je dois me trouver à mon
aiſe, malgré la condamnation des dépens. Mais,
Monſieur, lui dis-je, puiſque vous étiez inſtruit
de toutes ces friponneries, ne valoit-il pas
mieux vous accommoder, que de vous laiſſer
ronger par ces coquins ? C'eſt, dit le comte,
qu'on eſpère toujours un jugement prompt &

définitif. On a mis de l'argent, on veut le ravoir. On eft animé contre fes parties ; on a
des amis pour appuyer fon droit : le tems s'é-
coule, qui, loin de vous adoucir, ne fait qu'irri-
ter la paffion qu'on a de triompher.

Vous voyez, nous dit le génie, en fortant de
chez le comte, qu'un Cillénien habile, lorfqu'il entreprend un procès, doit commencer
par s'affurer des protections, fans quoi, fon
affaire fût-elle inconteftable, il ne doit faire
aucun fond fur fon bon droit : car fi fa partie
eft plus puiffante, il eft certain qu'elle l'em-
portera. Les recommandations ont un poids
qui fait toujours pancher la balance. La juftice
éblouie, n'a plus d'égard aux loix. On diroit
que cette déeffe, à l'exemple des coquettes,
ne devient fenfible qu'à la flatterie ou à l'afpect
de l'or.

Quelques jours après nous priâmes le génie
de nous conduire à la cour ; mais il s'en défendit, & nous affura qu'il ne lui étoit pas permis de paroître dans aucunes cours de la Cillénie ; il nous confeilla de prier Amilcar, qui
paffoit pour y être très-bien reçu, de nous y
préfenter. Monime jugeant par le luxe & le
fafte qui régnoient dans la ville, que rien ne
devoit être comparable au brillant de cette
cour, que l'éclat du foleil. Elle fut extrême-

ment surprise de voir que les plus grands seigneurs, malgré les efforts qu'ils employoient
pour briller, étoient encore bien éloignés d'approcher de la magnificence, & des dépenses
superflues des nouveaux favoris de la fortune.

Le prince nous reçut avec bonté, dit à Monime les choses du monde les plus agréables :
comme notre objet étoit d'examiner les usages
de cette cour, nous y restâmes quelque tems.
Je remarquai que les Cilléniens s'y rassemblent
de toutes parts, dans le dessein d'y faire fortune & d'y avancer leurs familles : quelques-
uns se flattent d'y mener une vie délicieuse ;
mais ils ne sont pas long-tems à reconnoître
leur erreur : cet endroit n'est pas fait pour la
liberté ; les établissemens y sont aussi fort incertains ; il semble que ce soit dans ce lieu où
la fortune a érigé son trône, afin d'y mieux
signaler son inconstance. C'est-là où la plupart
des courtisans passent leur vie à briguer, à solli-
citer, & à ne rien obtenir. Quelle ennuyeuse
occupation, disoit Monime, de présenter sans
cesse des placets, qu'on ne lit point, de tâcher
de gagner à force d'argent un valet de chambre
pour être introduit auprès de son maître, auquel on ne parvient souvent que pour être
refusé ! Il me paroît, dis-je, que ceux qui cherchent ici de l'appui & des protecteurs pour

obtenir de l'emploi, doivent s'armer de patience, puisque tous vous promettent sans aucun dessein d'exécuter leur parole. Je remarque qu'on vous montre un grand empressement de vous servir, lorsque dans le fond du cœur la résolution est formée de vous nuire. Ceux qui fréquentent la cour, sont sans cesse tourmentés par l'ambition : ils faut qu'ils sacrifient leurs plus beaux jours à la fortune, sans espoir de paix ni de tranquillité ; & si le hazard les élève, bientôt l'envie précipite leur chûte.

Amilcar nous fit remarquer un vieux courtisan, qui occupoit dans la ville un hôtel des plus vastes. Ce seigneur usoit envers sa famille & son domestique d'un despotisme qui les faisoit tous trembler d'un seul de ses regards ; tous lui étoient soumis, & s'empressoient à prévenir ses moindres desirs : mais loin de jouir de tous ces avantages, tourmenté par l'ambition & l'envie d'acquérir de grandes richesses, il quittoit les respects qu'on lui rendoit & la magnificence dont il jouissoit à la ville, pour venir se restreindre sous les toits du palais du souverain, dans une petite chambre lambrissée, où à peine se pouvoit-il tenir debout. Attaché sous les pas du prince, il mettoit tous ses soins à tâcher de s'en attirer quelques regards favorables.

Je ne puis concevoir, dit Monime, quel avantage cet homme peut retirer du soin qu'il apporte à acquérir de grands biens, si la servitude & l'esclavage l'empêchent d'en jouir. Quel contentement peut-il prendre d'avoir de belles terres, de beaux châteaux, de beaux parcs, de belles forêts, s'il n'a pas la liberté de s'y aller promener ? Il est vrai, dit Amilcar, qu'un favori se tourmente continuellement pour obtenir ce qui fuit devant lui : il ne peut jamais goûter la douceur d'un vrai repos; & par un aveuglement inconcevable, son ambition le fait toujours désirer ce qu'on accorde à quelques autres, pour lui ôter le véritable usage de ce qu'il possède. Cependant cet homme qui, lorsqu'il est en présence du prince, vous paroît si humble & si souple, semble vouloir se dédommager de sa servitude, quand il est chez lui; & par un abus de sa grandeur, on ne le voit regarder les gens qui ont besoin de sa protection, que comme une espèce d'animal fort au-dessous de son être, auquel il se plaît à faire souffrir des injures sensibles, s'en servant de jouet, comme les enfans qui martyrisent les chiens & les chats à force de les tourmenter.

Pendant notre séjour à la cour, il s'y donna plusieurs fêtes, dans lesquelles le monarque eut pour Monime des attentions marquées. J'eus part auffi à la faveur de ce prince, qui me fit la grace de me nommer dans différentes parties de plaifir.

L'accueil que nous reçûmes du prince, fit croire à bien des perfonnes, que nous étions fort avant dans la faveur. Cette nouvelle fe répandit jufques dans la ville, & lorfque nous fûmes de retour, on nous affiégea de toutes parts d'une multitude de placets. Il fembloit que nous étions devenus le canal d'où devoit découler toutes les graces. La veuve d'un commis prétendoit qu'on ne pouvoit, fans injuftice, lui refufer une penfion. Un entrepreneur des vivres croyoit, après avoir amaffé des fommes immenfes aux dépens du pauvre foldat, être encore en droit d'obtenir le paiement de plufieurs millions, dont il affuroit avoir fourni la valeur; & pour parvenir au rembourfement de fa prétendue créance, il offroit d'en partager les fommes avec nous. Mille nouveaux projets nous furent préfentés, dans lefquels non-feulement on vouloit nous intéreffer pour des fommes confidérables, fans fournir de fonds, mais encore nos domeftiques, à qui l'on donnoit, à l'un un fol, à l'autre fix deniers, afin de les engager de nous parler en faveur de leurs projets. Notre réputation ainfi établie, nous étions tous les jours accablés de mille visites intéressées : car chez les Cilléniens, les grands comme les petits se livrent avec fureur dans les nouveaux projets.

Amilcar obligé, suivant ses faux principes, à faire beaucoup de dépense, voulut nous engager d'en présenter quelques-uns, qui lui avoient été proposés, dans lesquels on lui faisoit espérer un intérêt considérable. Charmés de trouver une occasion de l'obliger, nous convînmes qu'il viendroit le lendemain avec l'auteur d'un de ces projets, pour en entendre la lecture, afin d'examiner ensemble les avantages qu'on pourroit en tirer.

Le jeune courtisan vint le lendemain avec l'homme à projet, qui s'adressant à Zachiel : monseigneur, dit cet homme, je prends la liberté de présenter à votre grandeur ce nouveau projet, parce que je vous regarde comme le citoyen le plus éclairé du royaume. Vous savez, monseigneur, que tous les dons sont départis diversement ; vous ne devez pas me soupçonner de vanité, quoique j'ose dire que je suis le premier homme du monde pour la science des projets. Le seigneur Amilcar qui connoît mes talens, vous a sans doute parlé de mon travail, & de la vaste étendue de mes idées. Vous en allez juger par ce projet qui va vous surprendre. Je commence par vous annoncer qu'il tend au bien général de tous les peuples. Ne croyez pas que je me borne à l'art méchanique d'augmenter les revenus de l'état, de retrancher les dépenses superflues, de bien régler les affaires du prince, & celles de la nation, ni de mettre un ordre exact en toutes choses. Mon dessein est beaucoup plus étendu : vous allez le concevoir aisément lorsque je vous aurai instruit que ce nouveau projet n'a pour but que de profiter des lumieres de nos premiers pères, de qui nous tenons l'art funeste de déchirer d'une main impie les entrailles de notre mère, pour y chercher des trésors, que là sagesse de la nature y avoit soigneusement cachés. Vous entendez, monseigneur, que je veux parler de l'or, de l'argent & des pierres précieuses, qui causent à présent le malheur de presque tous les citoyens, par le luxe que ces métaux ont introduit dans les villes. Mais comme il seroit trop difficile de remédier à ce luxe, que l'or & l'argent sont devenus absolumént nécessaires à tous les hommes; car il est démontré que ces métaux bien appliqués peuvent changer les hommes au point de ne les pas reconnoître, puisqu'ils font d'un sot un homme d'esprit; ils donnent la noblesse, & changent les bourgeoises en femmes de qualité; ils font enfin oublier ce qu'on

a été, pour ne se souvenir que de sa fortune
présente ; il ne s'agit donc à présent que d'en
établir une juste circulation, qui doit être com-
muniquable entre tous les citoyens : car vous
remarquerez, monseigneur, que ce n'est que
par un mouvement qui ne puisse jamais être
interrompu, jusqu'à ce qu'il ait accompli le
cercle qu'il doit suivre pour arriver à l'endroit dont il est parti : ce n'est qu'en suivant
cette maxime, que vous enrichirez tout le
royaume : mais pour y parvenir, la plus grande
difficulté sera de déboucher tous les canaux,
qui jusqu'à présent l'ont empêché de circuler.

C'est de vos lumières, monseigneur, qu'on
doit attendre le secret d'en rendre l'exécution
facile, & j'ose espérer de votre générosité,
qu'elle voudra bien me faire donner quelque
argent, qui puisse m'aider à subsister jusqu'à
l'entier accomplissement de mon projet. Nous
renvoyâmes ce pauvre cerveau brûlé, en lui
faisant donner ce qu'il demandoit.

Amilcar, confus de nous avoir présenté un
pareil fou, nous en fit beaucoup d'excuses.
C'est ainsi que pensent la plupart des hommes,
dit le génie : l'activité des passions leur fait
naître de nouvelles idées, en leur faisant chercher à exécuter de grandes choses ; & il pourroit arriver que, secourus par le hazard, ils

en découvrent d'utiles d'échappées aux recherches & aux profondes méditations du genre
humain. Vous conviendrez auffi qu'il eft des
momens, où dans le calme de la nature & des
fens, le génie s'inftruit par l'étude des fciences,
qui femble fermenter par les réflexions : alors
on étend fes idées dans un cercle immenfe, qui
peut embraffer les quatre élémens.

# CHAPITRE III.

*Defcription du Temple de la Fortune.*

Tous les arts fleuriffent chez les Cilléniens;
on croiroit qu'ils en font les inventeurs; il eft
certain qu'on a pouffé dans ce monde la méchanique dans fa plus haute perfection : des
automates merveilleux s'y font admirer; ils
paroiffent imiter d'auffi près qu'il eft permis
aux hommes d'en approcher, l'art fecret du
grand ouvrier. Ici on croit voir le marbre vivant; là, un tableau, dont la figure femble
refpirer : d'un autre côté, des oifeaux fe mouvoir, chanter & digérer; enfin on y fait tous
les jours de nouvelles découvertes, par les
efforts curieux de mille beaux efprits, dont les
uns ne s'occupent qu'à mefurer l'univers. On
en voit d'autres qui, pour fe promener dans

les cieux, franchiſſent d'un vol hardi les li-
mites de leur monde : ſans doute qu'ils ſe
croyent aſſez habiles pour dérober à la nature une partie de ſes ſecrets.

Vous avez dû remarquer, nous dit un jour
Zachiel, la différence qui ſe trouve entre les
Lunaires & les Cilléniens. Chez les premiers,
le commerce & la culture des terres, qui doivent être les deux principales colonnes d'un
état, y ſont trop ſouvent négligées, & ſemblent n'être regardés que comme un ornement
de leur empire, ou une ſurabondance de leurs
richeſſes; au lieu que chez les Cilléniens, le
commerce y eſt conſidéré comme le nerf, la
vie & l'ame de l'état : accoutumés à négocier
dans toutes les mers, on diroit, qu'à l'exemple
du ſoleil, ils viſitent & échauffent toutes les
parties du monde, afin de jouir & d'étendre
le plus qu'ils peuvent l'avantage que donne l'induſtrie, conduite par l'avidité du gain. C'eſt
dans ce monde que la néceſſité, mère de tout
art & de tout vice, étend ſon pouvoir avec
le plus d'empire : la cupidité des hommes leur
donne de la hardieſſe; c'eſt ce qui fait que pour
acquérir beaucoup de richeſſes, ils emploient
toutes ſortes de moyens.

La navigation leur paroît la plus prompte ;
elle leur donne la facilité de parcourir toutes

les parties de l'univers : c'eſt par la navigation qu'ils ont trouvé les moyens de ſe communiquer leurs lumières, & c'eſt par cette réunion que la connoiſſance de la terre & des cieux a été perfectionnée : c'eſt auſſi par elle que tous les tréſors que la nature a diſperſés, ſe raſſemblent tous les jours par le commerce.

Ne pourroit-on pas ajouter, dit Monime, que c'eſt par cette même voie qu'ils ſe ſont communiqué leurs vices, puiſqu'il eſt vrai que le commerce, en multipliant ſes tréſors, ſemble auſſi avoir multiplié les beſoins ? C'eſt de-là qu'eſt né le luxe, première ſource de la corruption des hommes. Mais on ne peut nier que dans l'ordre politique, la navigation ne ſoit néceſſaire. C'eſt par cette raiſon, reprit le génie, que toutes les nations qui ont cultivé la marine, ſe ſont enrichies des dépouilles des peuples qu'ils ont conquis. Athènes s'eſt acquis la ſupériorité ſur tous les états qui compoſoient la Grèce. Carthage a long-tems diſputé l'empire de l'univers ; & Rome n'a étendu ſes conquétes, que lorſqu'elle a commencé à équiper des flottes. Veniſe a fait trembler des peuples par ſa puiſſance, & elle en a enrichi d'autres par ſon induſtrie. L'Eſpagne, en découvrant un nouveau monde, s'étoit preſque flattée d'obtenir la monarchie univerſelle ; & vous n'i-

gnorez

gnorez pas, mon cher Céton, que l'Angleterre, malgré les orages de son gouvernement, a souvent fait pencher la balance de l'Europe.

Tous ces exemples, quoique peut être ignorés des Cilléniens, semblent néanmoins les autoriser à cultiver un commerce qui, en leur ouvrant tous ses trésors, les engagent à équiper nombre de vaisseaux, dans lesquels ils rapportent ce que les îles ont produit de plus rare & de plus précieux, dont ils font un échange avec ce qu'ils emportent de superflu de leurs provinces. C'est aussi par ce moyen que l'or & l'argent circulent dans leurs villes, & les citoyens ont encore l'avantage que ceux qui se trouvent sans biens ou sans emplois, peuvent aisément trouver l'un & l'autre dans la navigation, qui les met à portée de faire des gains considérables dans le commerce, en commençant même par des sommes très-modiques, & l'on voit que l'heureux succès qui répond à leurs espérances, fait naître tous les jours quantité d'armateurs attirés par le double profit qu'ils trouvent non-seulement dans les marchandises qu'ils embarquent, mais encore par le produit de celles qu'ils reçoivent en échange.

Les habitans de ce monde ne reconnoissent d'autre divinité que la fortune, qu'ils prétendent être fille de l'océan, parce que c'est-là où cette

déeffe fait agir fa puiffance avec plus d'empire
& de force : ils croient que feule elle préfide
à la diftribution des biens & des honneurs ;
qu'elle renverfe, quand il lui plaît, les villes,
les royaumes & les états ; qu'elle les relève,
& leur donne une nouvelle vigueur : enfin ils
font agir cette déeffe, comme un pilote qui
conduiroit un navire au gré de fon caprice.
Les bonnes & les mauvaifes réuffites lui font
imputées : on les entend la combler tour à tour
de louanges, d'injures ou de malédictions.

Cependant, pour honorer cette déeffe, les
Cilléniens lui ont fait bâtir un temple magnifique : foixante grands-prêtres le deffervent, &
font chargés d'adreffer chaque jour à la déeffe
les vœux, l'encens & les offrandes que chaque
citoyen vient préfenter, pour obtenir quelqu'une de fes faveurs.

Lorfque nous eûmes vifité ce qu'il y avoit
de plus curieux dans la ville, Zachiel nous
propofa d'aller au temple de la fortune. Ce
temple eft bâti fur le haut d'une montagne
efcarpée, & femble porter fon dôme jufqu'aux
nues : foixante colonnes de marbre tranfparent
en foutiennent la voûte : aucune porte ne l'en-
ferme ; mille chemins y conduifent ; mais la
plupart de ces chemins font rabotteux,
remplis de précipices, & d'un très-difficile

accès : d'autres reſſemblent à des labyrinthes ,
par les différens détours qu'il faut prendre pour
pouvoir aborder aux piéds de la montagne :
néanmoins chacun court à ce temple de tous
les endroits de ce monde ; & ſi l'on voit quelqu'un y monter avec un peu de facilité , il en
eſt mille qui s'y culbutent & s'y caſſent le cou.

Nous vîmes ſur la route qui conduit au
temple pluſieurs vaſtes bâtimens , que le génie
nous dit être les écoles des Cilléniens : une de
ces écoles eſt deſtinée pour y enſeigner toutes
les ruſes , & en même tems tous les détours
de la plus envenimée chicane : dans une autre ,
les marchands ſe fortifient dans l'art de tromper leurs correſpondans , & celui de s'enrichir
à la faveur des banqueroutes ; dans celle-ci ,
on apprend à ſéduire & à tromper ſes meilleurs
amis , à la faveur de fauſſes promeſſes , de
billets captieux , dont on élude l'exécution :
celle-là eſt pour les joueurs ; enfin on en trouve
pour toute eſpèce de vols & de rapines.

En avançant dans la route , nous découvrîmes une grande forêt , que nous fûmes encore obligés de traverſer : cette forêt eſt très-
dangereuſe par la rencontre qu'on y fait de
quantité de brigands , qui , ſous prétexte de vous
conduire à la fortune , ne cherchent que l'occaſion de vous dépouiller de votre argent & de

vos bijoux ; souvent même ces misérables ne
se font aucun scrupule de vous ôter la vie ;
peut-être croyent-ils par-là éviter les poursuites de la justice.

Arrivés au bas de la montagne, le génie,
d'un vol rapide, nous enleva jusqu'au milieu
du temple, où l'on voit un piédestal en forme
quarrée, de la hauteur de plus de cent cou-
dées, sur lequel s'éleve un trône manifique-
ment orné : dessous est la fortune : cette déesse
y est représentée comme on dépeint l'amour,
avec un bandeau sur les yeux : elle me parut
aussi ressembler à Mercure, en ce qu'elle a
des ailes aux talons. D'une main la déesse tient
une corne d'abondance ; de l'autre, le timon
d'un vaisseau : un de ses pieds est appuyé sur
une roue, qu'elle semble faire tourner à son
gré, se faisant un plaisir malin de renverser
ceux qui par leur hardiesse ont franchi toute
sorte de dangers pour parvenir au faîte de cette
roue, afin de faire monter des misérables,
qu'elle enlève rapidement en les accrochant
par leurs souguenilles : ces gens paroissent si
étourdis de leur subite élévation, de leurs
titres pompeux & de leurs grandes qualités,
que si Ovide les eût connus, il eût trouvé
une ample matière pour en composer un nouveau chapitre dans son livre des métamor-

phofes. On pourroit les mettre de la confré-
rie des ânes d'or. Cependant on les voyoit
du faîte de cette route, où ils fe croyoient
bien affermis, regarder avec un dédaigneux
mépris ceux dont ils occupoient la place, jufqu'à ce que la déeffe, par un nouveau caprice, fe plaife à donner un revers aux mouvemens de fa roue, qui les culbute à leur
tour, & les fait rentrer dans le néant d'où
elle les avoit tirés. C'eft ainfi que, dans ce
monde, les fortunes qui paroiffent les mieux
établies, font fouvent renverfées.

Nous examinâmes enfuite plufieurs perfonnes qui venoient fe proſterner aux pieds de
la fortune, pour y implorer les faveurs de
cette déeffe. J'entendois les uns la fupplier de
les débarraffer d'un père que la mort avoit
fans doute oublié, ou bien d'un oncle éternel,
qui les faifoit languir après une fucceffion
confidérable ; d'autres prioient la déeffe de
les favorifer au jeu ; celui-ci conjuroit la perte
de fon voifin, afin d'obtenir fon pofte ; celui-
là, plus dévot & plus intéreffé, lui demandoit la grace d'être admis au nombre des
foixante prêtres chargés de toutes les offrandes des citoyens. On en voyoit qui faifoient
des vœux pour obtenir une intendance, ou un
gouvernement ; ceux-là, une recette de finan-

ce; quelques - uns deſiroient l'adminiſtration
d'un hôpital; enfin, je ne puis me rappeller
le nombre de tous les vœux indiſcrets, que
la cupidité de ces peuples, & l'amour qu'ils
ont pour les richeſſes, les forcent de demander.

Quelle eſt donc la folie de ces peuples,
demandai je au génie? Comment peuvent-ils
juſtifier une conduite ſi biſarre? Vous voyez,
mon cher Céton, que toute leur gloire ſe
borne à vivre dans l'opulence; ce n'eſt que
pour remplir cette vanité qu'ils offrent continuellement des vœux à la fortune; c'eſt à
cette déeſſe qu'ils ſacrifient leur honneur &
leur repos; c'eſt dans ce monde où l'on voit
la fidélité d'un ami mourir dans les bras de
l'intérêt; c'eſt ici où l'on voit le luxe & l'envie de briller, étouffer la ſageſſe d'une jeune
fille, qui veut participer aux faveurs de la
fortune; c'eſt ici où le commerce s'étend ſur
tout: vous y verrez les gens en place faire
un trafic de leur autorité; les grands en font
un de leur protection; les femmes, de leurs
charmes; en un mot, tout s'y vend, juſqu'à
l'eſprit, dont on fait des pacotilles pour toutes
les différentes nations qui habitent ce globe.
Un homme qui fait profiter de ſon induſtrie,
peut aiſément, avec cinquante louis, ſe faire

un revenu de trois ou quatre cens louis, en
les diftribuant, par des fommes très-modiques,
à de pauvres miférables, qui chaque femaine
viennent lui en rendre compte. Il eft certain
que les citoyens de ce monde ont les nerfs fi
fenfibles, qu'on les voit treffaillir à la moindre
apparence de profit.

Comme les grands feigneurs ne peuvent devenir riches qu'aux dépens des peuples, on
tâche de perfuader à ces derniers que l'efprit,
le courage, les fentimens, la bonté du cœur,
la pureté du langage & les grandes connoiffances, fe trouvent innées dans les perfonnes
de condition, & qu'il n'appartient qu'à eux de
profiter des peines & du travail des pauvres:
auffi voit-on à chaque pas des gens vous pourfuivre en vous demandant du pain.

Mais, combien ces fangfues doivent employer de veilles pour parvenir à leur but!
Quelle rufe, que de fineffe, que de fuperche-
ries n'employent-ils pas pour fe diftinguer par
des fomptuofités? Il femble qu'ils fe difputent
entr'eux le pernicieux avantage d'avoir mis
plus d'adreffe, ou de fubtilité dans la manœu-
vre qu'ils mettent en ufage pour faire des
dupes.

Les Cilléniens fe font honneur du déréglee-
ment de leurs imaginations: on ne voit dans

M ij

leur conduite que des fermens violés, de fauffes proteftations, où l'honneur eft toujours com-
promis : l'orgueil & l'intérêt font les feuls refforts qui les font mouvoir, parce qu'il n'y
a que l'opulence qui puiffe obtenir des égards;
tandis que le vrai mérite eft méprifé, lorfqu'il
ne paroît accompagné que de l'indigence.

Demandez à un Cillénien ce qu'il faut pour
le rendre heureux; il vous répondra qu'on ne
peut l'être fans poffédez de gros revenus, de
beaux châteaux, de fuperbes ameublemens,
un carroffe bien doré, des chevaux fringans,
une table fervie en mets délicats & vins fu-
meux, des amis enjoués, grands foupers avec
des filles de théâtre; mais ils fe garderont bien
de parler de probité, de mœurs, de modération, de juftice & de bonne-foi à remplir fes
engagemens. Accoutumés à en manquer dans
toutes les occafions, ils regardent ces vertus
comme des êtres d'imagination.

Nous fûmes curieux, Monime & moi, de
vifiter leurs ports: nous en vîmes de fort avantageux par rapport à l'afyle qu'y trouvent les
vaiffeaux obligés de relâcher, foit qu'ils faffent
de l'eau, qu'ils manquent de vivres, ou qu'ils
aient été démâtés ou incommodés par quelque
coup de vent.

Ces ports fon précédés de grandes & belles

rades, d'une vaste étendue. Nous côtoyâmes long-tems les bords de la mer, qui n'étoient remplis que d'entrepreneurs & d'ouvriers, employés par des gens que l'appas des richesses conduit aux deux extrêmités de leur monde, qui franchissent toutes sortes de dangers pour se les procurer. Cependant je ne présume pas qu'ils soient exempts de craintes & de frayeurs.

On diroit que les Cilléniens ont toujours ce précepte devant les yeux, qui est que la fortune, comme femme, se plaît à être importunée. Il semble en effet qu'il faille user de violence pour ravir les faveurs de cette déesse. Les plus entreprenans sont presque toujours ceux qui réussissent le mieux. On accorde souvent aux importuns ce qu'on refuse à d'autres qui sont plus modestes : la hardiesse cache les mauvaises qualités des premiers ; toutes leurs démarches tendent au but qu'ils se proposent ; jamais ils ne s'en écartent ; c'est ce qui leur en assure la réussite.

A l'approche d'une ville maritime, surpris de voir les habitans en sortir en foule pour prendre la fuite ; chacun d'eux étoit chargé de ce qu'il pouvoit emporter de ses effets les plus précieux ; nous fîmes arrêter notre voiture pour en demander la raison à un vieillard que la foiblesse de ses jambes empêchoit de courir

auffi fort que les autres. Ce pauvre homme
qui nous parut rempli de bon fens, nous apprit, les larmes aux yeux, que fes compatriotes venoient de découvrir tout à coup à
la rade de leur port, une flotte confidérable
de gros vaiffeaux armés en guerre, qui portoient pavillon ennemi, dont plufieurs étoient
déja entrés dans le port ; qu'ils fe préparoient
à forcer la ville. Il ajouta qu'auffi-tôt qu'on
s'étoit apperçu de leur arrivée, les habitans
en avoient averti le gouverneur afin qu'il fît
raffembler les troupes deftinées à la garde des
côtes ; mais qu'il ne s'étoit trouvé que quelques vieux foldats eftropiés, hors d'état de
fervir. Dans cette extrémité, tous les citoyens
excités par la néceffité de défendre leurs biens,
leur liberté & leur vie, s'étoient offerts de
prendre les armes. Qu'ils avoient d'abord couru
au magafin, où l'on n'avoit trouvé que quelques mauvais canons fans affûts, de miférables fufils rouillés, dont on ne pouvoit faire
aucun ufage ; du refte, ni poudre, ni mortiers,
ni bombes.

Cette négligence, dis-je au vieillard, vient
fans doute de ce que votre gouverneur étoit
perfuadé que vous n'aviez nulle forte d'ennemis à craindre ? Pardonnez-moi, monfieur,
reprit ce bon-homme ; depuis long-tems nous

sommes menacés de toutes parts ; peut-être
est ce la faute de ceux qui sont chargés du
soin de l'artillerie. Les entrepreneurs des pou-
dres négligent aussi de la renouveller dans les
places ; c'est autant de profit pour eux. Hélas !
mon cher monsieur, il y auroit bien des abus
à réformer ; je soupçonne un dessous de cartes
qui ne se peut découvrir qu'à la fin du jeu ;
mais ce n'est pas à un pauvre misérable comme
moi qu'il convient de raisonner sur des matières
si délicates. Le vieillard nous quitta pour suivre son chemin, après que nous lui eûmes
donné de quoi se consoler de la perte qu'il
venoit de faire ; ce qui nous attira de sa part
mille bénédictions. Cette ville fut prise sans
qu'il en coûtât un seul homme aux ennemis ;
personne ne se mit en devoir de la secourir ;
ce qui fit que ces pirates, après y avoir fait
un butin considérable, remontèrent tranquillement dans leurs vaisseaux, sans rencontrer
aucun obstacle. Cependant cette ville étoit une
des plus florissantes de la Cillénie, par l'étendue de son commerce, & la situation avan-
tageuse de son port.

Que dites-vous de la conduite de ces peuples, demandai-je à Zachiel ? Il n'est plus
possible de former aucun jugement sur l'avenir,
dit le génie. La politique la plus éclairée s'é-

gare & se perd dans les maximes nouvelles &
incompréhensib:es qu'on suit aujourd'hui dans
toute la Cillénie. Il semble que ces peuples
aient eux-mêmes conjuré leur perte, pour agir
directement contre leurs véritables intérêts.
Ce qu'on voit arriver chaque jour apprend à
ne plus douter de rien : leur esprit s'est changé
en un feu pétulent, qui les empêche de réfléchir : leur conduite, écartée du point fixe
de l'ancien gouvernement, ressemble à une
machine hors de son pivot, qui n'a plus d'assiette certaine, ni de consistance assurée. Cette
supériorité qu'ils portoient jusqu'à la domination sur tous leurs alliés desquels ils se faisoient craindre & respecter, ne les touche plus.
Ce tems, où ils donnoient non des conseils
charitables, mais des loix & des ordres qui
portoient les autres à l'obéissance, est passé pour
eux : c'étoit leur âge d'or. Ainsi vous pouvez
à présent, mon cher Céton, comparer la conduite des Cilléniens à un vaisseau démâté, dont
les pilotes, mal d'accord entr'eux, au lieu de
s'occuper aux manœuvres générales qui pourroient le sauver, ne songent qu'à leurs intérêts,
& à leur salut particulier.

# CHAPITRE IV.

*Portrait d'un Grand-Prêtre de la Fortune.*

COMME notre objet étoit de visiter les principales villes de la Cillénie, nous prîmes la route d'une autre province. Sur la fin du jour nous apperçûmes un château qui, par sa beauté & la vaste étendue de son parc, donna à Monime envie de le visiter. Elle demanda à Zachiel le nom du prince à qui il appartenoit, & si nous pouvions, sans manquer à la bienséance, y demander un asyle jusqu'au lendemain, parce que nous étions encore fort éloignés de la ville. Monime craignant horriblement la rencontre des voleurs & des brigands, dont les chemins sont remplis dans toute la Cillénie; le génie ne trouvant point de difficulté à satisfaire Monime, nous envoyâmes un de nos domestiques en demander la permission au maître, qui nous fit dire, qu'il se tiendroit honoré de nous recevoir.

Nous entrâmes dans une longue & belle avenue, dont les arbres formoient de triples allées. Le génie, afin de nous donner une idée de ce château, nous dit qu'il avoit autrefois appartenu à un très-grand seigneur, dont

le fils aujourd'hui, par la décadence de sa
maison, se trouvoit trop heureux d'être admis
à la table de celui qui s'en est rendu possef-
seur; quoiqu'il n'ignore pas qu'autrefois il
versoit à boire à son père. Tel est dans ce
monde le caprice de la fortune, qui se plaît
à humilier les uns pour favoriser les autres.

Le personnage que vous allez voir, pour
parvenir à ce haut degré de fortune, a commencé par les plus vils emplois : d'abord la-
quais, ensuite prête-nom, & quelque chose
encore qu'on devine aisément, & qui est d'une
grande utilité à un Cillénien qui veut s'avancer
dans ce monde; enfin de basses & indignes complaisances, l'ont conduit à avoir de petits intérêts, dont il a si bien profité, qu'il est parvenu
à se faire nommer un des soixante sacrificateurs
du temple de la fortune. Cet homme y a acquis
des biens immenses; ce qui lui donne beaucoup de crédit parmi les grands, sur-tout envers ceux qui ont la liberté de puiser dans ses
trésors. Sa table est toujours servie délicate-
ment; il distribue des emplois, & fait obtenir
des graces; c'est ce qui fait que tout le monde
s'empresse à rechercher sa connoissance : on
oublie ce qu'il a été, pour tâcher d'avoir part
à son opulence. Il est vrai qu'il faut ramper
devant lui : il s'imagine qu'on a perdu de vue

la baffe naiffance, & les fentiers obliques qui
l'ont conduit au temple de la fortune. Cet
homme n'a point de caractère à lui; & la fu-
périorité qu'il s'eft acquife par fes richeffes,
devient une dure tyrannie pour les perfonnes
qui forment fa fociété; mais c'eft le propre
de tous les fots que la fortune a élevés : bien
des gens les méprifent, & ne leur rendent
pas moins des hommages & des refpects. O.
plaint quelquefois un honnête homme qui eft
dans l'indigence; mais loin de lui préfenter
une main fecourable pour adoucir fes peines,
on le fuit, & on tâche toujours d'éviter fa
rencontre.

Nous arrivâmes enfin chez le grand-prêtre.
Tous fes domeftiques avoient un air d'info-
lence; ils anticipoient déjà la fatuité de leur
maître, ils en avoient copié la hauteur & la
fierté, & nous reçurent d'une façon brufque
& défobligeante, en nous introduifant dans
l'appartement de madame, qui, nonchalamment couchée fur une chaife longue, voulut
bien nous honorer d'une inclination de tête.

Cette femme étoit ce qu'on appelle la ful-
tane Validée, c'eft-à-dire, celle que le grand-
prêtre avoit autrefois diftinguée affez, pour
l'honorer de fon nom; car dans toute la Cillénie, ces grands perfonnages ont acquis, par

leur opulence, le privilège d'entretenir plusieurs filles, qui logent dans des hôtels magnifiques; & lorsqu'ils viennent à s'en dégoûter,
ils les marient à un de leurs protégés. La Validée s'empare aussi du droit de fournir à certains plumets qni ont l'avantage de lui plaire,
tout l'argent qui leur est nécessaire pour briller
dans le monde : par ce moyen tout est com-
passé, & personne n'a droit de se plaindre.

Le grand-prêtre, qui étoit un gros petit
homme poussif, fit quelques pas pour nous
recevoir, & nous dit, en élevant sa voix
comme s'il parloit à des sourds, qu'il seroit
charmé de pouvoir trouver l'occasion de nous
obliger; nous montra de la main des sièges,
&, sans attendre que nous soyons placés, se
plongea dans un fauteuil en cabriolet, rempli
d'oreillers.

Monime, qui n'avoit point encore eu l'avantage de se rencontrer avec ces favoris de la
fortune, fut extrêmement surprise de cette
brusque politesse; elle lui fit néanmoins un
compliment aisé sur la liberté que nous pre-
nions de venir lui demander un asyle; mais
que l'éloignement de la ville, l'embarras des
mauvais chemins, & la crainte de quelque
fâcheuse rencontre, nous y avoient forcés.
Parbleu, dit le grand-prêtre, en approchant
son

son fauteuil de Monime, & la regardant d'un
air effronté, vous ne pouviez jamais mieux
faire : il faut que notre déesse vous ait inspiré :
je veux, pour l'honneur de son culte, vous
faire passer ici quelques jours. Dites-moi, ma
charmante, quelle affaire avez-vous ? Je me
sens porté d'inclination à vous rendre service.
Est-ce là votre mari, poursuivit-il en me regardant par-dessus l'épaule ? Vous ne pouviez
mieux vous adresser qu'à moi pour lui faire
avoir de l'emploi : c'est sans doute pour cela
que vous vouliez vous rendre à la ville : reposez-vous sur moi, belle dame, & n'allez
pas plus loin. Ce fat ajouta encore un tissu
d'autres propos plus impertinens, en accom-
pagnant chaque phrase de grands éclats de rire.
Monime excédée de ses grossièretés, & pour
mettre fin à ses discours trivials, répondit que
nous n'avions besoin d'aucune protection, ni
d'aucun poste. Nous sommes, poursuivit-elle,
des étrangers que la simple curiosité amène : le
desir de nous instruire, nous a seul déterminés
à voyager dans différentes cours. Cela doit
vous coûter beaucoup, dit l'impertinente Validée, qui n'avoit point encore daigné parler :
avez-vous un train considérable ? Non, reprit
froidement Monime, une trentaine de domestiques composent à peu près toute notre suite.

Tome I.                                      N

Mais cela me paroît affez honnête, dit la favorite de Plutus, en jettant pour la première
fois un regard froid fur nous.

Elle fut interrompue par une femme, qui
vint fe préfenter d'un air humble & modefte :
fon mari venoit d'être révoqué, (je n'en fais
pas la raifon ); il en étoit tombé malade de
chagrin : cette femme venoit pour implorer la
pitié de fon protecteur, qui étoit peut-être
l'homme du monde le moins pitoyable. Il commença par lui parler d'une façon dure & barbare, fit fentir toute fon autorité avec un regard fier, en la menaçant de faire renfermer
fon mari, pour le punir de fa négligence. Cette
pauvre femme, démontée par ces menaces,
n'imagina d'abord d'autre moyen pour le fléchir, que celui de lui peindre, avec les traits
les plus touchans, la mifère extrême où elle
feroit réduite s'il l'abandonnoit ; mais voyant
que ce détail ne le touchoit point, elle y joignit
celui d'une longue généalogie, par où elle lui
prouva clairement qu'elle avoit l'honneur de
lui appartenir par les liens du fang, puifque
leurs grands-pères étoient communs.

Je crois que fi le grand-prêtre eût alors tenu
dans fes mains le foudre de Jupiter, la pauvre
femme eût été réduite en poudre ; mais auffi
quelle imprudence d'ofer déclarer devant des

étrangers, qu'un homme qui n'avoit autrefois d'autres emplois, que celui de conduire des ânes au moulin, est l'aïeul d'un comte, sûrement comte, pour rire. Quoi qu'il en soit, ce nouveau comte est décoré d'un suisse, des secretaires remplissent ses premiers cabinets; des valets de chambre ornent ses antichambres; il a maître d'hôtel, cuisiniers, chef d'office; sans doute, un écuyer; & que sais-je encore? plus de quarante hommes de livrée; des gardes de chasse; une meute; des armoiries; il achete tous les marquisats & les comtés qui sont à vendre; enfin un duc marchande depuis long-tems sa fille. Je crus que le grand-prêtre & sa femme en étoufferoient de colère : on chassa la pauvre misérable, en la traitant de folle.

Venir ainsi ternir la gloire d'un homme dans le moment que plusieurs généalogistes sont payés pour travailler de concert à le faire descendre d'une des plus anciennes noblesses du royaume; d'un homme qui pense que nul des mortels n'est capable de se dire son égal; d'un homme enfin qui se croit d'une nature très-supérieure aux autres par son orgueil, quoiqu'il ne soit qu'artificieux, fourbe, rusé & trompeur : ne doit-on pas pardonner à un homme vertueux & malheureux tout ensemble, le secret dépit qu'il ressent de voir qu'il n'y ait que les méchans qui prospèrent ?       N ij

J'avouerai que je ne fus point fâché que cet homme eût essuyé cette petite mortification : car je crois que sans le besoin que l'on a de ce présomptueux, on le laisseroit se contempler, lui, ses chevaux, son hôtel, leurs écuries, ses appartemens, les meubles & les dorures dont ils sont ornés, leurs harnois, sa table & leur ratelier. Peu envieux de son sort, on ne se donneroit pas la peine de l'en féliciter : mais il prête de l'argent : il est vrai que c'est à gros intérêts ; n'importe ; c'est toujours une ressource.

Il est certain que chez les Cilléniens, cet homme est regardé comme un de ces voleurs publics, qui, sous le faux prétexte d'avances onéreuses qu'ils ont fournies pour les besoins de l'état, munis d'édits, & de déclarations, dépouillent également, & le souverain de ses droits, & le peuple de sa subsistance. Malheureux instrument d'une ambition démesurée ! Usurpateur injuste, qui sacrifie indifféremment amis & ennemis, qui s'emparent de leurs biens par la violence, quand la supercherie ne leur réussit point ! Barbares, qui ne se plaisent que dans les désordres, dont ils sont les auteurs. Tel est le caractère de la noble société des sacrificateurs de la fortune. Je n'eus pas besoin des instructions du génie pour le reconnoître. Nous

quittâmes le grand prêtre, malgré les efforts
qu'il fit pour nous retenir, & malgré les froides
politesses de madame, qui s'étoit un peu hu-
manisée, depuis qu'elle savoit le nombre de nos
domestiques.

Nous continuâmes notre route, pendant laquelle Zachiel nous fit un portrait peu avantageux de la province que nous allions visiter.
Cette ville fourmille de partisans affamés d'or
& d'argent, que la perversité de leurs mœurs,
de leur goût effréné pour les dépenses superflues, leur fait déja dévorer des yeux. Ce goût
a corrompu leur cœur, leur raison & leur esprit, pour y substituer la fourberie & la mauvaise foi dans les traités : on les voit trahir la
confiance du souverain, & par un acte de fé-
lonie, s'emparer de tous ses trésors.

Près d'entrer dans la ville, nous apperçûmes
un vaste bâtiment, qui attira par son étendue
toute notre admiration. Monime le prit d'abord
pour le logement de quelque grand prince; mais
Zachiel lui dit en souriant de son erreur, que
ce superbe édifice n'avoit été élevé que dans le
dessein d'assurer aux pauvres une retraite, afin
de finir des jours que le travail & la misère
avoient entiérement affoiblis & mis hors d'état
de pouvoir gagner leur vie. Monime ne put
s'empêcher de louer le prince, dont la bonté

& la charité pleines de zèle pour les misérables,
s'étendoient jusqu'aux soins de pourvoir à leur
subsistance. Il est vrai, dit le génie, que si l'intention du prince étoit remplie, rien n'est plus
édifiant que cet établissement. Cette maison
jouit d'un revenu considérable, non-seulement
par les bienfaits du prince, mais encore par une
infinité de donations que de riches citoyens y
ont faites, peut-être dans la vue de restituer
aux pauvres des biens qu'ils avoient injustement
acquis. Cependant, malgré ces immenses revenus, le pauvre y trouve à peine de quoi l'empêcher de mourir de faim, par les rapines & la
mauvaise administration des gens qui sont chargés de subvenir à leurs besoins, parce que le
soin de s'enrichir est le seul qui les occupe; c'est
le but où tout Cillénien aspire : leur conduite
est toujours marquée au coin de l'intérêt. Sans
humanité, sans droiture, sans honneur; cruels
aux malheureux, endurcis sur leur misère, ils
vendent leurs services, trompent leurs maîtres,
& font un commerce honteux de leur autorité.

Pour nous dérober à l'attention des curieux,
Zachiel ne conserva qu'un seul équipage avec le
nombre de domestiques qui nous étoient absolument nécessaires. Il nous fit descendre chez
une veuve, dont le seul revenu consistoit en

une maifon qu'elle louoit toute meublée; c'étoit
dans le plus beau quartier de la ville. Cette
veuve ne logeoit que des perfonnes de qualité:
elle étoit jolie, & avoit acquis par leur fré-
quentation un air d'aifance & de politeffe, qui
gagna l'amitié de Monime.

Le lendemain de notre arrivée, elle vint familiérement nous prier de paffer l'après-midi
chez elle. A peine fûmes-nous entrés dans fon
appartement, que nous entendîmes arrêter un
carroffe. La veuve courut à fon balcon, en nous
faifant figne de l'accompagner. Regardez, nous
dit-elle, l'élégance de cet équipage; les peintures en font fines, & le vernis de l'homme le
plus à la mode; c'eft le baron de Friponot, qui
nous amufera par fes bons mots. Friponot entra
d'un air bruyant & familier : quoiqu'il eût l'air
fort hardi, nous jugeâmes néanmoins à fa façon
de fe préfenter, & à fes difcours bas & trivials,
qu'il n'étoit tout au plus qu'un afpirant aux faveurs de la fortune. Il fit devant nous l'homme
d'importance, parla d'un projet qu'il avoit préfenté aux miniftres, dit qu'il étoit fûr de la
réuffite, débita beaucoup de fades plaifanteries
auxquels la veuve applaudiffoit. Elle voulut l'engager de faire la partie de Monime; mais il s'en
défendit fur la prodigieufe quantité d'affaires
dont il étoit accablé, & qui l'obligeoient d'aller

ſe renfermer dans ſon cabinet pour répondre à
plus de cinquante lettres qui ne demandoient
aucun retard.

Quel eſt donc ce cavalier, demanda Monime
lorſqu'il fut ſorti ? C'eſt un baron de nouvelle
fabrique, reprit la veuve en ſouriant, qui m'a
de grandes obligations. Croiriez - vous, madame, que je l'ai gardé chez moi pendant plus
d'une année, pour le ſouſtraire à la pourſuite
de ſes créanciers ? Cet homme eſt le fils d'un
honnête marchand, qui lui a laiſſé en mourant
des biens fort conſidérables, & un grand crédit
dans le commerce, qu'il s'étoit acquis par une
probité reconnue, vivant en bon bourgeois,
éloigné du faſte & de toutes dépenſes ſuperflues.
Celui-ci devenu ſon maître par la mort de ſon
père, loin de ſuivre ſon exemple, ébloui, ſans
doute, de ſes tréſors, a d'abord commencé par
vouloir imiter les plus grands ſeigneurs. La
maiſon paternelle n'a pu contenir l'enflûre de
ſon orgueil ; il en a acheté une beaucoup plus
vaſte ; il lui falloit des remiſes, des écuries,
nombre de domeſtiques, un portier, n'oſant
encore prendre un ſuiſſe à mouſtache, équipage
de ville, carroſſe de campagne, chevaux d'at-
telage, chiens dreſſés pour la chaſſe, quoiqu'il
ne fut pas encore manier un fuſil ; fille d'opéra,
petits ſoupers, partie de bal ; aſſemblées chez

lui, meubles élégans, cabinets bien ornés. Ce
faste lui a attiré nombre de seigneurs, qui ne
venoient que dans le dessein de partager son
opulence. Tous ont flatté sa vanité ; il faut un
titre pour briller dans le monde ; il a acheté
une baronnie & plusieurs autres belles terres :
ses trésors dissipés, il n'en a pu payer aucune ;
aussi son but n'étoit-il que de frustrer les proprié-
taires d'un nombre d'années de leurs revenus.
Voici les manœuvres qu'il a employées pour
y parvenir. Comme il avoit la réputation d'un
homme très-riche, lorsqu'il achetoit une terre,
il commençoit par renouveller les baux, en
faisoit même deux ou trois de la même ferme à
différens fermiers, en exigeant la moitié du prix
de ses baux, par forme de pot-de-vin ; ensuite il
dévastoit les châteaux, faisoit enlever les meubles & les tableaux les plus précieux pour les
faire vendre à vil prix : toutes les marchandises
lui étoient propres sous le spécieux prétexte de
négocier dans les pays étrangers ; draps, étoffes,
bijoux, meubles, vin, bled, foins, pailles,
avoines, & généralement tout ce qui compose
le commerce, qu'il donnoit à moitié moins de
leur valeur pour en avoir un plus prompt débit ;
enfin après avoir accumulé des sommes considérables par plusieurs voies illicites, il disparut
un jour, & vint se cacher chez moi sous un

habit de femme, en faisant courir le bruit qu'il étoit passé aux îles ou au Pérou, pour y faire valoir l'argent qu'il emportoit. La banqueroute du baron de Friponot fut bientôt déclarée, & en entraîna malheureusement une vingtaine d'autres. Une année s'est passée en négociations avec ses créanciers, qui ont à la fin accepté dix pour cent de leur créance, & monsieur le baron de Friponot a reparu dans le monde plus brillant que jamais. En vérité, dit Monime, cet homme est plus coupable qu'un voleur de grand chemin : comment osez vous être en commerce avec un tel fripon ? Je puis vous assurer, madame, reprit la veuve, que cet homme est très-bien reçu par-tout : ce n'est encore que sa première banqueroute ; mais je soupçonne qu'il se dispose à en faire bientôt une seconde qui achevera de l'enrichir ; au surplus, vous savez que l'opinion fait tout chez les hommes ; chaque pays a la sienne : celle qui est ici le plus en vogue, c'est d'honorer les riches ; tout le monde s'accorde sur ce point ; les pauvres les honorent, parce qu'ils y trouvent leur profit, & les riches leur satisfaction : ainsi chacun a son but.

Plusieurs jours se passèrent à visiter les plus beaux endroits de la ville, & le soir en rentrant nous étions sûrs de trouver chez la veuve une nombreuse compagnie, parce qu'elle donnoit souvent à jouer. Ce n'étoit pas des personnes de qualité qui s'assembloient chez elle, mais de ces gens qui s'étudient à les contrefaire; de ces femmes de commis nouvellement arrondis du fruit de leur industrie; d'autres que le caprice de la fortune tire de l'état le plus vil, pour les combler de ses faveurs. Une de ces princesses, jadis ouvrière, dont le mari devenu caissier depuis peu de tems, & qui savoit admirablement bien faire valoir les deniers de sa caisse; cette précieuse, renforcée, bouffie d'orgueil de sa nouvelle dignité, raillant & méprisant toute personne qui n'avoit point d'équipages, ni nombre de domestiques, poussoit le ridicule, la fausse vanité, & même l'impertinence jusqu'à vouloir prendre le haut bout dans toutes les compagnies où elle se rencontroit.

Cette femme s'avisa, pendant une partie de jeu, de tirer sur une autre, mise à la vérité fort simplement, mais décemment, qui parut d'abord faire peu d'attention à ce qu'elle disoit. Occupée de son jeu, elle la laissa tranquillement débiter toutes ses fades plaisanteries, en gagnant ses écus. Lorsque la première eut épuisé sa bourse, ses propos commencèrent à se rallentir; sa figure s'allongea, ses railleries cessèrent; & pour recourir après son argent, elle demanda des cachets afin de continuer le jeu. L'autre qui

voyoit une groffe boëte d'or, qu'elle pouvoit
encore s'approprier, fi la fortune continuoit à
lui être favorable, voulut bien fe prêter à recevoir fes cachets : mais lorfqu'elle en eut à-peu-
près pour la valeur de la boëte, elle s'en empara en lui rendant fes cachets. L'imprudente
caiffière voulut ravoir fa boëte, s'emporta,
dit qu'elle étoit bonne pour payer trois cens
écus ; qu'on ne faifoit point un pareil affront à
une femme comme elle. Eh ! qui êtes - vous,
mignone, reprit l'autre, en promenant fes
regards fur elle d'un air méprifant ? Depuis que
vous êtes ici, vous ne m'avez montré que
beaucoup d'impertinences & de ridicule. C'eût
été m'avilir de répondre à vos fots propos ; les
femmes de votre efpèce ne méritent qu'un fouverain mépris. Si j'ai paru vous écouter pa-
tiemment, c'étoit pour punir votre orgueil :
tâchez de profiter de cette leçon, afin de vous
corriger. Elle partit enfuite & laiffa l'autre fort
humiliée de fon aventure.

# CHAPITRE V.

### Portrait d'un Libertin.

VIS-A-VIS de notre hôtel logeoit un jeune homme, nommé Specade, qui paſſoit pour un des plus riches ſeigneurs de la province. Son père en avoit été gouverneur, & lui avoit laiſſé d'immenſes richeſſes, & pluſieurs belles terres d'un revenu conſidérable. Ce jeune homme faiſoit dans cette ville une dépenſe d'ambaſſadeur, qui montoit à plus du double de ſes revenus. Son intendant & ſon maître-d'hôtel, tous deux d'accord pour profiter de ſa diſſipation & de ſon peu d'expérience, travailloient de concert pour s'enrichir à ſes dépens; & quoiqu'ils euſſent chacun une maîtreſſe entretenue ſur le bon ton, ils y parvinrent facilement, par le ſecret de leur induſtrie. Le cuiſinier, à l'exemple des deux autres, ne s'endormit pas : il faiſoit tous les jours porter chez ſa nymphe toutes ſortes de proviſions, qu'il trouvoit, ſans doute, ſuperflues pour la table de ſon maître. On peut juger que de pareils économes ne contribuèrent pas peu à la ruine de ce jeune homme.

Specade apperçut un jour Monime à ſon

balcon. Épris d'abord de ses graces & de sa beauté, il rechercha l'occasion de lui faire sa cour : le voisinage lui en fournit le prétexte. Il rendit à Monime plusieurs visites, dans lesquelles il montra des sentimens passionnés, beaucoup de vivacité & d'empressement à lui faire assiduement sa cour. Pour cimenter, me dit-il un jour, la liaison qu'il vouloit établir entre nous, il m'invita de le venir voir familiérement, parce qu'il vouloit me présenter dans plusieurs maisons où je serois bien reçue. Je ne pus me refuser à des offres si obligeantes.

J'étois un jour chez Specade lorsqu'il entra un jouaillier chargé d'un petit coffre rempli de bijoux & d'un écrain garni des plus beaux diamans. Voilà, seigneur, lui dit-il en les lui présentant, ce qu'il y a de plus parfait dans le royaume. Specade en choisit plusieurs, ainsi que des bijoux, que le marchand fit monter à la somme de vingt mille écus, dont Specade lui fit son billet. Lorsqu'il l'eut congédié, il fit appeller son intendant. Tiens, Forban, lui dit-il, va me fondre ces diamans en or, & reviens sur le champ m'en rapporter la valeur. Seigneur, dit Forban, en prenant un air hypocrite, je ne puis m'empêcher de vous dire que je vois avec douleur, que si vous continuez à faire souvent de ces marchés-là, ils vous conduiront infailliblement à votre ruine. Vous n'ignorez pas que vos plus belles terres font engagées pour des sommes confidérables, & ce bourgeois qui vous prêtoit à groffes ufures eft enfin rebuté & menace de faire faifir tous vos revenus. Monfieur Forban, reprit Specade en fe dandinant fur fon fauteuil, vos réflexions m'ennuient furieufement : vous faites ici un rôle de pédagogue qui me déplaît : allez exécuter mes ordres, fans vous embarraffer des fuites qu'ils pourront produire.

Forban fe retira fans ofer répliquer. Il revint deux heures après, d'un air tartuffe, dire à fon maître : monfieur, je fuis défefpéré; l'argent eft fi rare qu'on ne veut donner de tous vos bijoux qu'une fomme très-modique : les ufuriers font de vrais tyrans; je n'ofe vous dire le prix qu'ils m'offrent de vos effets : c'eft une chofe horrible que la mauvaife foi de ces gens-là. J'ai couru chez tous ceux de ma connoiffance. Je fuis excédé de fatigue, & n'ai pu faire mieux. Mais, monfieur, comment fe réfoudre d'abandonner foixante mille livres de bons effets pour deux mille écus ? Oh ! dit Specade, finis tes lamentations : prenons toujours : je fuis engagé ce foir dans une partie de jeu. Tu fais que je perdis gros hier; c'eft une revanche qu'on me donne : fi la fortune me favorife, on

les rendra demain : donne-les-moi. Je ne les ai
pas voulu accepter, monfieur, dit Forban;
mais puifque vous vous déterminez à donner
ces bijoux pour le demi-quart de ce qu'ils va-
lent, je vous avertis qu'ils feront totalement
perdus pour vous, parce que demain il ne fera
plus tems de les retirer. N'importe, va les
chercher; ne perds point de tems; prends mon
carroffe pour aller plus vîte : mon crédit n'eft
pas tout-à-fait éteint, & je pourrois trouver
d'autres reffources. Forban qui connoiffoit l'impatience de fon maître, revint au bout d'un
quart-d'heure : il n'avoit pas été loin pour trouver cette fomme, puifque lui-même en fit l'ac-
quifition avec l'argent de fon maître, & ces
bijoux fervirent à orner fa maîtreffe. Après
avoir quitté le feigneur Specade, j'entrai chez
une femme pour y faire quelque emplette dont
Monime m'avoit chargé. Cette femme étoit
une de ces intrigantes qui fe mêlent de plus
d'un métier. Comme elle n'avoit pas ce que
je lui demandois, elle fortit pour l'aller chercher. Je me plaçai contre la porte d'une
chambre voifine, & j'entendis deux perfonnes
qui fe difputoient avec chaleur. Je fuis homme
d'honneur & de probité, dit l'un d'eux; la
bonne foi eft la bafe de toutes mes actions : je
n'ai qu'une parole. Voici la propofition que je
vous

vous ai faite, qui certainement eſt pour vous
des plus avantageuſes, puiſque vous n'ignorez
pas qu'il ne tient qu'à moi d'avoir tout à l'heure
deux cens mille livres de la terre de mon
maître. Cependant je veux bien vous la laiſſer
à cent cinquante, aux conditions néanmoins
que vous me donnerez un pot de vin de trente
mille livres, qui me ſeront comptées avant la
ſignature du contrat de vente. Je conſens, dit
celui qui vouloit acquérir, de vous donner
les trente mille livres de pot de vin, pourvu
qu'elles ſoient ſtipulées dans le contrat, ou que
vous m'en faiſiez une reconnoiſſance authentique;
autrement vous voyez que ſi on revenoit par
retrait à rentrer dans la terre, cette ſomme
feroit entiérement perdue pour moi. J'en conviens, reprit l'autre ; mais faute de nous entendre, nous allions rompre un marché profitable
pour tous deux. Premiérement, monſieur, il
eſt eſſentiel pour mon intérêt, que mon maître
n'ait nulle ſorte de connoiſſance du pot de vie
que j'exige, parce qu'il voudroit s'en emparer,
& me feroit peut-être encore l'injuſtice de me
retirer ſa confiance. Or, pour obvier à ces in-
convéniens, il eſt un moyen ſûr de nous arranger & de nous tranquilliſer l'un & l'autre, vous
ſur la crainte du retrait, & moi ſur celle des
découvertes que pourroit faire mon maître dans

cette affaire, qui lui feroit penfer que je préfère mes intérêts aux fiens. Pour éviter tout embarras, nous n'avons qu'à faire antidater la vente; je m'en charge, bien entendu que vous en paierez tous les frais. L'acquéreur parut goûter ce projet, & ils fortirent enfemble dans le deffein, fans doute, de terminer leur affaire.

De retour auprès de Monime, je la trouvai avec Zachiel. Je leur rendis compte de ma journée, en déplorant l'aveuglement du jeune Specade, que je voyois s'abaiffer à l'indigne rôle d'intrigant, afin de fe procurer les moyens de fournir à fes folles dépenfes, & fatisfaire en même tems fa fotte vanité.

Vous ne verrez, mon cher Céton, dit le génie, dans toute la Cillénie que des hommes, même ceux d'une naiffance diftinguée, qui foulent aux pieds la probité, l'honneur & la bonne foi : la plupart ont recours aux rufes les plus indignes, pour fe procurer de l'argent: tel eft le fruit funefte des plaifirs. On paroît d'abord marcher fur des fleurs; tout rit, tout enchante, tout préfente une forme agréable pour les féduire; tandis qu'ils ne daignent pas faire la moindre réflexion fur l'avenir. Ils croient que leurs jours feront fans ceffe filés par de nouveaux plaifirs. Fatale illufion ! ces plaifirs les abandonnent, après les avoir conduits dans le précipice. C'est alors que le bandeau tombe, & qu'ils reconnoissent l'erreur qui les a abusés. Il se sont ruinés pour satisfaire leur ostentation : ce goût du plaisir qui subsiste toujours en eux les pousse à continuer dans les mêmes excès, à quelque prix que ce soit : pour y parvenir, on renonce aux sentimens d'honneur, pour arborer l'étendard de l'intrigue & de la fourberie. On ne sacrifie plus enfin qu'au dieu des richesses, & ce n'est qu'à Plutus qu'on porte ses vœux & ses offrandes.

Vos réflexions, dis-je à Zaehiel, me font craindre que le seigneur Specade ne devienne la victime de sa mauvaise conduite, & que du sein de l'opulence & des grandeurs, il ne tombe dans la misère, l'obscurité & le mépris. Cette province n'en fournit que trop d'exemples; ce qui me porte à croire que les influences de l'air doivent agir avec beaucoup plus de force sur eux, que dans les autres provinces de la Cillénie.

La veuve chez qui nous logions, vint un jour nous présenter un homme d'une famille illustre : il se nommoit Prodigas : ce nom, connu dans la province, nous le fit recevoir avec distinction. Cette première visite fut suivie d'une infinité d'autres, qui commencèrent à nous devenir à charge. Monime, excédée de cet

ennuyeux perfonnage, dont la converfation
ne rouloit jamais que fur fa naiffance, les
hautes dignités & les poftes honorables qne
fes ancêtres avoient poffédés, fans avoir jamais fongé à fe rendre lui-même digne d'en
foutenir l'éclat par des vertus, ni aucuns talens qui puiffent le faire diftinguer des hommes
ordinaires; Monime, dis-je, pria Zachiel de
trouver les moyens de nous en débarraffer. Ils
font faciles, dit le génie; je fuis furpris qu'il
ne s'en foit point encore préfenté aucun à votre
efprit. Je veux bien vous en indiquer un qui
eft sûr. Les affiduités de cet homme ne tendent
qu'à vous emprunter de l'argent : il ne tardera
pas à s'ouvrir fur ce point : faififfez l'occafion,
prêtez-lui une centaine de louis pour huit jours,
& je vous donne ma parole que vous ne le
reverrez plus. Monime fut à portée le jour
même de fuivre le confeil de Zachiel, & nous
en fûmes débarraffés.

Quoique peu furpris de ce manque de bonne
foi, qui n'eft que trop fréquent dans la Cillénie, Monime en parla néanmoins à la veuve,
qui parut très-fâchée de nous en avoir procuré
la connoiffance : mais, madame, ajouta-t-elle,
je ne l'ai fait qu'après beaucoup de follicitations de fa part, ne préfumant pas qu'il fût
affez hardi pour vous emprunter de l'argent.

Il est vrai que j'ai négligé de vous avertir que ce seigneur est un homme noyé de dettes : cependant il n'a tenu qu'à lui de soutenir son rang avec tout l'éclat que joint à une naissance illustre une fortune brillante.

Ce seigneur, dont toutes les terres étoient en décret, qui n'avoit conservé de ses ancêtres que le nom, eut le bonheur de faire, il y a quelques années, la connoissance d'un de ces hommes que Plutus, dieu des richesses, a comblé de ses faveurs. Cet homme qui cherchoit à s'allier avec quelque famille illustre, afin de se mettre à couvert des recherches qu'on auroit pu faire sur l'immensité de ses biens, offrit sa fille au seigneur Prodigas, avec une dot très-considérable, afin de le mettre en état de réparer les désordres occasionnés par une conduite mal réglée, pourvu qu'il voulût à l'avenir modérer ses dépenses & les fixer à ses revenus. Prodigas, qui sans cette alliance se voyoit totalement ruiné, promit tout ce qu'on exigeoit de lui, & le mariage se fit avec le plus brillant appareil. Mais figurez-vous, madame, la surprise, la honte & le dépit que dut avoir la jeune épouse, lorsque la première nuit de ses noces, Prodigas, d'un ton de mépris offensant, lui déclara que c'étoit en vain qu'elle se flattoit de voir consommer son mariage, si son père

O iij

n'ajoutoit pour présent de noces une somme de deux millions. Aurélie, sensible à un pareil affront, après avoir répondu au doux compliment de son mari avec beaucoup d'aigreur, finit par lui protester qu'elle alloit supplier son père de la reprendre chez lui, & de garder son argent pour faire annuller un mariage où les torches des furies avoient servi de flambeau nuptial.

Lorsque le père apprit les mauvais procédés de son gendre, il s'emporta avec raison : cette affaire fit du bruit dans le monde. La famille de Prodigas se mêla de raccommoder les parties, & malgré les pleurs d'Aurélie, on parvint enfin à la faire retourner chez son mari ; & le père croyant contribuer au bonheur de sa fille, ou pour mieux dire l'ambition de la voir remplir un poste considérable à la cour, le détermina à donner encore la somme que son gendre avoit exigée. Prodigas, content de cette belle expédition, bien loin de se mettre en devoir d'exécuter les nouvelles promesses qu'il venoit de faire, partit pour une de ses terres, où le jeu, les femmes & la débauche l'ont ruiné une seconde fois, & le forcent actuellement à vivre d'intrigue, après avoir soutenu un long procès contre sa femme, qui s'est fait séparer de corps & de biens.

Depuis que Prodigas est de retour dans cette ville, il a employé tous les moyens imaginables pour se raccommoder avec Aurélie ; mais la jeune dame, outrée de ses indignités, de sa mauvaise foi & de la bassesse de ses sentimens, le laisse se consumer en regrets inutiles. Peu touchée de son sort, elle jouit tranquillement des dons que la nature, d'accord avec la fortune, ont répandus sur elle à profusion. Le seul avantage qu'elle ait retiré de cette alliance est un grand nom qu'elle soutient avec noblesse & dignité ; & la charmante Aurélie s'est fait des amis de toute la famille de son mari, tandis que par sa mauvaise conduite il s'en est fait autant d'ennemis.

## CHAPITRE VI.

### Aventure singulière.

A côté de la veuve logeoit un homme qui possédoit d'immenses richesses ; mais qui étoit si avare, qu'aucun domestique ne pouvoit vivre avec lui : cet homme cherchoit toujours quelque prétexte pour s'exempter de payer leurs gages. Réveillé une nuit par un vacarme affreux que j'entendis dans cette maison, je me levai & passai dans une garderobe qui donnoit sur la

cour. J'apperçus à la foible lueur d'une lampe
un homme en chemife, qui demandoit grace
à un palefrenier qui l'affommoit à coups de
fourche, en criant au voleur. Les domeftiques
defcendirent au bruit que faifoit le palefrenier,
& le bruit ceffa dès que la lumière parut. C'é-
toit monfieur Chichotin lui-même qu'il mal-
traitoit ainfi, feignant de le prendre pour un
voleur. Parbleu, monfieur, dit ce domeftique,
de quoi vous avifez-vous auffi de venir toutes
les nuits voler l'avoine de vos pauvres chevaux, pour m'accufer enfuite de la vendre à
mon profit ? Chichotin, confondu d'avoir été
découvert, fut encore obligé, quoiqu'il fût
tout meurtri des coups qu'il venoit de recevoir, de prier fes domeftiques de ne point divulguer cette aventure. Pour les engager à fe
taire, il leur donna quelques pièces de mon-
noie, qu'il tira de fon gouffet l'une après
l'autre ; & pour comble de difgraces, il fallut
encore appeller un chirurgien pour panfer fes
bleffures, qui le retinrent long-tems au lit, &
le pauvre Chichotin eut le malheur de n'être
plaint de perfonne.

Nous quittâmes cette ville pour nous rendre
dans une autre province ; mais l'influence qui
domine fur ce monde eft par-tout la même.
Prefque perfonne ne dit ce qu'il penfe ; on ne

peut diftinguer l'amitié d'avec l'intérêt; la fin-
cérité & la fourberie fe reffemblent, & l'on
diroit que la vertu & l'hypocrifie font filles
d'une même mère. Arrivés dans une grande
ville, Monime voulut voir fi le bon fens & la
raifon ne fe feroient point relegués parmi le
peuple ; c'eft ce qui fit que le génie nous logea
chez un tailleur, dont la femme étoit brodeufe.
Là, nous fûmes faufilés avec toutes fortes
d'ouvriers, qui tous étoient fuivant la cour ;
& je fus furpris de voir écrit fur l'auvent
d'un favetier, le glorieux titre de favetier de la
reine.

Il venoit fouvent dans cette maifon une jeune
fille, dont le père n'avoit d'autre emploi que
celui d'intriguant. Cet homme jouoit toutes
fortes de rôles, tantôt charlatan, tantôt forcier ; une autre fois comédien, ou joueur de
gobelets, il tâchoit, par ces différens métiers,
de faire des dupes. Cette jeune fille vint un
jour, toute effrayée, prier notre hôteffe de
cacher fon père dans le grenier. Que lui eft-il
donc arrivé de nouveau ? Hélas ! dit Finette,
c'eft un de fes compères qui l'a engagé à jouer
le rôle de négromancien, & malheureufement
il a pouffé la fcène un peu trop loin ; car tu fais
bien, ma chère Louvette, que lorfqu'il peut
attraper une bonne dupe, il voudroit lui tirer

jusqu'au sang des veines. Mais je vais le chercher, & il te contera lui-même son histoire.
Finette revint un quart-d'heure après avec son
père. Hé! mon pauvre monsieur Fourbison, dit
Louvette, de quoi vous avisez-vous de faire
le sorcier ? Ah, ah, reprit Fourbison d'un ton
goguenard, si j'avois un aussi bon métier que
celui de votre mari, je n'aurois que faire de
parler au diable pour amasser de l'argent. Bon,
dit Louvette, vous n'aviez qu'à vous faire pro-
cureur ; ce font ces gens-là qui gagnent : il faut
voir comme leurs femmes font les duchesses.
Tenez, voilà une robe que je brode, dont le
dessein a été fait pour une présidente ; mais
comme je ne puis l'exécuter à moins de mille
écus, la présidente la trouve trop chère, &
madame la procureuse, pour qui il ne peut y
avoir rien de trop beau, vient de me donner
quinze cens livres d'avance. A propos, contez-
nous donc votre histoire. Tout de bon, parlez-
vous au diable quand vous le voulez ? Reculez-
vous un peu de moi, j'ai peur que vous n'en ayez
quelque petit dans vos poches qui pourroit bien
me sauter au collet. Ne craignez rien, dit Fourbison, ils n'étendent point leur malice jusques
sur mes amis : mais ils se plaisent à troubler la
tranquillité d'une mère qui croit avoir pris
toutes les précautions nécessaires pour s'assurer

de la vertu de fa fille. Je trouble cette fécurité;
je mets la jeune perſonne au déſeſpoir, & je
fais perdre à l'amant fortuné tous les plaiſirs
qu'il goûtoit dans les rendez-vous que lui donnoit fa maîtreſſe. Je dis aux maris poſſeſſeurs de
ces femmes indolentes, qui paroiſſent ne ſe
ſoucier d'aucun plaiſir; de ces yeux languiſſans, de ces femmes à vapeurs, & d'a tres dont
la parure annonce un extérieur modeſte ; petits
panniers, grands papillons, point de rouge ,
toujours couleur modeſte dans leurs habits, qui
déchirent avec amertume la réputation des
autres femmes : je dis, dis je à ces meſſieurs:
gardez vous de boire dans la coupe enchantée ;
car il ne reſteroit pas de quoi mouiller vos
lèvres. Bon , nous avons bien affaire de tous
ces tours de gobelets-là, dit Louvette: racontez-
nous ſeulement l'aventure qui vous oblige à
vous cacher.

Volontiers , dit Fourbiſon: je dois d'abord
vous apprendre qu'Arlequin & moi avons dans
la ville & les fauxbourgs plus d'un tripot, où
nous tenons magaſin de forcellerie; c'eſt-là où
toutes les femmes qui diſent la bonne aventure
dans les cartes, dans le mare de café ou dans
des bouteilles , viennent s'inſtruire & nous
rendre compte de la diſpofition des maiſons où
elles vont, & de mille petites intrigues qui ſe

paſſent dans la ville. Une de ces femmes vint un jour nous dire qu'elle avoit fait la découverte d'une perſonne très-riche & très-déſireuſe de le devenir davantage, & qu'il y avoit un bon coup à faire, parce que cette perſonne s'étoit mis en tête qu'une de ſes maiſons de campagne, peu éloignée de la ville, renfermoit un tréſor gardé par l'eſprit malin, & qu'elle étoit très-perſuadée qu'on ne pouvoit y fouiller avant de l'avoir conjuré. Cette femme ajouta qu'elle m'avoit annoncé pour un grand magicien, & qu'il falloit que je me préparaſſe à bien jouer mon rôle, parce qu'on devoit m'envoyer chercher inceſſamment pour prendre langue.

Dès le lendemain je fus averti de me rendre chez la perſonne, qui me parla de ſon tréſor, & me fit beaucoup de queſtions à ce ſujet. Après qu'elle m'eut fait connoître un déſir ardent de le poſſéder, je jugeai que j'en trouve-rois un moi-même beaucoup plus ſûr que ce-lui qu'elle vouloit avoir, en cherchant les moyens de puiſer le plus long-tems que je pour-rois dans ſa bourſe. Je lui dis donc d'un air de bonne-foi, que pour ne la point engager dans des dépenſes inutiles, il falloit d'abord conſul-ter l'eſprit, pour ſe mieux aſſurer de la vérité du fait ; que comme ces ſortes d'eſprits étoient fort intéreſſés, je ne préſumois pas pouvoir le faire parler sans lui offrir plus de cent pièces d'argent ; qu'il pouvoit en mettre cent sept, cent onze ou cent treize, pourvu que le nombre qui excède le cent fût impair. On m'en donna cent treize afin d'avoir une réponse favorable.

Muni de cet argent, je fus trouver Arlequin, dont l'accord est fait entre nous de partager toutes les bonnes fortunes qui nous viennent. Il faut de la droiture dans ses traités, & je puis dire que je n'en ai jamais manqué. Je racontai à mon camarade tout ce que je venois d'apprendre, & nous convînmes qu'il me seconderoit dans cette entreprise. Je retournai chez monsieur Oronte. Quoi ! dit Louvette, c'est à cet homme que vous avez affaire ? Oh ! j'ai bien l'honneur de le connoître. La vieille Argine, qui étoit jadis ravaudeuse, va tous les jours à la toilette de madame lui expliquer son marc. Vraiment c'est cette dame qui l'a produite dans plusieurs maisons, où elle fait bien son compte. Eh bien, mon cher, ce trésor l'ont-ils enfin trouvé ?

Patience, reprit Fourbison ; je dis à monsieur Oronte que l'esprit avoit répondu : fouillez, & que sur cette réponse je ne faisois nul doute qu'il n'y eût des sommes considérables d'enfouies dans la terre. Je vis alors briller la joie dans les yeux de monsieur & de madame, dont rien ne se fait que par ses ordres. Elle me pro-

m t de faire ma fortune & celle de mes enfans
J'ajoutai qu'il falloit me faire voir la maison qui
renfermoit le tréfor. Le cocher eut ordre de
mettre sur le champ les chevaux, & je fus conduit dans cette maison. Je m'étois muni d'une
baguette de coudre, avec laquelle je fis plusieurs ronds dans le jardin, & les assurai ensuite
que je croyois que le tré or étoit dans la cave.
Nous y descendîmes, & je posai une pièce d'argent à chaque coin de cette cave, & une au
milieu, en les assurant que l'endroit où la pièce
seroit retournée marqueroit celui où étoit le
tréfor; mais qu'il falloit les y laisser pendant
neuf jours, & prendre bien garde que personne
n'y puisse entrer; qu'ils n'avoient qu'à y retourner au bout de neuf jours, & voir si les pièces
étoient retournées. Malgré leurs soins & leur
vigilance, j'eus néanmoins l'adresse de retourner celle du milieu.

Cette expédition faite, j'en rendis compte à
Arlequin, qui mit plusieurs de nos gens en campagne, afin d'être instruit de toutes les démarches qu'on feroit. Les neuf jours expirés,
je fus trouver monsieur Oronte, à qui je dis
que l'esprit m'avoit annoncé que le tréfor étoit
au milieu de la cave, mais qu'il ne permettroit
pas d'y fouiller qu'on ne lui eût donné autant
de pièces d'or que je lui en avois déja donné

d'argent. Comme monsieur & madame venoient de visiter leur cave, & qu'en effet ils avoient trouvé la pièce du milieu retournée, ils ne firent nulle difficulté de me lâcher les cent treize pièces que demandoit l'esprit : j'en eus même une couple à compte sur la fortune qu'on m'avoit promise.

M. Oronte ne me voyant point revenir, vint me trouver. Ah! mon cher monsieur, lui dis-je en pleurant, le diable est bien menteur; il m'accuse de lui avoir volé la moitié de la somme que vous avez donnée pour lui remettre, & soutient que c'est deux cens vingt-sept livres qu'il m'a demandées. Je lui montrai un vieux habit tout en lambeaux : tenez, monsieur, lui dis-je, voilà comme il m'a accommodé; je suis encore tout meurtri de ses coups, & si vous n'avez la bonté d'ajouter ce qu'il demande, ma vie n'est pas en sûreté, & vous courez grand risque de n'avoir jamais le trésor, dans lequel je puis vous assurer qu'il y a plusieurs millions : quel préjudice cela peut-il vous faire? Monsieur Oronte sortit sans me rien dire, pour aller consulter sa femme; mais lorsqu'il lui eut dit que je l'avois assuré qu'il y avoit plusieurs millions, elle décida qu'il ne falloit rien épargner pour s'en rendre les maîtres, & je fus averti de venir prendre ce que j'avois demandé.

Nous aurions dû nous en tenir à cette dernière faignée ; mais arlequin qui eft infatiable,
ne le voulut pas. C'eft, dit-il, mon tour à
repréfenter dans cette pièce : retourne chez
monfieur Oronte, & dis-lui que l'efprit a paru
content ; qu'il ne s'agit plus que de le conjurer
pour le rendre obéiffant à tes ordres : mais que
malheureufement on t'a volé ton grimoire ;
qu'il n'y a qu'un feul homme dans le canton
qui en ait un ; & fi on te demande l'endroit
de fa réfidence, tu diras que tu fais feulement
que c'eft au feptentrion, que tu ne connois
ni fon nom ni fa figure.

Je fuivis le confeil d'arlequin. Oronte, femblable à ces joueurs, qui achèvent de fe ruiner,
en voulant courir après l'argent qu'ils ont
perdu, ne voulut pas que les avances qu'il
avoit faites, fuffent en pure perte : c'eft pourquoi il fe détermina à faire chercher ce nouveau magicien, & commençant à fe méfier
de moi, il me garda chez lui jufqu'à ce qu'on
eût découvert celui qui avoit le grimoire.
Arlequin ne me voyant point revenir, fe douta
de l'aventure. Il dépêcha fur le champ plufieurs
émiffaires vers Oronte, qui indiquèrent le berger d'un village, fitué à dix lieues de la ville.
Oronte partit dès le lendemain à la pointe du
jour ; rencontrant fur la route un payfan, il
demanda

demanda s'il étoit encore loin du village. Le payfan dit qu'il n'étoit pas à moitié chemin. Il eft inutile, ajouta cet homme, que vous preniez la peine d'aller plus loin ; je fais ce qui vous amène : je fuis la perfonne que vous cherchez : n'eft-ce pas pour un tréfor qui eft dans la cave d'une de vos maifons de campagne ? Oui , dit Oronte , furpris de la fcience de cet homme ; & puifque c'eft vous que je cherche , vous n'avez qu'à monter dans ma voiture. Je le veux bien , dit le villageois ; mais il faut avant entrer dans l'auberge qui eft à deux pas , afin que j'écrive deux mots pour envoyer chercher mon grimoire , fans lequel je ne puis rien faire. Oronte y confentit , & lorfqu'arlequin (car c'étoit lui-même ) lui eut fait tâter toutes fes poches , il griffonna fur un morceau de papier plufieurs figures , le chiffonna & le jetta en l'air , en difant : ne tarde pas à revenir. Oronte , qui ne voyoit perfonne , vouloit abfolument qu'un de fes domeftiques fût porteur du billet. Fi donc , monfieur , dit arlequin , il faudroit plus de fix heures à votre domeftique pour aller & revenir , & le mien fera de retour dans dix minutes. Buvons un coup en attendant.

Un quart d'heure après , arlequin , qui eft le plus fubtil efcamoteur qui ait jamais paru , propofa de partir. J'attends, dit Oronte, qu'on vous ait apporté votre grimoire. Le voilà, dit arlequin, en montrant un livre qui étoit fur la table. Notre homme, furpris de n'avoir vu entrer perfonne, ne put s'empêcher de friffon-ner. Il remonta dans fa voiture avec le for-cier, que j'eus peine à reconnoître moi-même : il s'étoit déguifé de façon qu'il paroiffoit avoir plus de cent ans. Madame Oronte en eut frayeur, & crut voir le diable en perfonne.

Ce nouveau magicien les affura que j'étois une bête & un ignorant, qu'il falloit renvoyer, parce que je m'étois laiffé duper comme un fot par l'efprit, & qu'il falloit recommencer toutes mes opérations, pour vous faire voir que je fuis incapable de vous tromper, dit le forcier, c'eft que je veux forcer l'efprit de vous apporter lui-même le tréfor au milieu de votre appartement, afin d'éviter l'embarras & les frais du tranfport. Ce nouveau projet parut délicieux à monfieur & à madame : on lui donna la plus grande & la plus belle pièce pour faire toutes fes opérations.

Il fit d'abord trois invocations qui durèrent neuf jours, dans chacune defquelles il fallut encore donner quatre-vingt-treize pièces d'or, & autant d'argent. Ce diable, qui aime l'ordre, déclara à la troifième fignification, qu'il y avoit plus de trois cens ans qu'il gardoit ce tréfor, qui renfermoit plus de dix millions en or, avec plufieurs vafes de même métal. Le magicien le conjura encore d'apporter le tréfor au milieu de la chambre. L'efprit s'en défendit, & pour le forcer, il fallut avoir une prodigieufe quantité de parfums, de cierges de cire jaune, & plufieurs machines qu'il difoit néceffaires à fon entreprife. Arlequin croyoit les rebuter en leur demandant des chofes prefque introuvables ; mais rien ne lui fut refufé. Monfieur Oronte, impatient de toutes ces longueurs, preffa le magicien de redoubler fes invocations, & de ne point donner de repos à l'efprit qu'il n'eût enfin apporté le tréfor. Le forcier affura que la troifième nuit, entre minuit & une heure, il entendroit un grand coup de tonnerre, qui feroit le fignal de l'obéiffance de l'efprit à fes ordres, & de l'arrivée du tréfor ; mais qu'il falloit avoir foin que tout fon monde fût couché, & que perfonne ne parût aux fenêtres : ce qui fut ponctuellement exécuté.

Pendant ces trois jours, monfieur & madame Oronte commencèrent à jouir de leurs tréfors, c'eft-à-dire, qu'ils en faifoient déjà la diftribution : ils cherchèrent des charges convenables, dans l'épée & dans la robe, pour leur fils, choifirent parmi la nobleffe les plus grands partis pour leurs filles : monfieur vouloit que ce fût dans la robe, & madame prétendoit les faire briller à la cour ; ce qui éleva une difpute affez confidérable entr'eux, & fut fans doute la caufe que l'efprit, pour les mettre d'accord, refufa de fe rendre aux conjurations du magicien, qui n'avoit demandé ce délai, que dans l'efpoir de trouver quelque moyen de fe fauver. Son efpérance fut vaine ; il fallut qu'il foutînt la farce jufqu'au bout ; enfin cette nuit, tant defirée de la part d'Oronte, & tant redoutée de celle d'arlequin, arriva. Tout dans le quartier paroiffoit calme & tranquille ; tout, jufqu'aux habitans des goutières, goûtoit un parfait repos ; mais mon cher camarade & moi nous étions dans un furieux embarras. Je n'avois ceffé de rôder autour de la maifon, & cette nuit, fous la peau d'un gros chien noir dont je m'étois entortillé. Je marchois à quatre pattes devant la porte, dans la crainte d'être reconnu, lorfque j'apperçus madame Oronte, qui, plus hardie & plus curieufe que fon mari, regardoit par la lucarne de fon grenier fi elle verroit arriver l'efprit, fous quelle forme il paroîtroit, & par quelle voiture il feroit conduire fon tréfor. Plus de deux heures s'étoient paffées à fe morfondre, quand elle entendit les cris & les lamentations du magicien : faifie de frayeur,

elle defcendit dans l'appartement de fon mari,
qui, effrayé lui-même de ce qu'il venoit d'entendre, fe difpofoit à paffer dans le fien, s'i-
maginant l'un & l'autre que le diable tenoit le
forcier à la gorge. Ils prirent la réfolution de
s'expofer à toutes fortes de périls, plutôt que
de fouffrir qu'un homme fût égorgé dans leur
logis; car on peut dire que ce font les meilleurs
gens du monde : ils entrèrent donc dans la
chambre où ils avoient renfermé le magicien,
& penfèrent tomber tous deux à la renverfe,
lorfqu'ils apperçurent le forcier couché tout
étendu, au milieu de plufieurs ronds qu'il avoit
faits fur le plancher, le vifage, les mains &
la chemife pleins de fang ; la chambre & les
meubles en étoient auffi remplis.

Arlequin, contrefaifant le démoniaque, fe
mit à beugler comme un taureau : il paroiffoit
faifi de crainte. Hélas ! meffieurs & dames,
s'écrioit-il, ayez pitié de moi; l'efprit va me
tordre le cou fi vous ne me tirez de fes mains:
il rejette mes offrandes; & cependant je vous
jure que je ne me fuis trompé que de deux
virgules dans les termes que j'ai employés.
Tenez, continua-t-il en redoublant fes cris,
le voilà qui entre : c'eft ce gros chat noir, c'eft
lui qui m'a mis tout en fang; d'aventure, le
chat de la maifon qui étoit noir, trouvant

l'appartement ouvert, y étoit entré pour chercher à faire quelque capture. Arlequin faisant alors plusieurs bonds en l'air, avec des grimaces grotesques, fit une si grande peur au chat, qu'il s'enfuit, en jurant, sur les tuiles, & n'a jamais reparu depuis.

Mon camarade, pour rendre la scène encore plus touchante, leur reprocha, en pleurant, qu'ils étoient la cause qu'il s'étoit donné au diable, & qu'il ne l'avoit fait que pour leur rendre service ; que l'esprit étoit un coquin qui l'avoit trompé : il fit enfin un vacarme si terrible, que M. Oronte, craignant qu'une pareille affaire ne fît du bruit dans le monde, & ne causât un scandale qui ne pouvoit retomber que sur lui, donna la liberté au prétendu magicien, en le menaçant de le faire brûler, s'il osoit divulguer cette aventure. Arlequin a promis non-seulement de se taire, mais encore de se retirer, s'il pouvoit, des griffes de l'esprit, & de n'avoir jamais aucun commerce avec lui.

Cependant M. Oronte, fâché de la perte de son argent, quoiqu'il ne soit pas encore tout tout-à-fait guéri de l'opinion qu'on lui a donnée du pouvoir de magiciens, a, malheureusement pour nous, fait confidence à un de ses amis de l'aventure qui venoit de lui arriver. Cet

ami, surpris de sa crédulité, s'est mis en tête
de nous faire rendre une partie des sommes
qu'arlequin & moi lui avons escamotées. Après
s'être instruit de quelques-uns de nos faits
glorieux, il en a fait sa plainte au juge, qui
vient de lâcher contre nous un décret de prise
de corps; c'est ce qui m'engage à me tenir
caché, jusqu'à ce que l'affaire soit un peu
assoupie.

La hardiesse de ce coquin me surprit infiniment; je ne pouvois me persuader qu'il y
eût des gens assez simples pour donner dans
de pareilles absurdités; car pour peu qu'on
veuille réfléchir, ne pourroit-on pas demander
à ces prétendus sorciers ou magiciens, pourquoi
ils n'emploient pas leur pouvoir pour eux-
mêmes? Pourquoi ils sont tous gueux, lorsqu'il
ne tient qu'à eux de tirer des entrailles de la
terre, ou des profondes abîmes de la mer,
plus de richesses que n'en ont jamais possédé
tous les potentats de l'univers? Pour peu qu'on
réfléchisse sur de pareilles folies, il se présente
tant d'idées pour les combattre, que je suis
étonné qu'elles puissent entrer dans la tête de
quelqu'un; mais en examinant la conduite des
Cilléniens, je crus qu'un étourdissement général avoit frappé tous les habitans de cette
planète, pour les faire agir directement contre

leurs véritables intérêts. Monime, qui s'en-
nuyoit beaucoup, nous détermina de quitter
cette ville pour prendre la route de la province de Merces.

---

# CHAPITRE VII.

*Le vice confondu, & la vertu récompensée.*

Arrivés dans cette nouvelle capitale, nous
fûmes descendre à l'entrée de la ville dans un
hôtel garni. Lorsque je fus retiré dans mon
appartement, & que j'eus renvoyé mes domestiques, j'entendis quelque mouvement à
côté de mon cabinet, qui me donna de l'inquiétude. Je prêtai une oreille attentive, &
distinguai les plaintes d'une personne : les
soupirs & les sanglots qu'elle poussoit marquoient une grande désolation. Deux heures
se passèrent sans pouvoir me déterminer à me
mettre au lit : attendri moi-même du chagrin
de cette infortunée, je ne pus me refuser à
l'envie d'aller lui donner quelque consolation.
J'ouvris doucement la porte de mon appartement, & entrai dans une petite chambre qui
étoit à côté, dont on avoit négligé d'ôter la
clef; mais que vis-je? Une jeune personne que

la douleur avoit presque étouffée : elle étoit renversée dans un fauteuil, ses bras étendus sans mouvement ; une pâleur mortelle étoit répandue sur son visage, qui paroissoit baigné de ses larmes.

Ce spectacle m'attendrit jusqu'à en répandre moi-même ; il fixa toute mon attention, & malgré l'état où je la voyois, je lui trouvai de la noblesse dans la physionomie, des graces, un air de douceur ; & je crus voir enfin la douleur en personne. Je fus d'abord tenté d'appeller les femmes de Monime pour la secourir, & me sauver en même tems de l'intérêt douloureux qu'elle commençoit à m'inspirer en sa faveur ; mais je ne pus m'affranchir de la pitié que je ressentois ; il auroit fallu prendre trop sur mon cœur, & ce ménagement pour moi-même m'auroit mis beaucoup plus mal à mon aise que la plus triste sensibilité pour ses malheurs.

Je m'approchai donc respectueusement dans le dessein de la consoler. Pardonnez ma hardiesse, lui dis-je ; je ne viens point ici, mademoiselle, dans la vue de vous causer aucune peine : pénétré jusqu'au fond de l'ame de l'état où je vous vois, je voudrois de tout mon cœur pouvoir adoucir vos maux. Par pitié pour vous-même, soulagez votre douleur, en en confiant, s'il se peut, les motifs à un homme qui, loin d'en vouloir méfufer, vous protefte d'employer tout ce qui eft en fon pouvoir, afin de tâcher d'en diminuer l'amertume.

Cette jeune perfonne, furprife, fans doute, de mon apparition, leva d'abord les yeux fur moi, puis les baiffa d'un air confus & embarraffé : elle ne me répondit que par de nouveaux fanglots, fes larmes coulèrent avec plus d'abondance. Lorfqu'elle fut un peu remife, elle me regarda plus attentivement. Grands dieux ! s'écria-t-elle en pouffant un profond foupir, auriez-vous enfin pitié de mes peines ? Je vous crois, monfieur, incapable d'abufer de ma confiance ; & puifque vous avez la bonté de prendre part à mon affliction, je vais, par un récit fincère, vous inftruire des maux qui en font la fource.

Je fuis une fille de famille, dont le père, qui s'étoit ruiné au fervice, eft mort depuis dix ans : ma mère, reftée veuve avec deux enfans, pour lefquels elle avoit beaucoup de tendreffe, foutint d'abord notre malheur avec affez de fermeté : nous vivions dans une petite terre, feul bien qui nous reftoit des débris de notre fortune ; mais les créanciers de mon père l'ayant fait faifir, nous fûmes obligés de nous rendre dans cette ville pour y foutenir les droits que nous avions d'en jouir, & qu'on nous difputoit. Nous vîmes defcendre dans cet hôtel, où depuis plus de neuf années nous avons effuyé toutes les longueurs d'une chicane impénétrable; ce qui acheva de confommer tout ce qui nous reftoit d'effets.

Enfin, à force de follicitations, nous parvîmes à faire nommer un juge pour examiner l'affaire, qui fe trouva tellement embrouillée par les mauvaifes chicanes des procureurs, que vraifemblablement notre juge n'y put rien comprendre; & pour comble d'infortune, fon fecrétaire, avide d'argent, s'étoit laiffé féduire par nos parties, plus au fait que nous des moyens qu'il falloit employer pour obtenir un jugement favorable.

L'impoffibilité d'approcher de notre juge, faute de protections, notre mifère, la fimplicité de nos parures, nous faifoient toujours écarter par fes domeftiques qui ne reconnoiffent que ceux dont les habits annoncent l'opulence; & fi quelquefois nous parvenions jufques dans la falle d'audience, une foule de plaideurs nous empêchoit d'en aborder: peut-être aurions-nous pu lui faire entendre la juftice de nos droits, en racontant fimplement les faits; la vérité l'auroit fans doute frappé; les difgraces fécondes en expreffions touchantes,

l'auroient peut-être porté à examiner notre
affaire avec un foin plus exact. Mais, monfieur,
eft-ce à des infortunés d'ofer fe flatter d'être
accueillis & écoutés? non, cette douceur n'eft
réfervée qu'à des perfonnes qui, par la richeffe
de leurs habits & le cortége qui les accompagne, annoncent le fafte & l'opulence.

Réflexions inutiles. Que vous dirai-je enfin?
Un jugement définitif nous a entièrement ruinés. Lorfque ma mère apprit la perte de notre
procès, fon efprit & fa vertu plièrent à ce
dernier coup de notre infortune; elle n'en put
fupporter la rigueur. La dure économie qu'il
avoit fallu garder depuis long-tems pour vivre
& pour fubvenir aux dépenfes d'une procé-
dure inévitable, le retranchement total de mille
petites délicateffes dont on a formé l'habitude,
& dont la privation devient un furcroît de
maux, le chagrin de voir fes enfans devenir
fes domeftiques, & peut-être même ceux des
autres, une trifteffe muette & honteufe qu'elle
remarquoit en nous, & que la mifère peint fi
bien fur le vifage des honnêtes gens qu'elle
humilie; cette trifteffe fait plus de peine à voir
aux perfonnes qui ont des fentimens, que la
douleur la plus déclarée. Voilà tout ce qui
a jetté ma mère dans un défefpoir dont elle
n'a plus été maîtreffe, & qui l'a enfin conduite

en peu de jours au tombeau. Je ne puis, monfieur, vous exprimer la douleur que je reſſentis de ſa perte que par celle où vous me voyez.

Mon frère, à qui nos malheurs ont formé l'eſprit de bonne-heure, me ſurprit un jour dans ma chambre, le viſage baigné de larmes. Hélas ! ma ſœur, me dit-il tendrement, que vous ménagez peu un frère qui vous aime, & qui n'attend de conſolation que de votre amitié ! Vous verrai-je toujours en proie à la douleur la plus amère ? Il eſt vrai que la perte que nous venons de faire doit nous être à tous deux bien ſenſible : dans les premiers jours, je n'ai point condamné l'excès de votre afflic-tion ; vous vous y êtes livrée, elle étoit juſte : accablé moi-même des coups qui nous ont frappé, je n'ai pu vous rien dire de conſo-lant ; il n'eſt pas ſurprenant que la raiſon plie d'abord ſous des revers auſſi accablans que ceux que nous venons d'éprouver. Je ſais que les mouvemens de la nature doivent avoir leurs cours. Mais, chère ſœur, on ſe retrouve, on s'appaiſe, on revient à ſoi-même, & la raiſon prend enfin le deſſus. Cependant je vous vois toujours la même : j'ai dévoré mes chagrins dans la crainte d'augmenter les vôtres, & vous avez la cruauté de me faire périr d'en-

nui; vous m'accablez par votre douleur, fans
être touchée de la mienne. Ah! vous ne vous
en fouciez pas; croyez-vous que ce qui fe
paffe dans mon cœur ne foit pas affez fenfible? N'ai-je donc pas encore affez de mes
chagrins, fans en redoubler l'amertume? Faut-
il que le défefpoir nous fuive jufqu'au tombeau? Croyez, ma fœur, qu'il eft des gens
plus à plaindre que nous : ce font ceux qui
eux-mêmes ont creufé les abîmes où ils font
tombés; du moins n'avons-nous point ce reproche à nous faire; c'eft un motif de confolation; mais vous ne voulez en employer
aucun pour ma tranquillité, & tout me manque à la fois.

Hélas! lui dis-je, ceffez de m'accabler par
d'injuftes foupçons : c'eft à tort que vous accu-
fez mon amitié pour vous; rien ne peut
l'affoiblir. Mon frère, fi vous pouviez lire au
fond de mon cœur, vous y verriez que cette
douleur, dont je ne puis modérer l'excès, ne
vient actuellement que du tendre intérêt que
je prends à votre fort. Les plus triftes réflexions
fur l'avenir m'entraînent malgré moi. Forcée
de m'y livrer, nulle forte d'efpérance ne s'offre
à mon efprit. Que nous fommes à plaindre : fans
parens, fans protecteurs, fans amis, fans fecours : que devenir ? Qui eft-ce qui s'attache

à d'honnêtes gens lorsqu'ils sont dans l'indigence? Est-il d'objets plus disgracés & plus abandonnés dans ce monde, qu'une personne pauvre & vertueuse tout ensemble? Depuis long-tems je m'apperçois trop que tous les cœurs sont glacés pour nous: chacun nous fuit; nous sommes des étrangers dans la nature, que personne ne veut reconnoître. Des frippons peuvent être plus méprisés; mais ils sont mieux reçus; moins rebutés, peut-être même gagnent-ils à n'être ni estimés, ni estimables: ils employent toutes sortes de bassesses; ils sont rampans, & voilà ce qui flatte ces hommes vains: ils jouissent de leurs triomphes; ils ont le plaisir de primer & de satisfaire leur fol orgueil; mais nous, cher frere, à quoi nous déterminer? Quel parti prendre dans un si grand abandon?

Tranquillisez-vous, ma sœur; j'ai trouvé un moyen pour nous tirer de l'extrême misère où nous réduit le sort: c'est un projet que je médite depuis long-tems, puisque je ne puis mieux faire: il faut se déterminer à le suivre; du moins nous pourrons par cette voie nous procurer le nécessaire; & si la fortune jettoit sur nous un regard favorable, l'idée que j'ai est une des routes qui conduit souvent à ses bienfaits.

Vous favez que j'ai acquis quelque teinture de la médecine ; je me fuis quelquefois occupé dans notre terre de l'anatomie ; j'ai étudié la connoiffance des fimples ; j'ai un peu de latin ; quelques mots grecs que je fais par cœur. A ces foibles lumières je n'ai qu'à joindre beaucoup affurance, un maintien grave , une longue perruque , une canne en béquille ; en voilà plus qu'il n'en faut pour me rendre habile: bien des docteurs n'ont peut-être pas commencé avec autant de talens. Notre hôte paroît porté à nous obliger: c'eft un homme fimple & intéreffé , auquel on peut promettre une récompenfe , afin de l'engager de dire à tous les étrangers qui viennent loger chez lui ; que je fuis un jeune homme fort habile , qui l'ai tiré d'une maladie très-dangereufe : d'ailleurs , il eft connu d'un feigneur fort opulent qui loge à deux pas d'ici. Cet homme eft attaqué de vapeurs qui ne font autre chofe qu'un efprit frappé , dont tous les maux giffent dans l'imagination , & qui s'affoiblit le tempérament par la quantité de remèdes qu'il fe croit obligé de prendre. Si je puis avoir accès auprès de ce vifionnaire , je fuis fûr de le guérir de fa folie : ma recette eft certaine ; je ne lui donnerai que de bons confommés.

J'applaudis aux idées de mon frère : il fortit
dans

dans le deſſein de chercher ce qui lui étoit
néceſſaire pour l'accompliſſement de ſon projet, & je deſcendis chez notre hôte pour l'engager à favoriſer mon frère dans ſon nouvel
établiſſement. Cet homme me promit de mettre
tout en uſage, afin de lui en procurer la
réuſſite.

Mais, monſieur, le bonheur & le malheur
ſe partagent; rarement on les voit s'unir;
tout va ordinairement d'un même côté: aux
heureux, nouvelles proſpérités; aux malheureux, nouveau ſurcroît de diſgraces: perſonne
dans le monde n'en a fait une plus cruelle
épreuve que mon frère & moi. Notre vie n'eſt
qu'un enchaînement de peines, qui ſe ſuccèdent
ſans interruption. Toujours en butte à l'injuſtice, à la mauvaiſe foi & à la tyrannie des hommes, je n'y puis plus réſiſter. Juſte ciel! s'écria
cette jeune perſonne, ſi c'eſt dans l'extrémité
du péril que tu te plais à ſignaler ta puiſſance, mes maux ne ſont-ils pas arrivés à leur
comble?

Les pleurs de cette infortunée interrompirent
ſon diſcours: j'employai ce que je crus de plus
conſolant pour la tranquilliſer. Hélas! monſieur, pourſuivit-elle, ſi vous êtes né ſenſible,
voici l'inſtant de jouir de votre ame, & celui
de ſignaler votre généroſité. Au nom de ce

Tome I,

Q

que vous avez de plus cher, déployez la nobleffe de vos fentimens en faveur d'une malheureufe que tout le monde fuit & abhorre.
Difant cela, cette jeune perfonne fe jetta à
mes pieds. Je la relevai d'abord, prefque auffi
attendri qu'elle. Ne foyez point furpris de mon
action, reprit-elle en foupirant ; ces hommes
injuftes m'ont appris à m'humilier jufques dans
le fond de mon cœur ; tous m'ont repouffée ;
j'ai tout fouffert de leurs injuftices, & ces hommes pouffent encore la barbarie jufqu'à vouloir
me faire perdre pour toujours la confolation
de pouvoir au moins m'eftimer moi - même.
Mais, monfieur, je ne prétends point vous
confondre avec ces hommes pervers & ennemis
de l'humanité. Je m'apperçois, à la fenfibilité
que vous faites paroître, que mon récit vous
touche : je dois donc vous regarder comme
une divinité qui va mettre en fuite ce troupeau de bêtes farouches, qui m'ont jufqu'ici
environné. J'attends tout de cette pitié généreufe qui vous attendrit en faveur des malheureux : j'ofe vous affurer, monfieur, que
je la mérite. Apprenez donc ce qui fait actuellement le fujet de mon défefpoir, ce qui me
confond & m'anéantit.

La malheureufe deftinée de mon frère le
conduifit, en fortant de l'hôtel, dans une rue

détournée, où trois hommes en attaquoient un avec une si grande fureur, que son cœur généreux & sensible ne pût se refuser de prendre le parti de celui qu'on accabloit avec tant d'avantage. Ah! messieurs, leur dit-il, qui peut donc vous pousser à commettre une action si injuste? Se peut-il que vous ayez la lâcheté de vous mettre trois contre un? Par honneur pour vous-mêmes, finissez un combat si inégal. Alors l'un d'eux, sans lui répondre, tourna la pointe de son épée pour l'en percer. Mon frère surpris, n'eut que le tems de se mettre en défense afin de parer les coups de ce fougueux. Cependant un des deux autres reçut un coup qui le renversa, & dont il mourut dans l'instant. Le bruit qu'ils faisoient attira enfin plusieurs personnes; des gardes vinrent qui les arrêtèrent, & les conduisirent en prison. Malheureusement celui dont mon frère avoit si généreusement pris la défense, mourut un quart-d'heure après des blessures qu'il avoit reçues dans le combat, sans avoir eu le tems de justifier mon frère: les deux autres, qui appartenoient à des personnes élevées en dignité, furent relâchés sur le champ, après avoir poussé l'injustice jusqu'à charger mon malheureux frère de la mort de leur camarade. Jugez, monsieur, de mon désespoir lorsque j'appris le foir qu'il étoit détenu dans un affreux cachot.

Cependant, quoiqu'accablée par ce dernier coup du fort qui nous pourfuit, je n'ai ceffé depuis plus de fix mois de folliciter fes juges. Hélas! je m'étois flattée d'en avoir touché un par ma douleur & mes larmes; il parut même m'écouter d'abord affez favorablement en me donnant la permiffion de parler à mon frère, de qui je tiens tout ce détail. J'informai ce juge de tous les faits qui pouvoient fervir à la juftification de mon frère, je plaidai moi-même fa caufe. La douleur, lorfqu'elle eft juftement animée par des motifs d'honneur, femble être naturellement éloquente. Le juge parut fe laiffer fléchir; mais ce n'étoit que dans la vue de me féduire.

Ah! monfieur, oferois-je vous dire que cet inhumain ne m'offre aujourd'hui la liberté de mon frère qu'en cherchant à me couvrir de honte; oui, ce n'eft qu'en fatisfaifant à fes infâmes defirs que je puis obtenir la juftice qu'il doit à un innocent, fans quoi fa perte eft jurée, & je verrai mon miférable frère traîné fur un échafaud comme un criminel, pour y fubir la mort la plus honteufe. Dans cette extrémité, j'ai été pour me jetter aux pieds de ceux qui fe font rendus fes parties afin d'implorer leur

pitié ; mais ils ont tous refufé de me voir ;
nulle efpérance ne m'eft offerte. Rebutée de
toutes parts, le coup qui doit trancher les jours
de mon malheureux frère va me percer le fein.
Hélas ! qu'avons-nous fait aux dieux pour nous
pourfuivre avec tant de rigueur ?

Cette jeune perfonne s'interrompit elle-même
par des fanglots, & des marques d'un fi grand
défefpoir, que je craignis pour fes jours.
Pénétré jufqu'au fond de l'ame des malheurs
qu'elle venoit d'effuyer, & de ceux qu'elle
avoit encore à craindre, indigné de l'injuftice
des Merces, j'employai ce que je crus de plus
confolant pour la calmer. Ceffez, mademoifelle,
ajoutai-je, un défefpoir que votre raifon doit
condamner ; foyez perfuadée qu'il eft encore
des hommes qui chériffent la vertu, qui l'aiment, qui la refpectent & la protégent. L'honneur & la probité ont toujours été mes régles ;
repofez-vous fur mes foins ; comptez que vous
trouverez en moi un protecteur d'autant plus
zélé à vous fecourir promptement, qu'il eft
fenfible à tous les maux qui vous accablent.
Je puis vous protefter que vous reverrez dès
demain ce frère qui caufe aujourd'hui vos
allarmes, venir par fa préfence rétablir la
tranquillité dans votre ame. Je vais employer,
pour vous fervir efficacement, un homme dont

Q iij

le pouvoir eſt ſans bornes. Cette jeune perſonne me remercia dans les termes les plus touchans : ces aſſurances la tranquilliſèrent, & je la quittai, après avoir gliſſé derrière ſon fauteuil une bourſe pleine d'or.

Tout attendri du malheureux ſort de cette infortunée, je ne ſongeai point à prendre de repos. J'entrai dans l'appartement de Zachiel : l'émotion où j'étois ne le ſurprit point : ſans s'être rendu viſible, il avoit été témoin de notre converſation. Je viens vous ſupplier, lui dis-je, de vous intéreſſer en faveur d'une jeune perſonne qu'un enchaînement de malheurs a réduit au déſeſpoir. Je n'ai pu apprendre ſes peines ſans la flatter de votre protection. Je voulus alors lui en faire un récit pathétique ; mais il m'arrêta.

Je connois l'injuſtice des Merces, dit le génie, & ne ſuis pas étonné de celle que cette famille a éprouvée de leur part. Le jour commence à paroître : vous avez promis à cette victime de l'intempérance de travailler à la délivrance de ſon frère ; les momens ſont précieux lorſqu'il s'agit d'abréger les peines de quelqu'un qui eſt dans les angoiſſes d'une mort prochaine qu'il croit inévitable : hâtons-nous de rendre deux ames contentes, en lui procurant la liberté : il eſt tems de partir. Oui, dis-je, mon

cher Zachiel ; mais la promeſſe que j'ai oſé
faire n'eſt fondée que ſur les ſecours que
j'attends de vous ; car je ne puis rien par moi-
même.

Je ſuivis le génie chez le Bacha. A peine le
ſoleil commençoit à paroître quand nous entrâmes dans ſon cabinet. Le génie m'avoit rendu
inviſible, ainſi que lui, aux yeux de tous ſes
domeſtiques. Je viens, lui dit-il d'un air ma-
jeſtueux & ſévère, vous empêcher de commettre la plus noire de toutes les injuſtices.
Vous retenez depuis plus de ſix mois dans un
affreux cachot, un jeune homme dont l'innocence vous eſt connue. Pourquoi tardez-vous
à le remettre en liberté ? Je trouve aſſez ſingu-
lier, dit le Bacha, que vous oſiez me faire des
queſtions : je n'ai, je penſe aucun compte à
vous rendre de ma conduite. Le jeune homme
eſt condamné ; les preuves de ſon crime ſont
complettes : il faut qu'il ſubiſſe le ſort réſervé
à ſes ſemblables ; & votre audace me fait
ſoupçonner que vous pourriez être un de ſes
complices : ſur ce fondement, je puis vous
faire arrêter.

Ah ! miſérable, s'écria Zachiel, je lis dans
ton ame & en pénètre toute la noirceur ; tu
n'es que la moitié d'une créature humaine ;
tu n'en as que la figure, & le penchant au

mal; mais tu n'en as ni la dignité, ni la nobleſſe. Je ne redoute point ta colère ni ta
vengeance; l'une & l'autre ſont impuiſſantes
vis-à-vis de moi. Je t'ordonne donc de m'é-
couter, homme vicieux. Tu ne condamnes le
jeune homme, que parce que ſa ſœur a eu
le malheur d'exciter ta lubricité, & la juſtice
que tu dois à ſon frère ne ſe peut acheter qu'au
prix de ſon honneur. Dans toute autre cir-
conſtance je ne ſerois point étonné que ſa
jeuneſſe, ſes graces & ſa beauté, t'aient inſpiré de l'amour; mais que ce viſage frappé de
déſeſpoir, dont la douleur a changé les traits;
que ſes graces flétries par les larmes, n'aient
pu déconcerter ton amour, & n'en n'aient pas
fait un protecteur pour cette infortunée; que
cet amour, loin de la plaindre de tous ſes maux,
n'en n'aie reçu qu'une confiance plus brutale;
que ſa miſère, féconde en expreſſions touchantes, ne t'ait déterminé qu'à l'outrage, & non
pas aux bienfaits; qu'à la vue d'un pareil objet,
cet amour ne ſe ſoit pas fondu en une pitié
généreuſe; que la charité ne t'ait pas attendri
ſur les périls où l'expoſent ſes malheurs; que
tu aies écouté le récit de ſon infortune, ſans
en comprendre l'excès, ſans en ſentir tes deſirs
confondus, & ſans être épouvanté toi-même
de te ſurprendre dans l'horrible deſſein d'en

profiter : j'avoue que je ne puis comprendre comment on peut soutenir le poids d'une pareille iniquité. On peut la regarder comme une intrépidité de vices où l'imagination d'un honnête homme ne peut atteindre. Tyran que tu es, quoi! la jeuneffe de cette fille en proie à tout ce que la douleur a de plus amer, n'a pu toucher ton ame, ni exciter ta compaffion; tu la regardes comme une victime qui vient s'offrir à ta lubricité : les fecours que tu lui offres font autant d'opprobres ; c'eft-à-dire, que pour obtenir la juftice, il faut qu'elle devienne infâme : enfin je m'apperçois que tu as étouffé en toi l'honnête homme, pour mettre le monftre en liberté. Crois-moi, il eft tems encore de rentrer en toi-même, & fi tu veux mériter déformais le précieux titre d'homme jufte, réfléchis fur la nobleffe de tes devoirs, afin de les remplir avec équité : ceffe de protéger le crime & de proftituer la juftice par l'abus de l'autorité qui t'eft confiée : ceffe d'en violer impunément tous les droits : au lieu d'être le raviffeur d'une tendre brebis, deviens-en le protecteur, & ceffe enfin de regarder fous le bandeau qui t'aveugle, pour découvrir fi ceux qui te follicitent ont part à la faveur, ou s'ils s'annoncent les mains pleines d'or; & pour dernier confeil, reffouviens-toi que l'être fuprême a toujours les yeux ouverts fur la conduite d'un juge, & s'il fufpend le glaive qui doit tomber fur la tête des méchans & des hommes injuftes, ce n'eft que pour les punir avec plus de fé-vérité.

Le juge furpris de la hardieffe des remon-trances du génie, crut voir & entendre la juftice en perfonne. Etonné, confus, humilié & terraffé, il ne trouva aucune parole qui pût le juftifier : fon orgueil parut confondu : les yeux fixés vers la terre, il gardoit un morne filence. Le génie, qui s'apperçut que fes difcours faifoient une vive impreffion dans le cœur du juge, l'encouragea avec douceur à fuivre les routes qu'enfeignent la juftice, l'honneur & la probité : enfin il fut fi bien toucher ce cœur, qui jufqu'alors s'étoit laiffé entraîner par le torrent de fes paffions, qu'il perfifta toujours, depuis cette aventure, dans les fentimens de la plus exacte probité.

Sortis de chez le juge, nous fûmes délivrer le jeune homme, que nous ramenâmes à fa fœur. Cette jeune perfonne ne put d'abord exprimer fa joie & fa reconnoiffance que par des larmes. C'eft à monfieur, lui dis-je en lui préfentant Zachiel, que vous devez la liberté d'un frère fi tendrement aimé. Alors fe remettant du trouble que notre préfence lui avoit caufé, elle s'exprima avec ces graces naturelles & touchantes, qui peignent fi bien ce qui fe paffe dans une ame tendre & fenfible aux bienfaits.

Je les menai enfuite dans l'appartement de Monime, à qui je fis un récit de tous les malheurs qu'ils avoient éprouvés. Elle en fut attendrie, & pria le génie de ne point laiffer fon ouvrage imparfait, & de contribuer de tout fon pouvoir à les rendre heureux. Le génie les a établis l'un & l'autre fort avantageufement, & les a comblés de biens.

# CHAPITRE VIII.

### Hiſtoire de Tacius.

LES dépenfes que nous faifions, le brillant de nos équipages, le grand nombre de nos domeftiques, donnèrent de l'inquiétude au gouvernement. Chacun raifonnoit diverfement fur notre qualité, & fur les vues que nous pouvions avoir. Les perfonnes naturellement portées à tromper, font toujours méfiantes ; c'eft pourquoi Zachiel nous engagea de vifiter un homme qui tenoit un rang confidérable dans l'état. Vous ne pouvez guère vous difpenfer de

ce devoir, nous dit le génie, parce qu'on ne
fouffre point d'étrangers dans ce royaume,
qu'on ne foit informé du fujet de leur voyage.
Je fais que l'on commence à vous foupçonner:
il eft dangereux d'infpirer de la méfiance lorfqu'on ne peut fe faire connoître, & il eft également difficile de fe fauver des obfervations
d'un vieux miniftre, toujours fupérieur par
l'avantage du pofte & par celui de l'expérience.
Cette vifite le tranquillifera fur votre compte:
il poffède entièrement la confiance du prince:
c'eft par lui que découlent toutes les graces, &
fa cour eft beaucoup plus nombreufe que celle
de fon maître. Cependant quoiqu'il ait acquis
des biens immenfes, il vend encore fa faveur;
il eft vrai que c'eft d'une façon oblique, &
qu'il déguife fon avarice par des dehors de
magnificence, qui pourroient en impofer,
s'il n'étoit connu : mais fon premier valet de
chambre vend toutes les graces, & il lui rend
les trois quarts & demi de l'argent qu'il en retire. Par ce moyen, ni les charges, ni les
emplois ne font diftribués à ceux qui ont le
plus de mérite ou de talens, mais à ceux qui
y mettent le plus haut prix; ce qui fait que
dans cette partie de la Cillénie, on voit fouvent des poftes éminens occupés par des perfonnes que la nature a privées des vertus né-

ceffaires pour les remplir, qu'ils ne doivent qu'à leur opulence, à leurs cabales, ou à leurs intrigues.

Pour parvenir auprès de ce visir, nous fûmes obligés de traverser plusieurs anti-chambres, une grande gallerie, salle d'audience, chambre & cabinet de parade : toute cette enfilade étoit garnie de domestiques, dont le grade augmentoit à mesure qu'ils approchoient de leur maître. Nous fûmes enfin annoncés par un vieil Officier, qui nous introduisit dans un cabinet particulier. Notre visite se passa en discours vagues, beaucoup de questions de la part de ce ministre ; quelques offres de ser-vice, qui finirent par des complimens usités dans presque toute la Cillénie.

Nous sortîmes alors de son audience, & vîmes plusieurs grandes pièces remplies de per-sonnes de toutes sortes d'états, dont les uns venoient faire leur cour, & les autres deman-der des graces ou de l'emploi. J'en remarquai qui avoient l'air triste & timide ; ceux-là m'in-téressoient en leur faveur. L'histoire récente de nos infortunés, me faisoit leur supposer des chagrins. Curieux d'apprendre si je ne m'étois point trompé dans mes conjectures, je pro-posai à Monime de nous ranger dans l'embra-sure d'une croisée, pour pouvoir, sans être remarqués, assister à l'audience.

Je fais une réflexion , lui dis-je ; c'eſt
que l'honnête homme eſt preſque toujours
humilié , preſque toujours ſans biens , &
preſque toujours triſte : il n'a point d'ami ,
parce que ſon amitié n'eſt bonne à rien : on
le fuit , on le dédaigne , on le mépriſe , & on
rougit même de ſe trouver avec lui : pourquoi ? c'eſt qu'il n'eſt qu'eſtimable , & je ne
crois pas que cette qualité figure beaucoup
dans ce monde. Je ne puis qu'admirer la juſtice
de vos remarques , dit Monime : quelle différence de ceux-ci , ſur qui l'or & l'argent brille
de toutes parts ! on diroit qu'ils étalent ſur eux
plus de biens , que peut-être ceux-là n'ont de
revenu. Regardez leur phyſionomie libre &
hardie , ces regards effrontés , cet air tranquille & ſatisfait ; tout , juſqu'à leur embon-
point, annonce l'opulence.

Dès que le viſir parut , tous ces riches s'a-
vancèrent vers lui d'une façon libre & aiſée : il
les écouta tranquillement , leur répondit d'un
air gracieux & affable ; mais pour ces pauvres
perſonnes , dont la timidité annonçoit l'indigence , il leur tourna le dos ; ſes domeſtiques les
écartèrent ; & quoiqu'ils s'efforçaſſent de courir
après lui, & que pluſieurs tâchaſſent de vaincre,
à force de poitrine , la difficulté de s'exprimer
en marchant trop vîte , ils eurent beau faire ,

ils articuloient mal, & ne furent point entendus. Lorſqu'on demande des graces, qu'on a
le cœur bien placé, & de la nobleſſe dans
l'ame, on a toujours l'haleine courte.

Nous ſortîmes, en plaignant le ſort de ces
malheureux : qu'il eſt humiliant, dis-je à Monime, pour un homme de mérite, d'être obligé
de faire des démarches auprès des grands! Vous
avez dû remarquer l'accueil qu'on a fait à tous
ces riches ; cela prouve que les biens ſont les
ſeuls avantages qui diſtinguent un Cillénien
Ce ſont eux qui ſervent à réparer le défaut de
mérite, à remplir le vuide affreux d'un homme
que la naiſſance diſtingue, ou que la fortune
élève, & tout ne ſe rend qu'à l'éclat des richeſſes : ce ſont elles qui mettent l'enchère aux
dignités, aux charges, à la nobleſſe, à la faveur, à la réputation, aux alliances, & qui
donnent enfin le prix à la vertu même.

Prêts à monter dans notre voiture, nous
vîmes ſortir de chez le viſir un jeune homme,
dont le viſage pâle & décharné, l'air triſte,
abattu, confus & humilié, nous fit une vive
impreſſion : ſa phyſionomie annonçoit la candeur de ſon ame. Monime, qu'un ſentiment
de pitié animoit en ſa faveur, me le fit remarquer : porté comme elle à lui rendre ſervice, je m'avançai vers lui. Pourroit-on,

dis-je, monfieur, vous être utile à quelque
chofe ? Ce n'eft point la curiofité qui m'engage
à vous faire cette queftion : nous fommes des
étrangers, qu'une fympathie, fans doute,
détermine à nous intéreffer pour vous : il
eft vrai que n'ayant pas l'honneur de vous
être connus, la propofition doit vous paroître
fingulière ; mais, monfieur, la vertu porte avec
elle un certain caractère, qui s'imprime dans
le cœur de ceux qui la chériffent. Hélas ! monfieur, reprit-il en pouffant un profond foupir,
votre fenfibilité fait bien voir la nobleffe de
votre ame : loin de m'offenfer des offres que
la charité vous dicte en ma faveur, je les regarde comme un de ces coups de la provi-
dence, qui ne fe manifefte que dans l'extrémité d'un péril. Je fuis confus de vous arrêter
fi long-tems : nous ne fommes point ici dans
un lieu où je puiffe vous inftruire de mes
peines; & puifque vous avez la bonté de vous
intéreffer au fort d'un malheureux que la fortune ne ceffe de perfécuter, faites-moi la grace
de m'indiquer votre demeure, & l'inftant auquel je pourrai, fans être importun, avoir
l'honneur de vous voir. Si vos affaires ne vous
appellent point ailleurs, repris-je, faites-moi
l'amitié de monter avec nous dans notre équipage. Ce jeune homme parut très-fenfible à ma
proposition,

proposition, & ne fit nulle difficulté de nous accompagner.

Arrivés à l'hôtel, Monime, pour le mettre à son aise, le combla de politesses. En vérité, madame, dit ce jeune homme, je suis si pénétré de vos bontés, & de celles de monsieur, que les expressions me manquent pour vous en témoigner ma reconnoissance. Attendez, dit Monime, que nous ayons effectué le desir que nous avons de vous obliger. Parlez, monsieur, ne craignez point de déployer votre ame : l'infortune ne fait rien perdre au mérite, & ne sert que de lustre à la vertu ; nous sommes disposés à vous entendre.

J'obéis, madame, reprit le jeune homme. Vous voyez en moi un gentilhomme dont les malheurs ont pris leur source dès sa naissance. Resté en bas âge sous la conduite d'un tuteur, qui lui-même auroit eu besoin d'en avoir un, cet homme, loin de ménager les revenus d'un bien assez honnête que m'avoient laissé mes parens, a en encore dissipé les fonds, après s'être ruiné à des jeux de hasard. Sa femme & une fille unique qu'il avoit, à peu près de mon âge, furent obligées de se réfugier chez une de leurs parentes ; trop heureuses de ce qu'elle voulut bien les recevoir.

Pour moi, alors âgé de dix-sept ans, livré.

à moi-même sans aucune ressource, ma première idée fut de m'engager dans les troupes; mais le hasard me fit rencontrer un jeune homme avec qui j'avois fait une partie de mes études. Ce jeune homme remarquant de l'altération dans mon esprit, m'en demanda le sujet. Je ne fis nulle difficulté de lui confier mes peines, & l'embarras où je me trouvois. Je veux vous en tirer, me dit-il, mon cher Tacius. Commençons par aller dîner; je vous menerai ensuite chez une dame qui est favorite d'un grand-prêtre de la fortune. Je le suivis chez cette femme, qui nous reçut poliment.

Au bout de quelques jours, mon ami vint m'annoncer que j'étois nommé à un emploi de deux mille livres, aux conditions que j'en rendrois douze cens livres à la personne qui me l'avoit fait obtenir. Quoique cette condition me parût un peu onéreuse, je ne laissai pas de lui en témoigner ma reconnoissance. Nous fîmes dans l'instant chez la dame pour y dresser notre accord. Je sortis avec mon ami, & le remerciai non-seulement de m'avoir obligé, mais encore de la promptitude & du zèle avec lequel il s'y étoit porté. J'aurois voulu, me dit-il, pouvoir vous faire jouir de la totalité du revenu de l'emploi; mais cette femme, qui m'a choisi pour être le substitut

du grand-prêtre, & qui, entre nous, ne laisse
pas de me fournir des sommes assez considérables, n'a jamais voulu consentir à se relâcher
de ses usages. Il eût donc fallu me brouiller
avec elle, & j'avouerai qu'elle m'est d'une
grande ressource. J'assurai ce jeune homme que
je me trouvois encore trop heureux de pouvoir au moins subsister.

Malgré la médiocrité que je retirois du revenu de mon emploi, je trouvai néanmoins
le secret, par mon économie, d'être vêtu assez
proprement. Au bout de quelques années, je
rencontrai à la promenade la veuve de mon
tuteur ; elle étoit avec Rosalie, sa fille : l'élégance de leur parure me les fit d'abord méconnoître : mais cette dame s'avançant vers moi :
est-ce bien vous, me dit-elle, mon cher Tacius ? Que vous m'avez causé d'inquiétudes !
Je vous cherche depuis long-tems, pour réparer en quelque sorte les torts que mon mari
vous a faits, en partageant avec vous notre
bonne fortune.

Pendant ce discours, j'avois les yeux attachés sur Rosalie ; mon cœur se sentit ému à
la vue de l'objet de ses premiers feux. Rosalie,
qu'un même sentiment avoit autrefois animée,
ne put aussi cacher son trouble : son front
se couvrit d'une rougeur qui m'annonça que

l'abfence n'avoit point altéré la tendreffe qu'elle
m'avoit toujours témoignée. Cette converfation muette n'interrompit point celle de la
mère, qui m'apprit la mort de la parente chez
laquelle elle s'étoit retirée lors de fon défaftre.
Cette parente, qui étoit très-riche, l'avoit fait
fa légataire univerfelle ; elle me fit un long détail des foins & des complaifances qu'elle avoit
employés pour captiver la bienveillance de
cette femme, & pour la mener au point de
tefter en fa faveur, & finit enfin par m'engager
de fouper chez elle. Pendant le fouper, Clia
me dit qu'elle vouloit déformais que je n'euffe
d'autre table que la fienne ; qu'elle alloit même
me faire préparer un appartement dans fa maifon, pour ne nous plus féparer. J'acceptai fans
balancer ces offres, qui me mettoient à portée de voir tous les jours ma chère Rofalie. Je
vins donc demeurer chez Clia, fa mère, pour
qui j'ai toujours eu une tendreffe infinie. Je ne
quittai plus ces deux aimables perfonnes, que
pour fatisfaire aux devoirs de mon emploi.
Clia, qui depuis fon opulence étoit très-bien
faufilée, me préfenta chez toutes fes connoiffances, & obtint enfin par le nombre de protecteurs qu'elle employa en ma faveur, un emploi très-confidérable. Dès que j'en fus revêtu,
je la fuppliai de mettre le comble à mon bon-

heur, en m'unissant à Rosalie. Elle y consentit
avec joie, & notre mariage fut conclu en huit
jours.

Trois années se passèrent dans une union
que l'amour & la reconnoissance avoient formée. Mais, madame, que j'ai payé cher ce
tems de tranquillité! Bientôt l'orage succéda
à ce calme heureux; les créanciers de mon
tuteur découvrirent que sa veuve vivoit dans
l'opulence, qu'elle jouissoit de gros revenus,
au moyen d'une riche succession. D'abord ils
s'informèrent où ses biens étoient situés, les
firent saisir, sans que nous puissions avoir le
tems de nous reconnoître. Je voulus intervenir
dans ce procès; mais leurs créances étant an-
térieures à la mienne, ils furent préférés, parce
que Clia s'étoit malheureusement engagée pour
des sommes considérables. Elle eut donc la douleur de voir vendre tous ses biens, sans qu'ils
puissent encore acquitter tous ses engagemens.
Quoique désespérée de son désastre, elle trouvoit au moins auprès de nous des motifs de
consolation, puisque mon emploi étoit plus
que suffisant pour nous faire vivre dans l'ai-
sance; néanmoins la perte de notre procès me
détermina à retrancher nos équipages & quelques-uns de nos domestiques. Cette réforme
éloigna ces faux amis qui nous entouroient,

& qui loin de nous plaindre d'un malheur non mérité, eurent encore la cruauté de nous calomnier, en débitant de fausses histoires sur mon compte, & me faisant passer pour un dissipateur. Ces bruits vinrent enfin jusqu'aux oreilles de mes protecteurs, & je fus révoqué, sans pouvoir parvenir à me justifier.

Depuis près de dix ans que je sollicite, je n'ai pu rien obtenir. Rebuté de toutes parts, forcé de vendre peu à peu les effets que nous avions pour faire vivre ma belle-mère, ma femme & trois enfans que je vois périr de besoin; réduit enfin dans la plus affreuse misère; & pour comble de maux, ma chère Rosalie ne pouvant plus supporter ses peines, est tombée malade; elle est au lit depuis six semaines, privée de tous secours. Mais, que dis-je, au lit? hélas! madame, ce n'est qu'un mauvais matelas? le reste nous a été enlevé pour le paiement de nos loyers, & nous n'occupons plus qu'une espèce de grenier, dont on veut encore nous chasser. Je présentai il y a huit jours un mémoire à un de mes anciens protecteurs, dans lequel je lui fais l'affreuse peinture de notre situation. Je n'ai eu pour réponse que des rebuffades; si j'avois de l'argent à donner à quelques-uns de ses secretaires, peut-être pourrois je obtenir de l'emploi; mais tout ce que

ces inhumains ont daigné me dire par diftrac-
tion, de plus confolant, eft un, j'en fuis fâché; il n'y a rien de vacant; tandis que je vois
donner tous les jours des poftes confidérables à des gens dont tout le talent confifte
à tenir leur partie dans un concert, ou à fe
prêter à des complaifances indignes d'un honnête homme.

Monime fut fi touchée des malheurs de ce
gentilhomme, que, pour y remédier dans
l'inftant, elle prit le parti de lui préfenter une
bourfe pleine d'or. Je ne prétends point, lui
dit-elle, monfieur, me borner à ce foible fecours; vous ne devez pas non plus le regarder
comme un effet de ma charité; mais comme
un tribut que tous les honnêtes gens doivent
à ceux que la fortune humilie. Si je ne craignois d'humilier votre famille, en me rendant
témoin de fa mifère, je ne differrois pas d'un
moment à lui porter les confolations qu'elle
mérite. Allez, monfieur, volez à leur fecours;
& lorfque vous les aurez mis dans un état plus
convenable, & que vous jugerez qu'ils pourront recevoir notre vifite fans importunité,
faites-nous l'amitié de venir nous prendre.

Tacius, tranfporté comme un homme hors
de lui-même, reçut d'une main tremblante le
préfent que lui faifoit Monime. Ah! madame

R iv

s'écria-t-il en tombant à ſes genoux, & baiſant reſpectueuſement cette main ſecourable qu'il baigna de larmes qu'il ne put retenir, & que la reconnoiſſance faiſoit couler, quelle idée dois-je prendre d'une façon d'obliger auſſi noble & auſſi tendre ? Croirois-je que des ſentimens ſi généreux ſoient le partage d'une mortelle ? Peut-être y a-t-il trop de vanité à penſer qu'une divinité ait bien voulu s'humaniſer à deſcendre juſqu'à moi pour arrêter mon déſeſpoir, & changer mes peines en allégreſſe. Mais, madame, qui que vous ſoyez, vous mériterez toujours les reſpects & les adorations de tous ceux qui auront le bonheur de vous approcher.

---

# CHAPITRE IX.

*Fin de l'hiſtoire de Tacius, & rencontre d'Aſtarophe.*

MONIME & moi déplorions encore le malheureux ſort de Tacius, lorſque Zachiel entra : nous lui rendîmes compte de notre viſite, de la rencontre que nous avions faite en ſortant de chez le viſir & de toutes les injuſtices que ce jeune homme avoit eſſuyées. Quel monde eſt celui-ci, ajouta Monime ! que le

hommes y font durs, cruels & barbares! Il
femble que plus nous avançons dans la Cillénie, & plus on y voit le vice triompher de la
vertu. Il eft vrai, dit le génie, qu'un honnête
homme ne peut parvenir dans ce monde fans
exciter la jaloufie : l'envie fe déchaîne, mille
obftacles lui font fufcités ; fes concurens le
trahiffent, fes ennemis l'écartent, & parvien-
nent eux-mêmes, à force de brigues, de lâcheté & de crimes : alors l'encens leur eft
offert de toutes parts ; la voie publique leur
fait grace de leurs défauts ; elle attend, pour
leur reprocher, que d'autres les ait remplacés
par leur chûte. Un homme décrédité par un
échec imprévu, & dont tous les projets d'é-
lévation font renverfés, doit s'attendre à voir
difparoître tous fes amis ; fes parens même le
méconnoiffent, & femblent avoir honte de lui
appartenir. Mais s'il rentre en faveur, il les
verra fe raffembler & fe faire honneur de le
citer dans toutes les compagnies.

Lorfqu'on veut parvenir dans la Cillénie, la
première démarche qu'il faut faire auprès d'un
homme en place, eft de s'informer des amis
qu'il confulte, & des femmes qui le gouvernent. Ce n'eft qu'en fuivant cette voie qu'on
peut réuffir, & ce n'eft qu'en répandant l'or
dans fes canaux, qu'on obtiendra des graces.

Ici, un bien mal acquis se possède sans remord:
il n'arrive presque jamais au coupable de se
reprocher ses injustices : il trouve son excuse
dans son industrie, & la croit infaillible dans
le succès. Une heureuse ambition paroît toujours innocente : le bonheur justifie les événemens & leur cause : enfin, un siècle de travail,
ne vaut pas à un homme d'esprit, le moindre
des avantages que donne la faveur à un sot.
Dans la Cillénie, & sur-tout dans cette province, la vertu, les mœurs, la probité, la
bonne-foi dans les traités, tout cela, dis-je,
n'est qu'un meuble inutile ; on n'en fait aucun
cas ; chacun ne pense qu'à sa fortune : pourvu
qu'on soit un bon calculateur, qu'on sache à
propos ôter ou remettre un zéro, il ne faut
que cela pour s'enrichir.

Tacius revint quelques jours après nous demander la permission de nous présenter sa famille. L'espérance, nous dit-il, d'un avenir
plus heureux, par la protection que vous voulez bien m'accorder, a servi à la tendre Rosalie, comme d'un baume qui l'a pénétrée &
guérie entièrement, à un peu de foiblesse près.
Je ne me permettrai point, dit Monime, que
votre épouse sorte si-tôt, puisque vous m'annoncez que notre présence ne lui causera aucune émotion contraire à sa santé, vous trou-

verez bon que je la prévienne. Elle ordonna
qu'on mît ses chevaux, & sans presque répondre
aux remerciemens de Tacius, qui paroissoit
confondu de cet excès de bonté ; nous montâmes en carrosse, après qu'il eut indiqué au
cocher l'endroit de sa demeure.

Nous trouvâmes cette malheureuse famille
dans un état de langueur, qui nous fit voir
combien ils avoient souffert. Je ne rapporterai
point la conversation que nous eûmes avec
eux : il suffira de dire que Clia & sa fille employèrent tout ce que la reconnoissance put
leur dicter de plus tendre & de plus touchant
pour nous faire connoître la sensibilité qu'elles
avoient de nos bienfaits. Rosalie sur-tout me
charma : elle s'exprimoit avec cette éloquence
simple & naturelle, qui sait si bien trouver le
chemin du cœur. Cette jeune femme, sans être
régulièrement belle, joignoit à une physionomie fine, des graces, un air de douceur &
de noblesse, que ses peines n'avoient pu effacer. Monime lui fit beaucoup de caresses, dis-
tribua à ses enfans plusieurs bijoux de prix, &
nous nous quittâmes très-satisfaits l'un de l'autre.
Tacius & sa famille firent assiduement leur cour
à Monime pendant que nous séjournâmes dans
cette ville. Le génie connoissant la pureté de
leur cœur, leur assura un sort heureux & in-

dépendant , dont ils jouiſſent tranquillement.

Nous parcourûmes encore différentes provinces que renferme ce globe ; mais nous ne
vîmes par-tout que des peuples oppreſſés par
la fraude & les rapines des grands-prêtres de
la fortune , ou par la politique des grands ;
des familles ruinées par l'impénétrable rubrique
des procureurs & par leur odieuſe chicane ;
des citoyens enfermés par d'indignes complots
de leurs ennemis. Enfin , toute la Cillénie n'eſt
remplie que d'eſpions , de délateurs à gage ,
de calomniateurs , d'eſcrocs , de joueurs , de
filoux , de banqueroutiers , de voleurs , de ſé-
ducteurs ; d'impertinens nouvelliſtes , d'eſprits-
forts , de faux ſavans , de gens de parti , d'hypocrites , de médiſans , de railleurs , & de fa-
quins enrichis aux dépens des pauvres.

Monime , rebutée de ne rencontrer par-tout
que fourberie & mauvaiſe foi , pria le génie de
nous conduire dans un autre monde. Au nom
de l'amitié que vous avez pour nous , lui dit-
elle , mon cher Zachiel , ne reſtons pas davantage avec ces hommes de couroux , d'injuſtice
& de menaces , qui , s'il étoit en leur pouvoir
de faire oublier leur tyrannie , comme il leur
eſt facile d'empêcher de parler par la crainte
d'injuſtes châtimens , réduiroient encore ces
pauvres peuples à la méchanique d'un hor-

loge fans battant. Hâtons-nous donc de paffer
dans quelque autre planète, où rien ne foit
défendu que le crime : cherchons des exemples
à fuivre, qui nous faffent perdre la mémoire
de ceux-ci ; conduifez-nous dans le monde,
où s'eft réfugiée cette douce paix qui régiffoit
autrefois les hommes. Pourquoi ceux-ci n'en
jouiffent-ils plus ? Eft ce un fléau du ciel, ou
bien l'effet de la viciffitude des tems ? Dites-
moi, mon cher Zachiel, ces tems feroient-ils
venus, où tout être créé doit porter en naiffant
le fceau de l'infortune, & celui qui fubmergea
les terres dans un déluge d'eaux, veut-il encore les fubmerger dans un déluge de mifère ?
Hâtez-vous donc de nous conduire où nous
afpirons depuis fi long-tems.

Il n'eft point encore en mon pouvoir de vous
fatisfaire fur cet article, dit Zachiel : affujetti à
l'ordre & au plan que je me fuis tracé, il faut
néceffairement vous y conformer : ainfi vous
ne fauriez arriver dans ce monde qui doit
fatisfaire & combler vos defirs, fans paffer encore par plus d'une épreuve : mais fecondé de
mes confeils, je me flatte que vous réfifterez
à tout.

La nuit nous ayant furpris, nous nous arrê-
tâmes à l'entrée d'une ville, où plufieurs perfonnes étoient montées fur un gros dôme fort

élevé, pour y examiner les aftres : chacun avoit une grande lunette appuyée fur l'épaule d'un autre. Quelle eft donc cette cérémonie, demandai-je à Zachiel ? Ces gens, me dit-il, croyent que le firmament renferme exactement les figures & les reffemblances de tout ce qui naît & de tout ce qui brille dans leur monde ; ils affurent que toutes les parties de l'univers ont entr'elles une beauté de rapport & d'affortiment, qui conduit leurs aftronomes dans toutes leurs obfervations. Ceux que vous voyez fur ce dôme, regardent le ciel comme un véritable livre, où eft écrit tout ce qui fe paffe dans la nature en caractère lifible, tracé avec tant d'exactitude, qui forme des mots & des lignes féparées les unes des autres : mais que cet alphabet célefte eft très-difficile à déchiffrer ! Auffi leur plus grande étude eft l'aftrologie, les mathématiques & la géométrie.

De-là vient, fans doute, le penchant qu'ils ont pour la magie : c'eft de cette planète qu'on tire je ne fais combien d'inventions fubtiles & myftérieufes ; tels font les miroirs aftronomiques, ou l'art d'entendre ce qui eft pronoftiqué par la lune ; la roue d'onomancie, ou le rapport que les noms ont entr'eux ; la fphère de dévination ; le fyftême particulier des couleurs, où l'on trouve qu'elles ont toutes des

ſignes de propriété, lorſqu'elles paroiſſent pendant le ſommeil; la médecine magique & ſu-
perſtitieuſe, qui conſiſte dans les ſympathies
& les antipathies, ou dans le combat réci-
proque des qualités élémentaires, & mille
autres folies ſemblables, auxquelles ils joignent
l'aſtrologie, ſcience vaine, à la vérité, mais
qui flatte les deux paſſions de l'homme; ſa cu-
rioſité, en lui promettant qu'il percera dans
l'avenir; & ſon orgueil, en lui inſinuant que
ſa deſtinée eſt écrite dans le ciel.

On doit cependant remarquer une choſe qui
n'échappe jamais à la pénétration d'un habile
Cillénien; c'eſt qu'il ſe trouve ordinairement
dans chaque perſonne un je ne ſais quoi de
décidé, ſoit dans la phyſionomie, ſoit dans
le port, dans les manières, ou enfin dans un
certain enchaînement de paſſions, qui peuvent
bien faire deviner ce qui doit leur arriver; &
ce n'eſt que ſur cet examen que les aſtrologues
s'étudient, pour leur donner leur horoſcope.

Nous nous diſpoſions à quitter cette planète, lorſque nous apperçûmes une figure
d'homme giganteſque, dont l'aſpect ſurprit infiniment Zachiel, qui le reconnut d'abord pour
Aſtarophe, un des plus grands capitaines de
Pluton. Que fais-tu ici, dit le génie en l'arrêtant? Je ne ſuis plus étonné ſi la plus grande

partie de ceux qui habitent ce monde font devenus fi fourbes & fi mauvais : fans doute que
toi & tes légions voltigez fans ceffe autour des
Cilléniens, pour leur fouffler le venin peftilen-
tieux de vos langues infectes & corrompues?

Tu te trompes, reprit Aftarophe ; il eft vrai
que j'ai emmené plufieurs de mes légions : tu
n'ignores pas que notre intention n'a jamais été
de travailler à rendre les hommes meilleurs ;
mais fois certain que ceux - ci , naturellement
portés au mal, n'ont pas eu befoin de nous pour
fe corrompre, puifque ce monde nous a toujours fourni abondamment autant de fujets que
le prince des ténèbres en peut defirer pour
l'entretien de fa table & pour celle de fes miniftres. Tu feras peut-être furpris d'apprendre
que je fuis ici par ordre de Pluton, pour faire
prendre à fes troupes de nouvelles leçons dans
l'art de furprendre les hommes. Je ne fuis arrivé
que depuis deux jours ; & pour te mettre au
fait de ma commiffion , il faut t'inftruire de
ce qui s'eft paffé aux enfers. Depuis nombre
d'années il eft defcendu dans l'empire ténébreux des nuées de gens que la difcorde y a
pouffés : ces gens, femblables à des ferpens, fe
font tellement accrus par leur nombre & leur
grandeur, qu'ils ont penfé être affez forts pour
agir en maîtres, commençant d'abord par exer-

cer

cer les mêmes fonctions qu'ils avoient fur la terre. Tous les habitans de ces lieux fouter-rains, démons ou damnés, furpris de fe voir accabler d'affignations & de requêtes, indignés qu'une pareille vexation fe fût introduite dans les enfers, les différens corps & états de notre empire fe font joints pour en porter leurs plaintes aux juges infernaux. Radamante, Eaque & Minos négligèrent d'abord le foin d'arrêter de pareilles infractions, les regardant fans doute comme un badinage qui ne méritoit pas leur attention.

Ces hommes enhardis par cette négligence, fe crurent autorifés d'exercer toutes leurs mal-verfations & leurs friponneries : animés par la difcorde, excités par les trois furies qui ne ceffoient de fecouer fur eux leurs torches, afin de les enflammer toujours de plus en plus, & poffédés de la plus envenimée chicane, ils ont enfin pouffé leur audace jufqu'à menacer Pluton, fouverain des enfers, de mettre fon royaume en faifie-réelle, & de fe le faire adju-ger pour le partager entr'eux. A cette menace, tout l'enfer s'eft affemblé, chacun a pris parti, les banqueroutiers, les joueurs, les traitans, les tailleurs & tous les voleurs, petits & grands, fe font rangés fous l'étendard de ces miférables; ce qui a formé une armée innombrable. En vain avons-nous entrepris de faire rentrer ceux qui s'étoient révoltés dans leur devoir. Plusieurs combats se sont donnés, sans aucun avantage de notre part.

Lorsque Pluton apprit tous ces désordres, qu'on s'étoit efforcé de lui cacher, il en écuma de rage, voulut chasser ses trois juges ; mais, par l'avis de Proserpine, il n'en fit rien. Pour remédier à ce désordre, son conseil proposa de faire assembler tous les diables les plus aguéris ; & ce prince assis sur son trône entre Eaque & Radamante, nous adressa ce discours :

Ecoutez - moi, démons ; que tout l'enfer tremble à ma voix. J'apprends avec un courroux digne de l'outrage qu'on fait à ma gloire, que vous avez eu la lâcheté de vous laisser vaincre en noirceur & en méchanceté par cette vermine qui s'est introduite dans mon empire ; je ne puis croire néanmoins que vous ayiez eu la foiblesse de me trahir, en leur cédant tous vos droits ; cependant, est-ce ainsi que vous ménagez la réputation de mes troupes ? Que va-t-on désormais en penser sur la terre, où vous n'ignorez pas qu'on a presque tous les jours des nouvelles certaines de tout ce qui se passe ici ? Je prévois, à votre honte, qu'aucun des mortels ne vous craindra plus ; vous allez être regardés comme de misérables petits

diablotins, qui ne font que blanchir auprès de
ces hommes de difcorde & de chicanes, devant qui vous êtes obligés de baiffer pavillon ;
eux feuls feront redoutés : on fait déjà qu'ils fe
font emparés de toutes vos ru'es, & j'ai reçu
des avis certains, qu'actuellement ils font plus
à craindre fur la terre que plufieurs légions de
mes troupes.

Vous, Lucifer, Belzébut & Aftarophe, que
j'ai toujours regardé comme mes meilleurs généraux, que faifiez-vous pendant les combats
qui fe font donnés au défavantage de mes armées? Vous étiez fans doute à vous amufer au
quartier des hypocrites, où j'ai relégué cette
nouvelle fecte de fanatiques que nous produit
le monde cillénien, & qui defcendent ici par
pelotons. Votre occupation la plus agréable eft
de leur faire faire le même exercice qu'ils faifoient fur la terre ; voir crucifier, battre, rôtir,
enfiler de fer rouge, & mille autres folies femblables, eft pour vous un fpectacle charmant :
ce n'eft pas que je veuille vous blâmer de vous
amufer de ces comédies ; il faut un délaffe-
ment à l'efprit : au contraire, je fais qu'elles
font remplies d'une morale, qui en vous inf-
truifant de mille fubtilités, & de mille tours
de fineffe que vous avez ignorés jufqu'à préfent, peuvent dans la fuite vous devenir très-

utiles, en employant tous les traits que vous
apprendrez d'eux fur tout le genre humain, à
qui vous avez juré, ainfi que toutes mes troupes, une haine implacable : mais comme la ré-
création ne doit pas préjudicier à fes devoirs,
pour vous punir d'avoir négligé le foin de ma
gloire, je vous exile de ma préfence, & vous
ordonne de prendre avec vous plufieurs légions de mes foldats, que vous conduirez dans
la planète de Mercure, pour les mettre en
garnifon dans tous les corps de ces hommes
de chicane, & de difcorde : vous en enverrez
auffi dans ceux des hypocrites, des traitans,
des joueurs & de tous les malfaiteurs, afin
qu'ils puiffent y faire un nouvel apprentiffage
de fourberies, de noirceurs & de friponneries,
après qu'au préalable vous aurez fait piler dans
ïe grand mortier de l'enfer, tous ces hommes
qui ont débauché Tyfiphone, Mégère & Alecto,
pour les faire fervir à leurs téméraires entreprifes fur les droits de mon empire : je veux,
dis-je, qu'ils foient pilés avec tous ceux qui
fe font révoltés, pour en faire de la moutarde
qui puiffe remettre les démons en appétit. J'ordonne qu'on en mette auffi quelqu'un au fu-
blimé corrofif; car je penfe que c'eft un très-
bon purgatif contre la poltronerie. A l'égard
des hypocrites, des fanatiques & des bigots,

on continuera de les mettre au caramelle ; je les réferverai pour mon entremets.

Lorfque Pluton eut prononcé ce jugement qui fit trembler tout l'enfer, il defcendit de fon trône, pour aller fe délaffer auprès de Proferpine, d'une journée, ou pour mieux dire, d'une nuit auffi fatiguante, fe repofant fur Eaque & fur Radamante du foin de faire exécuter fon arrêt. Les juges infernaux s'en font acquittés avec tout le zèle qu'en attendoit le prince des démons. Pour nous, après avoir entièrement fatisfait aux ordres du fouverain de l'empire des morts, nous fommes partis auffi-tôt pour le monde de Mercure, dans le deffein d'abréger, s'il fe peut, notre exil, en profitant des exemples toujours variés & toujours nouveaux qu'on y rencontre à chaque pas. J'ai diftribué mes légions proportionnément à l'étendue des provinces. Je me flatte d'y trouver de l'amufement & de l'occupation pour mes troupes, que j'aurai foin de tenir en haleine, afin de les faire rentrer en grace.

Zachiel, qui s'apperçut que Monime étoit prête à s'évanouir de frayeur, congédia Aftarophe, qui difparut dans l'inftant, & nous laiffa dans une furprife qui ne fe peut décrire.

# TROISIÈME CIEL,
## VÉNUS,

## CHAPITRE PREMIER.

*Le Génie conduit Monime & Céton dans le troi-*
*sième ciel, qui est la planète de Vénus.*

L'ESPACE qu'il nous fallut traverser, pour
passer de la planète de Mercure dans celle
de Vénus, nous donna le tems d'admirer de
nouvelles perfections du ciel. Je crus voir autour de lui d'autres cieux brillans qu'on pouvoit comparer à des lampes officieuses qui répandent lumière sur lumière ; leurs précieux
rayons, & leurs influences sacrées, me parurent se concerter dans le monde de Vénus.

Le génie nous descendit dans une plaine
émaillée des plus précieux dons de Flore. D'un
côté de ce lieu charmant, on voit couler le
fleuve de délices; & de l'autre, celui de la
volupté, qui entretiennent par leurs douces
chaleurs, les plantes dont leurs rives sont em-
bellies ; & le soleil, joignant à l'éclat de ses
rayons sa pourpre dorée, les fait luter comme

une mer de jafpe qui reçoit de ces guirlandes
un nouvel honneur. Sur ces deux fleuves on
voit le cygne fe promener , & avec un col en
arc, relever comme un manteau royal fes ailes
blanches, & porter en avant fon corps majeftueux; quelquefois auffi on le voit quitter les
eaux pour fendre la moyenne région de l'air :
enfin je m'apperçus d'abord, en entrant dans
le monde de Vénus, que toute la nature ne
refpire que le plaifir, la joie & la volupté ; &
il femble que l'univers entier lui paye le tribut
de fon obéiffance, & eft forcé de rendre
hommage à la prééminence de fon empire.

Je ne fai, dit Monime, fi le nouvel air que
nous refpirons influe déjà fur moi, mais j'a-
vouerai que je me fais une idée la plus jolie,
la plus riante & la plus agréable du monde
de Vénus. Ceux que nous venons de vifiter
ne m'ont encore offert que des objets de mépris ou de compaffion, celui-ci va au moins
nous fournir de l'amufement. Le joli monde
que celui de Vénus! qu'il doit être charmant!
tenez, mon cher Zachiel, il me femble que
je fuis dans l'île de Cythère fi vantée par
nos poëtes. En effet, n'eft-ce pas Vénus elle-
même qui en eft la reine ? Cette cour eft fûrement l'affemblée des graces, & je me perfuade
qu'elle eft faite pour y fixer le philofophe le

plus indifférent. Ce ne peut être que dans ce monde où naquit Hébé, déeffe de la jeuneffe, puifque c'eft à zéphir & à l'aurore qu'elle doit la vie. Les ris, les jeux, & tous les petits dieux badins ne peuvent manquer d'habiter cette cour ; je crois même que la volupté fait ici fon féjour ordinaire, & que l'amour, ce dieu qui anime la nature, gouverne tous les plaifirs de ce monde.

Il eft certain, belle Monime, dit Zachiel en fouriant, que l'amour fe fait mieux fentir dans cette partie du globe de Vénus qu'on nomme Idalienne. Cependant il eft de tous les mondes, & tient le milieu entre le ciel & la terre ; mais il ne peut être un dieu, parce que les dieux font effentiellement heureux, & que l'amour cherche toujours à le devenir : il eft des momens où il éleve les hommes à la félicité des dieux, & d'autres où il rabaiffe les dieux même au niveau des hommes.

L'amour, pourfuivit Zachiel, tient fa naiffance de deux génies que le hafard fit rencontrer enfemble ; l'un qui préfide à l'abondance, & l'autre à la pauvreté. Il tient de fon père l'audace, la vivacité d'efprit, la confiance en fes forces, l'art de dreffer des embûches, une certaine manière de s'infinuer, de perfuader & de vaincre : les qualités contraires viennent de fa mère , c'eft-à-dire , la difette , la crainte de fe produire, cette indigence qui le porte à demander fans ceffe , cette timidité qui fouvent lui fait manquer les meilleures occafions & ce fond inépuifable de defirs. C'eft par ce mélange que l'amour paffe fans s'en appercevoir de la vie à la mort, & de la mort à la vie; fans ceffe il foupire après la volupté, & met tout fon bonheur dans fa jouiffance.

En vérité, je ne vous conçois pas, dit Monime , en interrompant le génie ; depuis que nous fommes entrés dans l'empire de Vénus, je crois, mon cher Zachiel, que vos difcours pourroient bien être analogues aux myftères de la déeffe, car je ne comprends rien à tout ce que vous venez de dire. Que fignifie cette nouvelle généalogie que vous donnez à l'amour? N'eft-il pas le fils de Vénus? Pourquoi donc employez-vous aujourd'hui une allégorie différente pour le faire defcendre de génies? C'eft-à-dire que ce font meffeurs les efprits céleftes qui fe font amufés à fabriquer l'amour. Mais dites-moi, je vous prie, fi dans cet agréable paffe-tems, ils ont fongé au bonheur des humains : je ferois encore curieufe de favoir comment ils expriment leurs feux; eft-ce par un doux commerce, par de tendres regards, ou bien par......? Arrêtez, dit le génie, n'éten-

dez pas plus loin votre curiosité ; qu'il vous
suffise d'apprendre que les génies sont parfaitement heureux, que rien ne manque à leur
félicité, & qu'il n'est guère de vrai bonheur
sans un véritable amour : il rafine les pensées,
il augmente le courage ; lorsqu'il joint l'u-
nion des cœurs à celui de l'innocence, son
siége est dans la raison, pourvu qu'il soit judicieux, & qu'il ne se laisse point absorber
par la volupté : on doit s'unir par des desirs
purs qui ne souillent point l'ame ; par cette
confiance mutuelle, & par ces doux sourires
qui sont un épanchement du cœur qui servent
souvent à ranimer ses feux.

Vous avez beau dire, mon très-cher petit
papa, dit Monime, en continuant ses plaisanteries, tous vos graves raisonnemens ne pourront jamais m'empêcher de vous regarder
comme le père de cet amour malin, qui ne
se plaît qu'à faire des niches, car vous ressem-
blez beaucoup au portrait que vous venez
vous-même de tracer. Eh bien, reprit Zachiel,
pour vous punir de votre allusion, je vais vous
faire prendre la figure d'une Idalienne ; je lais-
serai agir sur vous les influences qui dominent
ce monde, & nous verrons comment vous
traiterez mon prétendu fils, & si vous aurez
assez de force pour vous défendre contre ses
traits.

Le génie la transforma dans l'instant en une nymphe; il lui donna la taille & la majesté de Diane, la jeunesse de Flore, la beauté & les graces de Vénus, avec l'air riant de l'amour. Pour vous, mon cher Céton, dit Zachiel, je ne veux pas que vous quittiez un seul instant Monime; comme je sai la portée de vos forces, je crois qu'il est de la prudence de ne vous point exposer à des tentations, auxquelles il est presque impossible à l'homme de résister.

J'avoue que je fus très-piqué contre Zachiel de la préférence qu'il venoit d'accorder à Monime. Pourquoi, me disois-je, donne-t-il plus de force à un sexe que tout le monde accuse de tant de fragilité? Seroit-il possible que ce sexe qui paroît à nos yeux si délicat & si foible, conservât néanmoins plus de fermeté dans les occasions? Quelle seroit donc l'injustice des hommes? Alors, regardant Monime, sa beauté & ses graces firent naître en moi de violens desirs, sans que les liens du sang y pussent mettre aucun frein; je les avois oubliés, & m'imaginois qu'en paroissant sous ma figure naturelle, j'aurois du moins pu écarter ces amans : je croyois être beaucoup plus sûr si Monime fût restée mouche dans l'empire de Vénus, que je n'avois lieu de l'être sous la forme que le génie venoit de lui faire prendre : je craignois avec raison les influences de cette planète, & quoique nous euffions échappé l'un & l'autre à celle de la lune, celle-ci me paroiffoit d'une bien plus dangereufe conféquence pour l'intérêt de mon cœur. Je n'ofai néanmoins faire connoître au génie les violentes agitations dont je me fentois animé par la jaloufie.

Zachiel donna à Monime le char le plus brillant : il étoit en forme de coquille, orné des plus belles peintures, qui repréfentoient les différens attributs de la déeffe Vénus : on voyoit d'un côté fes rendez-vous avec le dieu Mars, plufieurs petits amours qui paroiffoient folâtrer autour d'elle ; d'un autre le défefpoir qu'elle fit paroître à la mort d'Adonis, & fa retraite dans l'ifle de Lesbos.

Plus de cinquante Gnomes & Gnomines furent appellés pour orner la fuite de Monime & pour la fervir. Ne pouvant ni m'en éloigner ni la perdre de vue, je me plaçai fur une boucle de fes cheveux, & nous nous mîmes en marche. Arrivés au bord d'un canal, l'aftre de la nuit avoit déjà parcouru plus de la moitié de fa carrière ; la fœur du dieu du jour fe miroit dans ces eaux tranfparentes qu'animoit un léger zéphir, en faifant friffonner fa furface par un agréable murmure ; des cygnes plus blancs que la neige planoient majeftueufement fur ce cryftal liquide.

C'étoit au mois d'avril, tems confacré dans cet empire aux réjouiffances publiques, parce que cette faifon ranimant toute la nature, fait renaître les plaifirs comme les fleurs. L'air doux & tempéré qui regne alors dans ce monde, infpiré aux Idaliens une humeur folâtre & enjouée, qui les attire fur les bords du canal qui forme une promenade délicieufe. Nous en vîmes arriver de tous côtés, & je remarquai que les hommes & les femmes étoient uniquement occupés de leurs parures, de leur beauté & de leurs graces : la joie & les plaifirs éclatoient également fur leur vifage, mais leur air eft trop affecté ; on n'y remarque point cette noble fimplicité, ni cette pudeur aimable qui fait le plus grand charme de la beauté, & qui feul peut fixer un cœur droit : l'air de mollesse, l'art de compofer leur figure, leurs vaines parures, leurs regards hardis qu'elles s'efforcent quelquefois de rendre languiffans en recherchant ceux des hommes ; en un mot, tout ce que je vis d'abord dans leur maintien me parut vil & méprifable.

Le génie me dit que dans ce monde le libertinage rend les hommes & les femmes il-

luftres; il en fait des héros & des héroïnes ;
qu'on fe montre aux promenades & aux fpectacles; & ces femmes que vous venez de voir,
qui vous paroiffent femblables à des divinités,
& qu'on prendroit plutôt pour des déeffes
élevées dans l'art de plaire que pour de fimples mortelles, ont toutes renoncé à la vertu
& à la modeftie qui eft le plus bel ornement
du fexe; on les a feulement formées pour la
débauche : elles ont acquis le talent de l'in-
finuation; les graces du difcours femblent faire
couler le miel de leurs levres; rien n'eft plus
perfuafif que leur entretien. Elles joignent un
extérieur prévenant à un air agaçant qui fub-
jugue les hommes, & l'efprit attaché pour
jamais y réfifte d'autant moins qu'il trouve du
plaifir à fe laiffer vaincre. La douce violence
de ces objets flatteurs apprivoife les naturels
les plus fauvages, amolit les plus féroces,
enyvrent les plus forts, & affervit les plus
fermes; c'eft un aimant qui attire l'acier le
mieux trempé; mais il arrive fouvent qu'elles
font les victimes de leurs propres appas. Cependant ce n'eft que pour ces fyrennes que
les Idaliens proftituent ignominieufement leur
vertu & leur renommée. Quelquefois auffi le
repentir les fait expier leurs tranfports infenfés; alors la raifon revient dès qu'ils ceffent

d'en être les admirateurs ; le charme tombe ;
les traits que darde le fol amour ne font plus
que des traits émouffés que le vent emporte ;
un coup·d'œil méprifant rend fes armes inutiles, il n'y a plus que les efprits foibles qui
s'y laiffent éblouir.

En approchant du palais de la reine, je
crus voir l'île enchantée d'Armide, ou les
jardins de Flore. Nous entrâmes d'abord dans
une belle avenue ; les arbres qui la compofent font admirer l'énorme hauteur de leur
crime ; en élevant les yeux jufqu'au faîte,
on doute fi la terre les porte, ou fi eux - mêmes
ne portent point la terre fufpendue à leurs
racines : on diroit que leurs fronts orgueilleux
eft forcé de plier fous la pefanteur des globes
céleftes, & qu'ils n'en foutiennent la charge
qu'en gémiffant ; leurs bras étendus vers le
ciel femblent l'embraffer, & demander aux
étoiles la bénignité toute pure de leurs influences , afin de les recevoir fans qu'elles
aient rien perdu de leur innocence dans le lit
des élémens. On voit de tous côtés dans cet
endroit délicieux des fleurs qui , fans avoir eu
d'autre jardinier que la nature, répandent une
odeur agréable, qui réveille & fatisfait en
même tems l'odorat ; fouvent on eft embarraffé de choifir entre la rofe, le jafmin, le
chevrefeuille ou la violette.

Plus loin, on croit entendre les ruisseaux, par leur doux murmure, raconter leurs amours aux cailloux qui les environnent. Ici les oiseaux font retentir les airs du bruit de leurs chansons ; & la trémoussante assemblée de ces gorges mélodieuses devient si générale, qu'on croiroit que chaque feuille a pris la voix du rossignol : les variations de leurs chants forment un concert si parfait, l'écho y prend tant de plaisir, qu'il semble ne répéter leurs airs que pour les apprendre. A côté un fleuve jaloux gronde en fuyant, irrité de ne les pouvoir imiter. Ce n'est que dans ce monde que l'amour regne avec empire sur toute la nature, & que le ciel, la terre & les eaux reconnoissent sa domination.

Aux côtés du palais sont deux tapis de gason qui forment une émeraude à perte de vue, & qui joints au mélange confus des couleurs que la nature attache à des millions de petites fleurs qui confondent leurs nuances, & dont le tein est si frais qu'on ne sauroit douter qu'elles n'aient échappé aux amoureux baisers des zéphirs qui s'empressent pour les caresser. Il semble que des lieux si charmans voudroient engager le ciel de se joindre à la terre.

Au milieu de ces deux tapis si vastes & si parfaits, court à bouillons d'argent une fontaine rustique,

ruſtique, qui paroît toute fière de voir les bords de ſon lit émaillés d'orangers, de mirthes, & de citronniers ; & ces petites fleurs s'empreſſer autour comme pour ſe diſputer la gloire de s'y mirer la première : on reſpire en ce lieu un air embaumé.

Nous entrâmes enfin dans le palais de la reine qui eſt d'un marbre tranſparent ; cet édifice a l'air très-majeſtueux. Au-deſſus de l'architecture ſont à chaque face de grands frontons, où l'on voit en haut relief les plus agréables aventures de la déeſſe Vénus qui y ſont repréſentées au naturel. Tous les appartemens ſont remplis de glaces ; les plafonds le ſont auſſi. L'expoſition de ce palais eſt la plus agréable qu'on puiſſe voir ; & la diſtribution des jardins, où l'art & la nature ſemblent s'être unis avec complaiſance pour embellir un ſéjour auſſi délicieux.

Zachiel préſenta Monime à la reine, ſous le nom de Taymuras, princeſſe de Georgie. Je fus très-ſurpris de la qualité & du rang que le génie lui fit prendre, mais il m'aſſura que cette dignité lui étoit due à juſte titre ; elle la ſoutint avec grandeur & majeſté. On lui rendit dans cette cour tous les honneurs que mérite une naiſſance auſſi diſtinguée, ſurtout lorſqu'elle eſt accompagnée des plus rares qualités. La reine voulut qu'elle fût logée dans son palais, & la combla d'amitié.

Monime parut dans cette cour comme une nouvelle divinité, & l'éclat de sa beauté lui eut bientôt attiré les suffrages de tous les petits maîtres, car ils fourmillent dans cette planète ; on peut dire que ce sont des oiseaux de tous les mondes : c'étoit à qui s'empresseroit le plus à lui faire la cour. Je ne sai comment je ne suis pas mort de jalousie, de crainte, de colère ou de dépit ; il est certain que tous ces mouvemens m'agitèrent tour à tour pendant le séjour que nous fimes dans cette cour.

# CHAPITRE II.

### Mœurs des Idaliens.

DANS l'empire de Vénus ce sont les femmes qui gouvernent l'état ; les plus importantes négociations ne se font que par elles : tous les changemens qui arrivent & les grands événemens sont leurs ouvrages. Elles disposent de toutes les charges, de tous les emplois, de tous les postes éminens, & de tous les gouvernemens, quoiqu'il ne paroisse que des hommes à la tête de leurs conseils.

Les Idaliennes, plus habiles que les femmes de notre monde, ne reconnoiffent point les droits que les hommes ont jugé à propos de s'approprier, ni ces règles févères qu'ils leur ont impofées; elles difent qu'elles font pref-qu'impoffibles à obferver. Il eft vrai que dans notre monde les hommes fe croient en droit de tout exiger. Ils pouffent leur bonté jufqu'à attribuer aux femmes beaucoup de foibleffe & plus de vivacité dans leurs paffions, & leur demandent en même tems plus de force qu'ils n'en ont eux-mêmes pour les furmonter : je voudrois leur demander d'où vient ce privi-lége exclufif de pouvoir prévenir tous leurs defirs, de céder à tous leurs mouvemens, & de n'écouter que la voix de la nature, tandis qu'ils n'accordent qu'à peine aux femmes la faculté de végéter; ils ne les regardent que comme des automates qui ne doivent fervir qu'à l'ornement d'un falon qu'ils voudroient décorer de divers changemens.

Il faudroit, pour juger avec équité de la foibleffe & de l'humeur volage qu'on dit être le partage du beau fexe, réduire les chofes dans une jufte équité, afin de pouvoir exami-ner, préjugé à part, fi malgré quelque légè-reté qu'on attribue aux femmes, elles ne font pas encore mille fois moins inconftantes que

les hommes. On fait que lorfqu'un petit-maître
devient infidele, fa conduite eft juftifiée par
tous ceux de fon efpèce ; perfonne ne s'avife
de fe récrier fur fa perfidie, & la maîtreffe
qu'il a abandonnée devient un triomphe de
plus pour lui : mais fi cette maîtreffe veut fe
venger de l'infidele en lui fubftituant un nouvel amant, c'en eft fait, c'eft une coquette,
une volage, une perfide, & toute la nation
des amans la condamne fans retour. La même
action qui fait la gloire de l'homme perd à
jamais la femme qui a été affez malheureufe
d'avoir du goût pour lui & de fe confier à fa
probité.

Cependant on crie fans ceffe contre les femmes ; on les accufe d'inconftance & d'infidélité, on leur demande une vertu à toute épreuve, & ces hommes injuftes qui ont fait les
loix veulent les réduire dans un dur efclavage,
tandis qu'ils s'accordent à eux-mêmes une
pleine liberté ; qu'arrive-t-il de-là, ce qu'on
voit tous les jours, c'eft-à-dire, qu'un mari
bouru, jaloux, bifare, bigot ou avare fe figure
mille chimères, & prend les vifions frénéti-
ques dont il eft agité, pour des réalités qu'il
publie hautement ; alors toute la fociété ma-
ritale prend fon parti ; ils condamnent l'époufe
fans l'entendre, & toutes les femmes en général

se trouvent englouties dans l'arrêt foudroyant que porte contr'elles le jaloux sénat.

Je suis toujours étonné que les femmes ne se soient point encore liguées entr'elles, qu'el-les n'aient pas imaginé de former un corps à part, afin de pouvoir se venger des injusti-ces que leur font les hommes : que ne puis-je vivre assez long-tems pour leur voir faire cet heureux usage de leur courage! Mais jusqu'à présent elles ont été trop coquettes & trop dissipées pour s'occuper sérieusement des in-térêts de leur sexe. J'ai remarqué dans pres-que tous les mondes que ce n'est que l'amour propre & la vanité qui les enchaînent ; l'in-térêt personnel vient au secours d'un cœur déjà séduit par l'appât du plaisir qu'elles se promettent, & qui souvent ne gît que dans leur imagination ; ce sont sans doute ces rai-sons qui les empêchent de faire corps, & ce qui fait qu'elles abandonnent la cause commune.

Chez les Idaliens la loi est égale ; & l'a-mour, loin d'y être un supplice, ne sert qu'à assurer leur bonheur. Un homme qui oseroit se vanter dans cet empire d'avoir toujours été insensible, y seroit regardé comme un stupide ou un automate, on tâcheroit même d'en pur-ger le pays afin d'éviter le scandale de leur conduite.

Un cœur tendre eſt chez ces peuples le plus noble préſent qu'ils puiſſent recevoir du ciel ; ce n'eſt que la délicateſſe des ſentimens qui les diſtinguent ; c'eſt à l'ardeur de plaire qu'ils doivent leurs plus belles connoiſſances : ils prétendent que l'amour fut le premier qui leur donna l'idée de l'écriture ; l'art de la peinture fut auſſi inventé par lui. Il eſt certain qu'en examinant chez eux les évènemens les plus conſidérables, on voit qu'ils prennent preſque tous leur ſource dans la tendreſſe.

Un Idalien croit que ſans l'amour tout lan-guiroit dans la nature ; que ce dieu eſt l'ame du monde, l'harmonie de l'univers, & que le ciel en créant l'homme, lui a donné ce penchant qui l'entraîne vers les femmes ; que l'amour qu'ils ont pour elles eſt un préſent de la divinité qui leur ordonne d'aimer un ſexe qui a été créé d'un limon plus épuré, puiſqu'il eſt plus ſenſible & plus tendre. Pour-quoi, diſent-ils rougirons-nous de ſuivre les impreſſions que la nature donne, ſur-tout lorſ-qu'elles n'ont rien de criminel que quand on les corrompt par les vices ou par la débau-che ; mais ces graves philoſophes de dix-huit ou vingt ans voudroient en vain combattre leurs paſſions, ils ſont trop vifs, trop diſſipés trop foibles & trop expoſés pour ſouhaiter férieufement de les dompter ; elles attaquent leurs cœurs avec d'autant plus d'avantage qu'ils paroiffent y avoir contribué eux-mêmes, en les aiguifant par des tentations toujours renouvellées ; & ce n'eft qu'en les fuyant qu'on peut écouter les confeils de la raifon & fe procurer cette tranquillité & cette paix de l'ame, fi douce, fi néceffaire, fans laquelle le cœur devient lui-même un tyran, & la vie un martyre : mais les Idaliens ne reconnoiffent point ces principes : leur imagination peu délicate ne fe remplit que d'idées riantes qui les empêchent de réfléchir. Cependant lorfqu'une Idalienne joint la bonté du cœur à l'agrément, ce qui eft affez rare, elle domine, elle force l'ame & l'entraîne pour ainfi dire malgré elle. On m'a affuré que la plupart d'entr'elles fe fervent d'un filtre qu'elles favent compofer, pour perfuader aux grands feigneurs & à ceux qui, poffeffeur de grandes richeffes, peuvent les répandre avec profufion, que l'or, les diamans, les bijoux & la richeffe des meubles font les feules preuves d'amour qu'on doit employer pour leur plaire, & qu'elles font en droit de fe faire aimer, fans que pour cela elles foient obligées à aucun retour.

Les conftellations que Vénus verfe dans ce monde font très-dangereufes pour les femmes ;

les plus vertueuſes ont peine à réſiſter à ces
influences, & ſont ſouvent expoſées à faire
un fâcheux naufrage : on diroit que la chaſteté
n'y eſt regardée que comme une chimère que
les hommes ne leur ont recommandée que
pour ſatisfaire leur amour propre.

Monime ſe reſſentit bientôt de la malignité
qui regne dans l'air. Je ne tardai pas à lui
voir prendre toutes les manières de la coquetterie la plus rafinée. Elle devint méconnoiſ-
ſable ; ſes diſcours étoient libres, ſes regards
agaçans. Portée à aimer par l'exemple, je ne
la vis plus occupée que du ſoin de plaire ;
toute la nature n'offroit à ſes yeux qu'un tableau vivant de l'amour qui paſſoit dans ſon
cœur.

Déſeſpéré de ce changement, je me plaçai
ſur ſa boucle d'oreille dans le deſſein de lui
faire les plus ſanglans reproches ; mais ſoit
qu'elle eût oublié le langage des mouches,
ou que ſon cœur fût entièrement changé, elle
eut la cruauté de détourner la tête chaque
fois que je voulus m'en approcher, & même
de me chaſſer avec ſon éventail. Outré d'un
pareil procédé, je pris le parti de m'aller repoſer ſur un de ces magots qui ornoient ſa
cheminée ; j'y déplorai mon malheureux ſort,
ſans pouvoir néanmoins ceſſer de regarder

Monime. Je l'examinois avec la douleur d'un homme qui croit tout perdu pour lui.

Une foule de petits-maîtres arrivent, & je la vis fourire à l'un, un regard diftrait & languiffant étoit jetté fur un autre. Elle s'avança devant une glace pour raccommoder une fultanne de diamans qu'elle dérangea plufieurs fois pour la remettre enfuite comme elle étoit; ce petit manége n'étoit que pour faire admirer la beauté de fa main & la blancheur d'un bras fait au tour; puis changeant d'attitude pour donner affez de mouvement à fa jupe, afin qu'en s'élevant un peu on pût voir le bas d'une jambe admirable, & le plus joli petit pied du monde. Elle fe mit enfuite à préluder à demi-voix & d'un air folâtre, pour faire naître à ceux qui l'écoutoient le defir de l'entendre, & fatisfaire en même tems fon amour propre par le plaifir qu'on goûte à être applaudie. Monime me parut enfin la plus accomplie petite-maîtreffe qui fût dans la planète de Vénus; non-feulement elle avoit pris les airs les plus galans des femmes, mais elle étoit encore en état de leur donner des leçons fur tous les rafinemens que peut employer une coquette lorfqu'elle veut fubjuguer un amant.

On juge que je ne devois pas être à mon aife, cependant je ne pus jamais me réfoudre

à la quitter. Je la fuivis un jour chez la reine
où l'on jouoit au camagnol; lorfque le prince
Pétulant entra, Monime fut d'abord frappée
de fa bonne mine, de cet air de nobleffe &
de grandeur que donne une haute naiffance.
Elle ne l'avoit point encore vu. Ce prince,
abfent depuis fix mois pour faire rentrer dans
fon devoir toute une province qui s'étoit ré-
voltée, & qui avoit caufé beaucoup d'inquiétude à la cour, revenoit couvert de gloire,
après avoir rempli l'attente de la reine qui
lui avoit donné le commandement de fes troupes dans cette expédition. Cette princeffe voulant lui donner des marques de fatisfaction en
préfence de toute fa cour, lui fit l'accueil le
plus careffant, & le combla d'éloges les plus
flatteurs.

Nombre de courtifans entourèrent le jeune
prince pour joindre leurs éloges à ceux de
la reine; mais appercevant Monime, à peine
ce prince fe donna-t il le tems d'y répondre:
enchanté de fa beauté & des charmes répandus
dans toute fa perfonne, dieux, s'écria-t-il, en
parlant à un de fes courtifans! quelle adorable
objet! eft-ce Flore ou Hébé? Que fon air
eft vif & touchant! le ciel eft dans fes regards;
chaque gefte marque la dignité & les graces:
quel fon de voix ! il porte l'amour dans le

cœur. Eſt-elle depuis long-tems à la cour ? Sait-on ce qu'elle y vient faire ? Je l'ignore, répondit le courtiſan, fâché ſans doute de ce qu'il prévoyoit que le prince alloit peut-être lui enlever une conquête qu'il croyoit déjà ſûre ; mais, pourſuivit Pétulant tout plein de ſon amour, ſon cœur n'eſt-il point prévenu en faveur de quelqu'un ? Ah ! ſi cela eſt, j'en mourrai de douleur : il faut m'en inſtruire.

Le prince Pétulant étoit dans cet âge où tout inſpire l'amour & la volupté. Le plaiſir paroiſſoit peint dans ſes yeux, la tendreſſe dans ſa phyſionomie, & la perſuaſion étoit ſur ſes levres. On ne pouvoit le voir ſans ſentir que l'amour devoit être un ſentiment délicieux & fait pour triompher de la vertu la plus ſauvage. Il étoit couru des femmes qui l'avoient un peu gâté en accordant trop à ſes deſirs, ce qui le rendoit vain & un peu téméraire.

Lorſque le jeu fut fini, le prince s'approcha de Monime & lui préſenta la main pour la reconduire dans ſon appartement, en lui diſant tout ce que l'amour peut inſpirer de plus tendre. Il s'exprimoit avec ce charme de l'eſprit qui cherche à plaire. L'ardeur qui brilloit dans ſes yeux intimida d'abord Monime ; ſon étonnement lui fit garder le ſilence : ſi mes regards importuns vous fatiguent, ajouta le

prince, fouffrez au moins mes adorations;
Pourriez-vous vous offenfer de ma liberté?
Vos yeux qui m'ont paru plus fereins que le
ciel doivent être le fiége de la douceur, pourquoi les armer de févérité? Ah! raffurez un
homme que la majefté de votre front a déjà
confondu; fi j'ai fait un crime en vous décla-
rant mon amour, & en contemplant vos appas,
c'eft le crime de vos charmes. Tout ce qui
refpire doit adorer votre beauté. Qui pourroit
vous être comparé dans l'univers? Vous êtes
digne de commander aux dieux mêmes.

Enfin le prince continua de faire valoir les
fentimens paffionnés qu'il avoit pour Monime,
il lui jura cent fois de l'aimer éternellement,
fit briller fa flamme impétueufe, & dans le
tranfport qui l'anime il prend une des mains
de Monime, la ferre, la regarde tendrement;
& comme il voit qu'elle ne fonge point à la
retirer, il y applique un baifer tout de flamme.
Ce baifer augmenta fon trouble & fes defirs.
Enhardi par cette faveur, il ne craint plus de
les montrer. Mais que devins-je lorfque je
crus m'appercevoir qu'il lui en caufoit à fon
tour: Dieux! m'écriai-je, je fuis perdu. On
fait que les mouches n'ont pas la voix forte;
je ne fus point entendu.

Enfin, plaire, aimer, fe le dire, fut pour

ces deux amans l'ouvrage d'une foirée. Leurs cœurs fe communiquèrent plus aifément parce qu'ils fentoient, qu'ils fe l'apprirent par des paroles; leur trouble, leurs regards leur fervirent d'expreffions; ce je ne fai quoi que les amans & les vrais amis éprouvent, que j'avois fi bien fenti moi-même auprès de Monime, & que cependant je ne puis rendre.

On a raifon de dire que les princes vont vîte en amour. C'eft une loi généralement reçue & fuivie dans prefque tous les mondes que j'ai vifités; mais celui de Vénus l'emporte fur tous les autres. Comme ces peuples ne vivent pas long-tems, ils abrégent le plus qu'ils peuvent tout cérémonial incommode: la conftance femble être bannie de ce monde; la volupté, l'amour des plaifirs, la bonne chère, font leurs paffions dominantes; ils joignent encore à ces rares qualités le fafte & la magnificence.

La foupleffe eft chez eux un caractère naturel. Un Idalien emploie toute fon adreffe à diffimuler fes défauts & à exagérer fes bonnes qualités. Tous les hommes s'annoncent fous les dehors les plus eftimables. Tous veulent paffer pour avoir des mœurs, de la probité, de l'efprit, des connoiffances, du jugement & de la raifon; mais toutes ces prétentions font chimériques, puisqu'ils ont plus de brillant que de solidité; qu'ils font plus superficiels que profonds; plus vains que fiers ; plus voluptueux que délicats; plus foïbles que fenfibles, & plus occupés du défir de plaire que des moyens de s'attacher une perfonne de mérite : on peut dire que toutes leurs démarches font inconféquentes. Pour les femmes, elles ne font jaloufes que de leur beauté, de leurs graces, & de la préférence qu'elles remportent fur leurs rivales, fans fe foucier aucunement de leur réputation.

# CHAPITRE III.

### Amour de Pétulant pour Monime.

LES Idaliennes en général font fort adroites ; elles ont l'efprit fubril & artificieux, affeêtent le défintéreffement, quoique dans le fond elles ne s'occupent que des moyens dont elles doivent fe fervir pour travailler à la ruine entière de leurs amans. Plus elles ont renverfé de fortunes, plus leur triomphe eft grand ; c'eft alors que leur réputation s'étend par-tout, & que les hommes fe difputent entr'eux la gloire de fe ruiner avec elles.

Rien ne s'achète fi cher dans ce monde que

la compagnie des femmes : il eſt vrai qu'on a la
liberté de les marchander comme une boëte à
bonbons ; il eſt certain qu'elles ſe livrent toujours aux plus offrans. Une Idalienne vous tient
quitte des fleurettes ; les longues déclarations
l'ennuient. Soyez riche & libéral, c'eſt tout ce
qu'il faut pour plaire. Au lieu de ſoins délicats
& recherchés, donnez-leur de l'argent, des
bijoux, des diamans, un bel équipage, une
maiſon bien montée, nombre de domeſtiques ;
avec ces avantages vous aurez certainement la
préférence : mais il ne faut pas croire pour cela
qu'elles vous ſeront fidelles ; vous ſerez trop
heureux ſi ces belles ne vous donnent qu'une
demi-douzaine d'aſſociés. Un homme eſt ſouvent entretenu par la maîtreſſe d'un grand ſeigneur ; celui-ci en entretient lui-même une autre ;
ce ſont, pour ainſi-dire, des baux qu'ils paſſent,
dans leſquels leur mérite eſt ſûrement affermé
beaucoup plus qu'il ne vaut : c'eſt ainſi qu'ils
font circuler les faveurs du ſimulacre de l'a-
mour.

Dans ce monde les amans ſont des gens indif-
férens qui ſe voient par amuſement, par air, par
habitude, ou pour le beſoin du moment ; le
cœur n'a nul le part à ces liaiſons ; on n'y conſulte
que l'intérêt, la commodité, ou certaines convenances extérieures ; on appelle cela ſe con-

noître, s'arranger, se voir, vivre ensemble ;
ces liaisons de galanteries durent un peu plus
qu'une visite. Ils ont très-sagement trouvé qu'il
falloit régler sur l'instant des desirs la faculté de
les satisfaire ; c'est pourquoi ils ne font guères
d'autres choix que ce qui tombe le plus commodément sous leurs mains : cependant ces
amans se jurent une constance éternelle , quoiqu'ils soient sûrs de se parjurer autant de fois
qu'ils changent d'objet, & chaque défaite prépare celle qui doit suivre. L'habitude qu'ils ont
du vice en efface à leurs yeux toute l'horreur.
Entraînés du déshonneur à l'infamie, ils ne trouvent aucune raison qui les arrête, & on les voit
faire autant de chûtes que de faux pas.

On peut comparer les Idaliens à l'éclat somp-
tueux d'un superbe tombeau que l'art a décoré
de mille trophées; mais le dedans trop digne de
pitié n'est plus qu'une carcasse magnifique, ou
qu'un vrai squelette d'amitié ; tout leur mérite
n'est que dans l'extérieur : chez eux lorsque
l'utilité disparoît, elle ferme après elle la porte
du cœur.

L'esprit des Idaliennes éclate en plusieurs
occasions : on les voit d'abord employer tous
les ressorts de la coquetterie pour fixer un
amant qui a su leur plaire. Artificieuses & ru-
sées; elles ont des rafinemens dont elles seules
                                        font

font capables; mais fi elles découvrent que cet amant les a trahies, s'il porte ſes attentions ſur un autre objet, s'il les quitte, s'il les mépriſe, alors la douleur qu'elles conçoivent d'une infidélité qu'elles croient n'avoir pas méritée, change bientôt leur amour en une haine irréconciliable; & cet amant doit s'attendre à eſſuyer tous les traits d'une fureur implacable, tous les reſſorts de la vengeance ſont employés pour le perdre, & les conditions d'un nouveau traité ne ſe font que dans la vue d'y parvenir.

Que je trouve, dis-je au génie, de différence dans la façon de penſer qui règne aujourd'hui dans notre monde : chez nous un grand cœur eſt moins touché de la beauté que de l'eſprit; on veut des ſentimens & de la délicateſſe, on regarde l'eſprit comme le ſel de la galanterie. Il eſt vrai que d'abord une jolie figure engage, mais un bon caractère arrête. Sans un diſcernement fin & de la ſolidité dans l'eſprit, la beauté devient inſipide; il faut, pour plaire longtems, joindre à ces premières qualités l'enjouement, la politeſſe, la complaiſance & l'égalité d'humeur; ce n'eſt que par ces qualités réunies qu'on peut ſe flatter de fixer l'homme le plus inconſtant, s'il eſt aſſez raiſonnable pour préférer les plaiſirs purs, qui n'ont leur ſource que dans le mêlange des ames, qui ne peuvent

recevoir leurs perfections que d'une confiance
& d'une complaisance mutuelle. Ces qualités,
si desirables pour le bonheur de la société, se
trouvent quelquefois dans une jolie femme,
sur-tout lorsqu'elle a des mœurs, & de l'éducation. J'ai remarqué que presque toujours le
caprice, la bisarrerie, le dépit, la colère, la
jalousie, l'humeur brusque & désobligeante,
l'esprit de critique & la calomnie sont des défauts attachés aux laides, ou aux vieilles coquettes, qui ne peuvent plus faire d'usage de
leurs appas surannés, & qui, pour leur consolation, s'amusent à médire de tout le genre
humain, & à empoisonner les actions les plus
simples. Ne pourroit-on pas croire que la laideur ou la vieillesse est l'enfer de certaines
femmes, puisqu'elle en fait autant de démons
qui ne s'occupent qu'à tourmenter les autres.

Le prince Pétulant continuoit de faire assiduement sa cour à Monime. Pourquoi, lui
dit-il un jour, charmante Taymuras, doutez-
vous des sentimens passionnés que vous seule
êtes capable de m'inspirer ? Craindrez-vous
toujours mon inconstance ? Si l'amour que je
ressens avoit pu passer dans votre ame, une
pensée aussi injurieuse pour un prince qui vous
adore, n'auroit jamais trouvé place dans votre
cœur ; cessez donc de me soupçonner de lé-

géreté ; rendez plus de juſtice aux feux que
vous allumez, & ſoyez perſuadée qu'ils ne peu‑
vent jamais s'éteindre. J'avoue qu'avant que
vous paroiſſiez à la cour, j'ai ſouvent cherché
les occaſions de m'amuſer ; ſemblable aux
zéphirs qui ſans ceſſe careſſent de nouvelles
fleurs, je n'ai fait que voltiger, ſans pouvoir
me fixer ſur aucun objet ; cet aveu doit vous
prouver ma ſincérité. Hélas ! que je regrette
toutes les expreſſions de tendreſſe que j'ai pro‑
diguées à des femmes qui le méritoient ſi peu !
pouvois‑je jurer d'être fidèle à des goûts paſſa‑
gers ! Non, divine Taymuras, ce n'eſt que
dans vos yeux qu'on doit trouver l'impreſſion
d'un véritable amour, & ce n'eſt qu'en s'u‑
niſſant à vous qu'on peut en reſſentir l'ivreſſe.
L'univers entier paie à Vénus le tribut de ſon
obéiſſance ; faut‑il que vous ſoyez la ſeule qui
réſiſtiez à ces douces inflences ? J'ai cru d'a‑
bord m'appercevoir que vous n'étiez point in‑
ſenſible à mon amour. Ce ſeroit l'accuſer de
foibleſſe que d'en craindre l'inconſtance. Que
je mets de différence entre la façon de penſer
de ma princeſſe & celle de nos Idaliennes ! j'ai
trop appris qu'elles ne ſavent point aimer. Ce
n'eſt jamais le tendre amour qui les détermine ;
on ne les voit céder qu'à l'ambition, à l'attrait
des richeſſes, à la coquetterie ou à la nature.

Comment un prince pourroit-il se flatter d'en
être aimé, lors même qu'il ne cherche que
l'amusement? Leur facilité rebute & dégoûte ;
leur vivacité inquiette ; leur intérêt & leur
inconstance les rend méprisables : mais on est
sûr qu'une ame comme celle de ma princesse
ne se rend que par le choix de son cœur. Se-
rois-je assez heureux pour avoir su toucher le
vôtre ?

Ce discours du prince Pétulant fut accompagné des plus vifs transports. L'occasion de-
venoit pressante, & je crus voir dans les yeux
de Monime qu'elle partageoit les desirs du
Prince : il est tems, lui dit-elle, de vous faire
connoître mes véritables sentimens : oui, cher
prince, je vous aime ; j'ai senti en vous voyant
que le véritable amour lie les cœurs par une
sympathie délicieuse. N'abusez point de l'aveu
que j'ose vous faire ; qu'il vous suffise d'apprendre que vous seul possédez toute ma tendresse ; mais n'espérez rien de plus.

Ah! divine Taymuras, s'écria Pétulant en
tombant à ses genoux, nul mortel dans le
monde n'est aussi heureux que moi, vous m'aimez, vous daignez me le dire ; après un tel
aveu, mon sort, s'il étoit connu, seroit envié
des dieux mêmes. Ah! je ne sens & n'écoute
plus que l'amour : comment puis-je résister au

V.<sup></sup> de Milord Céton.

Tom. 17. pag. 308.

Marillier inv.

Le villain sc.

plaifir que je goûte à l'entendre prononcer de
votre bouche ? Vous m'aimez ; que ces mots
ont de charmes ! répétez-les, je vous en conjure, mon adorable maîtreffe.

Pétulant ajouta encore mille propos paffionnés, qu'il entremêloit de digreffions & de témoignages de tendreffe, qui mirent le comble
à mon défefpoir. J'oubliai alors l'impuiffance
où j'étois de pouvoir me venger de Monime ;
je volai comme un furieux fur fon fein, que
je piquai vivement : je m'attachai enfuite au
nez & aux yeux de mon rival, que je dardai
de mon aiguillon avec beaucoup d'animofité;
la douleur qu'ils en reffentirent l'un & l'autre,
les mit dans une forte d'impatience, qui fa-
tisfit un peu ma vengeance. Monime me chaffa
avec vivacité, & Pétulant fit fon poffible pour
m'attraper ; mais plus fubtil que lui, je me
fauvai au haut d'une corniche, très-content de
mon courage & d'avoir, par cet exploit, donné
le tems à Monime de rappeller toute fa vertu,
que je crus prête à faire naufrage ; c'étoit peut-
être l'heure du berger, que j'eus le bonheur
de faire manquer au prince. Monime rougiffant
alors des tranfports de Pétulant, reprit un air
févère, lui fit un crime de fa témérité ; & quoiqu'il pût dire, en en rejettant la faute fur la
force de fon amour, pour l'en punir, elle fu

plufieurs jours fans lui permettre de la voir.

Cet intervalle parut un fiècle au prince Pétulant; il ne put cacher fon chagrin, & chacun en raifonna fuivant fa façon de penfer. Il
vint un jour chez la reine; Monime y étoit;
elle s'apperçut qu'il cherchoit l'occafion de lui
parler, & fe retira auffi-tôt; la joie & les
graces la fuivirent, & laiffèrent à leur place
le regret de fon départ. Pétulant, défefpéré
de cette marque de froideur, fortit un inftant
après, & fut fe renfermer dans fon appartement avec un de fes favoris.

Je fuis le plus malheureux de tous les hommes, dit le prince; tu connois mon amour &
l'objet qui l'a fait naître; croirois-tu que l'ingrate
me punit d'un crime que fes charmes ont occafionné? Taymuras me bannit de fa préfence,
& ce qui met le comble à mes maux, c'eft que
je ne puis modérer les mouvemens qui m'entraînent vers elle. La jouiffance de tous les
honneurs qui m'environnent, m'abandonne &
me devient infipide éloigné de ma princeffe.
Tu fais qu'avant qu'elle parût à la cour, je
trouvois des plaifirs dans tout le brillant qu'elle
préfente chaque jour à mes yeux; mais, te
l'avouerai-je, ces plaifirs n'ont jamais produit
dans mon efprit aucun de ces defirs véhé-
mens, ni aucune de ces délicateffes de fenti-

ment que je trouve auprès de Taymuras ; je découvre en elle tous les jours de nouveaux charmes ; & elle me semble si parfaite, si remplie de connoissances, que ce qu'elle fait ou ce qu'elle dit paroît toujours le plus sage ; la science se déconcerte en sa préfence ; sa beauté est si brillante, qu'elle démonte la sagesse, & la fait resfembler à la folie : on diroit, en la voyant, que l'autorité & la raison ne font faites que pour elle, & que les graces ont élu leur demeure en sa personne ; ses charmes attirent la tendresse, l'estime & l'amour, & la nature l'a formée si parfaite, qu'on peut l'aimer fans foibleffe. Croirois-tu qu'avec des sentimens si purs & si parfaits on puiffe déplaire à ce qu'on aime ; cependant c'est leur vivacité & la violence de mon amour qui me perd. Va, cher ami, la trouver de ma part ; parle-lui de ma douleur. Attends, je vais lui écrire pour lui peindre le défefpoir où je suis d'avoir pu l'offenfer.... Mais, non, demeure ; il vaut mieux que je la voie : je veux mourir à fes pieds, si je n'obtiens le pardon d'une faute involontaire.

Pétulant se rendit auprès de Monime ; elle étoit seule, & fans doute occupée de lui : elle ne fut pas fâchée de le voir ; la pénitence qu'elle lui avoit imposée commençoit à l'ennuyer elle-même. Dès que le prince parut, son air triste

V iv

& abbattu la toucha. Pétulant se précipita à
ses genoux; il les tint long-tems embrassés,
sans pouvoir s'exprimer que par des regards
où la passion étoit peinte. Il n'eut pas de peine
à obtenir son pardon; Monime oubliant sa
colère le fit relever, & lui montra la satisfaction qu'elle ressentoit des marques de sa soumission & de son repentir. Je ne rapporterai
point leur entretien qui fut très-long; il finit
par de nouveaux témoignages d'amitié de la
part de Monime, & de celle du prince par de
nouvelles assurances de la plus vive tendresse.

Momime parvint enfin à faire comprendre
à son amant, qu'il est des plaisirs que l'ame
peut goûter, qui, quoique détachés de ceux
des sens, n'en sont pas moins vifs. Quelle douceur, cher prince, lui dit-elle un jour, d'être
tout entier à ce qu'on aime, de se faire un
devoir de son amour, un mérite de ses soins,
de jouir tranquillement du plus délicieux état
de la vie, & de joindre le charme de l'union
des cœurs à celui de l'innocence? Les plaisirs
ne sont-ils pas bien plus parfaits, lorsque l'a-
mour ne s'introduit que par l'estime, du moins
s'il disparoît, ce n'est que pour céder sa place
à l'amitié la plus tendre. Est-il de plaisir plus
touchant que celui d'aimer ce qu'on respecte,
& d'en être chéri sans partage? & doit-on

immoler une fi douce félicité à l'ivreffe des
fens ? Il faut que nulle crainte, nulle honte ne
trouble nôtre repos, & qu'au fein des vrais plaifirs nous puiffions parler de l'amour, fans faire
rougir la vertu. Je fais que la plupart des Idaliennes font bien éloignées de cette délicateffe.
Hélas ! mon prince, continua Monime, fi vous
m'aviez arraché ce que je cherche à vous conferver, c'étoit votre propre bonheur que vous
raviffiez.

Que vous êtes cruelle, divine Taymuras, dit
Pétulant ! penfez-vous que je puiffe être heureux fi vous condamnez toujours ma paffion,
& fi vous voulez anéantir tous mes defirs ?
Non, dit Monime, mais je veux feulement
vous apprendre à les modérer, afin de ne les
point épuifer ; c'eft l'unique moyen de n'en
être pas la victime ; car ceux qui recherchent
le plaifir avec trop d'avidité, font des pro-
digues, qu'on peut accufer de diffiper leur
fonds, fans fe donner le tems de jouir du revenu, & qu'on doit encore regarder comme
des gens prêts à tomber dans le néant : il faut
donc, mon prince, économifer fes plaifirs,
pour être en état de les goûter plus long-tems.
Quoique le prince Pétulant fût très-mécontent
de cette morale, & qu'il ne la goûtât point
du tout, il parut néanmoins s'y foumettre fans

murmurer ; tant il eſt vrai que le véritable
amour fait ſouvent métamorphoſer les peines
en plaiſir, ſur-tout lorſqu'il les regarde comme
des moyens de plaire à la perſonne aimée.

Pétulant qui ne reconnoiſſoit de vrai bonheur
que celui de faire ſa cour à Monime, lui donnoit tous les jours de nouvelles fêtes, où l'on
voyoit régner la galanterie la plus délicate : ce
n'étoit que bals, opéra, comédies, concerts
dans différentes petites maiſons ; car on peut
dire que ce prince en avoit pour le moins
autant que le ſoleil, qui toutes étoient de vrais
palais, où la magnificence brilloit de toutes
parts ; enfin il ne négligeoit rien de tout ce qui
peut rendre un amant agréable.

Quoique toutes les femmes de la cour priſſent
part à ces divertiſſemens, elles en conçurent
cependant une jalouſie affreuſe contre Monime ;
chacune d'elles s'efforça de lui découvrir quelque défaut, ſoit dans ſes traits ou dans ſa taille :
ſa beauté, diſoient-elles, n'étoit pas réguliére ;
ſes graces étoient trop ſimples & trop naturelles ; elles ne trouvoient rien de ſi merveilleux dans ſon eſprit ni dans ſa façon de ſe
mettre, qui ne la faiſoit diſtinguer que par un
goût étranger.

Malgré cette critique, ſi Monime inventoit
quelque nouvelle parure, le lendemain toutes

les femmes en avoient de pareilles ; avoit-elle imaginé un terme nouveau, d'abord on l'employoit à tout propos ; en un mot, c'étoit Monime qui donnoit le ton à toutes les femmes de la cour ; elles ne pouvoient s'empêcher de mettre tout en usage pour tâcher de l'imiter, se persuadant par-là d'acquérir autant de grace qu'elle en avoit.

Quoique Monime parût partager la tendresse que le prince avoit pour elle, il n'en étoit pas plus avancé, parce qu'elle évitoit avec un soin extrême toutes les occasions de se trouver seule avec lui : sans doute qu'elle rougissoit peut-être en elle-même du péril qu'elle avoit couru en écoutant trop un penchant qui sembloit l'entraîner malgré elle, & auquel il lui étoit difficile de résister.

Enfin, las d'être sans cesse le témoin de leur amour mutuel, je fus trouver Zachiel : c'est ici mon tombeau, lui dis-je, si vous ne mettez fin aux cruels tourmens que j'endure, en me rendant ma Monime. Comment, dit le génie, n'est-elle pas sans cesse présente à vos yeux ? Oui, repris-je ; mais ce n'est que pour me désespérer, puisque je la vois à tous les instans prête à céder aux empressemens du prince Pétulant, qui met tout en œuvre pour la séduire. Ne craignez rien, dit Zachiel ; je conviens que

l'air qu'on respire dans la planète de Vénus
produit un penchant invincible pour l'amour,
& qu'il inspire de violens desirs; mais Monime
aura assez de vertu pour les combattre & les
vaincre; d'ailleurs elle n'a plus que huit jours
à rester dans le corps qui l'enveloppe, ainsi je
vous exhorte à vous tranquilliser & à modérer
les mouvemens qui vous agitent.

Malgré les assurances du génie, incapable
de me tromper, je puis dire que je souffris les
plus cruelles inquiétudes pendant ces huit jours;
je craignois à tout instant quelque foiblesse de
la part de Monime; je ne voulus point la quitter, aveuglé par la jalousie & par mille autres
passions différentes, qui m'empêchoient de faire
réflexion sur mon impuissance; car il est certain
que la figure sous laquelle je paroissois, ne devoit pas être capable d'en imposer.

## CHAPITRE IV.

### Suite des amours de Pétulant.

LE prince, dont l'amour augmentoit tous les
jours par la conduite que Monime gardoit avec
lui, se détermina enfin de supplier la reine de
consentir à leur mariage. Rien ne sembloit s'opposer à une union qui paroissoit si bien assortie.

La naiſſance de Taymuras ne cédoit en rien à celle du prince; cependant la reine s'y oppoſa formellement, quoique Pétulant employât tout ce qu'il crut capable de toucher cette princeſſe : il lui peignit avec beaucoup de vivacité l'excès de ſon amour, fit valoir les brillantes qualités de l'objet de ſes feux, proteſta qu'il mourroit de douleur, ſi ſa majeſté perſiſtoit à lui refuſer une grace dont dépendoit le bonheur de ſa vie, & ajouta que, comme la naiſſance de la princeſſe Taymuras n'étoit point inférieure à la ſienne, il avoit pu ſe flatter de ne rencontrer aucun obſtacle à ſes deſirs.

L'éloquence du prince ne ſervit qu'à manifeſter ſon amour. La reine fut inflexible; mais, pour adoucir en quelque ſorte un refus qui pouvoit bleſſer la princeſſe, elle aſſura Pétulant que, ſans l'invincible oppoſition qui ſe rencontroit dans cette alliance, par une des principales loix de l'état, qui défendoit à toute perſonne, de quelque condition qu'elle fût, de contracter aucune alliance étrangère; que cette loi ne tendant qu'au bien de ſes ſujets, elle ne permettroit jamais qu'on osât l'enfreindre ſous ſon règne; que Pétulant, comme premier prince de ſon ſang, devoit être auſſi le premier à la maintenir par ſon exemple; qu'au ſurplus la défenſe qu'elle lui faiſoit de

s'unir à la princeſſe de Taymuras, ne diminue-
roit jamais rien de l'eſtime qu'elle avoit conçue pour ſa perſonne ; qu'elle auroit toujours
pour elle tous les égards qu'on devoit à ſon
rang, & ceux encore qu'on ne pouvoit refuſer aux éminentes qualités dont elle étoit
douée. Cet éloge qae la reine donna à la princeſſe, adoucit un peu la douleur que Pétulant
reſſentit d'un refus ſi abſolu, & en habile courtiſan, il eut l'adreſſe de diſſimuler ſon chagrin.
Il feignit de goûter les raiſons de la reine, &
l'aſſura qu'il ne lui en parleroit plus.

Le prince, pour ne point donner de ſoupçons à la cour, crut qu'il étoit de la politique
de feindre d'aller paſſer ſon chagrin dans une
de ſes maiſons; il partit dans l'inſtant ſans voir
Taymuras, ce qui donna lieu à une infinité
de diſcours que tinrent les femmes intéreſſées
à la conquête de ce prince ; pluſieurs courtiſans le ſuivirent ; mais il eut le ſecret de s'en
débarraſſer, & de ne conſerver auprès de ſa
perſonne que ſes favoris les plus familiers, à
qui il fit part de ſon chagrin & de la réſolu-
tion qu'il avoit priſe de ſe rendre le ſoir même
auprès de l'objet de ſon amour.

On ſait qu'il n'eſt guères de favoris qui oſent
réſiſter aux volontés d'un prince ; ceux-ci applaudirent comme de raiſon ; ils ſe chargèrent

même de dérober aux yeux curieux & attentifs
fur fes actions toutes les démarches qu'il pourroit faire. Cette affurance tranquillifa le prince,
& la vivacité de fon amour ne lui permettant
pas de différer de fe rendre auprès de Monime,
afin de prendre avec elle des mefures certaines
pour affurer fon bonheur, il fortit par une porte
fecrette de fon château, & fe rendit *incognito*
la nuit même auprès de Taymuras.

Monime n'étoit point encore couchée lorfqu'il arriva; inquiette du départ précipité du
prince, fans en pouvoir deviner la caufe, elle
prit le parti, pour diffiper fes ennuis, de fe
faire apporter une caffette qui renfermoit les
lettres & les billets qu'il lui avoit écrits : occupée à les relire, cet agréable paffe-tems, loin
de la provoquer au fommeil, n'avoit fait au
contraire qu'à ranimer fes efprits, & répandre
dans fon ame une douce volupté, excitée par
les vives expreffions d'amour & de tendreffe,
dont fes lettres étoient remplies.

Taupette, confidente de Monime, vint in-
terrompre cette lecture, pour lui annoncer
l'arrivée du prince, qui demandoit à l'entretenir fur une affaire de conféquence. Monime
furprife héfita un inftant : je ne puis, dit-elle,
après avoir réfléchi un moment, recevoir fa
vifite; pourquoi ne lui avoir pas dit que je

n'étois pas visible? Cela est vrai, madame ;
mais le prince me paroît si inquiet, que je n'ai
pu m'y résoudre. Je vais donc le renvoyer?
Que dis-tu, ma chere Taupette? Arrête, le
prince est inquiet, & demande avec empressement à me voir. Hélas! que peut-il être arrivé?
Ciel! comment lui refuser un quart-d'heure?
Non, je veux éviter tout ce qui sent le ma-
nège, cela est trop opposé à ma candeur.

Monime sortit à l'instant de son cabinet pour
recevoir le prince. Pardonnez, cher Taymuras, si j'ose paroître à cette heure devant vous.
Pénétré du plus violent chagrin, je ne puis
différer plus long-tems à vous faire part de mon
désespoir : la reine s'oppose à mon bonheur ;
elle me défend de m'unir à vous ; votre qualité d'étrangère en est seule la cause : mais si
vous m'aimez, si votre tendresse égale la
mienne, & si les assurances que vous m'en
avez données ne m'ont point trop flatté, re-
fuserez-vous de couronner mes feux? Consentez, divine princesse, que je vous donne
ma foi, & que je reçoive la vôtre à la face
des autels. Pourquoi hésiter? L'amour n'a rien
qui doive vous faire rougir ; sa flamme est dans
la nature, tous les cœurs lui doivent un tribut.

Monime, surprise & embarrassée, ne répondit rien. Objet digne des dieux, poursuivit le
prince,

prince, vous ne devez pas redouter la proposition que j'ose vous faire ; le ciel qui vous protege, doit vous être garant de ma bonne foi & de la pureté de mes desseins ; vous devez les reconnoître à des sentimens que vous-même avez pris soin d'épurer. Vous ne répondez point, dit le prince attendri ; se peut-il que l'amour ne vous dicte rien en ma faveur ?

Il est vrai, dit Monime d'un ton très-sérieux, que j'ai tout lieu d'être étonnée du refus de la reine ; j'avoue même que je n'ai pas dû m'y attendre ; mais, malgré ses refus qui doivent nous séparer pour toujours, soyez persuadé, cher prince, que le souvenir de votre tendresse, & celui de votre générosité, ne pourront jamais s'effacer de mon cœur, & qu'il n'y a que ma reconnoissance qui les puisse égaler. Hélas, reprit Pétulant, que vous lisez mal dans mon ame ! Est-ce donc de la reconnoissance que je vous demande ? Ah ! vous savez trop bien que c'est un tribut qui n'est pas fait pour vous, puisque la nature ne vous a créée si parfaite que pour accorder des faveurs. Le prince, en s'exprimant ainsi, regardoit Monime d'un air si tendre & si sincere, ses regards peignoient si bien ses craintes & la pureté de ses sentimens, que Monime, qui n'étoit retenue que par l'idée qu'elle se formoit qu'une union secrette pourroit ternir sa gloire, ne répondit alors que par un silence animé. Il faut convenir que l'esprit sert toujours mal un cœur tendre; mais en récompense, lorsque l'on a commencé à se plaire, il semble qu'on se soit donné le mot; l'esprit, le cœur & les yeux, tout part à la fois pour former l'intelligence de l'ame, & ce concert délicieux renferme toutes les déclarations, tous les sermens & toutes les certitudes de l'amour.

Le prince s'appercevant du trouble & de l'embarras de Monime, s'efforça de la rassurer par tout ce que l'amour put lui inspirer de plus séduisant. Ah ! divine princesse, ajouta Pétulant avec une espèce de transport, ce feu que je vois briller dans vos yeux doit être dans votre cœur; il m'est un sûr garant que, sensible à mes maux, vous consentez enfin de les finir, & que l'amour lui-même sera votre guide, pour vous conduire demain au lever de l'aurore dans le temple, où l'on conserve le feu sacré. Oui, ma princesse, c'est-là que je veux vous assurer par les sermens les plus solemnels, que mes feux seront toujours aussi purs & aussi durables que celui qu'on y conserve avec soin.

Monime pressée de répondre à l'ardeur du prince, se crut obligée de lui représenter la

foumiſſion qu'il devoit aux ordres de la reine;
le danger auquel elle feroit expoſée, ſi cette
princeſſe venoit à découvrir leur union; la
honte d'être peut-être renvoyée, en rendant
de nulle valeur un mariage contraire aux loix
de la nation, & enfin la douleur de le perdre
pour jamais : elle ajouta encore quelques autres difficultés, c'eſt-à-dire, de celles qui ne
fervent qu'à nourrir & augmenter la paſſion.
Le prince, dont l'ardeur étoit extrême, les
éluda toutes par des raiſons apparentes : raſſurez-vous, charmante Taymuras, ajouta Pétulant ; content de mon rang, mon ambition ſe
borne au ſeul deſir de vous plaire; convenez
du moins que la nature a fait aux hommes des
plaiſirs ſimples, aiſés & tranquilles; ce n'eſt
qu'à leur imagination déréglée qu'ils doivent
ceux qui ſont embarraſſans, incertains & difficiles à acquérir. Vous voyez que la nature eſt
bien plus habile que nous, c'eſt pourquoi nous
devons nous repoſer ſur elle du ſoin de notre bonheur; c'eſt cette bonne mère qui a
introduit l'amour qui doit faire toutes nos délices; ſans lui le fade aſſoupiſſement d'une
froide indifférence tiendroit toute la nature
dans une eſpèce d'engourdiſſement univerſel,
contraire au bonheur des humains. Laiſſons
jouir à ces hommes vains de cette ambition

qu'ils n'ont inventée que pour empoifonner leurs plaifirs & troubler le repos de la vie; fi ma princeffe penfe comme moi, nous goûterons fans aucun trouble la volupté la plus pure : il eft une force communicative qui entraîne les grandes ames & les éleve au-deffus des autres.

Monime, animée des mêmes fentimens, ne répondit d'abord que par un fourire; fon teint s'anima d'un rouge de rofe, vrai coloris de l'amour; elle céda enfin aux empreffemens du prince, mais elle lui fit comprendre qu'il étoit de la prudence de ne point précipiter leur bonheur, afin de le rendre plus fûr & plus durable. Pétulant eut peine a goûter ce confeil, il regardoit les jours qui devoient reculer fa félicité comme autant de fiècles; cependant il fut obligé de céder aux raifons de Monime, qui confentit à fon tour de fe rendre huit jours après à l'heure indiquée dans l'intérieur du temple de l'amour.

Le lendemain Monime fut invitée à un bal paré que la reine donna à toute la cour. Je ne la fuivis point, défefpéré des projets que j'avois entendus; mon cœur flétri & anéanti me parut s'être féparé de moi; abîmé dans une létargie la plus profonde, je n'avois aucun fentiment, aucune idée fixe, je promenois

languiſſamment mes yeux ſur-tout ce qui ornoit l'appartement de mon inconſtante Monime ;
je ne voyois rien, ce n'étoit que les yeux
de la machine, ceux de l'ame étoient éteints,
& j'aurois pu croire dans ce déſordre extrême que j'avois deux ames, dont l'une triſte
& déſeſpérée reprochoit à l'autre la perte & l'a-
néantiſſement de ſes félicités paſſées.

Zachiel, qui prévoyoit les maux qui devoient m'accabler, vint me ſecourir ; il me
trouva ſans aucun mouvement & m'emporta
ſur une terraſſe qui répondoit aux appartemens
de la reine. Le génie, après m'avoir ranimé
d'un ſouffle divin, me fit ſentir avec force le
peu de raiſon que j'avois de me rendre l'eſclave
de mes paſſions. Eſt-ce ainſi, me dit-il, que
vous profitez de mes conſeils ? N'auriez-vous
pas dû vous raſſurer ſur la parole que je vous ai
donnée que Monime conſerveroit toujours ce
goût de l'innocence qui ne s'éteindra jamais en
elle ; c'eſt un eſprit immortel que la divinité a
placé dans ſon cœur pour n'en point ſortir. Je
conviens que l'épreuve eſt rude ; cependant
vous voyez qu'elle la ſoutient ſans mon ſecours. Mais vous, qu'auriez-vous fait, ſi je vous
euſſe laiſſé livré à vous-même, en bute à toute
la véhémence de vos paſſions ? Hélas, m'é-
criai-je, en interrompant le génie, je n'ai ja-

mais aimé qu'elle ; Monime paroiſſoit répondre
à ma tendreſſe : j'ai tout perdu ; je ne puis à
préſent écouter que ma douleur ; la raiſon ne
peut plus rien ſur mon eſprit. Pourquoi m'ex-
poſer à de ſi cruelles épreuves ? Je devrois, reprit le génie, pour vous punir de votre incré-
dulité, livrer Monime aux déſirs du prince. Ces
paroles me firent frémir. Ah ! mon cher Zachiel,
pardonnez ma foibleſſe, ou ôtez-moi la vie, je
ne puis la paſſer ſans Monime. Raſſurez-vous,
dit le génie, je veux bien encore me prêter à
calmer vos égaremens, parce que je ſuis con-
vaincu que le cœur des hommes eſt ſuceptible
de toutes ſortes d'impreſſions, leur force ou
leur vertu dépend preſque toujours de la manière dont on leur préſente les objets : votre raiſon égarée vient de céder la place à une paſſion
violente ; mais après un retour ſur vous-même,
cette raiſon que vous venez de ſacrifier à l'in-
juſte jalouſie, doit reprendre toute ſa force. Si les
lumières de votre eſprit n'ont pu vous défendre
contre ces déſordres, du moins faut-il les regarder comme des reſſources dont je dois eſpérer
le ralentiſſement des paſſions tumultueuſes qui
vous ont agité juſqu'à préſent. Pour achever
de diſſiper vos ennuis, je vais vous porter dans
le temple de l'amour.

# CHAPITRE V.

*Description du Temple de l'Amour.*

CE fut à regret que je m'éloignai d'un lieu qui renfermoit Monime : il n'étoit pas en mon pouvoir de réfister aux volontés du génie ; un feul mot de fa bouche anéantiffoit tous mes projets. Sa préfence amortiffoit toutes mes paffions ; mais encore trop fortes pour qu'il puiffe les éteindre, elles reprenoient leur vigueur dès qu'il me laiffoit livré à moi-même. Mon cœur devint dans ce moment femblable à un vafe rempli d'une matière déliée & combuftible, où tous les rayons du foleil vont fondre comme des traits de feu, pour y former des fermentations que le même inftant voit naître & fe calmer.

Le temple de l'Amour eft éloigné de la capitale de plufieurs milles ; il eft fitué au milieu d'une campagne des plus agréables ; de belles allées de myrthes, d'orangers & de citronniers ornent les routes, & répandent dans l'air un parfum délicieux : tous les chemins qui y conduifent font parfemés de fleurs. Zachiel defcendit dans une vallée fpacieufe, mêlée de bois, de prés & de plufieurs habitations qui fervent

X iv

de retraites aux voyageurs dans les tems orageux. Toutes ces routes sont très sûres, par la
sauvegarde que l'Amour a obtenue de Mars à
la recommandation de Venus : on dit même
que les animaux n'osent se faire la guerre, &
qu'on n'y craint d'autres pièges que ceux que
l'Amour y fait tendre.

Nous fûmes arrêtés au bas de cette vallée par
un torrent d'inquiétudes qui se précipite à grand
bruit du haut d'une montagne, pour venir se
perdre dans une mer de délire qui, coulant à
grands flots, entraîne avec elle plusieurs plantes
qui croissent sur les bords de ses rives. C'est-là
que l'on voit les nymphes & les syrènes se jouer
& folâtrer sans cesse avec les naïades. Les ports
sont couverts d'une infinité de jolies barques
dorées, festonnées & magnifiquement ornées.
Une multitude de jeux & de ris voltigent sans
cesse autour, & des milliers de petits amours
vous engagent, par leur badinage, à venir y
prendre place ; mais ce n'est néanmoins que les
personnes qui paroissent dans l'opulence qui y
font reçues au son des instrumens les plus mé-
lodieux : pour les autres, ils se font conduire
sans bruit sur des bateaux plats, au risque d'être
submergés par les vagues.

Surpris de voir la prodigieuse quantité de
personnes de l'un & l'autre sexe aborder de

toutes parts, Zachiel m'apprit que les habitans
de ce monde font obligés, par une loi émanée
du confeil de l'Amour, de venir auffi-tôt qu'ils
ont atteint l'âge de puberté, fe faire enrôler
fous les étendards de ce dieu ; ce qui forme un
concours perpétuel de gens de tous états &
de toutes conditions qui viennent pour s'embarquer.

Nous traverfâmes rapidement cette mer pour
entrer dans une plaine bordée d'ombrages délicieux. Au milieu de la plaine s'élève le temple
de l'Amour. A droite eft une fontaine dont
l'eau brillante, claire & argentine, eft gardée
par un dragon d'une énorme groffeur, qui en
défend l'approche, & que Zachiel me dit être
la fontaine de jouvence. Dans les premiers tems
du monde, il étoit permis à toutes fortes de
perfonnes d'y venir puifer ; mais l'abus qu'on
a fait de ce tréfor a obligé les dieux de leur en
ôter l'ufage ; & Pluton, qui eft le prince de
tous les lieux fouterreins, en a commis la garde
à ce monftre.

A gauche eft une autre fource dont les eaux
ont la même propriété que celle du fleuve
d'oubli. C'eft dans ces eaux que l'inconftant
petit-maître & la coquette volage viennent fe
purifier avant d'entrer dans le temple de l'A-
mour : on voit ces deux fources fe joindre à un

grand canal qui eſt en face du temple, au milieu duquel eſt la ſtatue de la déeſſe Venus,
qu'on repréſente aſſiſe dans une coquille, en
l'état d'une perſonne qui ſort du bain : une des
graces paroît lui preſſer les cheveux encore
tout mouillés ; une autre achève de l'eſſuyer,
& la troiſième tient une robe prête à paſſer
dans ſes bras.

Nous nous avançâmes enſuite ſous le por-
tique du temple, qui forme différentes gale-
ries, au-deſſus deſquelles on a bâti de ſuperbes
appartemens qui ſervent de logement aux prêtreſſes chargées du ſoin d'orner les autels &
d'offrir au dieu les riches offrandes qu'on y
apporte. Plus loin ſont des bains chauds, des
cabinets de glaces, où l'ambre & les parfums
brûlent de toutes parts, & mille autres lieux
qu'elles ont inventés pour ſatisfaire la volupté.
Dans ces endroits délicieux on y reçoit toutes
perſonnes qui apportent de riches préſens ; car
pour les autres, ils ne peuvent jamais y être
admis.

Nous paſſâmes ſous une autre galérie ; au milieu étoit élevé un trône d'argent, ſous un dais
ſemé de perles & de diamans. Là étoit raſſem-
blée une foule de perſonnes des deux ſexes, qui
attendoient impatiemment l'arrivée de quelqu'un ; ils s'agitoient & paroiſſoient fort en

peine, lorſque je vis paroître une grande femme
vêtue d'une manière biſarre : une couronne de
myrthe ornoit ſa tête, & ſur ſon habit étoient
repréſentées les différentes paſſions qui agitent
les hommes ; ſon air étoit impoſant, ſa démarche fière & ſon regard menaçant ; elle ſe
plaça ſur le trône, & trois femmes qui l'accompagnoient ſe mirent à ſes pieds.

Quel eſt cette princeſſe, demandai-je à Zachiel ? Je ne puis croire que ce ſoit la mère de
l'Amour, & les trois perſonnes qui la ſuivent
ne reſſemblent nullement à l'idée que je me ſuis
formée des graces. Vous avez raiſon, dit le
génie, celle que vous voyez ſur le trône ſe
nomme la paſſion ; ſes ſuivantes ſont la folie,
la méfiance & la jalouſie. On voit rarement
paroître la paſſion ſans les trois femmes qui
l'accompagnent.

Cette ſouveraine, s'adreſſant à toute l'aſſem-
blée, leur apprit les avantages que ſes troupes
venoient de remporter ſur l'empire de la raiſon. Vous n'ignorez pas, leur dit-elle, que
cette princeſſe n'a jamais ceſſé de me faire la
guerre, en traitant toujours mes fidèles ſujets
comme ſes plus cruels ennemis. L'inimitié qui
règne entre nous depuis ſi long-tems, loin de
vous rebuter, doit au contraire vous encourager à ſoûtenir la gloire de mon empire. Je

confens à vous donner encore de nouvelles marques de ma bienveillance, lorfque vous aurez renouvellé vos fermens de fidélité & d'obéiffance, & juré entre les mains de la folie que vous conferverez toujours une haine implacable à la raifon, ma plus grande en-nemie.

Toute l'affemblée fe leva en tumulte; & pour montrer à leur princeffe le zèle qu'ils avoient à exécuter fes ordres, ce fut à qui au-roit la gloire d'approcher le premier de la fo-lie, pour y prononcer le ferment qu'elle avoit elle-même dicté. A la fin de cette cérémonie, on entendit fonner une horloge qui annonçoit l'heure du berger; alors chacun prit fa maîtreffe par la main, & la conduifit dans les jardins qui font en face du temple, & dont toutes les allées aboutiffent à des cabinets ornés en de-dans des plus belles peintures qui repréfentent les divers attributs de l'Amour. Ces cabinets font entourés de rofiers, de jafmins, de lau-riers, de myrthes & de quantité d'autres ar-buftes.

Ne voulant point troubler les plaifirs de ces fortunés amans, Zachiel me conduifit vers le temple de l'Amour. La première porte étoit gardée par un homme vêtu comme on nous dépeint Mercure, avec des ailes aux talons; la feconde l'étoit par une nymphe d'une taille avantageufe & bien proportionnée : je fus frappé de fon éclat ; la blancheur de fon teint effaçoit celui de la neige ; je ne pus m'empêcher de foupirer, la trouvant fi femblable à Monime, que je la pris d'abord pour elle. Le génie me dit qu'elle fe nommoit la beauté ; elle le falua en paffant avec un fourire gracieux.

Parvenus dans l'intérieur du temple, je fus furpris de voir fufpendu au milieu de cet édifice, à douze pieds de hauteur, un vaiffeau dans lequel on voyoit un Amour qui tenoit le gouvernail. Ce vaiffeau, dit le génie, repréfente le cœur de l'homme ; les voîles qui femblent l'agiter font les défirs, & les vents qui les enflent font l'efpérance ; les tempêtes qu'il effuie font caufées par les inquiétudes & la jaloufie ; l'Amour qui le gouverne en eft le pilote ; c'eft lui qui commande dans le vaiffeau afin de le faire arriver au port, qui eft la jouiffance tous les plaifirs qu'il propofe. Cette lanterne de que vous voyez au haut du grand mât renferme fon flambeau pour éclairer fes favoris, & les avertir de profiter des biens qu'il leur prépare. A la pointe du vaiffeau étoient écrites ces maximes :

I. Nul ne peut participer à mes faveurs fans aimer. Le premier des plaifirs eft d'aimer, & d'être payé d'un tendre retour.

II. Attachez-vous à connoître l'humeur de la perſonne que vous voulez rendre ſenſible, afin de la ſervir ſelon ſes deſirs.

III. Si vous voulez plaire, joignez aux agrémens de votre perſonne un eſprit doux, complaiſant, attentif & prévenant, de tendres regards, des diſcours éloquens; avec de pareils avantages, le cœur qu'on entreprend d'attaquer réſiſte difficilement.

IV. La bonne conduite qu'on obſerve d'abord, doit décider du ſuccès de l'entrepriſe.

V. Ne dites que ce qui peut être agréable; & ne faites jamais rien qui ne ſoit utile à la perſonne que vous avez deſſein d'engager; c'eſt le moyen de ſe faire aimer.

VI. N'achetez jamais les faveurs d'une maîtreſſe; ce n'eſt que lorſqu'on eſt ſûr d'être aimé qu'on doit la rendre maîtreſſe de ſa bourſe auſſi-bien que de ſon cœur.

VII. N'ayez rien de caché l'un pour l'autre jamais; les biens & les maux ne doivent pcint ſe partager ſous mon empire.

VIII. Deux amans que j'ai unis doivent confondre leurs ames, & s'accoutumer à penſer, craindre & deſirer en commun.

IX. Fuyez l'avarice, les craintes, les ſoupçons & la jalouſie, ſi vous voulez conſerver mes faveurs.

Zachiel me fit relire cette dernière maxime, en me difant de la bien imprimer dans mon efprit, fi je voulois mériter d'être protégé par ce dieu. Je ne lui répondis que par un foupir.

Le temple fe remplit bientôt d'une foule de monde qui venoit invoquer l'amour, & le prier de leur être favorable. Zachiel me fit remarquer deux jeunes filles, dont les vœux étoient bien différens : l'une fe plaignoit que fon amant étoit trop entreprenant ; elle demandoit à l'amour qu'il rallentît fes defirs, afin de les rendre plus durables ; l'autre accufoit le fien d'un défaut contraire. Hélas! difoit-elle avec ferveur, pourquoi, puiffant dieu, as-tu permis que je me fois attachée à un homme fi timide & fi indifférent? Que ne puis-je me mettre fur l'offenfive, je lui ferois connoître mes defirs ; l'ingrat ne répond à aucune de mes avances : amour! fais qu'il devienne plus entreprenant, ou débarraffe-moi du feu qui me dévore. Je ne fuis contente ni de lui ni de moi. Je voudrois ne l'avoir jamais vu ; je voudrois le voir toujours ; je le crains ; je l'aime ; je le hais, & ne fai lequel de fes mouvemens me feroit le plus doux : dieu tout-puiffant! ôte-moi donc jufqu'à l'idée du plaifir que je me fuis formée de le rendre fenfible.

Une autre, pouffée par la jaloufie, s'avança pour prier le dieu de punir fon amant des foins qu'il rendoit à fa rivale ; le traître me punit de lui avoir montré trop de complaifance. Ah ! divin amour, par quelle loi barbare as-tu permis qu'on ne puiffe aimer trop fans fe voir aimer moins ? Une femme fe plaignit de la jaloufie de fon mari, & pria l'amour de lui infpirer de nouvelles rufes pour le tromper & lui voler fon argent, afin d'en faire part à fon amant. Une veuve enveloppée de crêpe entra d'un air vif & joyeux, pour demander à ce dieu la grace de bien profiter du tems de fon deuil, fans que cela puiffe l'empêcher de paffer à de fecondes noces.

Une béate fuivit d'un air modefte pour implorer l'amour, afin qu'il ranimât les feux d'un Flamine qui depuis long-tems la dirigeoit. Fais, difoit-elle à ce dieu, que je fois toujours belle, ou endort le dragon qui défend d'approcher de la fontaine qui rajeunit, afin que j'en puiffe puifer dans fa fource, & que par ce moyen j'aie toujours la préférence fur mes compagnes : fais auffi que ma rivale qui a entrepris de me difputer le cœur de mon amant, devienne hideufe, qu'elle paroiffe un monftre à fes yeux, comme elle en eft déja un aux miens.

Je vis paroître enfuite quantité de jeunes petits:

petits-maîtres, qui venoient demander d'être préférés à leurs rivaux. Les uns prioient l'amour de leur faire faire la connoiſſance de quelque vieille douairière qui fût très-riche, les fît dépoſitaires de tous ſes tréſors, afi d'avoir la liberté d'en faire part à leurs maîtreſſes. D'autres vieux barbons pleins d'amour propre, & toujours prévenus en leur faveur, poudrés, pouponnés, apprêtés comme des femmes, & parfumés de la tête aux pieds, demandoient à l'amour la grace de fixer de jeunes filles ſans qu'il leur en coûtât rien, & que leur union ne fût jamais troublée par la crainte ni par la jalouſie.

Nous viſitâmes auſſi des chapelles particulières où l'on conſerve les offrandes qui ont été envoyées pour acquitter les vœux qu'on a faits à l'amour. On en voit une multitude de la part des belles & de celles de leurs amans; l'un pour des faveurs ſecrètes qu'il a reçues, l'autre pour un mariage qui a établi ſa fortune; celle-ci pour avoir enlevé un amant à ſa compagne; une autre, pour s'être conſervé juſqu'à ſoixante ans avec les graces & les plaiſirs, dans une agréable fraîcheur, ſans aucun ſecours de l'art. Je paſſe bien d'autres vœux qu'un eſprit pénétrant devinera aiſément.

Nous fortimes du temple pour rentrer dans les jardins, où une foule d'Idaliennes fe promenoient. Le génie entra dans une allée fombre ; les arbres qui la compofoient étoient garnis de petites fleurs gris-de-lin d'une odeur très-agréable. Curieux de favoir le nom & la propriété de ces arbres, je le demandai à Zachiel : c'eft l'arbre de l'amour, me dit-il, qui ne peut croître dans aucun autre endroit du monde ; il ne fleurit que la nuit ou dans des lieux fombres ; il provoque à la tendreffe ceux qui le touchent, & renferme toutes fes fleurs au lever du foleil, c'eft pourquoi il eft expofé au couchant.

Nous paffâmes enfuite fous un berceau de myrthe, cet arbre eft confacré à l'amour. Ce berceau à demi couvert étoit rempli de petits-maîtres & de petites-maîtreffes : j'en remarquai une qui portoit dans fon action & dans fes regards des fignes certains de la difpofition de fon cœur ; fa beauté, fes graces, & un air de vivacité me firent naître la curiofité d'apprendre qui elle étoit : c'eft me dit le génie, la belle Aramire, qui a poffédé long-tems la tendreffe du prince Pétulant. Cette femme a facrifié à fon ambition l'amour d'un homme qui s'y étoit uniquement attaché : la gloire d'être choifie & préférée entre toutes fes compagnes, celle de paffer pour la plus belle , eft recherchée par les femmes de ce monde avec plus d'ardeur, de veilles & de foins qu'un homme n'en peut employer à briguer les premiers emplois de l'état. Aramire a long-tems trompé le prince par un amour feint qu'elle n'a jamais reffenti : elle n'aimoit en lui que le rang & la confidération qu'il lui donnoit par fon crédit ; fes complaifances ne tendoient qu'à fe maintenir dans un pofte qui la rendoit maîtreffe de difpofer de toutes les graces ; elle accordoit à la feule politique ce qui n'eft dû qu'à la tendreffe ; mais le prince , qu'un feint amour ne pouvoit longtems tromper , a enfin ouvert les yeux : éclairé fur la conduite d'Aramire , il ne lui a plus montré qu'un fouverain mépris. Cette femme ambitieufe n'a été fenfible qu'à la perte de fa faveur ; & pour fe dédommager d'avoir laiffé échapper une auffi belle conquête, elle vient ici facrifier à l'amour une partie des biens qu'elle a amaffés afin de pouvoir engager quelqu'autre dans fes fers.

# CHAPITRE VI.

### *Histoire d'Albion.*

D*e* retour au palais, le génie ne me permit
pas de rejoindre Monime ; il connoiſſoit ma
foibleſſe, c'eſt pourquoi il m'engagea de reſter
auprès de lui ſous un berceau de roſes & de
jaſmins qui termine une terraſſe à perte de vue :
là ſe raſſemble chaque jour ce qu'il y a de plus
grand à la cour ainſi qu'à la ville. Zachiel, pour
diſſiper mes ennuis, eut encore la complaiſance de m'amuſer par le récit de quelques
aventures arrivées à ceux qui paſſoient devant
nous.

Un jeune homme fait à peindre & beau
comme l'amour, fixa mes regards : c'eſt Albion, me dit Zachiel, le ſeul qui pourroit être
comparé au prince Pétulant par les graces de
ſon eſprit & celles que vous remarquez dans ſa
perſonne. Avant que le véritable amour l'eût
aſſujetti ſous ſes loix, la grandeur de ſa naiſſance & l'élévation de ſa fortune ne lui avoient
inſpiré que de la fierté, de l'orgueil & de l'a-
mour propre, cependant il étoit généreux lorſqu'il s'offroit des occaſions de l'être ; mais il
avoit tant de fatuité, qu'il auroit cru avilir ſon

rang en prévenant quelqu'un pour l'obliger ;
sans doute qu'il craignoit de s'humilier en se
rendant aimable. Il n'estimoit & ne mettoit au
nombre des hommes que ceux qui par leur
naissance & les titres dont ils étoient décorés,
ou bien ceux que l'opulence pouvoit mettre
en état de lier un commerce de société avec lui ;
les autres, il les regardoit comme des gens qui
ne méritoient pas ses attentions : aussi les premiers étoient-ils les seuls qu'il obligeoit, parce
qu'il n'imaginoit de reconnoissance flatteuse que
la leur. Ce n'étoit qu'au rang de ceux sur lesquels tomboient ses bienfaits qu'il mesuroit le
plaisir qu'on a à les répandre. La misère la
plus touchante lui étoit inconnue, dès que le
malheureux ne présentoit à sa générosité qu'une
personne obscure qui ne lui eût offert qu'un
exercice ignoré & sans faste.

Cependant Albion paroissoit naturellement
sensible, mais son cœur se roidissoit contre la
bonté de son ame, & sa fierté vouloit toujours
trouver dans les sujets un vain éclat qui an-
nonçât ses bienfaits. Il ne reconnoissoit point
encore cette aimable façon de donner qui ravit,
pour ainsi dire, l'ame de celui que son infortune oblige à recevoir, en lui dérobant ce qu'il
y a d'humiliant pour ménager son amour propre ; c'est ce qui fait naître ordinairement la

plus vive reconnoissance, au lieu qu'en se faisant arracher un bienfait, la personne malheureuse qui s'est vue dans la dure nécessité d'in-
sister, a souvent besoin de toute sa vertu pour
n'être pas indignée du bienfait même, par les
peines qu'elle a eues à l'obtenir, & par la façon
désobligeante dont on s'est servi pour le lui
accorder, comme si on eût craint de donner à
ses maux un double soulagement.

Albion étoit cependant équitable, mais il
n'étoit pas toujours bon. On peut dire qu'il
réunissoit dans son caractère autant de défauts
que de perfections ; c'étoit un composé de
mille qualités contraires, & l'on étoit tenté
de croire que la nature en le formant s'étoit
fait un plaisir de broyer & de pétrir deux ames
ensemble, entièrement différentes l'une de
l'autre. Dès qu'il aima, ce ne fut plus le même
homme ; l'amour opéra ce miracle ; il le pur-
gea de tous ses défauts.

Lisis, jeune personne dénuée de biens &
de naissance, sut néanmoins le fixer, & re-
fondre, pour ainsi dire, les mauvaises dispositions de son ame en des sentimens purs &
délicats. Elevée par les soins d'une mère tendre,
vertueuse & remplie d'un rare mérite, l'éducation qu'elle en avoit reçue lui avoit épuré
le cœur, & inspiré la noblesse des sentimens

jufqu'alors Lifis n'avoit connu ni l'amour ni fes traits.

Ce fut dans une promenade qu'Albion la vit pour la première fois. La richeffe de fa taille, les graces de fa figure, jointes à un air vif & modefte, le charmèrent d'abord : on diroit qu'il n'appartient qu'à Lifis d'imprimer ce riant du plaifir, & ce tendre du fentiment, que la régularité des traits exclut prefque toujours d'un beau vifage. Albion, frappé du premier coup d'œil, ne put s'empêcher d'admirer cette jeune perfonne ; un charme fecret l'entraînoit vers elle, & lorfqu'elle fortit, il la fit fuivre pour apprendre fa demeure. La fimplicité de fon ajuftement lui faifoit déjà regarder Lifis comme une conquête facile à enlever, ne préfumant pas qu'une fimple bourgeoife ofât lui réfifter. Impatient de revoir la belle, Albion lui rendit dès le lendemain une vifite ; mais Lifis, furprife de l'honneur qu'elle recevoit, parut d'abord un peu troublée ; fon front fe couvrit d'une rougeur que la modeftie faifoit naître, & les loix que la nature grave dans un cœur innocent l'obligérent de baiffer les yeux. Raffurez-vous, lui dit fon amant, car il l'étoit devenu du premier de fes regards, ne rougiffez point de votre fituation, l'indigence ne fait rien perdre au mérite ; je viens mettre à vos

Y iv

pieds mon rang & ma fortune, trop heureux
si je puis mériter par mes soins & mes attentions, l'espoir de pouvoir un jour vous rendre
sensible à mon amour.

J'ignore, dit Lisis, qui avoit eu le tems de
se remettre de son trouble, quelle idée vous
avez conçue de moi; mais pour répondre à
votre brusque déclaration, j'ose vous assurer
que mon cœur n'est point fait pour vous,
quoique née dans un état fort au-dessous du
vôtre: contente de mon sort, les richesses ni
les grandeurs ne sauroient m'éblouir; & ce
cœur que vous prétendez attaquer si brusquement est formé de façon, qu'il ne peut jamais
se livrer qu'à la tendresse, & non pas à l'ambition; je vous supplie donc de retrancher vos
visites.

Une réponse aussi ferme & aussi positive
surprit infiniment Albion. Peu accoutumé à
trouver de la résistance dans ses projets, par
les liaisons qu'il avoit toujours formées avec
de ces femmes, dont la vertu s'apprivoise à
la vue d'une bourse remplie d'or, il vit bien
qu'il falloit changer de note. Après lui avoir
dit tout ce que la galanterie put lui dicter de
plus tendre & de plus séduisant, il la quitta
beaucoup plus amoureux qu'il n'étoit en entrant chez elle.

Albion continua ſes viſites, malgré les oppo-
ſitions que Liſis employa pour en arrêter le
cours. Il mit en œuvre tout ce que ſon imagination put lui dicter pour la ſéduire ; riches
préſens, billets tendres : tout fut envoyé, rien
ne fut reçu. Cependant Liſis l'aimoit ; l'amour
l'avoit ſans doute frappée des mêmes traits ;
mais elle craignoit ſon inconſtance.

Un jour Albion préſenta à Liſis un écrain
rempli de diamans qu'elle refuſa ; il en fut pénétré ; pourquoi, lui dit-il, vous obſtiner à
refuſer des hommages qu'on doit à votre beauté ?
Je ſais que vous n'avez pas beſoin d'ornemens
pour vous faire briller. Que craignez-vous de
moi ? Soyez certaine que les bienfaits que l'on
reçoit de la part d'un ami ne ſauroient jamais
humilier. Il y a trop de diſproportion de vous
à moi, dit Liſis, pour que j'oſe prendre cette
qualité. Ah ! vous me déſeſpérez, dit Albion ;
l'amour n'égale-t-il pas tout ce qu'il ſoumet à
ſon pouvoir ? Mais on me hait, & l'on m'envie
juſqu'au bonheur de protéger le mérite, & de
tendre aux malheureux une main bienfaiſante.
Je conviens que ſi la fortune vous avoit été
auſſi favorable, que la nature vous a été prodigue, ce feroit vous avilir que de recevoir
des préſens ; mais lorſque je vous vois, plongée dans la plus cruelle indigence, refuſer

les secours d'un ami qui met sa gloire à vous
les offrir, c'est lui marquer bien de la haine
& du mépris, que de vouloir préférer son
infortune au plaisir de l'obliger. Lisis touchée
de la douleur de son amant, le rassura sur ses
craintes, & consentit enfin de recevoir de lui
tous les dons qu'il voudroit lui faire.

Albion commença par lui acheter une très-
belle maison, qu'il fit meubler magnifiquement. Il l'engagea ensuite à recevoir ses amis,
& bientôt on vit se rassembler chez elle les
meilleures compagnies de la ville, que son
esprit & sa bonne conduite y attiroient. Albion,
dont l'amour augmentoit chaque jour, pressa
Lisis de finir son martyr en se rendant à ses defirs; ses poursuites se renouvelloient sans cesse.
Un jour il employa les termes les plus séduisans
& les plus vives sollicitations : arrêtez, cruel,
lui dit-elle, d'un ton ému, sont-ce là les promesses que vous m'avez faites de respecter toujours ma vertu? Est-ce en cherchant à me séduire que vous prétendez être heureux? Quoi
donc! l'apanage de la beauté seroit-il d'inspirer
le crime? Apprenez que le véritable amour ne
se produit qu'avec modestie, & qu'il n'agit jamais que d'une façon honorable pour l'objet
qui l'a fait naître : si vous continuez de m'offenser par vos discours, vous m'obligerez de

renoncer à vous voir ; & si vous exigez, pour prix de vos bienfaits, des reconnoissances indignes, vous pouvez dès ce jour les reprendre.

Ces paroles firent trembler Albion ; il promit de se conformer à ses volontés : l'envie qu'il avoit de fixer le cœur de Lisis & de se l'attacher pour jamais, fit insensiblement disparoître ses défauts ; l'amour les purifia tous. Il est vrai que Lisis employa aussi toutes sortes de moyens pour perfectionner son amant, & ce ne fut que par sa douceur, ses attentions & sa complaisance, qu'elle parvint enfin à lui faire renoncer à cet excès d'amour-propre, de fatuité & d'entêtement, qui enveloppoit toutes ses bonnes actions. C'est aux soins de cette aimable personne qu'il doit l'estime & l'admiration qu'on a aujourd'hui pour lui. Toute la cour voit avec plaisir une union qui, sans doute, durera autant qu'eux.

Quelques mois avant que Monime parût à la cour, le prince Pétulant, qui avoit entendu parler de Lisis comme d'un prodige d'esprit, de graces & de beauté, & qui réunissoit tous les talens imaginables, crut d'abord qu'il n'auroit qu'à paroître pour s'en faire aimer. Il lui rendit des soins assidus ; mais Lisis, dont l'esprit est toujours ferme & constant, craignant que les fréquentes visites du prince ne don-

naſſent de l'inquiétude à ſon amant, aſſura Pétulant, avec autant de nobleſſe que de généroſité, que comme ce n'avoit jamais été ni
l'éclat des grandeurs, ni l'appât des richeſſes
qui l'avoient déterminée dans le choix qu'elle
avoit fait d'Albion, mais uniquement le penchant de ſon cœur, elle ſe croyoit obligée de
le ſupplier de ceſſer ſes pourſuites, puiſque
rien au monde ne ſeroit capable de la faire
changer, perſuadée que ſon amant auroit toujours les mêmes égards. Pétulant déſeſpéré
qu'une ſeule femme oſât lui réſiſter, lui qui n'a-
voit point encore trouvé de cruelles, redoubla
ſes efforts & employa toutes les voies imaginables pour toucher le cœur de Liſis.

Le véritable amour eſt preſque toujours accompagné de jalouſie ; les aſſiduités du prince
inquiétèrent Albion : n'oſant d'abord les faire
connoître, il commença par bouder & mettre
de l'humeur dans tout ce qu'il diſoit ; mais ce
qui le mit au déſeſpoir, ce fut un bal que Pétulant donna à Liſis, où elle ne put ſe diſpenſer
d'aſſiſter : il s'imagina qu'éblouie par le rang &
les grandeurs, elle s'étoit enfin rendue aux
pourſuites du prince. Albion, troublé par la
jalouſie, vint le lendemain ; ſon agitation ſe
manifeſtoit dans toutes ſes actions ; il ſe jetta
dans un fauteuil ſans rien dire. Qu'avez-vous,

lui demanda Lifis ? Je ne puis concevoir ce qui peut mettre tant de trouble & d'altération dans votre efprit ; depuis plufieurs jours je ne vous vois plus que pour me quereller : je vous ai paffé toutes vos difparates ; mais à la fin elles commencent à m'ennuyer. Je le crois, dit Albion d'un air furieux, & n'ignore pas que ma préfence vous importune ; entièrement li-vrée au prince, je trouble fans doute un tête à tête qui vous doit être plus agréable que le mien ; car ne vous imaginez pas, perfide, que j'aie attendu fi tard à m'appercevoir que vous m'avez facrifié à votre nouvelle conquête ; je me fuis fait affez de violence pour ne vous en rien témoigner lorfque je n'ai eu que des in-dices de vos trahifons. Vous pourriez ménager vos termes, dit Lifis, fongez qu'ils m'offenfent. Peu m'importe de vous offenfer, reprit Albion ; mon intention n'a point été de vous faire des complimens, puifqu'il m'eft impoffible de con-traindre plus long-tems mon reffentiment ; mais fi vous croyez m'avoir prévenu par votre chan-gement, je fuis bien-aife de vous dire qu'il y a dèja long-tems que j'ai dégagé mon cœur de vos liens, & que je viens vous apprendre au-jourd'hui que je vais le porter à une jeune per-fonne qui eft, au moins, auffi belle que vous, & qui, fans doute, ne fera jamais fi perfide.

Lifis, défefpérée d'être accufée auffi injufte-
ment, lui dit avec beaucoup d'aigreur qu'il
étoit le maître de reprendre fon cœur & de le
donner à qui il voudroit ; mais vous ne devez
pas, ajouta Lifis, noircir par des calomnies celui que je vous avois donné, & que je fuis en
droit de retirer , puifque vous vous en êtes
rendu indigne par des foupçons auffi injurieux,
Vous deviez prendre un autre prétexte pour
devenir infidèle , que celui de m'accufer de
l'être. Quand vous ne m'auriez pas appris qu'il
y a déja long-tems que vous avez commencé à
dégager votre cœur , je ne fuis pas affez dé-
pourvue de jugement pour ne m'être point apperçue à votre humeur fombre & contrariante,
que votre amour étoit entièrement éteinte ; il
n'étoit donc pas néceffaire de m'infulter fur le
peu de mérite que je puis avoir. Je ne fais nul
doute que la perfonne que vous avez choifie
ne foit parfaite ; mais quelque précaution que
vous puiffiez prendre , je crois néanmoins qu'il
vous fera affez difficile de faire le choix d'une
qui vous foit auffi fidelle : voilà, à mon tour,
ce que je fuis bien-aife de vous apprendre , bien
moins pour vous défabufer que pour me fatisfaire. Ne foyez pas affez vain pour vous imaginer que la crainte de vous perdre me faffe
parler ainfi : foyez perfuadé , au contraire, que

je cherche moins à regagner la place que j'oc-
cupois dans votre cœur, qu'à vous faire connoître l'état du mien, & vous faire voir, en
même tems, qu'il est assez bien placé pour ne
vouloir pas descendre avec vous jusqu'à la jus-
tification. Elle entra ensuite dans son cabinet,
& en ferma la porte assez rudement, pour éviter d'entendre nombre de mauvais propos que
son amant débita avec beaucoup de volubilité.
Il resta long-tems à écouter à la porte du cabinet, quoiqu'il fût très-sûr qu'il n'y avoit personne lorsque Lisis y entra, & qu'il n'y eût
point d'autre issue, à moins de passer par la fe-
nêtre & même au travers des barreaux ; car les
croisées de ce cabinet étoient toutes grillées :
mais quand un homme se laisse aveugler par les
passions, il ne peut plus écouter les conseils de
la raison.

Jusqu'alors Albion ne s'étoit point encore in-
géré de donner des ordres chez Lisis ; & quoiqu'elle tînt de lui tout son bien-être, il l'avoit
toujours assez respectée pour ne lui pas faire
sentir le prix de ses bienfaits, se trouvant même
comblé de la préférence qu'elle lui avoit accordée sur ses rivaux ; & chaque présent qu'elle
recevoit avoit été regardé de sa part comme
une nouvelle faveur. Ces principes de délicatesse, dont il ne s'étoit point écarté, furent

anéantis; toute la plénitude de fon orgueil &
de fon amour-propre reprit le deffus. Il commença par fe donner des airs de maître, fit défendre la porte, & ordonna qu'on lui préparât
à fouper.

Lifis, qui, de fon cabinet, pouvoit entendre
tout ce qui fe paffoit, laiffa faire à fon amant
tant d'impertinences qu'il lui plut, bien réfolue
de l'en punir dès la nuit même. Albion, après
avoir donné l'effor à fa bile, jugea par le filence que Lifis gardoit, que tel bruit qu'il pût
faire chez elle, fans doute elle étoit déterminée de ne point paroître y faire d'attention : c'eft pourquoi il prit enfin le parti de
retourner chez lui, afin de s'y défefpérer tout
à fon aife.

Auffi-tôt que Lifis l'eut entendu fortir, elle
fit defcendre celle de fes femmes qui lui étoit
le plus affectionnée, pour l'accompagner chez
une de fes parentes, où elle demeuroit lorfqu'elle fit la connoiffance d'Albion : elles fortirent donc l'une & l'autre, fans que les autres
domeftiques s'en apperçuffent. Califte eft le
nom de cette parente, qui, furprife de la voir
arriver fi tard, & dans un ajuftement qui fe
reffentoit du défordre de fon efprit, lui en
demanda le fujet : mais Lifis ne put la fatisfaire fans répandre beaucoup de larmes : le
coeur

cœur pénétré de la plus vive douleur des injustes procédés de son amant, elle n'en put
soutenir le poids ; dès la nuit même elle fut
attaquée d'une grosse fièvre, qui pensa la conduire au tombeau.

Dès qu'il fut jour, Albion, qui n'avoit seulement pas songé à se mettre au lit, & à qui
les heures avoient paru des journées, par l'envie qu'il avoit de reprocher encore à Lisis une
infinité de choses qu'il croyoit avoir oubliées,
& dont il ne vouloit pas lui faire grace d'un
mot, se rendit chez elle dans le dessein de
l'accabler de nouvelles injures. Les domestiques de Lisis, qui ignoroient qu'elle eût quitté
sa maison, lui dirent qu'il n'étoit pas jour ; il
fallut, malgré son air d'autorité, qu'il prît patience, jusqu'à ce qu'il plût à sa maîtresse de
sonner pour annoncer son réveil ; mais l'heure
ordinaire étant plus que passée, chacun d'eux
commença à être inquiet. Albion, qui sentoit
augmenter son trouble, les pressa d'entrer dans
l'appartement de Lisis : elle s'est peut-être
trouvée mal, leur dit-il. Déjà sa colère s'ap-
paisoit, son amour alloit reprendre de nouvelles forces, lorsqu'en ouvrant lui-même la
première porte de son appartement, il fut très-
surpris de trouver toutes les autres ouvertes.

On peut aisément se peindre le désespoir

d'Albion; il parcourut vingt fois toutes les chambres, les cabinets, les boudoirs & les garde-robes, rien ne s'offrit à fa vue que le portrait de Lifis, qu'il avoit lui-même fait tirer de plufieurs façons différentes. Ne pouvant d'abord comprendre quel parti elle avoit pu prendre, comme les amans fe plaifent d'ordinaire à faire naître des monftres pour avoir enfuite la gloire de les combattre, notre amant furieux fe mit dans la tête qu'elle étoit partie avec le prince pour quelqu'une de fes maifons de plaifance; cette idée le détermina à s'attacher fur les pas du prince, il le fuivit donc comme fon ombre.

Pétulant, qui ignoroit tous les défordres qu'il avoit caufés, fe préfenta plufieurs fois chez Lifis : d'abord on lui dit qu'elle étoit fortie ; un autre jour, qu'elle étoit en campagne. Les domeftiques ne pouvant lui dire dans quel lieu elle étoit, il ne crut pouvoir mieux s'adreffer pour l'apprendre qu'à Albion; celui-ci, furpris de la queftion, ne put y répondre, puifqu'il l'ignoroit lui-même ; mais loin qu'elle l'éclairât fur fes injuftes foupçons, il ne regarda cette queftion que comme une rufe de la part de Pétulant; c'eft pourquoi il redoubla fon affiduité à le fuivre.

Cependant au bout d'un certain tems, Albion

n'appercevant rien qui pût dénoter aucune intelligence de la part du prince avec Lifis, commença à réfléchir fur fa conduite : un peu mieux
d'accord avec lui-même, il convint qu'il pourroit bien s'être trompé fur les conjectures qu'il
avoit tirées des fréquentes vifites de Pétulant.
Ces réflexions le mirent dans le dernier défefpoir : il fe rappella toutes les injures qu'il
avoit faites à Lifis, qu'il fe promit de réparer
par tout ce qui feroit en fon pouvoir. Mais où
la prendre cette Lifis qui lui étoit fi chère, &
que néanmoins il avoit infultée, au point de
la forcer à renoncer à tous les dons qu'il lui
avoit faits ? Il lui vint alors dans l'efprit qu'elle
pourroit bien s'être retirée dans fon ancienne
demeure : il y courut avec un trouble & une
agitation difficile à décrire ; il demande à parler
à Lifis ; on lui dit fimplement qu'elle n'eft pas
vifible : l'après-midi il fe préfente ; on lui fait
la même réponfe, & pendant plufieurs jours
il n'en put obtenir d'autre.

Albion, fans fe rebuter d'un procédé qu'il
avoit fi bien mérité, continua fes vifites ; enfin, à force d'importunité, on le fit entrer un
jour dans une falle où il trouva Califte d'un
air fort trifte : c'eft en vain, lui dit-elle, que
vous vous obftinez à vouloir parler à Lifis,
elle eft trop irritée contre vous, pour que

vous puiffiez jamais efpérer d'obtenir votre
pardon. Elle m'a chargée de vous dire que vous
trouverez dans la maifon qu'elle tenoit de vos
bienfaits, tous les dons que vous avez pu lui
faire; qu'elle y renonce, & vous demande
pour dernière faveur celle de l'oublier pour
jamais. Eh! le puis-je, s'écria Albion, ma chère
Califte? Par pitié, accordez-moi la grace de
me faire parler à Lifis; je veux mourir à fes
pieds, fi je ne puis obtenir mon pardon.

Ne vous flattez plus de revoir Lifis, dit
Califte; elle eft à l'extrémité, & c'eft vous,
cruel, qui lui avez donné la mort; ce font
vos injuftices qui l'ont tuée. Qu'entens-je! s'é-
cria Albion; Lifis eft malade; elle eft à l'extrémité, & elle ne m'a rien fait dire; je fuis
perdu dans fon cœur & dans fon efprit. Quoi,
ce cœur que j'avois rendu fenfible eft-il fermé
pour moi fans retour? Oui, dit Califte, puifqu'elle ne veut plus ni vous voir, ni même
entendre parler de vous. Ah! c'en eft trop,
reprit Albion, je ne puis réfifter à ma douleur;
fes yeux fe troublèrent, & il tomba fans connoiffance. Califte, effrayée de le voir dans cet
état, appella du fecours, & à force de foins
on le fit revenir; mais dès qu'il eut repris l'u-
fage de fes fens, ce ne fut que pour demander
Lifis. Califte, pour adoucir fes maux, promit

enfin de parler en fa faveur, & de mettre tout
en ufage pour obtenir fon pardon ; cette pro-
meffe le tranquillifa un peu.

Lorfqu'Albion fut forti, Califte rendit compte
à Lifis du défefpoir de fon amant ; elle lui peignit avec des couleurs fi naturelles fon repentir, fon trouble & fes alarmes, que la tendre
Lifis ne put encore s'empêcher de le plaindre.
Si je croyois, dit-elle, fon repentir fincère, je
t'avouerai, ma chère Califte, que je trouve-
rois de la douceur à lui pardonner. Crois-tu,
ma bonne amie, qu'il m'aime encore ? N'en
doutez pas, reprit Califte ; des mouvemens
auffi violens que ceux qu'il vient d'éprouver
ne peuvent partir que d'un cœur pénétré de
la plus vive tendreffe. Hélas ! dit Lifis, que
de maux ce cruel m'a caufés ! mais je veux
bien les oublier en faveur de l'amour : je te
permets, ma chère, fi ma fanté fe rétablit, de
lui donner quelques efpérances.

L'amour eft un grand médecin ; le plaifir que
Lifis reffentit en apprenant le retour de fon
amant, fervit comme d'un baume qui ranima
bientôt fes forces ; & Califte qui vit qu'elle
n'avoit plus rien à craindre pour fes jours,
écrivit à Albion cette heureufe nouvelle, en
ajoutant que Lifis commençoit à fe radoucir,
& que de la conduite qu'il tiendroit dépendoit

son pardon. Cette assurance fit renaître le calme dans le cœur de notre amant ; il courut chez Caliste, pour lui dire qu'il consentoit de se soumettre à toutes les épreuves qu'on voudroit exiger de lui. Lisis, contente de sa soumission, permit enfin qu'il parût devant elle.

Lorsqu'Albion entra dans la chambre de Lisis, il s'avança d'un air abattu, en portant douloureusement sur elle des regards pleins de langueur : mais rencontrant ses yeux, où l'amour paroissoit vivement exprimé, il s'arrête ; une joie subite, tendre & naïve anime les siens, colore son visage ; & enflammé du desir de se convaincre de son bonheur, il la regarde plus fixement. Achevez de vous rassurer, dit Lisis, d'une voix que l'émotion rendoit encore plus foible, venez lire dans mes yeux le pardon qu'ils vous annoncent. Albion, transporté hors de lui-même, se jetta à ses genoux, trop pénétré de desir pour pouvoir parler, il ne s'exprima d'abord que par la vive ardeur dont il les tenoit embrassés. Cette expression passa dans l'ame de Lisis ; elle fit relever son amant, & oubliant alors toutes ses injustices, elle lui parla avec beaucoup de tendresse ; la paix entre ces deux amans fut enfin cimentée par leur mariage.

Pétulant a long-tems couru de conquête en

conquête, fans pouvoir s'y fixer, ni ceffer de regretter de n'avoir pas connu Lifis avant qu'elle fe fût attachée à Albion. Cette gloire n'étoit réfervée qu'à Monime; la reffemblance qu'il rencontra dans fon caractère l'auroit enchaîné pour toujours, fi le deftin ne s'oppofoit à fon bonheur. Il eft malheureux pour ce prince de ne s'attacher véritablement qu'à des perfonnes dont la deftinée n'eft pas de le rendre heureux; ainfi, mon cher Céton, vous devez ceffer d'exercer fur lui votre injufte jaloufie; je ne vous ai raconté cette hiftoire que pour vous engager à le plaindre, & à modérer une paffion qui paroît affujettir tous les mouvemens de votre ame. Je conviens, ajouta Zachiel, qu'un cœur fortement attaché à un objet plein de charmes, ne peut voir fans colère ce qu'il aime, favorifer un autre; mais fi le dépit l'excite, bientôt l'amitié l'appaife; & lorfqu'il croit haïr, il ne fait qu'aimer davantage. Si vous vous rendez à mes confeils, vos tourmens feront bientôt changés en plaifirs, & je vous affure que, quoiqu'il puiffe arriver, Monime ne fera jamais à perfonne fans votre confentement. Vous ne devez pas non plus vous alarmer des tendres fentimens qu'elle a conçus pour le prince, ils font involontaires; l'influence de cette planète agit feule fur fon cœur;

& pour me prouver votre docilité à fuivre mes ordres, je veux que vous reftiez auprès de moi jufqu'au jour que Monime a choifi pour fe rendre dans le temple ; alors fi je vous trouve affez ferme & affez raifonnable pour être temoin de leurs fermens , fans montrer ni jaloufie ni foibleffe , je vous permettrai d'y affifter.

# CHAPITRE VII.

*Mariage du prince Pétulant avec Monime.*

SOULAGÉ par les promeffes du génie , je reftai auprès de lui fans prefque fonger à Monime , par les foins que prit Zachiel de m'amufer toujours de nouvelles hiftoires auffi inftructives qu'intéreffantes. Un jour nous promenant dans les jardins de la reine , j'apperçus une jeune perfonne qui me parut charmante ; &, quoique fous ma figure de mouche , je ne pus me garantir des influences de la planète , qui fans doute fe répandent fur tout ce qui refpire , & je crois que s'il eût été en mon pouvoir , je me ferois volontiers confolé auprès d'elle des mépris de Monime. Zachiel ne put s'empêcher de rire ; lorfqu'il me vit voltiger autour d'elle, en tâchant de lui dérober quelques faveurs ; quoiqu'il fît pour me rappeller, je fus long-tems fans vouloir la quitter.

Je vous admire, dit Zachiel ; quoi, dans le même inftant que vous vous plaignez amèrement de Monime, & croyez être en droit de condamner fon inconftance, lorfqu'elle eft forcée de vous méconnoître, puifqu'elle ne conferve aucune idée d'avoir jamais été mouche, qu'elle a même oublié tout ce qui lui eft arrivé pendant le cours de fa vie, & que par conféquent elle ne peut fe reprocher d'être infidelle ! Mais vous, Céton, qui ne devez point avoir perdu la mémoire des tendres fentimens qu'elle vous a fait connoître, & qui devriez toujours en conferver la plus vive reconnoiffance, de quel droit pouvez-vous exiger que Monime renonce à fa fortune ? Les fentimens qu'on a pour un frère, diffèrent entièrement de ceux qu'on reffent pour un amant. Si je n'attribuois votre extravagante façon de penfer à la malignité des influences qui dominent fur ce monde, je vous en aurois déjà puni. Cependant malgré la violente amitié qui vous porte fans ceffe vers Monime, cette ardeur n'empêche pas que vous ne cherchiez à plaire à un autre objet, fans réfléchir que vous vous rendez coupable d'ingratitude. L'extravagance

de votre projet vous a-t-il déjà fait oublier
votre impuiſſance ? & ne craignez-vous pas
de vous donner à mes yeux de nouveaux ridicules ? Convenez du moins de votre foibleſſe
après cette diſparate , & que Momine fait voir
encore beaucoup plus de force que vous n'en
montrez ; ſa vertu ſe ſoutient ſans mon ſecours.
Quelle eût donc été votre conduite, ſi, comme
elle , je vous avois laiſſé livré à vous-même ?
Vous auriez ſans doute couru après le premier objet qui ſe ſeroit préſenté à vos yeux.

Les réflexions du génie me firent rougir en
moi-même ; rien ne s'offrit à mon eſprit qui
pût me juſtifier. Connoiſſez vous, pourſuivit-il,
la perſonne qui vient de vous charmer ? C'eſt
une femme du bon ton, femme à la mode,
& courue de tous les petits-maîtres ; femme
qui réunit dans ſon caractère mille qualités
contraires : vive juſqu'à la légéreté, quelquefois même juſqu'à l'emportement ; coquette
juſqu'à l'excès, ſon eſprit n'eſt pas fait pour
languir dans une indolente indifférence, & la
ſource du feu que vous voyez briller dans ſes
yeux anime toutes ſes actions : poſſédée du deſir
de plaire, elle ne fait conſiſter ſa gloire que
dans la multitude de ſes conquêtes, dût-elle
les acheter par des foibleſſes, lorſqu'elle ne
voit que ce moyen pour arrêter un amant ou

le retenir dans ses chaînes ; mais plus tendre
& plus passionnée qu'une autre pour celui qui
a trouvé l'art de la rendre sensible, & capable
dans ses momens de réflexion de penser avec
plus de justice & de force, que l'homme le
plus distingué par ces deux qualités ; avec cela
généreuse, bonne, spirituelle, fine sans malignité, toujours prête à obliger par des services & par des soins ; aussi séduisante par l'a-
grément de son humeur enjouée & de ses manières galantes, que par les charmes de sa figure : enfin cette femme est d'un esprit libre
& dégagé des préjugés ; elle peut dire qu'elle
fait la réputation de tous les petits-maîtres,
depuis qu'elle a perdu la sienne.

Souvent il arrive à la cour des Idaliens, que
l'habitude de se voir tient lieu d'amour. Les
gens de qualité sont en liaison intime avec des
femmes de leur espèce ; & sans scandaliser personne, ils occupent la même maison, le même
appartement ; ils ont la même table, les mêmes
sociétés, les mêmes plaisirs & les mêmes occupations. C'est par ce commerce qu'ils appren-
nent à connoître leurs défauts, à se les passer,
& à se dispenser de toutes sortes de bienséances
& de contraintes. Souvent ils se font de mu-
tuelles confidences, afin de mettre aussi en commun leurs satisfactions ou leurs peines.

Cependant ce n'eſt ni l'intérêt, ni le goût des plaiſirs, ni celui de la ſociété, ni l'amour qui les lie; la plupart ſe voient ſans empreſſement, s'abſentent ſans marquer le moindre chagrin, & même à peine leur arrive-t-il de ſe dire un mot de tendreſſe ; ils ſe refuſent ſouvent juſqu'aux ſimples égards de complaiſance qu'on a ordinairement pour le moindre étranger; ſemblables à des animaux qu'un même inſtinct attache l'un & l'autre, ſans ſavoir la raiſon qui les déterminent.

Malgré cette ſingulière façon de vivre, on entreprendroit inutilement de vouloir les faire renoncer aux liaiſons qu'ils ont formées, parce que dans la totalité de leur vie, ils ſe croient auſſi néceſſaires l'un à l'autre, que s'ils étoient unis par les liens les plus tendres. Comme ils ne ſont point aſſez délicats pour connoître le véritable amour, auſſi ne ſont-ils pas dignes d'en reſſentir toutes les délices, ni cette volupté pure qui fait le charme des vrais amans.

Les huit jours expirés, je ſuppliai Zachiel de me donner la liberté de ſuivre Monime au temple. Le génie m'y conduiſit lui-même, en m'aſſurant que cette épreuve ſeroit la dernière. J'eus beſoin de m'armer de nouvelles forces, lorſque je vis paroître Monime. L'incarnat de ſon teint effaçoit les plus vives couleurs de

l'aurore. Le prince Pétulant qui l'avoit dévan-
cée dès la première heure du jour, vint au-
devant d'elle pour lui préfenter la main. Le
feu de l'amour brilloit dans fes yeux ; il animoit toutes fes actions, & en s'avançant vers
l'autel, ce prince l'affura dans les termes les
plus tendres & les plus paffionnés de l'excès
de félicité dont il jouiffoit.

Après qu'ils eurent fait leur prière, le grand-
prêtre qui les attendoit, les fit entrer dans une
chapelle particulière, qui me furprit par fa
magnificence. Dans le fond de cette chapelle on
voit la ftatue de la déeffe Vénus, qui me parut
être un chef-d'œuvre de l'art. Cette figure eft
de porphire ; elle eft placée dans une niche
de marbre noir, entre des colonnes de même
couleur, pour en relever la blancheur : tout
ce que je vis me parut d'un goût exquis ; chaque
pièce y fait l'éloge des mains habiles qui y
ont travaillé, & toutes les cifelures en font
d'une fineffe admirable.

Lorfque le grand-prêtre eut prononcé quelques paroles myftérieufes, qu'il fit répéter aux
deux époux, il pria le ciel & toutes les conftellations de verfer fur eux la bénignité de leurs
plus douces influences. Témoin de leurs fermens, je ne pus les entendre fans me fentir
pénétré de la plus vive douleur. Il n'y eut

que deux jeunes seigneurs, confidens du prince,
qui affistèrent à leur mariage. Après que la cérémonie fut achevée, Pétulant & Monime se
séparèrent.

Je suivis Monime qui revint seule dans son
appartement. Taupette, confidente de son
amour, lui avoit préparé un lit couvert de
feuilles de rose, de jasmin, de violette & de
mille autres fleurs; c'est un usage établi depuis
long-tems chez les Idaliennes; peut-être est-ce
le parfum que ces fleurs répandent dans leurs
chambres à coucher qui leur occasionne ces
vapeurs, auxquelles sont sujettes toutes les
femmes du bon ton; & les hommes qui se
font gloire de les copier en tout, y sont aussi
fort sujets.

La volupté a encore introduit chez eux une
nouvelle méthode, qui ne se pratique guères
dans les autres mondes; cette méthode s'est
répandue chez les grands comme chez les petits, qui, lorsqu'ils se mettent au lit afin d'inviter le sommeil de répandre plus promptement ses pavots délicieux, & d'apporter sur
ses aîles les songes agréables, se font chatouiller
la plante des pieds, le dedans des mains & le
dessous du menton; & cela se fait avec une
si grande délicatesse, que leurs paupières se
ferment, & ils s'endorment dans l'instant.

Le prince vînt l'après-midi chez Monime ;
il s'étoit flatté de la trouver feule ; mais elle
étoit entourée de fes femmes, qui toutes s'em-
preffoient à la parer aveec un foin extrême. A
quoi fervent ces vains ornemens, lui dit-il ?
Votre beauté efface tout ce que l'art a pu inventer, & je ne vois rien dans ces parures
qui ne cache quelqu'un de vos attraits. Pétulant s'approchant de l'oreille de Monime, la
pria de renvoyer fes femmes, & de paffer dans
fon cabinet. Elle s'en défendit fur divers prétextes ; mais vaincue par l'ardeur du prince,
& peut-être par fes propres defirs, elle confentit enfin de l'attendre après minuit dans fon
appartement, & promit qu'elle auroit foin d'en
écarter fes femmes. Le prince, tranfporté de
cette affurance, la quitta fur la fin du jour : la
joie & la fatisfaction étoient peintes dans fes
yeux.

Le trouble qui m'agitoit me fit fuivre Pétulant fans aucun deffein. Lorfqu'il fut entré
dans fon appartement, il ordonna à fon premier valet de chambre de lui faire préparer un
bain d'eau de bouquet avec force ambre : fes
ordres furent promptement exécutés. Je le
quittai pour rejoindre Monime, que je rencontrai qui alloit faire fa cour à la reine. Malgré mon trouble & mon agitation, je ne pus

m'empêcher d'admirer la majesté de son port ;
& les graces qui l'accompagnoient ; on l'auroit
prise pour la déesse de la beauté : il est vrai
que rien n'embellit plus que la satisfaction intérieure de l'ame. Ses yeux brilloient d'un feu
si vif, qu'il étoit presqu'impossible d'en soutenir
l'éclat ; son teint étoit animé, & un air riant
& galant régnoit dans toute sa personne.

La reine, loin de soupçonner qu'on eût osé
enfreindre ses ordres, combla Monime d'éloges
les plus délicats, & lui fit beaucoup de caresses. Cette princesse, par cette réception,
vouloit sans doute lui faire oublier le ressentiment intérieur qu'elle pouvoit conserver des
oppositions qu'elle avoit apportées pour son
alliance avec le prince. Quoi qu'il en soit, les
louanges dont elle l'honora donnèrent le ton
à toutes les personnes qui étoient présentes ;
les dames lui firent mille complimens sur ses
parures, comme pour faire entendre que ce
n'étoit qu'à ces vains ornemens qu'elle devoit
une partie de sa beauté ; car elles n'en dirent
pas un mot, non plus que de ses graces : mais
en récompense les courtisans n'en oublièrent
aucune, & jusqu'au moindre sourire obtint
d'eux un éloge particulier.

Lorsque la reine eut soupé, sa majesté passa
dans son cabinet, où elle étoit attendue par
son

son premier ministre, pour y régler quelques affaires concernant son état. Chacun se retira. Pour Monime, elle fut accompagnée jusques dans son appartement par une foule de courtisans, qui tous s'empressoient à lui faire la cour. Pour ne la point perdre de vue, je me plaçai sur une aigrette de diamans, dont sa tête étoit ornée.

Dès que Monime fut entrée dans son cabinet, elle se plaignit d'un grand mal de tête ; ses femmes en parurent alarmées ; toutes lui étoient fort attachées : pour moi, oubliant les assurances que le génie m'avoit données, aveuglé par mille différentes passions, je me figurois d'abord que ce n'étoit qu'un prétexte dont elle vouloit se servir pour se débarrasser de ses femmes ; mais quelle fut ma surprise & mon désespoir, quand je la vis tomber sans connoissance ; je fis un cri, qui heureusement ne fut entendu de personne. Oubliant alors toute la haine que je croyois avoir conçue pour cette infidelle, je ne me ressouvins plus que de mon amour. Désespéré de mon état de mouche, qui m'ôtoit jusqu'à la douceur que j'aurois goûtée en lui donnant tous les secours nécessaires, je volai néanmoins sur son sein & sur sa bouche, pour tâcher de la ranimer de mon souffle : mais je pensai être noyé d'eau astrale dont ses femmes l'inondèrent,

afin de rappeller ſes eſprits. Monime étoit diſ-
parue ; rien ne put la rappeller dans ce corps
qu'elle venoit d'abandonner. Hélas ! que ſe-
rois-je devenu moi-même , ſi c'eût été l'uſage
de ce monde de ſe ſervir de vinaigre ; c'étoit
fait de mon pauvre petit individu.

Cependant j'eus encore aſſez de force pour
me retirer preſqu'à la nage & gagner le bras
d'un fauteuil , où j'eus le tems de me fortifier , & de rappeller ma raiſon par de ſérieuſes
réflexions. Plus tranquille alors , je me reſſou-
vins de la promeſſe du génie , & je ne doutai
point que Monime n'eût quitté cette jolie enveloppe qu'elle avoit animée, pour reprendre
la figure de mouche ; cette idée changea tout
à coup ma douleur en une joie inexprimable.

Je ne m'étendrai point ſur tout ce qui ſe
paſſa à la prétendue mort de Monime , du
moins à ſa ſéparation d'un corps qui ſembloit
n'avoir été formé que pour faire les délices
de celui qui auroit ſu la rendre ſenſible ; je
ne peindrai point le déſeſpoir de ſes femmes,
qui par leur déſolation & leurs cris attirèrent
nombre de perſonnes dans ſon appartement.

Le prince Pétulant , plein de ſon amour,
s'avançoit dans l'eſpoir de recueillir le fruit
de ſa tendreſſe , & de ſe voir au comble de
la félicité la plus parfaite ; mais ſes eſpérances,

s'évanouirent, semblables à ces nuages qui présentent aux regards des formes agréables &
variées; & qu'on voit se fondre, se dissiper
& disparoître s'il survient un vent impétueux.
Ce prince en approchant de l'appartement de
Taymuras, effrayé d'abord des cris qu'il entend, précipite ses pas, il entre; à son aspect
tous les cœurs sont saisis, les cris cessent, la
douleur en devient plus vive, un morne silence s'empare de tous les esprits, on s'écarte
pour lui faire place; son ame déjà émue parce
qu'il voit, semble lui annoncer son malheur;
tous ses sens s'agitent, & ses yeux errant de
toutes parts ne rencontrent que l'image de la
douleur : mais quel fut son désespoir, lorsqu'enfin il apperçut ce corps qu'il idolâtroit,
étendu sur un lit sans aucun mouvement. A
cette vue il s'arrête quelques instans, comme
s'il eût été pétrifié; se précipite ensuite dessus,
pensant sans doute la ranimer par le feu qui
le dévore, lui dit les choses du monde les
plus tendres & les plus touchantes. Lorsqu'il
voit que tous ses efforts sont vains, & qu'il
n'y a plus d'espérances de la rappeller à la vie,
hélas! s'écrie-t-il dans l'affreuse douleur qui
le déchire, est-il dans le monde un mortel
dont le sort ressemble au mien? Faut-il que
tant de tourmens m'accablent à la fois? Je

n'ai donc plus de prétention au repos ni au
bonheur de la vie. Quels malheureux auspi-
ces ont présidé à notre union? Que la haine
de l'astre qui me domine puisse m'ensevelir
dans le sein de la terre & me dérober à jamais
à ce jour que je déteste! Pourquoi faut-il que
je sois destiné à tant d'horreurs? Mais, poursuivit-il, je puis m'en affranchir par une
prompte mort; je puis encore unir mon ame
à celle de ma princesse, j'emporterai du moins
en mourant cette flatteuse idée d'avoir été le
seul qui ait eu part à sa tendresse & qu'un
même tombeau va nous renfermer tous deux.

Alors ce prince, animé par sa fureur, tire
son épée dont il alloit se percer, si un courtisan qui observoit tous ses mouvemens, n'eût
été assez prompt pour arrêter son bras: que
faites vous, seigneur, lui dit-il, en lui arrachant son épée? La princesse qui a sans doute
prévu votre désespoir, vous ordonne de vivre;
ce sont les dernières paroles qu'elle a prononc-
cées. Ce discours que le vieux courtisan avoit
supposé sembla un peu calmer le prince; mais
on eut mille peines à l'arracher d'un lieu qui
ne servoit qu'à augmenter sa douleur. Il pré-
tendit que la princesse Taymuras avoit été
empoisonnée, jura de se venger des auteurs
d'un pareil attentat. Les médecins employèrent

toute leur éloquence pour le guérir de ses
soupçons, quoique la plupart n'y connuffent
rien.

J'avouerai que, quoique le prince eût été
mon rival, & un rival favorifé & prêt à être
comblé des plus précieufes faveurs de l'a-
mour, je fus néanmoins fenfiblement touché
de fes maux. Ce prince avoit le cœur excellent, l'ame noble & généreufe ; il étoit fidele
à fa parole & à tous fes engagemens ; la probité & l'honneur étoient fes règles : avec de
pareils fentimens je ne fus point furpris que
Monime, dont les qualités répondoient à celles
de ce prince, s'y fût attachée fi promptement ;
il femble qu'une fympathie lie d'abord les
belles ames. J'étois bien éloigné deux heures
devant de lui rendre cette juftice ; c'eft qu'il
eft difficile de l'accorder à un rival aimé, &
qu'alors je n'avois plus rien à craindre de fa
part.

La reine & tous les courtifans unirent leurs
douleurs à celle du prince : pour les dames je
ne voudrois pas affirmer fi les regrets qu'elles
affectèrent furent fincères ; je crois même, fans
beaucoup les offenfer, que pour la gloire de
leurs appas plufieurs bénirent intérieurement
le ciel de les avoir délivrées d'une rivale, qui
les effaçoit toutes. La reine, afin d'honorer la

mémoire de la princeſſe Taymuras, ordonna
que ſon corps fût porté dans le tombeau des
princeſſes de ſon ſang; on lui fit des obſèques
magnifiques; &, ce qui eſt aſſez rare, c'eſt
que Monime aſſiſta elle-même à ſon convoi.
Mais ſans attendre que toutes ces cérémonies
fuſſent faites, je quittai l'appartement de Monime dès que le prince en fut ſorti, dans l'eſpérance de la trouver auprès de Zachiel, qui
ſe tenoit ordinairement ſous un berceau de
roſes & de jaſmins.

Approchez, Céton, me dit le génie, venez
recevoir votre Monime, je vous la rends dans
toute ſa pureté. Hélas! m'écriai-je, il étoit tems.
Le génie ſourit de ma réponſe; pour Monime
je ne pus m'appercevoir ſi elle lui fit impreſſion, les mouches ne rougiſſent guère, elle ne
répondit rien. Mais charmé de la revoir, ſa
vue me fit jouir de ce plaiſir & de cette joie
qui répand le calme dans l'ame & ſert comme
d'un baume qui ſe diſtile ſur tous les maux.
Dans l'ivreſſe de ce plaiſir je ne pus m'empêcher de lâcher quelques plaiſanteries ſur ſa
coquetterie; mais elle en parut d'abord ſi déconcertée que je fus très-fâché de lui en avoir
rappellé le ſouvenir. Vous n'êtes guère délicat,
dit Monime, de chercher à augmenter ma
honte & mon déplaiſir par vos mauvaiſes plai-

santeries. Si Zachiel vous eût instruit de la force des influences qui agissent sur ce monde, vous ne douteriez peut-être pas qu'elles font une si grande impression sur le cœur, & qu'elles agitent l'esprit avec tant de violence, qu'elles lui ôtent entièrement la liberté d'agir suivant les principes de la raison.

Que vous êtes cruel, poursuivit Monime en s'adressant au génie, de m'avoir exposée pour un simple badinage, à toute la malignité de l'air qu'on respire dans cette planète! c'est un reproche que j'aurai toute ma vie à vous faire; vous m'avez ravie cette joie pure dont je jouissois; mille scrupules viennent empoisonner mon ame, & je sens que désormais il n'y aura plus pour moi de vrais plaisirs dans la vie. Ah! cruel Zachiel, vous m'avez tout ôté.

Tranquillisez-vous, belle Monime, dit Zachiel, éloignez pour toujours ces vains scrupules qui viennent troubler la douceur de vos jours, dissipez ces nuages qu'ils répandent dans votre ame; un cœur aussi pur que le vôtre n'a rien à se reprocher : je veux que la sérénité de votre esprit y fasse renaître cette humeur enjouée qui fait le charme de la société. Vous ne devez pas vous plaindre de mes soins, puisque dans l'instant que je me fuis apperçu que l'étoile qui dominoit fur vous commençoit à y prendre trop d'empire, je me fuis hâté de vous en délivrer : au furplus, ce qui eft involontaire n'a jamais pu imprimer aucune tache.

Vous me raffurez fur le paffé, dit Monime, & vos difcours font renaître dans mon ame un calme qui fe communique à tous mes fens. Cependant je ne puis refter plus long-tems dans un monde où les exemples y font fi contraires à la vertu ; & pour engager Céton à fe joindre à moi, j'ofe encore vous affurer que mon cœur eft vivement touché en faveur du Prince ; la douleur qu'il reffent de m'avoir perdue me caufe un chagrin fi fenfible que je ne puis l'oublier : faites au moins, mon cher Zachiel, qu'il rencontre quelqu'objet digne d'occuper fon cœur ; promettez-le moi pour ma tranquillité.

Je me joignis à Monime, & j'engageai le génie de ne point refufer fes faveurs à un prince qui devoit en être digne, puifqu'il avoit fu plaire à Monime ; que loin d'être jaloux des fentimens qu'elle conſervoit pour lui, je lui en favois un gré infini ; qu'ils juftifioient la bonté de fon cœur, & que je les regardois comme une preuve de cette candeur & de cette vérité qui ne l'abandonnoient jamais.

# CHAPITRE VIII.

*Le Génie nous conduit dans différentes îles.*

Le génie voulut bien se prêter à l'empressement que témoignoit Monime de s'éloigner ; c'est pourquoi il nous fit quitter la cour pour nous faire prendre la route qui conduit à un port où l'on s'embarquoit pour les îles fortunées, nom qu'on donne à plusieurs petites îles qui entourent celle de la galanterie, & qui contiennent ensemble plus des deux tiers du globe de Vénus.

Arrivé dans ce port, Zachiel nous fit embarquer, ou pour mieux dire il nous fit garder *l'incognito* en conservant nos petites figures. Le vaisseau dans lequel il passa étoit rempli de jeunes personnes de l'un & l'autre sexe, qui toutes marquoient un grand empressement pour jouir des plaisirs qu'elles espéroient goûter à leur abord dans ces îles. Cependant la navigation fut longue, un vent du nord qui souffloit depuis long-tems avoit déjà répandu la tristesse dans le cœur de tous les passagers, lorsque tout à coup des transports de joie se font entendre ; on a vu la terre, on se la montre, & l'on tremble qu'un vent ne s'éleve &

ne diffipe l'objet fur lequel fe fondent toutes
les efpérances, comme les nuages inconftans
dont on lui trouve l'apparence. Cependant
ce point de vue prefque imperceptible qu'on
apperçoit à l'horifon, commence à prendre
de l'étendue; éclairé par les rayons du foleil,
le mélange de l'ombre & de la lumière le fait
étinceler d'or & d'azur. Un moment après,
les objets qui fe raffemblent fe préfentent alors
dans la forme & fous les couleurs qui leur
font naturelles : les plaines s'abaiffent devant
les côteaux couronnés de nuages ; l'émail des
prairies éclate de toutes parts ; la forêt femble
fe détacher du valon qu'elle favorife de fon
ombre ; le palmier & le fapin orgueilleux s'é-
levent fur leur tige, & femblent porter jufqu'au ciel leur chevelure agitée par les vents ;
& bientôt le rapport uniforme des fens con-
firme que l'on touche de près au but où tous
les vœux afpirent. Déjà le myrthe & le ci-
tronnier fleuris s'annoncent par leurs doux
parfums, tandis que l'air mollement ému porte
à l'oreille le bruit de la vague qui s'étale, fe
joue, fe replie, & vient en ondoyant mourir
entre les petits cailloux & le fable argenté qui
bordent le rivage de l'île de la douceur.

Nous n'eûmes aucune peine à y aborder,
par le calme & la tranquillité qui régnent fans

cesse dans ses ports : jamais ils ne sont battus
par aucune tempête, on n'y sent que le doux
vent des zéphirs qui les agitent nuit & jour.
On peut comparer cette île aux rives du Li-
gnon ; comme elle, elle n'est habitée que par
des bergers & des bergères, qui, contens
d'aimer & d'être aimés, mettent toute leur
gloire à s'en donner tous les jours de nouvelles preuves par d'innocentes caresses. Les
soupçons, la jalousie, ni mille autres passions
qui font ordinairement le tourment de la plupart des Idaliens, n'empoisonnent jamais leurs
plaisirs. Ces citoyens heureux ne connoissent
point les remords. Guidés par la nature ils
en suivent les loix ; les mêmes desirs les animent, & ce n'est qu'à l'art de se plaire qu'ils
bornent tous leurs soins. Une grotte formée
par la nature est pour eux un palais ; les fruits
de Pomone enrichissent leurs jardins , & la
campagne fleurie fournit aux pâturages : c'est-
là que de jeunes bergères regardent paître léurs
troupeaux, & s'amusent en chantant à en filer
la laine.

Zachiel qui seul s'étoit rendu visible, a-
vança vers une troupe de bergères qui le reçurent d'un air naïf & spirituel ; & quoiqu'un
peu de honte colorât leurs fronts de ce vif
incarnat qu'accompagne l'innocence , elles ré-

pondirent avec beaucoup de bon sens aux discours du génie qui avoit bien voulu descendre à la portée de leur esprit & à la simplicité de leur façon. J'admirai leur beauté & leur simple parure qui n'ôtoit rien de l'éclat de leur teint, qui, sans le secours de l'art, efface les lis & les roses; les graces naïves plus touchantes encore que la beauté, sont répandues dans toute leur personne.

Les bergers occupés du soin de veiller sur leurs troupeaux s'amusent à instruire leurs chiens. Souvent un berger prend sa musette pour divertir sa bergère, en lui chantant les plaisirs innocens de la vie champêtre; s'il la quitte, c'est pour visiter ses guérets & ses prairies, ou pour cueillir des fleurs dont il forme des guirlandes avec une couronne pour orner sa maîtresse qui, contente de ce présent, lui en accorde la récompense par un baiser qu'elle laisse prendre sans résistance. C'est ainsi qu'il voit approcher le coucher du soleil qui lui annonce l'heure du souper, & l'exercice de la journée le prépare à trouver excellent le repas frugal qu'on lui a apprêté dans des vases d'argille. Telle est la vie unie des habitans de cette île, plus heureux mille fois que tous les grands, qui, à force de philosopher sur les moyens d'arriver au bonheur en matérialifant toutes chofes, ne font que s'en éloigner fans pouvoir goûter aucun des vrais plaifirs

Après que ces belles begères eurent inftruit Zahciel de leurs occupations journalières '& des foins que les bergers prenoient de répandre l'abondance & la joie dans leur canton, & de faire du travail qui leur procure tout ce qui eft néceffaire à la vie, une fête continuelle, elles le quittèrent pour aller fous d'épais ombrages, ou dans des allées fombres, où leurs chiffres gravés fur l'écorce des chênes, fe font accrus avec le tronc. Nous les fuivîmes long-tems, Monime s'amufant beaucoup de leurs jeux.

Tantôt fur un tapis de gafon la bergère s'endort, confiant à fon berger le foin de fon troupeau ; quelquefois affifes fur le bord d'une fontaine, on les voit s'y mirer dans le cryftal des eaux, & orner leur tête de mille petites fleurs qui croiffent aux environs. Souvent elles danfent au fon des fluttes & des chalumeaux, ou bien aux chanfons que les bergers compofent, & le foir lorfqu'elles ont mis leurs troupeaux à couvert, elles reviennent encore au clair de la lune fouler l'herbe tendre : c'eft à cette heure fans doute que l'amour les favorife ; les foupirs, les fermens renouvellés femblent autorifer les larcins des bergers. Mais je m'arrête pour laiffer à l'imagination de mon lecteur le plaifir de fe peindre le refte.

Nous paffâmes dans l'île de la Complaifance, qui n'eft habitée que par une colonie qu'on a tirée de l'île de la Politeffe. Je n'y remarquai que des gens affez infipides ; tout ce qu'ils font n'eft, à ce qu'ils difent, que dans la vue de s'obliger les uns & les autres. Jamais ils n'exécutent leurs volontés ; jamais ils n'éprouvent de contrariétés. Je remarquai que la pareffe étoit leur vice dominant. Ces habitans ont un air de langueur qui ennuya Monime dès le premier jour, c'eft ce qui nous obligea d'en fortir pour nous rendre dans l'île de la Perfuafion.

Cette île eft fort petite ; un génie y commande en qualité de vice-roi de la galanterie. L'emploi de ce génie eft d'y entretenir tous les citoyens dans le refpect qu'ils doivent à leur fouveraine ; c'eft lui qui affaifonne tous les plaifirs ; fon efprit y eft regardé comme un feu célefte qui ne paroît qu'avec éclat, qui brille, qui divertit, & invente tous les jours mille nouveaux agrémens pour plaire ; c'eft par lui que la laideur devient agréable ; il procure le charme de la vie ; il eft l'ame de la converfation, l'ami des arts ; c'eft à fes connoiffances que ces peuples doivent tous leur bonheur ; fans

lui tout languiroit dans la grande île ; celle-ci
leur fert comme de collège ou d'univerfité, où
ils viennent prendre leurs grades , pour être
reçus & acquérir dans la galanterie quelque
pofte important.

Arrivés enfin dans cette grande île , nous y
fûmes affaillis par une troupe d'aventuriers ,
que des vents orageux y avoient fait échouer ;
l'incertitude étoit à leur tête , & n'avoit point
d'autre emploi que celui de faire flotter le cœur
des citoyens , afin de les empêcher de fe déterminer à quelque chôfe d'utile à leur bonheur : l'opinion , qui vouloit à fon tour les entraîner dans fon parti , ne leur faifoit eftimer
que ce qui étoit digne de mépris ; la crédulité
cherchoit à les tromper ; la nouveauté venoit
enfuite leur faire adopter mille puérilités , &
fe repaître de chimères qui n'ont pas le fens
commun ; la réflexion , d'un air grave & férieux , leur préfentoit des remords , qui fans
ceffe les tourmentoient ; l'inconftance fouffloit
autour d'eux , pour les faire aller comme des
girouettes ; la flatterie cherchoit à les endormir par un dangereux poifon ; la curiofité fe
montroit comme un aigle prêt à fendre les airs,
afin d'exciter en eux mille defirs qu'ils ne pouvoient fatisfaire ; l'impofture n'étoit appliquée
qu'à les tromper ; la préfomption les attiroit ,

pour les précipiter dans tous les malheurs imaginables, & l'erreur faifoit tous fes efforts pour
les féduire; tels étoient les miférables qui venoient d'aborder dans l'île, & qui tâchoient par
leurs intrigues de s'en rendre les maîtres.

L'amour, d'accord avec l'inclination qui
règne dans cette île, firent affembler leur confeil, pour y délibérer fur le parti qu'on prendroit, afin de s'oppofer aux progrès de ces
aventuriers : il fut décidé qu'on enverroit à leur
rencontre la colère, la haine, la jaloufie, le
défefpoir, la crainte & la douleur, à la tête
d'un corps de troupes légeres, qui font les
foupirs & les defirs impatiens; & pour affurer
fa victoire, l'amour s'avança lui-même, guidé
par la bonne-foi, la probité, la valeur, la générofité, la compaffion & la conftance, toutes
troupes aguerries & accoutumées à vaincre : le
combat fut opiniâtre; mais le parti de l'amour
& de l'inclination fut victorieux.

Lorfque le calme fut remis dans l'île, chacun
des citoyens fe livra aux jeux & aux plaifirs, l'inclination les y conviant par fon exemple. Cette
princeffe, dont la naiffance n'eft encore connue
de perfonne, a fur tous fes fujets un pouvoir
defpotique; & quoique les plus grands génies de
tout l'empire de vénus travaillent depuis long-
tems à découvrir l'origine de l'inclination, ils
n'ont

n'ont encore pu se fixer sur rien de certain ;
mais l'opinion la plus commune, & celle que
je crois la meilleure, est qu'en suivant les recherches de leurs philosophes, on apprend que
lorsque l'amour alluma pour la première fois
son flambeau, il en sortit une si prodigieuse
quantité d'étincelles, qui, au lieu de descendre
en terre, remontèrent vers le ciel & y furent
changées en étoiles : ils assurent que depuis ce
tems, aussi-tôt que deux corps sont formés &
préparés à recevoir une ame, chacune de ces
étoiles se divise en deux parties égales, &
que se détachant du ciel en même tems, elles
viennent présider sur ces deux corps différens ;
mais ces deux parties se partagent très-souvent en des lieux si éloignés les uns des autres,
qu'il est très-rare qu'elles se rejoignent.

Voilà, à ce que je pense, une fort bonne
raison pour justifier l'inconstance du petit-
maître & de la coquette volage, puisqu'il est
naturel de chercher ce qui doit faire leur félicité, qu'ils ne peuvent rencontrer que par
l'union de cette véritable moitié d'étoile qui
peut seule faire leur bonheur. Aussi dans l'île
de la galanterie, & même dans tout le monde
de Vénus, on ne voit que des gens qui se
lient sans plaisir, & se quittent sans regret ;

parce que chacun n'eft occupé qu'à la recherche
de cette chère moitié qui n'eft point aifée à
trouver ; mais lorfque le hafard les fait rencontrer enfemble, un inftinct fecret les force
à s'aimer, & c'eft ce qui forme les grandes paffions : de-là viennent ces nœuds fecrets, cette
fubite inclination, cette douce fympathie qui
lie les cœurs, & qui a tant de pouvoir fur les
ames, qu'elle ne manque jamais de les attirer ;
or comme il arrive très-rarement que ces deux
moitiés d'étoile fe rencontrent enfemble, c'eft
fans doute ce qui fait qu'il y a fi peu d'amitié
parfaite dans ce monde.

Telle eft la naiffance de l'inclination, que
je rapporte conformément à ce que j'ai lu dans
les archives du palais de la princeffe. Nous vifi-
tâmes toutes les beautés de l'île, où l'on voit
tout ce que l'art & la nature ont pu raffembler
de plus curieux. Cette île eft fertile en élégies,
en madrigaux, en épîtres, en bouts-rimés &
en vaudevilles ; la plus grande partie des citoyens en font leur nourriture ordinaire. Tous
fe piquent de grands fentimens, de penfées
délicates, d'imaginations ingénieufes, de générofité & de grandeur d'ame ; ils paffent leur
vie dans les plaifirs & la joie ; tous les jours
ce font de nouvelles fêtes où l'amour préfide :

c'eſt dans cette île qu'il exerce un pouvoir ſuprême ; tout fléchit ſous ſes loix ; tout lui doit
obéiſſance.

Il eſt également permis aux deux ſexes de
lier des parties de plaiſirs ſans craindre aucune
critique. La mère qui ſe ſouvient des ruſes
qu'elle employoit dans ſa jeuneſſe, ferme les
yeux ſur les démarches de ſa fille ; & la nuit
les cache ſous l'obſcurité de ſon manteau. Jamais on n'y éprouve les peines de l'amour que
dans les commencemens d'une affaire de cœur,
où l'incertitude trouble preſque toujours la
tranquillité de l'ame ; mais on ſait que les inquiétudes de cette eſpèce ont beaucoup plus
d'agrément que d'amertume, du moins s'il y
en a, elles ne durent pas long-tems dans cette
île. On nous a cependant aſſuré qu'il n'étoit
pas ſans exemple que des femmes aient pouſſé
la délicateſſe & la bienſéance , juſqu'à réſiſter
pendant trois ſemaines aux empreſſemens de
leurs amans ; mais ces faits ſont conteſtés par
pluſieurs ſavans de l'île, qui ſoutiennent qu'elles
ne l'ont pu faire que par des vues d'arrangemens, c'eſt-à-dire, pour ſe mettre en état de
conſerver deux ou trois amans, ſans exciter
entr'eux la jalouſie.

# CHAPITRE IX.

## *Histoire de Zelime.*

NOUS nous promenions un jour avec Zachiel
sur les bords du rivage, d'où nous vîmes sortir
d'une petite barque deux femmes, dont l'une,
pâle & défaite, me parut dans une affliction
extrême ; toutes deux prirent la route d'une
sombre caverne, qui ne reçoit du jour que
par l'entrée : ces deux femmes y entrèrent, &
se placèrent sur un lit de gason. Les mouches
ont bien des privilèges ; elles passent par-tout,
sans s'attirer l'attention de personne. Nous nous
plaçâmes Monime & moi à côté de la belle
affligée ; de profonds soupirs sortoient de sa
poitrine, & l'on eût dit qu'elle étoit prête
d'expirer.

Vous verrai-je toujours, ma chère Zelime,
dit sa compagne, en proie à toute l'amertume
de votre douleur ? Pourquoi voulez-vous sacrifier le reste de votre vie à pleurer un ingrat
qui vous abandonne dans l'excès de vos peines ?
Si le perfide vous eût aimée, eût-il cessé de
vous voir ? Après la perte de toutes vos espérances, croyez-moi, chère amie, oubliez un
volage, qui ne mérite qu'un souverain mépris

de votre part, ou s'il vous en souvient, que ce ne soit que pour vous venger.

Il est aisé, reprit Zelime d'une voix presque éteinte, de donner de pareils conseils, lorsque le cœur n'est affecté d'aucune passion violente; votre amitié pour moi vous les dicte, & celle que j'ai pour vous, chère Agla, m'engage à ne vous rien cacher de mes peines; c'est en cette qualité que je vais vous découvrir tous les secrets de mon ame. Je conviens que je serois indigne de votre amitié, si j'avois encore la foiblesse de regretter Volins; c'est un monstre d'ingratitude, que je déteste depuis long-tems.

Comment, dit Agla d'un ton de surprise, vous n'aimez point Volins ? Vous êtes jeune & belle, & avez tous les talens qu'il faut pour captiver le cœur des plus grands seigneurs de la cour; d'où peut donc provenir ce désespoir qui m'a fait craindre long-tems pour vos jours, & m'a obligée de vous conseiller de venir vous réfugier dans cette île, afin que la dissipation qui y règne pût contribuer à vous faire oublier un ingrat ? Hélas ! chère Agla, je le hais trop pour pouvoir jamais l'oublier, & je ne puis retracer dans ma mémoire, ni peines, ni plaisirs où il n'ait présidé. Mais c'est trop long-tems vous tenir en suspens; il faut vous faire le récit de mes malheurs, pour achever de vous convaincre que ce n'est point la perte de son cœur que je regrette.

Je fus consacrée dès ma plus tendre enfance au culte du temple de l'amour. Je passai assez tranquillement l'âge d'adolescence, & j'avois déjà atteint ma quinzième année, que nul homme n'avoit encore pu toucher mon cœur. Je vivois dans cette paix & cette douceur que vous avez sans doute éprouvées ; mais cet engourdissement de l'ame n'étoit pas fait pour la vivacité de mon tempérament ; bientôt je m'apperçus qu'il manquoit quelque chose à mon bonheur. Ce qui m'avoit jusqu'alors amusée le plus me devint insipide ; une sombre mélancolie s'empara de mon esprit ; je ne cherchai plus que les endroits les plus solitaires, afin d'y pouvoir rêver en liberté ; mes idées étoient confuses, & malgré mes attentions à les débrouiller, je ne pouvois encore deviner ce qui eût pu me rendre heureuse. J'etois dans ces dispositions, lorsque me promenant derrière la fontaine de Jouvence, je fis la rencontre d'un jeune homme aussi beau que l'amour. Mon front se couvrit de rougeur quand il fixa ses regards sur moi ; je m'apperçus qu'une tendre émotion l'agitoit aussi ; il m'aborda d'un air timide ; je voulus fuir ; mais une force invincible m'arrêta : pourquoi , belle Zelime , me dit-il , voulez-vous éviter ma rencontre ? Craindriez-vous de me donner trop d'amour ? Ah ! si c'est là votre objet , cessez de fuir, vous prendriez un soin inutile ; depuis plus de deux mois je cherche l'occasion de vous trouver seule , pour vous instruire des tendres sentimens que vous m'avez inspirés. Si votre cœur n'est point inflexible aux traits de l'amour, vous recevrez sans colère les vœux que je fais de ne vivre & mourir que pour vous. Je fus si surprise de l'apparition du jeune homme & de son discours , que je restai quelque tems immobile sans oser lui répondre. Il profita de mon trouble pour m'entretenir de sa passion. Que vous dirai-je enfin ? Il obtint de moi une réponse favorable à ses desirs , & je promis de me rendre tous les jours à la même heure aux environs de la fontaine.

Nous jouissions de cette douce félicité que goûtent deux cœurs que le tendre amour a unis , & je touchois au moment qui devoit combler mes vœux en épousant mon amant , lorsque Volins nous surprit un jour dans un de ces cabinets que renferme les jardins du temple ; il y entra avec une dame de la cour ; nous en sortîmes aussi-tôt ; mais pas assez promptement pour que Volins ne pût nous

appercevoir. La dame , occupée du jeune
homme , ne put remarquer la vive impreſſion
que je fis ſur le cœur de ſon amant. Ne croyant
pas être connue de Volins , j'engageai Liſimon
à faire encore pluſieurs tours ſous le berceau
couvert.

Cependant Volins & ſa maîtreſſe , tous deux
revêurs & diſtraits , furent quelque tems ſans
ſe parler ; puis ſe reprochant l'un à l'autre
l'état de froideur dans lequel ils ſe trouvoient,
chacun trouva ſon amour-propre humilié; on
ſe fit des reproches , & on ſortit du cabinet
en ſe querellant. Nous étions encore ſous le
berceau, & vous penſez , ma chère Agla ,
combien nous y fûmes examinés par ce couple
d'amans glacés.

Je me rendis le lendemain au rendez-vous ,
mais ce fut en vain que j'y attendis Liſimon;
pluſieurs jours ſe paſsèrent ſans que je puſſe
apprendre de ſes nouvelles. Le tems expiré
qu'on garde les filles dans le temple , mon père
fut averti de la part des prêtreſſes , qu'elles
avoient appris que Liſimon , qui s'étoit préſenté pour m'épouſer, étoit diſparu, & qu'ayant
accepté ce jeune homme pour époux , je ne
pouvois plus , ſuivant les loix établies, eſpérer
d'être jamais admiſe au rang des prêtreſſes ,
ni conſéquemment reſter plus long-tems au

service des autels ; cet ordre me fut auffi
fignifié. J'avoue que dans l'efpoir de revoir
mon amant, je n'en reffentis qu'un médiocre
chagrin.

Mon père, peu favorifé des biens de la
fortune, fâché de mon retour, me montra
d'abord beaucoup d'humeur de ma fortie du
temple, quoiqu'elle fût forcée. Vous pouvez
croire, chère Agla, que mon premier foin
fut de m'informer de Lifimon. J'étois fi éloignée de le foupçonner d'infidélité, que je penfai
qu'une maladie violente le retenoit au lit : mon
deffein étoit donc de le prévenir, pour lui épargner les inquiétudes que pourroit lui caufer
ma fortie du temple ; mais Volins, attentif à
toutes mes démarches, me fit dire par une
perfonne qu'il avoit apoftée, que le dernier
jour que j'avois vu Lifimon, il s'étoit em-
barqué la nuit même pour fe rendre dans l'île
de la Galanterie, avec une femme qu'il y entretenoit depuis long-tems. Je fus fi fenfible
à la perfidie de mon amant, & l'indignité de
fon procédé m'agita au point que j'en tombai
malade.

Mon aventure s'étant répandue dans la ville,
Mélife, veuve très-riche, dont l'hôtel étoit
vis-à-vis la maifon de mon père, & qui recevoit
tous les jours nombreufe compagnie chez elle,

eut pitié de mon fort ; elle me demanda à mon père, & n'eut pas de peine à m'obtenir, promettant de me faire trouver bientôt un établissement convenable. Je fus donc introduite chez Mélife. Mon air de langueur la toucha, & de concert avec Volins ils travaillèrent l'un & l'autre à me rendre ma tranquillité : le perfide n'avoit pas besoin d'y être excité. Il me rendit des soins assidus, qu'il faisoit valoir auprès de Mélife, comme un excès de complaisance de sa part.

Prévenue en faveur de Volins, par les éloges que Mélife ne cessoit de donner à ses moindres actions, il commença à gagner mon estime & ma confiance. Je cessai de pleurer mon infidèle, & bientôt je ne pensai plus à lui que pour détester l'indignité de ses procédés. Volins sut profiter de ces circonstances, & remplit enfin la place que Lisimon avoit occupée dans mon cœur. Plusieurs partis considérables se présentèrent ; mais remplie de ma nouvelle passion, aucun n'eut l'avantage de me plaire. Volins parut sensible au sacrifice que je lui faisois d'une fortune brillante. Ah ! ma chère, que je goûtois de plaisir à les lui faire ! Incapable d'aucun autre attachement, je mettois toute ma gloire à le convaincre de mon amour ; cependant le perfide se faisoit un jeu

de me tromper, & les fermens qu'il me faifoit
de m'aimer toujours n'étoient qu'une répétition
de ceux qu'il employoit pour en féduire mille
autres.

Je découvris enfin une partie de fes trahifons & lui en fis de fanglans reproches ; mais
un mot de fa bouche avoit le don de me
perfuader. Agitée fans ceffe par de nouvellles
inquiétudes, cent fois je voulus rompre avec
lui, & cent fois il eut le fecret de m'appaifer.
Le hafard me fit rencontrer un jour avec une
femme qui depuis long-tems étoit comme moi
la dupe des fauffes proteftations de Volins :
cette femme irritée contre lui me fit un long
détail de toutes fes indignes manœuvres ; elle
finit par m'apprendre qu'il avoit depuis peu
débauché fa femme de chambre qu'il tenoit
renfermée chez lui, dans un appartement dans
lequel il defcendoit par le moyen d'une trappe
qui répondoit dans le fien. Cette femme outrée d'avoir fervi long-tems de prétexte à leur
intrigue, jura de s'en venger d'une manière
à l'en faire repentir toute fa vie. Pour moi,
le cœur déchiré de mille réflexions accablan-
tes, je promis de ne le revoir jamais.

De retour à l'hôtel, on me dit que Mélife
vouloit me parler ; j'entrai dans fon cabinet :
je devrois vous quereller, Zelime, me dit-

elle, du myſtère que vous m'avez fait, mais les bonnes nouvelles que j'ai à vous apprendre doivent ſuſpendre mes reproches ; apprenez donc que la fortune & l'amour, d'accord en ce moment, ſe joignent pour aſſurer votre bonheur : Volins vient de me déclarer le nouvel engagement que vous avez formé avec Ariſte, qui vient enfin d'obtenir le conſentement de ſa mère pour s'unir à vous. Jugez, chère Agla, ſi un pareil diſcours eut de quoi me ſurprendre ; à peine connoiſſois-je Ariſte, & je compris d'abord que c'étoit un tour que vouloit employer Volins pour ſe défaire de moi en me brouillant avec Méliſe. L'émotion que cette nouvelle fourberie jetta dans tous mes ſens couvrit mon front d'un feu qu'il ne me fut pas poſſible de cacher : Méliſe n'en fut point ſurpriſe, le croyant occaſionné par la honte de voir mon intrigue découverte. Elle ſe plaignit du peu de confiance que je lui avois témoigné dans cette affaire ; pour la détromper, je lui proteſtai que mon trouble ne provenoit que de ſurpriſe ; je n'ai, pourſuivis-je, jamais eu aucune liaiſon de cœur avec Ariſte, & je ne crois pas qu'il pouſſe la témérité juſqu'à oſer ſe vanter d'une pareille impoſture.

Méliſe ſe trouvant offenſée de mon diſcours, m'accabla de reproches, & pouſſa ſon empor-

tement jufqu'à fe fervir de termes injurieux que
je ne pus entendre fans verfer des larmes. Ce
jour devoit être l'époque de tous mes malheurs, car en tirant mon mouchoir je fis tomber une lettre que j'avois reçue du perfide Volins; Mélife la croyant d'Arifte, s'en faifit pour
me convaincre d'impofture; mais quelle fut fa
furprife, lorfqu'elle en reconnut le caractère;
elle la lut plufieurs fois avec avidité. Cette
lettre renfermoit quelques mauvaifes juftifica-
tions fur une nouvelle intrigue, que j'avois
cru être en droit de lui reprocher; elle finiffoit
par les plus amples proteftations d'un amour
fincère & d'un attachement inviolable. Mélife, après l'avoir lue, me regarda avec des
yeux où la fureur étoit exprimée; & fans vouloir écouter aucune de mes raifons, elle me
chaffa de fon appartement. Mais comment pouvoir vous peindre la trahifon de cet homme
faux & fubtil? De quelles expreffions me fervir
qui puiffent caractérifer le mépris & la haine
que je reffens pour lui!

Cependant Volins, dans le premier feu de
fa nouvelle intrigue, ne croyoit pas qu'elle
eût tranfpiré, il fe repofoit fur la difcrétion
de fes gens : dans cette perfuafion, il vint plein
d'affurance faire fa cour à Mélife; il avoit un
intérêt fenfible à ne fe point brouiller avec

elle, par la protection qu'elle lui faifoit accorder, & par les fommes confidérables qu'il tiroit
d'elle. J'étois auffi pour lui une reffource qu'il
vouloit ménager pour les quarts-d'heures qui
ne lui étoient pas favorables auprès de Mélife;
j'étois pour ainfi dire comme un corps de réferve qui lui fervoit dans les tems de difette.

Mélife, qui méditoit une vengeance éclatante, voulut d'abord le convaincre de fa perfidie; elle lui montra la lettre qu'il m'avoit
écrite; on me fit defcendre, & malgré le
refpect que je devois à Mélife, je ne pus m'empêcher de lui reprocher toute la noirceur de
fa conduite. Je préfentai enfuite à Mélife un
gros paquet de lettres de Volins, dans lefquelles il employoit les termes les plus féduc-
teurs pour corrompre mon innocence.

Vous croiriez peut-être, chère Agla, qu'elles
durent faire impreffion fur l'efprit de Mélife,
& fervir en quelque façon à ma juftification;
non, le fourbe Volins trouva encore le fecret
de l'appaifer, en lui perfuadant que les lettres
que je venois de lui remettre n'avoient été
écrites que fous le nom d'Erafte; je priai Mélife de faire venir Erafte; mais Volins s'y oppofa,
en difant que c'étoit compromettre fa perfonne,
que de defcendre à des explications, toujours
humiliantes pour des gens d'un certain ton. Je

fus donc sacrifiée à l'inconstance de Volins, &
à la haine que Mélise avoit conçue pour une
rivale qui avoit joui long-tems de toute la tendresse de son amant, & je fus forcée de retourner chez mon père, & d'y vivre dans
l'obscurité d'une fortune si médiocre, qu'elle
nous fournissoit à peine de quoi subsister. Ainsi,
ma chère, vous voyez qu'après avoir renoncé
en faveur de Volins aux établissemens les plus
brillans, je n'en ai reçu pour toute reconnoissance qu'un parfait abandon de sa part. Mon
amour-propre humilié de toutes façons, m'a
jetté dans le désespoir où vous m'avez vue ;
mais ce qui y a mis le comble, c'est d'apprendre
que Lisimon ne s'est éloigné que par les calomnies que le traître Volins a employées pour
me noircir dans son esprit : ce n'est que dans
la vue de me justifier auprès de lui, que j'ai
consenti à vous suivre dans cette île.

Je ne puis revenir de ma surprise, dit Agla,
& rends grace à l'amour de vous avoir vengée de Volins : vous ignorez peut-être que Mélise, convaincue de sa nouvelle intrigue, lui
a entièrement retiré toutes ses faveurs, & a
obtenu de la cour un ordre qui l'exiloit dans
les déserts de la Réflexion. Mais ce n'est pas
tout : cette petite créature pour laquelle il vous
a sacrifiée, qui lui a fait perdre les bonnes

graces de Mélife, & dont le libertinage lui
étoit inconnu, l'a enfin gratifié de quelque
préfent qui lui caufe de cuifans remords, &
dont on croit qu'il fe reffentira toute fa vie.
Nous quittâmes ces deux perfonnes pour rejoindre Zachiel; & comme nous avions vifité
toutes les beautés de l'île, nous nous prépa-
râmes à fortir de la planète.

## CHAPITRE X.

Avant de quitter le monde de Venus,
je priai le génie de nous inftruire des mœurs
& de la religion de ces peuples. Les Idaliens,
nous dit-il, adorent le feu, parce qu'il eft le
plus noble des élémens ; ils le regardent comme
une vive image du foleil ; & lorfque l'on voit
dans quelques provinces de ce monde que le
feu qu'ils y entretiennent toujours commence
à diminuer, ils fe perfuadent qu'ils font menacés des plus grandes calamités : c'eft pourquoi ils le confervent avec foin dans des lieux
fermés des murailles fans toits, & le peuple
foumis & crédule vient à certaines heures du
jour prier les perfonnes les plus qualifiées de fe
charger d'y jetter des effences précieufes, ce
qu'ils regardent comme un des plus beaux
droits

droits de la nobleſſe. Ces peuples prétendent être les premiers qui aient découvert le feu, ſi néceſſaire aux beſoins multipliés de la vie, & ſans lequel les principales opérations des arts qui en dépendent, dont le détail eſt devenu preſque infini, ne pourroient ſe perfectionner ; c'eſt pourquoi dans toutes leurs villes capitales on y voit un temple ſuperbe, deſtiné à y conſerver le feu ſacré : ce ſoin n'eſt confié qu'à de jeunes filles, les plus belles qu'on peut trouver dans la ville, & cet honneur eſt brigué par les plus grands, pour les privilèges qui y ſont attachés ; mais ſi malheureuſement une de ces prêtreſſes vient à laiſſer éteindre le feu par ſa négligence, elle en eſt rigoureuſement punie : ni la naiſſance, ni l'âge, ni la beauté ne peuvent jamais la ſauver.

Cependant à la fin de chaque année on laiſſe mourir le feu, pour le rallumer au commencement de celle qui ſuit, avec beaucoup de paroles myſtérieuſes ; car le myſtère, la crédulité & l'ignorance ſont, à ce qu'on dit, des oreillers ſur leſquels ſe repoſent la plupart des Idaliens. Je remarquai encore que lorſque leur ſouveraine ſent approcher le terme de ſa vie, elle ordonne que le feu ſoit éteint dans les principales villes de ſon empire ; & ce n'eſt qu'après ſa mort, & au couronnement de celle qui lui succède, que ce feu est rallumé avec pompe & magnificence : alors finit le deuil de toute la nation par de grandes réjouissances, & on brûle dans ces fêtes une prodigieuse quantité de pastilles & des essences les plus précieuses : ces fêtes coûtent des sommes immenses.

Ces peuples ont encore le culte des étoiles ; ils croient une espèce de métempsycose astronomique, & disent que les ames, après avoir quitté leurs corps, sont contraintes de passer par cent portes consécutives, ce qui doit durer plusieurs millions d'années avant qu'elles puissent arriver au soleil, qu'ils regardent comme le séjour des bienheureux : chaque porte est composée d'un métal différent, placée dans dans la planète qui préside à ce métal.

Comme rien n'est plus mystérieux que cette métempsicose, ils la représentent sous l'emblême d'une échelle très-haute, divisée en sept passages consécutifs ; c'est ce qu'ils appellent la grande révolution des corps célestes & terrestres, ou l'entier achevement de la nature ; se persuadant que les ames vont habiter successivement toutes les planètes & les étoiles fixes qui sont autour du soleil, & qu'elles se purifient dans ces passages par une vertu secrète, à mesure qu'elles approchent de cet astre, qui est le centre de la félicité.

Les Idaliens font encore perfuadés que c'eft
le foleil & la lune, qui, par leur éclat & leur
lumière, fe rendent dignes des principaux
hommages qu'on doit aux aftres ; ils le nomment le roi & le fouverain du ciel, & difent
que la lune en eft la reine & la princeffe.
Comme ils ne font jamais infpirés que par l'a-
mour, ils croient, en fuivant leurs principes,
que le foleil n'avoit pu voir la beauté de la
lune fans en devenir amoureux, & fans lui
communiquer fes feux ; c'eft pourquoi, afin
de mettre plus de décence dans cette union,
ils ont imaginé de les marier enfemble. Ce
mariage du foleil & de la lune eft regardé
chez eux comme la fource & l'origine de
toutes productions, parce que c'eft fur la terre,
rendue par eux féconde & abondante, que fe
font fentir les fruits de cette union. Les avantages les plus confidérables qu'on en retire,
font les métaux & les pierres précieufes. Il eft
certain qu'on ne peut mieux affortir un mariage célefte.

Ces peuples, toujours enclins à l'inconftance, n'ont pas voulu que le foleil en fût
exempt ; c'eft ce qui leur fait regarder fes
éclipfes comme des adultères, parce qu'il
femble, pendant leur durée, que la terre
veuille s'attirer les faveurs du foleil, pour les

dérober à la lune , en l'empêchant d'en recevoir fa lumière accoutumée ; on voit qu'ils
s'efforcent de répandre de la coquetterie jufques
dans les aftres.

Pour orner la majefté des deux époux , ils
ont voulu donner au roi & à la reine du ciel
une cour auffi pompeufe que brillante ; c'eft
pourquoi ils font paffer tous les autres globes
lumineux pour leurs miniftres , leurs gardes ,
leur armée , ou pour leurs fujets ; voilà ce qui
compofe leur croyance. Ils font perfuadés que
ce font les génies amoureux des plus belles
femmes qui , dans les fréquentations qu'ils ont
eues avec elles , leur ont révélé tous ces fecrets , & une infinité d'autres qu'ils n'auroient
jamais connus fans le fecours de ces génies.
Monime les trouva très galans , & dit que les
Idaliens devoient s'eftimer très-heureux d'a-
voir eu des femmes affez belles pour en faire
la conquête , & affez adroites pour leur tirer
des fecrets , qui , vraifemblablement , ne devoient jamais être découverts aux mortels ,
toujours faits pour admirer , & non pas pour
connoître.

# CHAPITRE XI.

JE ne m'étendrai point fur les loix des Idaliens, qui diffèrent de fort peu de chofe de
celles des habitans de la lune : leurs mœurs
& leurs coutumes me parurent auffi à peu-
près les mêmes ; ils regardent comme des né-
ceffités de la vie les chofes les plus fuperflues.
Il fe fait dans ce monde un débit confidérable
d'une prodigieufe quantité de charmantes inu-
tilités de toutes efpèces : on m'affura que chacune étoit douée d'une vertu magnétique qui
attire l'or, ainfi que l'aiman attire le fer. Les
marchands chargés de ces précieufes raretés,
ont toujours leurs maifons remplies des plus
grands feigneurs & des dames les plus qualifiées, qui fans doute y font pouffés par la
force attractive de ces merveilleufes raretés,
qui doit néceffairement les arracher de la fé-
rieufe occupation de leur toilette ; c'eft-là où
on les voit changer leur or contre des pantins, des magots, des portraits de nouvelle
forme, de toutes fortes d'animaux, & mille
autres bijoux femblables, dont ils fe dégoûtent
quinze jours après.

Il eft certain que la volupté leur fait inventer tous les jours de nouvelles modes, dont

ils ne peuvent plus se passer, quoiqu'ils ne les
connussent pas deux mois avant. Ces modes,
nées du caprice & de l'inconstance, ont vrai-
semblablement pris naissance chez eux, & c'est
aussi dans ce monde où elles font leur séjour
ordinaire : coëffures, habits, couleurs, desseins,
façons galantes, frisures à la grecque, en chou
ou en artichaut, plaisirs de modes, nouvelles
allures, jeux, talens, ragoûts, & même jusqu'au langage qu'on voit régner & tomber
tour à tour au gré du caprice ; c'est la mode qui
change tout ; c'est elle qui force un bel esprit,
un philosophe, un bon poëte, un grand auteur à céder à des petits génies, qu'il lui plaît
de mettre en crédit ; c'est elle qui fait qu'on
oublie ses anciens amis, pour ne s'occuper
que de ses nouvelles connoissances ; enfin elle
étend sa puissance jusqu'au culte qu'on doit
rendre aux dieux, & l'on change d'usage à
cet égard comme dans les choses les plus in-
différentes.

Ces variations de goûts, jointes au luxe qui
règne dans ce monde, y font décorées du
titre de bon goût, de perfection des arts & de
délicatesse de la nation, qui doit nécessairement répandre une aménité & une suavité qui
rend tous les citoyens parfaitement heureux :
leur amour-propre leur fait fans doute regarder

ces vices, qui en attirent une infinité d'autres, comme des vertus, malgré la contagion qu'ils répandent jufqu'au dernier du peuple ; & l'on peut dire que ce luxe pouffé à l'excès, tend à la ruine de tous les citoyens, qui, par un abus inconcevable, fe croyent dans l'obligation de fe copier les uns & les autres. Cet exemple que les dames de la cour autorifent, en imitant la magnificence de la reine, fait que les femmes de ceux qui font élevés en dignité, s'efforcent de copier les dames de la cour ; les perfonnes d'un état médiocre veulent imiter les grands, aucun ne fe rend juftice ; les petits fe flattent de paffer pour médiocres ; tout le monde veut briller ; on fort de fa fphère , & l'on court à fa ruine ; les uns par fafte & par vanité, ou pour fe prévaloir de leurs richeffes ; les autres par mauvaife honte, afin de cacher leur mifère ; mais ceux qui font affez fages pour condamner un fi grand défordre, ne le font pas affez pour ofer fe réformer les premiers, ni pour donner des exemples contraires. Comme ce n'eft qu'au fafte & à la parure qu'on rend hommage ; ils craindroient fans doute de fe voir trop humiliés, s'ils fe préfentoient dans les compagnies d'un air fimple & modefte ; c'eft pourquoi ils font forcés de fe laiffer entraîner par le torrent des préjugés. Chez eux les conditions se confondent ; là passion qu'ils ont pour le clinquant & pour les vaines dépenses corrompt les ames les plus pures ; on ne cherche qu'à briller ; on emprunte ; on trompe , & on use de mille artifices indignes pour y parvenir.

Rien ne rebute les Idaliens ; ils savent tout unir ; les biens & les maux leur sont propres ; on pourroit dire avec raison , que c'est chez eux que l'orgueil voulant se perpétuer, s'unit un jour à l'ignorance, & que de cette union naquirent les préjugés, la fatuité, l'amour-propre, la présomption, la fausse gloire, & cet ardent desir qu'ils ont de plaire , tous enfans bien dignes de leur naissance, qui se livrant à l'oisiveté, se reposent sur l'amour du soin de leur fortune.

C'est là, sans doute, ce qui a fait bannir de ce monde la vérité, la pudeur & la modestie, qui n'y ont plus ni autels ni adorateurs ; le véritable amour dédaignant aussi de les éclairer, a depuis long-tems éteint son flambeau ; ce n'est point dans les sourires perfides & mercenaires d'une indigne coquette qu'il se plaît, puisque les faveurs qu'elle prodigue sont toujours accompagnées de trahisons, & ne laissent que les vains regrets d'un infame attachement.

Il est certain que les passions les plus tumul-

tueufes ont leur intervalle de rallentiffement
& de filence ; c'eft par ce moyen qu'elles
laiffent le tems à une raifon droite & éclairée,
d'appercevoir les précipices où elles conduifent
& de s'armer de nouvelles forces pour les combattre, ou pour en fortir lorfqu'on a eu le malheur de fe laiffer furprendre.

Nous ne vîmes dans toute la planète de
Vénus que gens livrés à l'amour, aux plaifirs, à la volupté & à la bonne chère ; leurs
tables font fervies avec un foin extrême de
tout ce qu'il y a de nouveau, de tout ce qui
peut flatter le goût, exciter l'appétit, &
échauffer le fang ; jamais on n'y attend ni la
faim, ni la foif, & toujours on y prévient fes
defirs avec beaucoup de fenfualité ; il eft vrai
qu'ils ignorent entièrement cette vraie volupté, qui ne peut être fentie que par des
ames vertueufes, & qu'on ne parvient à goûter
qu'après avoir fu fe vaincre foi-même.

L'amour, dans tous les mondes, a toujours
paffé pour le bonheur le plus parfait que les
hommes puiffent goûter ; c'eft ce qui les a
déterminés à en faire un dieu : dans le premier âge des mondes, la modeftie & la pudeur faifoient une partie effentielle de fon
culte ; les plaifirs & les jeux innocens ani-
moient fes fêtes : mais lorfque le règne des

.paſſions a commencé, elles ont exclu les vertus, & ne ſe ſont réſervé que les plaiſirs, qui
ne peuvent ſubſiſter long-tems ſans la vertu,
toujours inséparable du véritable amour.

Mais ces peuples qui ſe trouvent ſans doute
entraînés par la force des conſtellations qui pré-
ſident ſur eux, ce n'eſt point à leur réſiſter qu'ils
veulent employer leur courage, & leurs faits les
plus glorieux ne ſe comptent que par le nombre
des ſacrifices qu'ils ont offerts à l'amour ; mais
malheureuſement pour ces imbéciles, la ſaiſon
d'en offrir ne dure guères ; & ce qui eſt encore
plus malheureux pour eux, c'eſt qu'il arrive
ſouvent que ceux qu'ils ont offerts impru-
demment, leur coûtent ordinairement de cui-
ſans remords. Mille exemples réitérés d'une
infinité de miſérables, obligés, pour ſe ſou-
lager, d'avoir recours au meſſager des dieux,
qui eſt ſans contredit le médecin le plus accré-
dité de cette planète ; néanmoins ces exemples
ne ſauroient arrêter leur lubricité ; ſans doute
qu'il faudroit, pour modérer leur intempérance, changer toutes leurs habitudes, afin
d'amortir ce goût effrené qu'ils ont pour les
plaiſirs ; en réformant leurs uſages : mais je ne
crois pas qu'aucun génie veuille ſe charger
d'une entrepriſe auſſi difficile.

Quelleque province que vous parcouriez

dans tout le globe de Vénus, nous dit Zachiel, vous n'y trouverez que très-peu d'habitans qui foient occupés de leurs affaires ;
tous ne penfent qu'à leurs plaifirs : les premiers fuient l'abord des miférables, dans la
crainte de le devenir par contag on; les autres,
pour fe donner tout entier à leurs divertiffe-
mens, ont quelque chofe de plus humain ; ils
font acceffibles par plus d'endroits ; c'eft pourquoi leurs maîtreffes, leurs confilens, & ceux
qu'ils affocient à leurs plaifirs, peuvent aifément profiter des folies qui font toutes leurs
occupations ; leurs ames dans ces inftans femblent s'ouvrir aux bienfaits ; c'eft à ceux qui
les entourent de faifir ces momens ; car leur
conduite incertaine n'en préfente pas fouvent
l'occafion ; l'avidité du plaifir, & mille autres
paffions l'emportent toujours fur l'amitié ;
ils regardent le devoir de la vie comme une
gêne, à laquelle ils ne doivent point s'affujettir : ainfi ceux qui cherchent à être en liai-
fon avec eux, doivent fe conformer à leur
idée, leur confier peu de chofe, & en tirer
ce qu'ils peuvent.

Les gens les plus raifonnables de ce monde
fe voient en quelque façon contraints de s'affujettir à ces maximes ; car rien n'eft plus inutile que cette fageffe hériffée d'ongles & de

griffes qu'emploient une infinité de gens occupés fans cefe à s'ériger en réformateurs du
genre humain; il eft vrai qu'ils ne peuvent foutenir long-tems ces perfonnages fans fe rendre
ridicules, fans offenfer tout le monde, & fans
fe faire haïr univerfellement.

Monime, rebutée de n'avoir rencontré dans
les différens modes que nous venions de parcourir, dans les uns que folie, amour de la
nouveauté & coquetterie, & dans d'autres
qu'intérêt, mauvaife foi & fourberie, rien
ne pouvant fatisfaire fon efprit, auroit bien
voulu borner fes voyages à ces feules expé-
riences, qui ne lui prouvoient que trop que
la corruption des hommes s'étend dans tous
les mondes. Mais le génie l'encouragea & ranima fa curiofité par ce peu de mots :

L'entreprife que j'ai formée de travailler à
vous perfectionner l'un & l'autre, m'oblige
de vous engager à vifiter les autres planètes.
L'univers appartient à tous les hommes, &
vous êtes faits pour jouir du fpectacle qu'il
préfente à vos yeux : ainfi la curiofité doit
exciter en vous une forte d'intérêt qui vous
lie aux objets qui l'animent, afin de vous
rendre fpectateurs de tout ce qui fe paffe; car
il eft certain que l'imagination eft la fource &
la gardienne de nos plaifirs; ce n'eft qu'en elle

qu'on doit l'agréable illusion des passions, toujours d'intelligence avec le cœur; elle fait, quand il lui plaît, lui fournir toutes les erreurs dont il a besoin; ses droits s'étendent aussi sur le tems, parce qu'elle rappelle les plaisirs passés, & fait encore nous réjouir par avance de tems ceux que l'avenir nous promet; il semble, comme quelqu'un a dit, qu'elle nous donne de ces joies sérieuses, qui ne font rire que l'esprit & le cœur. Toute notre ame est en elle; & dès que cette imagination se refroidit, tous les charmes de la vie disparoissent, & l'on reste dans un engourdissement létargique. C'est donc pour éviter d'y tomber, que je prétends vous fournir de quoi l'exercer; il faut voir si le crime & l'erreur étendront par-tout leur empire, & si la vérité & la vertu ne sont point reléguées dans quelque planète éloignée, occupées à donner aux mœurs de ses habitans, plus d'humanité les uns que les autres.

Vous êtes à présent, continua Zachiel, en état de ne vous plus trouver étrangers dans quelqu'endroit que je vous conduise. Comme vous n'êtes point encore assez pures pour entrer dans le soleil, nous passerons sous ce globe pour entrer dans la planète de Mars, qui va nous donner de nouveaux sujets de méditation, je compte que Céton pourra s'y dédommager de tous les ennuis qu'il a soufferts chez les Idaliens. Pour vous, charmante Monime, vous n'y aurez d'autre occupation que l'intérêt que vous prendrez au sort de milord & à tout ce qui se doit passer pendant le séjour que vous y ferez.

Comme Monime nous pressoit vivement de partir, il fallut céder à son impatience ; ce qui m'empêcha de visiter quelques autres provinces du monde de Vénus : mais le génie m'assura qu'elles n'étoient habitées que par des peuples qui, livrés entièrement à la plus vile crapule, ne méritent conséquemment aucune de mes attentions. Nous nous hâtâmes donc de passer rapidement dans la planète de Mars.

# QUATRIÈME CIEL.
## MARS.

## CHAPITRE PREMIER.

Nous atrivâmes dans la planète de Mars à l'entrée de la nuit. Déjà le crépuscule avoit revêtu les campagnes de ses sombres livrées ; le silence marchoit à sa suite ; les animaux & les oiseaux s'étoient refugiés dans les lieux de leurs retraites, il ne restoit que le rossignol qui, accoutumé aux veilles amoureuses, passe les nuits entières à chanter ; Hespérus, conducteur des bandes étoilées, brilloit à leur tête ; le firmament étinceloit de vifs saphirs, & on voyoit la lune s'élever d'une majesté nébuleuse, & avec un port de reine, dévoiler sa tendre lumière, en étendant sur l'obscurité son manteau d'argent. Le génie, poursuivant son vol rapide, nous descendit dans une plaine sablonneuse & aride.

Monime saisie de crainte, pouvant à peine respirer, pria le génie avec instance de ne point s'arrêter dans cette planète : je vous conjure, au nom de cette amitié que vous nous avez vouée, de nous conduire dans un autre monde ; le seul nom de Mars m'épouvante ; je m'imagine qu'il n'est rempli que de citoyens barbares & féroces, qui tous ne respirent que duel, sang & carnage : que voulez-vous que je fasse dans un pareil monde ? Une femme est-elle faite pour aller affronter les hasards ?

Eloignez de vous, chère Monime, ces craintes puériles & frivoles; mon dessein n'est pas de vous exposer à la fureur des combats; mais, ma chère fille, ne voulez-vous rien faire en faveur de Céton ; ce n'est qu'ici où il peut faire son apprentissage dans le métier de la guerre; vous n'ignorez pas qu'un seigneur tel que lui ne peut être occupé à d'autre emploi, ni parvenir à aucun autre grade militaire : si vous l'aimez, vous ne pouvez jamais lui donner de plus grandes marques d'amitié, qu'en l'excitant vous-même à ne négliger aucun des moyens qui se présenteront de faire valoir son courage. C'est-à-dire, dit Monime avec une sorte de dépit & d'impatience, que vous voudriez me faire ressembler à ces femmes qui ne trouvent de plaisirs dans le choix qu'elles font d'un militaire pour époux, que celui de le voir partir pour l'armée, sans être obligées de le suivre : contentes de s'en éloigner, elles jouissent de la satisfaction, ou du

du moins de l'espérance de le croire pour
long-tems à cent lieues & davantage. Si on
leur retranchoit ce tems de liberté, que sans
doute elles mettent à profit, un guerrier, ou
tout autre, leur deviendroit alors indifférent;
au surplus, ajouta Monime en badinant, le
plus fort Hercule ne put jamais tenir devant
une Omphale; un de nos regards suffit pour
changer leur massue en quenouille : laissons-
les donc se parer quelquefois du nom de he-
ros, nous les rendons assez souvent efféminés :
enfin, mon cher Zachiel, si vous voulez absolument me forcer de faire un long séjour dans
cette planète, je veux me travestir ; je vous
déclare que je prends l'uniforme, l'épée, le
plumet, le hausse-col, l'esponton; j'achete un
régiment, & d'un plein vol me voilà colonel.
Peut-être me direz-vous que sous cet ajustement, qui me rajeunira encore davantage, je
ne paroîtrai plus qu'un enfant : belle raison ;
je suis sûre que j'en verrai plus d'un dans ce
monde, qui, parvenus à des grades supérieurs, font sans doute les importans, & se
croyent plus habiles que les plus expérimentés,
quoique moins experts & plus enfans que moi.

Monime insista encore long-tems pour tâcher de faire prendre une autre résolution au
génie ; mais elle eut beau faire, ses représen-

tations furent inutiles, il fallut partir. Aprés que Zachiel eut diffipé une partie de fes craintes, par des récits auffi amufans que finguliers, cette charmante perfonne fe vit contrainte de vaincre fa répugnance, n'ofant plus s'oppofer ouvertement aux volontés du génie.

Notre voyage fut des plus gracieux; les chemins étoient remplis de chaifes de pofte, d'équipages, de fourgons, de mulets, mais furtout de gens qui paroiffoient les plus contens du monde. L'un difoit : voici une campagne qui va m'avancer jufqu'à la tête du régiment; & fi on me rend juftice, j'ai tout lieu d'efpérer une bonne penfion & un gouvernement à la fin de la guerre. Le pays eft gras, difoit l'autre ; nous allons y faire un riche butin. Plufieurs vouloient parier que la guerre feroit terminée par cette feule campagne : il n'eft pas poffible, difoient-ils, que les ennemis puiffent encore fe foutenir feulement deux mois ; tous marchoient enfin avec la plus grande confiance ; ils ne parloient que de places prifes, de victoires remportées ; à les entendre, on eût dit que les villes s'avanceroient à leur rencontre, & les armées prendroient la fuite à la première nouvelle qu'ils auroient de leur approche.

Forcés de quitter cette route pour en prendre

une autre, nous rencontrâmes quelques bataillons qui revenoient de l'armée; ils n'a-
voient pas à beaucoup près l'air aussi contens
que les premiers; autant ceux-ci témoignoient
d'empressement, autant les autres nous paru-
rent-ils découragés & rebutés. Monime les prit
d'abord pour de pauvres estropiés, qui atten-
dent quelques aumônes sur les grands chemins. Officiers, soldats, domestiques, chevaux, tous faisoit également peur & pitié.
Leurs discours répondoient à leur figure; on
les avoit, disoient-ils, conduits à la bouche-
rie; le général avoit perdu la tête; la cavalerie s'étoit avancée mal-à-propos; l'infanterie,
mal commandée, n'avoit pas fait son devoir.
Pourquoi, disoit l'un, avant de nous exposer,
n'a-t-on pas envoyé reconnoître ce poste? Si
l'on avoit veillé sur l'ennemi, on ne se seroit
pas laissé dérober ses marches; nos espions
sont mal payés; c'est ce qui fait qu'ils négligent le soin de nous instruire : enfin chacun
de ces militaires n'étoit content que de soi-
même, & tous à l'envi donnoient mille malédictions contre un état dont ils paroissoient
extrêmement dégoûtés.

Ce triste spectacle n'étoit pas propre à relever le courage de Monime; ses craintes &
sa frayeur redoublèrent : laissons ce vilain Mars,

difoit-elle à Zachiel ; prenons une autre route ;
je me fens anéantie par l'air, qui affurément
eft trop vif pour la délicateffe de mon tempérament ; déjà des vapeurs m'accablent, &
mon cœur palpite à mefure que nous avançons dans la planète.

Le génie, fourd aux plaintes de Monime,
pourfuivit toujours fon chemin fans daigner
lui répondre. Nous découvrîmes bientôt le lieu
le plus éminent & le plus célèbre de toute
la planète, ce fameux temple de la gloire,
où tous les citoyens de ce monde courent à
l'envi.

L'air grave & férieux que vous prenez, pourfuivit Monime, ne fauroit jamais me rebuter,
mon cher Zachiel ; j'ofe encore vous demander une grace, avant de vous engager dans
cet affreux pays ; commencez d'abord, je vous
en conjure, par nous conduire dans ce magnifique temple ; un noble preffentiment m'annonce que le féjour de ce lieu admirable pourra
calmer mes fens, ranimer mon courage, &
m'apprivoifer en même tems avec le refte de
la planète. Dieux, que vois je ? vous froncez
le fourcil ! vous allez encore me refufer ; je
f'émis ; ne prononcez pas mon arrêt.

Ce que vous demandez n'eft pas raifonnable,
dit Zachiel ; ce n'eft point par le temple de la

gloire qu'on parvient dans l'empire de Mars ;
on doit au contraire avoir passé par les épreuves
les plus difficiles & les chemins les plus épineux
pour arriver à ce temple ; je ne puis changer en
votre faveur une loi si juste ; la renommée, à
qui la porte du temple est confiée, nous feroit
l'affront de nous en refuser l'entrée ; elle ne
doit ouvrir qu'à ceux qu'elle connoît, & dont
elle a déjà porté le nom dans tout l'univers.

Croyez-vous, mon cher Zachiel, dit Monime, le regardant avec un fourire enchan-
teur, qu'il n'y ait point là, comme par-tout
ailleurs, des chemins détournés, par lesquels
on peut s'introduire à la faveur de quelque
fausse porte : pour moi je pense qu'on peut
faire des héros ainsi que des docteurs, fous la
cheminée ; cette renommée dont vous me parlez, n'a pas une réputation bien faine fur l'article, & si elle n'y regarde pas de plus près
pour ouvrir fa porte, que pour entonner fa
trompette, il faut avouer qu'on passe souvent
avec plus de facilité que vous ne dites.

Les moindres choses décident quelquefois
de la victoire : cette réflexion donna tout l'a-
vantage à Monime ; Zachiel se rendit, & la
même voiture qui nous portoit, devint le char
de triomphe fur lequel notre aimable conqué-
rante nous conduifit comme fes captifs au
temple de la gloire. D d iij

Cet admirable édifice est situé sur le sommet d'un rocher le plus élevé & le plus escarpé qui fut jamais : anciennement il étoit fermé de hautes murailles & de très-difficile abord; mais plusieurs chemins ont été applanis ; présentement, plus accessible, on y arrive facilement de divers cotés, dont les routes sont ou paroissent nouvellement tracées. Ce temple gagne infiniment à être vu de loin ; ses beautés ne se développent que successivement ; plus elles s'éloignent de leur centre, plus elles brillent ; la proportion de leur éclat est la même que celle de leur éloignement.

A peine fûmes-nous arrivés au pied de ce rocher, qui ne nous présentoit de toutes parts que des précipices affreux, que Zachiel avoit malicieusement conduit nos pas vers l'endroit le moins accessible ; nul chemin tant soit peu battu ne se présentoit pour y monter ; ce fut alors que le courage nous manqua ; moi-même, qui m'étois d'abord joint au génie pour combattre les frayeurs de Monime, je commençai à frémir comme elle ; la honte seule m'empêcha de tenir son même langage ; mais dans le fond de mon cœur je me rangeai de son sentiment.

Un autre point de vue, plus rebutant encore que le rocher, nous inspira de nouvelles répugnances ; c'étoit un monceau de cadavres

horriblement défigurés qui couvroient le fond
du vallon. Saisis d'étonnement & d'horreur,
Monime & moi regardâmes Zachiel sans avoir
la force de lui parler ; mais il lui fut aisé de
lire dans nos yeux ce qui se passoit dans notre
ame. Nous regardant alors avec un visage
serein :

Ces morts que vous voyez, nous dit-il ;
ne méritent ni votre attention ni votre pitié ;
ils sont ici dans l'ignominie & dans l'oubli,
parce qu'ils ne furent jamais que des héros
manqués & de faux braves ; plusieurs d'entre
eux sont venus se briser contre cette pointe
de rocher que vous voyez à votre gauche,
& qu'on appelle le faux point d'honneur ; ce
sont de ces gens qui, pour venger une injure
imaginaire, se sont déshonorés par une mort
honteuse, qui ont péri, non pas dans une bataille, qui doit être comme le lit d'honneur
d'un vrai brave, mais dans des duels qui ne
conviennent qu'à des vils gladiateurs ; de ces
spadassins qui mettoient toute leur gloire à ôter
la vie des hommes ; de ces gens qui faisoient
dépendre de l'événement d'un combat, l'honneur, la vertu, le vice, l'infamie, la vérité
& le mensonge ; qui n'avoit d'autre droit ;
d'autre justice ni d'autre raison que le meurtre,
ainsi les plus forts & les plus adroits se croyoient

D d iv

les plus dignes de l'immortalité; toute leur vertu ne se mesuroit qu'à la pointe de l'épée.

Quelques-uns de ceux que vous voyez de l'autre côté, avoient reçu de la nature les dispositions les plus heureuses pour être un jour de grands hommes; mais par l'abus qu'ils en ont fait, ils n'ont été que des hommes pernicieux & de grands scélérats : tel est en particulier celui que vous voyez assez près d'ici suspendu par les pieds la tête en bas, couvert d'un sang qui paroît encore tout récemment versé, & dont la tache ne s'effacera jamais; le connoissez-vous, mon cher Céton ? c'est l'auteur de tous les malheurs de votre partie, & en même tems de ceux de votre famille en particulier, c'est Cromwel : vous frémissez à ce nom : vous avez raison, mon cher; l'Angleterre eût été heureuse, si elle n'eût point donné naissance à ce monstre, qui auroit pu faire sa gloire, mais qui sera à jamais son opprobre. Il commença par la souiller du plus noir des attentats contre son roi, & après l'avoir engagée à le faire mourir sur un échafaud, il finit par usurper sa couronne & devenir son tyran. Regardez un peu plus loin; vous y verrez Totila, roi des goths, qui se rendit effroyable à l'Italie sous l'empereur Justinian I. Ce prince donna plusieurs combats, tant sur mer que fur terre, où il eut toujours l'avantage ; & malgré la réfiſtance de Béliſaire, que l'empereur avoit envoyé contre lui , il aſſiégea & prit Rome, la détruiſit preſque entièrement, fit brûler le capitole , & renverſer la moitié des murailles, ordonna aux citoyens d'abandonner la ville ſous peine de la vie, en traitant cruellement ceux qui ne profeſſoient pas ſa religion. Ce gros camus, que vous voyez à côté, eſt Atila, roi des Huns, ſcythe de nation ; il étoit d'un eſprit ſubtile, ambitieux, plein de ruſes, de fineſſes, de trahiſons, cruel, haut, fourbe & téméraire. Le ſiège de ſon empire fut en Sicambrie près le Danube. Il fut appellé au ſecours de Genſeric, roi des Vandales, contre les Gots, & vint avec une armée de cinq cens mille hommes, ravagea toutes les provinces de l'empire romain, en mettant à feu & à ſang tous les endroits par où il paſſoit dans l'Allemagne & dans l'Italie; mais le cours de ſes victoires fut enfin arrêté dans les Gaules par Atticus, chef des Romains; & Mérouée, roi des François, lui défit en un ſeul jour plus d'un tiers de ſon armée, & le contraignit de s'enfuir en Hongrie. Ce prince, après avoir accablé quantité de provinces, démolit toutes leurs villes, força Aquilée, ſaccagea Milan & Pavie, & mourut enfin d'un flux de sang qui le suffoqua, occasionné par ses exécrables débauches.

Là c'est Nicoclès, tyran de Sicione dans le Péloponèse, qui fut chassé de ses états, & mourut de faim & de froid. Sur la droite on voit Hérimas, fils d'Artane Donien, qui soutint une sanglante guerre contre Memnon, qui, après l'avoir vaincu, le fit enfermer dans la peau d'un bœuf, pour s'en servir de jouet, en lui faisant souffrir mille indignités.

Regardez, continua Zachiel, ces deux hommes qui paroissent étroitement liés ensemble; c'est Cassius & Brutus, deux traîtres qui ont pris les armes contre le père commun de la patrie, je veux dire César. Cet empereur portoit tant d'amitié à Brutus, qu'il l'avoit institué son héritier; cependant l'ingrat croyant acquérir une gloire immortelle, poussa la trahison jusqu'à se faire le chef d'une conspiration; & quoique César eût reçu plusieurs avis de ne point aller au sénat ce jour-là, Brutus l'y entraîna lui-même : dès que l'empereur y fut entré, soixante assassins l'environnèrent de tous côtés, & le frappèrent de leurs épées. César se défendit avec courage; mais lorsque Brutus l'eut aussi frappé, il cessa de se défendre : ah ! mon fils, lui dit-il, en qui j'avois mis toute ma confiance, faut-il que tu me donnes la mort ? César n'en dit pas davantage, se couvrit la tête de sa robe, & se laissa tomber contre la statue de Pompée, percé de vingt-trois coups d'épée, dont il mourut dans la salle du sénat; mais le ciel vengea sa mort par celle de tous les conjurés, qui sont tous ici ensevelis dans la poussière; & ce même Brutus, après avoir perdu une bataille proche la ville de Philippus, se perça le corps d'outre en outre, dont il mourut sur le champ, se rendant homicide de lui-même avec le même glaive qu'il avoit employé dans le parricide qu'il commit en la personne de César.

Je ne finirois pas, ajouta le génie, si je vous nommois tous ceux que vous voyez. Il est vrai que quelques-uns ont fait de belles actions; mais ils les ont souillées par des actions encore plus barbares; brigans plutôt que conquérans, c'étoit la férocité qui les animoit, & non pas la valeur; ils ne cherchoient à vaincre que pour massacrer & pour piller, & le nom qu'ils ont laissé après eux, n'est immortel que dans l'horreur & dans l'exécration des hommes, parce qu'ils n'ont pas connu le vrai chemin qui conduit au temple de la gloire; & & quoiqu'ils aient fait les plus grands pas pour y arriver, leurs défauts & leurs vices les en ont bannis pour toujours.

Tous ces gens me font horreur, dit Monime; je trouve qu'il répugne à la société des êtres raisonnables, que des sujets osent faire la loi à leurs maîtres, & qu'ils s'attribuent le privilège de leur infliger des peines, puisqu'un souverain n'est comptable de sa conduite qu'au tribunal de la divinité, & de quelque façon qu'il dispose de nos corps & de nos biens, on ne doit leur opposer que la soumission & l'obéissance; ç'a toujours été ma façon de penser; je la vois justifiée par ce nombre de traîtres, de tyrans & d'impies, qui, en cherchant la gloire & l'immortalité, n'ont trouvé que l'opprobre & le mépris. On diroit que la tyrannie est une espèce de rage, qu'on pousse souvent jusqu'à la dernière extrémité. Ah! mon cher Zachiel, fuyons, ne nous amusons plus à contempler de pareils monstres.

J'y consens, dit Zachiel; mais avant de nous éloigner, je veux que Céton regarde cet écueil, qui n'est guères affronté que par ceux de sa nation, & qui est funeste à plusieurs anglois; il se nomme le suicide. Croiriez-vous, mon cher, que la plus grande partie de tous ceux que vous voyez sont autant de vos compatriotes, qui ont été assez fous pour se donner la mort à eux-mêmes. Cette sorte de fureur est regardée en Angleterre comme une gran-

deur d'ame ; c'est un noble dédain de la vie,
confondant ainsi le désespoir avec l'intrépidité
& la pusillanimité, qui se laisse abattre au
moindre événement fâcheux, avec l'héroïsme,
qui nous rend supérieur à tous les maux qui
nous environnent.

Pendant que Zachiel me faisoit cette énu-
mération, que je trouvois très-intéressante,
nous vîmes s'avancer une troupe de gens fort
mal vêtus & d'assez mauvaise mine, qui te-
noient de grands rouleaux de papiers, des plumes & une écritoire ; ils nous saluèrent d'un
air fort pédant, nous dirent qu'ils venoient
nous offrir leurs services : je ne suis pas cher,
dit l'un qui se nomme gazetier, pour un écu
je promets de vous rendre au temple, & de
vous y assigner une place distinguée. Alors se
présenta une quantité de poëtes & d'historiens,
pour nous offrir de nous immortaliser en vers
ou en prose.

Voici, Messieurs, nous dit un de ces poëtes,
des poëmes que j'ai composés pour les grands
conquérans ; en voilà pour les grands politiques ; ceux-ci sont pour ces génies vastes,
dont l'esprit & les lumières peuvent s'étendre
sur toutes les sciences ; j'y ai laissé les noms
en blanc ; si vous en voulez choisir, je vais
dans l'instant le remplir du vôtre, pourvu que

vous ayez seulement la bonté de me faire un
petit présent de cent guinées.

Ma curiosité excitée par ce singulier compliment, j'en pris un pour l'examiner ; mais
je ne le trouvai rempli que d'enthousiasme,
de vers bouffis ; de grands mots formoient un
recueil complet de toutes les rimes les plus anciennement accouplées : batailles & murailles,
soleil & sans pareil, gloire & victoire, sublime & magnanime, hasard & César, la foudre
& en poudre ; combats, éclats ; avantages,
carnages ; étincelantes, épouvantes ; & que
sais-je encore ! enfin tous ces mots cadencés
comme un air de flûte, & qu'il seroit trop long
de traduire ici, me parurent signifier très-peu
de chose ; cependant le poëte n'offroit pas
moins de mettre Monime au rang de la déesse
Pallas, & de me faire occuper la place du
dieu Mars lui-même.

D'un autre côté Monime fut encore assaillie
de gens qui lui présentèrent de nouvelles brochures. Madame, disoit l'un, voici du nouveau : si votre grandeur veut me le permettre,
j'aurai l'honneur de lui dédier ce petit ouvrage :
il est écrit en rose ; c'est la couleur à la mode.
Prenez-le mien, disoit un autre ; il est en gris
de lin, les délices d'une ame tendre. Madame,
dit celui-ci, donnez la préférence à ce recueil ;

il est en vert & jaune pour peindre le printems ; ce livre n'est semé que de fleurs & de
mots brillans ; il est divin. Belle déesse, dit
un homme d'un air langoureux, souffrez que je
vous présente cette élégie : & moi ces épîtres,
qui sont fort au-dessus de celles de Cicéron.
D'autres apportèrent des odes, des rondeaux,
des vaudevilles ; ceux-là demandoient très-
peu d'argent. Mais il vint ensuite des historiens de grande réputation, qui nous offrirent
les mêmes services, c'est-à-dire, de faire ins-
crire les plus beaux endroits de notre vie dans
le livre d'airain qui ne s'efface jamais. Oh ! pour
ceux-là, ils étoient très-chers.

Je fus d'abord tenté de me faire placer dans
ce grand livre. L'écrivain commençoit déjà à
tailler une plume fine, délicate & légère ; mais
lorsque la main posée sur le papier, toute prête
à y tracer mes hauts faits, il me demanda sous
quel titre je prétendois m'annoncer ; j'avoue
que cette question m'embarrassa ; je sentis intérieurement que je n'en méritois aucun. Après
avoir rêvé un instant : donnez-moi celui que
vous voudrez, repris-je ; peut-être que le hasard pourra vous faire rencontrer juste ; & si
le zèle que je me sens pour les remplir peut
suppléer au mérite, vous ne risquez rien.

# CHAPITRE II.

ZACHIEL, qui étoit préfent à cette converfation, m'avertit que ce n'étoit que par des actions héroïques, qu'on pouvoit acquérir la gloire d'occuper une place dans ce grand livre, fans quoi tout ce que les vulgaires écrivains entreprenoient d'y tracer, étoit facilement effacé par l'envie ou la jaloufie, qui ne pardonnent rien, mais dont les traits s'émouffent, & ne peuvent jamais ternir la réputation des perfonnes que le ciel a douées d'un vrai mérite & d'un courage invincible. On ne peut, ajouta le génie, décider du rang ni de la place que méritent les grands hommes qu'après leur mort, parce qu'il en eft qui perdent dans les derniers momens de leur vie, une partie de la gloire qu'ils ont acquife pendant plufieurs années, & d'autres qui font encore plus grands en mourant, qu'ils ne l'ont été lorfqu'ils jouiffoient d'une parfaite fanté.

Scipion, beau-père de Pompée, rétablit au moment de fa mort la mauvaife opinion qu'on avoit eue de lui; il montra par fa conftance & fa hardieffe, que les perfonnes qui ont paru les plus foibles, peuvent quelquefois s'élever

jufqu'à

juſqu'à la grandeur d'ame des héros. Scipion
ayant été jetté ſur les côtés d'Afrique par une
horrible tempête, ſon vaiſſeau pris par les
ennemis; il voulut ſauver en ſa perſonne la
gloire de ſon nom, & ne put ſouffrir que l'A-
frique, accoutumée à les voir vaincre, en vît
mettre aux fers. Auſſi grand que le vainqueur
de Carthage, il dompta les horreurs de la mort,
en s'enfonçant ſon épée dans le ſein. Cet
exemple, mon cher Céton, doit vous ſuffire
pour apprendre que les derniers momens de
la vie doivent être regardés comme la pierre
de touche qui diſtingue les héros & les vrais
philoſophes, d'avec ceux qui n'en ont uſurpé
que le nom.

Nous fûmes interrompus par un homme,
qui nous dit en accourant vers nous, un fouet
à la main: meſſieurs, je ſuis le poſtillon anglois; je vous garantis de vous mener d'ici
an temple ſans vous verſer; voulez-vous un
carroſſe, une délaſſante, une chaiſe de poſte,
un diable, un cabriolet? Choiſiſſez; nous
avons ici des voitures de toute eſpèce. Ote-
toi, dit celui-ci, tu n'es qu'un babillard; ces
meſſieurs méritent bien d'aller ſur Pégaſe; il eſt
tout bridé & tout ſellé, & n'attend que vous
pour partir; c'eſt l'animal le plus doux qu'il
y ait au monde, il ſe laiſſe très-facilement

monter; profitez-en, belle déesse; je vous proteste que vous arriverez au temple en un clin
d'œil. Un coureur s'avançant d'un air fier &
audacieux, nous dit d'un ton organisé, qu'il
étoit l'avant-coureur, qu'il proportionnoit ordinairement sa course aux dons qu'on lui faisoit. Il fut encore suivi de quantité de savans,
qui, tous à prix d'argent, nous vinrent offrir
l'immortalité.

Excédés de toutes ces offres, & de cette
foule de marchands de réputation, dont le
nombre s'augmentoit à chaque instant, nous
prîmes le parti de nous en débarrasser; mais
nous ne le pûmes faire qu'en acceptant de gros
volumes de louanges, qu'ils nous donnèrent à
très-bon compte, & qui nous mettoient tout
au moins de niveau avec les plus fameux héros & héroïnes de l'antiquité.

La renommée s'annonça aussi-tôt avec ses
cent bouches & ses cent trompettes, dont elle
entonna nos prétendus beaux faits; son cheval
ailé fut en même tems attelé à notre char;
dans un moment nous fûmes portés jusqu'aux nues, & sans avoir touché aux rochers, nous nous trouvâmes dans la grande
place du temple.

Je voudrois bien ne nous point engager
plus avant, dit Monime, sans faire ici une

halte ; nous sommes à jeun, & je me sens trop foible pour aller plus loin. Que dites-vous, reprit Zachiel, en l'interrompant brusquement ? Est-ce ici qu'il faut parler de boire & de manger ? Apprenez, belle Monime, qu'au séjour de la gloire, on ne se repaît que de vent & de fumée : on ne s'énivre que de son mérite & de soi-même ; dormir à l'ombre de ces lauriers, recevoir de l'encens, jetter de la poudre aux yeux : voilà la vie & la seule occupation des héros immortels.

Monime ne parut pas goûter ce régime d'immortalité ; déjà elle se préparoit à visiter sa boëte aux confitures seches, lorsque tout-à-coup nous nous vîmes investis d'un tourbillon de fumée fort odoriférante. Survint ensuite un coup de vent, qui sembla ranimer des volcans de soufre & de salpêtre, qui répandirent dans toute cette place une nouvelle fumée, qui, se confondant avec l'autre, paroissoit énivrer tous les spectateurs. Ne pouvant soutenir la force de ce vent, Zachiel nous fit passer sous un vestibule : vous voici, nous dit-il, au milieu des héros les plus vantés de l'univers.

Notre étonnement à la vue de cette singulière compagnie ne peut s'exprimer ; des visages balafrés, des yeux crevés, des crânes ha-

chés , des oreilles coupées, des bras en écharpe ,
des jambes de bois, des corps couverts de plaies
& d'emplâtres, des femmes enfin à qui on avoit
arraché une mammelle ; tels furent les affreux
objets qui se présentèrent à nos yeux.

Où sommes-nous , grand dieu ! s'écria Monime toute éperdue. Ah ! méchant Zachiel ,
vous nous avez trompés ; quel plaisir avez-
vous de nous prendre ainsi pour vos dupes ?
Pourquoi me forcez-vous d'entreprendre un
long voyage ? Pourquoi exciter ma curiosité
par des histoires qui n'ont nulle sorte de rapport à ce que je vois ? Pourquoi enfin vous
engager de nous introduire dans le sanctuaire
de l'immortalité , lorsque je m'apperçois que
toutes ces magnifiques promesses n'aboutissent
qu'à nous conduire dans un hôpital?

Le génie souriant de son erreur , dit qu'il
étoit fâcheux pour ces malheureux officiers de
n'avoir excité que sa frayeur , lorsqu'ils devoient au moins s'attendre à lui inspirer des
sentimens d'admiration ; que ce n'étoit que
par de pareils accidens qu'on pouvoit prétendre à la gloire. Quoi ! dit Monime , vous
prétendez encore me persuader que nous sommes ici dans un temple ? Assurément , reprit
Zachiel, vous êtes sous un de ces portiques ;
mais entrons sous cette vaste colonnade qui
est à gauche.

Monime, effrayée de voir se mouvoir une grande tour qui étoit au milieu, fit un cri, craignant qu'elle ne tombât sur nous. Cette tour que des machines à-peu-près semblables à nos ailes de moulin à vent faisoient tourner rapidement, nous représenta plusieurs figures que son mouvement paroissoit animer. Le trouble de Monime augmenta à cet aspect, & malgré l'envie qu'elle avoit d'apprendre ce que signifioit une décoration aussi extraordinaire, je remarquai qu'elle eût voulu en être bien loin; mais Zachiel attentif à tous ses mouvemens, fixa enfin son attention: regardez ces différens héros; celui-ci que vous voyez nonchalamment appuyé sur le bras de son écuyer, est le grand Cyrus, qui transféra l'empire des Mèdes aux Perses, qui a gagné une infinité de batailles, conquis des provinces entières, qui traversa l'Asie, la Médie, l'Hircanie, la Perse, & ravagea enfin plus de la moitié du monde qu'il habitoit. C'étoit sans doute, dit Monime un prince ambitieux, qui vouloit que toute la terre lui fût soumise? Point du tout reprit Zachiel, l'amour seul le porta à tous ces désordres; il vouloit seulement délivrer la princesse Mandane, dont il étoit passionnément amoureux; cependant cette princesse lui fut enlevée huit fois. Voilà, dis-je, une beauté

qui a paffé par bien des épreuves. Cela eft vrai ;
mais tous fes raviffeurs étoient d'illuftres fcé-
lérats, qui eurent néanmoins affez de vertu
pour la refpeƈter ; ils n'osèrent jamais la toucher
feulement du bout du doigt ; & fi fon écuyer
pouvoit vous parler, il vous en raconteroit
des merveilles.

Cet autre qui paroît eft Romulus, premier
roi des romains, que fes citoyens firent mourir, & affurèrent enfuite qu'il étoit monté au
ciel. Voici Codrus, roi d'Athènes, qui fe dé-
voua lui-même à la mort pour le fervice de fa
patrie. Je ferois curieux, dis-je, de favoir qui
eft cette belle qui paroît d'un air fi fier : c'eft
Clélie, la plus illuftre de toutes les dames ro-
maines ; c'eft elle qui paffa le tibre à la nage,
pour fe dérober du camp de Porcenna.

Voilà, dit Monime, une héroïne qui me paroît bien pefamment armée ; ne feroit-ce point
quelque reine des amazones? C'eft la pucelle
d'Orléans, dit Zachiel : vous ne devez pas
pas ignorer que ce fut elle qui délivra la France
du joug des anglois. Celle que vous voyez dans
l'enfoncement eft Zénobie, reine de Palmire,
qui gouverna ce royaume avec autant de fageffe que de douceur pendant plus de trente
ans, jufqu'au tems qu'Aurelien vint lui déclarer
la guerre. Ce prince, après l'avoir vaincue

l'emmena captive à la suite de son char de triomphe. Il fit mourir Hernianus & Timolaüs ses deux fils. Voici Elisabeth, reine d'Angleterre; sa gloire eût été parfaite si elle ne l'eût pas ternie par la mort du comte d'Essex, & par celle de Marie Stuart, reine d'Ecosse. On a prétendu que la jalousie avoit eu beaucoup de part aux raisons qui la déterminèrent à prononcer ces deux condamnations.

Alors on entendit comme une espèce d'ouragan excité par plusieurs vents qui se combattoient. Le vent de la gloire & celui de l'immortalité paroissoient lutter contre celui de la jalousie. La renommée souffloit du côté du midi. Au septentrion les vents de l'envie & de la calomnie faisoient un fracas épouventable ; ils agitèrent cet édifice avec tant de violence, qu'ils firent tomber des lambris & des colonnades, différentes figures qui excitèrent encore notre curiosité.

Voici, nous dit Zachiel, un roi de Phrigie, qui a été le prince le plus riche de son tems, & celui dont les lumières, l'esprit & la politique ont été le plus utiles à ses peuples, en lui faisant découvrir tous les secrets de ses alliés & les ruses de ses ennemis. Ce monarque sut si bien profiter des dons qu'il avoit reçus du ciel, en les faisant servir à la gloire de son royaume qu'il rendit ses sujets parfaitement heureux : on le nomme Midas. Quoi ! dit Monime, se- roit ce Midas qu'on dépeint avec des oreilles d'âne, & que la demande indiscrète qu'il fit à Bacchus de changer tout ce qu'il toucheroit en or, a fait mourir de faim ? Lui-même ; c'est ce qui prouve que la postérité gâte souvent, par des fables allégoriques, les meilleures actions, & en embellit de pitoyables ; témoin l'histoire de cette Lucrèce qui vient de tomber à côté de Midas : vous ne devez pas ignorer la façon dont on publia sa mort ; la lecture a dû vous en ins- truire : cependant rien n'est si faux que l'histoire qu'on en raconte ; la vérité est que Collatinus, son mari, ayant appris ses intrigues avec le jeune prince, la poignarda lui-même, & fit courir de faux bruits contre les Tarquins, afin de s'emparer de la république conjointement avec Brutus son collègue.

Je m'en suis douté, dis-je, non pas que je présume que toutes les femmes soient coquettes ; mais cette histoire de Lucrèce m'a toujours pa- rue un peu apocryphe, en ce qu'il semble qu'il eût été plus naturel de tourner d'abord ses armes contre celui qui vouloit la deshonorer, ou du moins ne pas attendre que le crime fût consom- mé pour se tuer.

Monime, excédée de fatigue d'être obligée

de lutter fans ceffe contre l'impétuofité des vents qui fouffloient fans relâche, pria le génie de nous faire paffer dans un bâtiment qui étoit à droite. La voûte & les pilaftres de ce bâtiment étoient de verre ; plufieurs colonnes de carton foutenoient cet édifice. Sur ces colonnes, noircies par la fumée, & agitées par les vents de même que dans l'autre bâtiment, étoient écrits les hauts faits des héros, tant anciens que modernes. Il eft vrai que lorfque les vents viennent à fouffler avec violence, plufieurs de ces colonnes en font renverfées; & quoique les poëtes & les hiftoriens gagés par l'état pour l'entretien de cet édifice emploient une attention extrême à le rétablir, néanmoins il arrive très-fouvent, dans ces défordres, qu'ils oublient une infinité de héros, lefquels, par cette négligence, fe trouvent fruftrés de l'immortalité, malgré les foins qu'ils s'étoient donnés pour la mériter.

Nous vîmes plufieurs perfonnes fe promener, qui nous parurent fort prévenues en leur faveur. Un de ces hommes s'approchant de moi me demanda fi je n'étois pas nouvellement arrivé, & ce qu'on difoit de lui dans notre monde. Lorfque vous m'aurez appris votre nom, lui dis-je, peut-être pourrai-je répondre à la queftion que vous me faites. Je fuis Mutius Scevola, noble romain, qui voyant ma ville affiégée par le roi Porſenna, prit congé du ſénat, & me rendit dans ſon camp dans l'intention de le tuer; mais comme je ne connoiſſois pas le roi, je me trompai, en prenant pour lui un de ſes favoris, à qui j'ôtai la vie : je fus arrrêté ſur le champ & conduit devant le roi ; mais ſans m'étonner d'aucune des menaces qu'il me fit pour avoir oſé attenter à ſes jours, je lui montrai le peu d'état que je faiſois des plus cruels tourmens, en étendant ma main droite ſur un braſier ardent, & je ſouffris conſtamment la douleur juſqu'à ce qu'elle fût entièrement brûlée. Porſenna, étonné de ma fermeté, ne put s'empêcher d'admirer mon grand courage, & me renvoya ſans me faire aucun mal. Peu ſenſible à cette généroſité, je lui déclarai que je n'étois pas le ſeul qui eût conſpiré contre ſa perſonne ; qu'il y avoit encore trois cens romains qui avoient juré ſa mort : ce fut ce qui le détermina de faire une ligue avec les romains, redoutant leur intrépidité par l'exemple que je venois de lui en donner.

Vous me faites horreur, repris-je ; comment oſez-vous vous vanter du plus noir de tous les attentats ? Sont-ce là vos beaux exploits ? Quoi ! après un lâche homicide, vous prétendez à l'immortalité ? Ce n'eſt point par des trahiſons qu'on doit chercher à vaincre ſon ennemi. L'action dont vous voulez tirer vanité ne feroit regardée aujourd'hui dans notre monde que comme un modèle de fourberie & de férocité, & vous n'auriez à préfent d'autre gloire que d'être mis au rang de ces bandits qui fe louent pour affaffiner, & qui mettent un certain prix à chaque meurtre, proportionné aux difficultés qui fe rencontrent à commettre le crime ; pour moi je n'en connois point de plus grand que l'homicide volontaire. La bafe de toutes les vertus eft l'humanité ; elle coule comme une eau pure & falutaire qui fertilife tout ce qu'elle rencontre ; mais vous, vil affaffin, fi vous avez acquis quelques honneurs, ils font illégitimes. Mutius, très-mécontent de ma réception, s'éloigna en hauffant les épaules.

Bientôt après je fus entouré d'un grand nombre de perfonnes. L'un me dit qu'il étoit Achille ; un autre Céfar ; celui-ci Alexandre : je ne pus entendre les noms d'une infinité de ces héros, parce qu'ils parloient tous à la fois. Comme je vis que chacun d'eux fe préparoit à me raconter fon hiftoire, je les interrompis pour les prier de s'expliquer l'un après l'autre. Je fuis Childebren, me dit un gros homme qui avoit l'air pouffif, je voudrois favoir ce qu'on dit de moi. Ce qu'on dit de vous ? Je puis vous affurer que je n'ai jamais entendu prononcer votre nom dans aucun monde. Et moi, dit un autre avec un

air de bonté, je fuis Montefuma. Ha, pour vous
je vous connois, vous êtes un honnête-homme
à qui les efpagnols ont fait de grandes injuftices.
Mais vous, qui vous annoncez pour être un Céfar, dites-moi de quel pays vous êtes, dans
quel monde avez-vous habité, & quel eft le
royaume où vous avez pris naiffance ? La queftion eft fingulière, y a t-il jamais eu plus d'un
Céfar ? Vous êtes un imbécile qui n'avez que
la figure humaine, & n'avez pas le fens d'une
carpe. Je n'ai point appris à répondre aux in-
vectives ; mais je puis vous affurer qu'il y a
actuellement fur notre terre plus d'un million
de Céfars, & tout au moins autant d'Alexandres,
puifque le moindre de nos officiers & même de
nos foldats fe regarde comme tel. Je n'eus pas
plutôt lâché ces mots, qu'ils prirent fans doute
pour autant de blafphêmes, que toute cette
foule de héros difparut, au grand contentement
de Monime, qui commençoit à craindre leur
pétulence.

Zachiel nous fit alors traverfer une grande
falle remplie de monceaux de foie & de cotton
de différentes couleurs ; trois vieilles paroif-
roiffoient continuellement occupées à les filer.
Monime & moi les regardions avec beaucoup
d'application, fans pouvoir en découvrir le
myftère. Voici comme le génie nous l'ex-
pliqua.

Les trois vieilles que vous voyez font les parques qui filent la vie des mortels. Les hommes ne peuvent demeurer fur la terre qu'auffi long-tems qu'elles mettent à finir chaque monceau. Lorfqu'elles ont achevé un écheveau, le deftin y attache une petite plaque d'or, d'argent ou de plomb; c'eft ce qui défigne les bonnes ou les mauvaifes qualités de celui à qui on vient de couper la trame; fon nom eft gravé fur la plaque, & fes vertus ou fes vices y font tracés en caractères ineffaçables : alors un vieillard, dont la courfe rapide ne peut jamais être arrê-tée, en remplit les pans de fa robe & les va jet-ter dans le fleuve d'oubli que vous voyez dans le lointain fur la gauche de cette coline; ce vieillard, fans fe laffer, revient continuelle-ment en reprendre fans pouvoir en diminuer le nombre : mais quand, d'un air chagrin, il s'eft déchargé de fon fardeau, deux cignes, plus blancs que la neige, qui fe promenent fans ceffe fur ce fleuve, ont foin de détacher avec leur bec les noms des mortels les plus illuftres, & de les remettre entre les mains d'une nymphe dont la beauté eft raviffante, & dont l'unique emploi eft de les porter dans le temple de la gloire, pour y être confacrés à l'immortalité; c'eft-là qu'avec un foin extrême elle les attache autour d'un fimulacre pofé fur une colonne éle-vée au milieu du temple.

Il est aisé, dit Monime, de concevoir que ce vieillard que vous nous dépeignez est le tems. Mais que signifient ces cignes qui, soigneux de détacher les noms des héros d'avec ceux des vulgaires humains, empêchent qu'ils ne soient ensévelis dans le fleuve d'oubli ? Ils représentent, dit le génie, les grands poëtes & les meilleurs historiens, qui les uns & les autres, par leurs veilles & un travail assidu, servent à immortaliser les monarques, les princes, les grands politiques, & tous ceux qui se sont distingués pendant le cours de leur vie par des actions héroïques. La nymphe désigne l'histoire, qui, sous cette figure, représente la candeur, la pureté, la simplicité, & sur-tout la vérité que doit employer un historien dans les peintures qu'il nous fait en traçant la vie des héros qu'il entreprend de remettre sous nos yeux.

Au sortir de cette salle le génie nous fit traverser une grande cour. Nous remarquâmes que le soleil, par la chaleur de ses rayons, avoit concentré la fumée dans les entrailles de la terre ; tous les vents étoient dissipés ; il ne restoit que celui de la gloire, qui, semblable aux zéphirs, ne souffloient que pour rendre l'air plus agréable & plus doux. Nous voici enfin arrivés, nous dit Zachiel, devant le temple de la gloire immortelle.

Ce temple, dont le dôme paroissoit par son élévation percer les nues, fixa d'abord nos regards; nous fûmes enchantés de la beauté & de la régularité de son architecture; Monime & moi, éblouis de sa majesté, une sainte terreur s'empara de nos ames; nous n'en approchâmes qu'avec le respect qu'inspire la divinité.

Sous les marches du temple est un antre profond, où nous vîmes Vulcain forger, sur son enclume, ces foudres redoutés dont les Marciens se servent pour soutenir leurs droits & assurer le destin des états. D'un côté de la porte du sanctuaire étoit la divine Uranie, un compas dans une main; dans l'autre une carte, où l'on voyoit tracés des royaumes, des villes, des citadelles, des lacs & des mers. Calliope, vis-à-vis, tenoit un livre d'histoire, & paroissoit du doigt en montrer les plus beaux traits. Plus loin étoient rangés l'intrépide valeur, le vigilant travail, le tranquille sang-froid, l'espérance, la ruse, le détour, le déguisement & l'imagination, qui paroît occupée de mille brillans projets qu'elle présente au confident de Mars, que Zachiel nous dit être l'impénétrable secret. Ce temple est entouré de lauriers, dont Pallas forme elle-même des couronnes que Mars présente ensuite à tous ses favoris.

# CHAPITRE III.

Vous ne devez pas vous enorgueillir, dit Zachiel, de la gloire non méritée que vous recevez aujourd'hui en entrant dans ce temple ; couverts de mes aîles, je vous rends invisibles aux yeux de tous ces héros & à ceux de Mars lui-même ; je ne prétends qu'exciter en vous cette ardeur martiale & ce noble courage qui anime & qui forme les grands capitaines, afin de vous rendre digne d'occuper un jour une place à côté de ces demi-dieux.

Mars assis au milieu de ce temple sur un trône élevé, soutenu sur les aîles du génie de la guerre, paroissoit regarder un héros placé à côté de lui à sa droite, & lui montrer avec complaisance plusieurs passages d'un grand livre que le destin tenoit vis-à-vis de lui. Je n'osai faire des questions au génie, dans la crainte d'être découvert ; mais il prévint mes desirs & me fit un plaisir indicible en m'apprenant que celui qui excitoit ma curiosité, par la préférence qu'il avoit obtenue sur les autres, étoit Henri IV, ce bon roi des françois, à qui Mars faisoit lire, dans le livre du destin, la gloire de sa race & les actions éclatantes qui devoient s'accomplir par tous ses descendans.

O

O dieux ! dit Monime à demi voix, que je me sens d'amitié pour ce héros ! c'est donc lui dont le souvenir se perpétuera éternellement de race en race chez les peuples auffi-bien que chez les grands & les souverains, qui se feront toujours gloire de le prendre pour modèle dans tout l'univers ? Mais dites-moi, mon cher Zachiel, je suis curieuse d'apprendre s'il sait combien sa mémoire est révérée chez toutes les nations de la terre, & s'il jouit ici de cette renommée qu'il s'est si justement acquise. Je vous en donne ma parole, dit Zachiel, c'est ce qui fait sa récompense ; & la preuve que la divinité l'avoit créé dans un dégré éminent de supériorité d'esprit & de talens pour régner sur tous les hommes, c'est que ceux qui ont été les plus jaloux de sa gloire sont aujourd'hui forcés d'avouer qu'il méritoit seul de commander à tout l'univers, puisqu'on peut mettre Henri IV au-dessus des plus grands hommes qu'ait produit Rome dans sa plus haute élévation.

Je hais la flatterie & les fausses louanges, ajouta le génie, je n'applaudis jamais qu'au vrai mérite. Scipion l'Africain est, sans contredit, ce que Rome a produit de plus grand : cependant il a fallu à Henri IV beaucoup plus de force de génie, de grandeur d'ame & d'intrépidité, de courage, pour venir à bout de ce que fit le roi des françois, que pour exécuter ce qu'acheva le romain. Scipion, appuyé de bonnes troupes, chaffa Annibal d'Italie, raffura les romains épouvantés par la perte de la bataille de Cannes, & porta chez le Carthaginois les fureurs d'une guerre cruelle dont ils avoient peu avant embrâfé toute l'italie ; enfin il délivra Rome de cette orgueilleufe & dangereufe rivale. Mais ce qui met la gloire d'Henri IV au deffus de celle de ce romain, c'eft qu'à la tête de quelques foldats à demi nuds, fans argent & fans autre fecours que fon courage & fon bon droit, il entreprend de recouvrer fa couronne, il eft obligé de faire la conquête de fon royaume ufurpé par les ligueurs, par les efpagnols & par d'autres encore plus redoutables. Malgré toutes ces oppofitions, Henri IV vint à bout de fes deffeins ; & après s'être rétabli fur le trône de fes pères, il fait trembler ces mêmes efpagnols, qui, quelques années avant, joignoient le mépris à la préfomption, & ne l'appelloient que le Béarnois. Vous voyez, mon cher Céton, que les affaires d'Henri IV étoient en bien plus mauvais ordre à la mort de fon prédéceffeur que celles des romains après la perte de la bataille de Cannes, puifqu'ils avoient au moins de l'argent & les moyens de rétablir leur armée ; mais loin que le roi des françois eût les mêmes fe-

cours, je me souviens d'une lettre qu'il écrivit
à un de ses généraux, par laquelle il lui mar-
quoit que ses finances étoient dans un si pi-
töyable état, que depuis huit jours sa marmite
étoit renversée ; que ses pourvoyeurs n'avoient
pas le sol, & qu'il se trouvoit obligé d'aller
manger chez les officiers de son armée.

J'aurois bien voulu que Zachiel ajoutât à ce
récit un abrégé de la vie de quelques-uns de ces
héros que je voyois rassemblés dans ce temple ;
mais Monime, qui commençoit à se lasser d'un
aussi long jeûne, nous assura qu'elle ne se sentoit point assez de force pour vouloir entreprendre de ressembler à ces grands personnages,
& que ne pouvant imiter Henri IV dans ses
belles actions, elle trouveroit encore assez de
gloire à lui ressembler dans son humiliation, en
allant demander à souper à quelque officier dont
le tournebroche ne seroit pas démonté. Il fallut
satisfaire Monime.

En sortant du temple nous rencontrâmes un
grand nombre de troupes, dont les officiers,
vêtus de différentes couleurs, portoient sur
leurs drapeaux ou sur leurs enseignes l'emblême
des batailles qu'ils avoient données. Sur les uns
on voyoit la peinture d'une retraite honorable ;
d'autres décrivoient une capitulation avanta-
geuse ; ceux-ci, la conquête de toute une pro-

vince ; ceux-là , la réduction d'une ville bien
fortifiée & remplie de toutes fortes de munitions ; cet autre, un combat naval ; l'on avoit
repréfenté une flotte entière , qui paroiffoit dif-
fipée ou coulée à fond ; plus loin, l'étendard de
la victoire brilloit, porté fur un char que fui-
voient encore différentes troupes : enfin je ne
puis dépeindre ni nombrer la prodigieufe quantité d'enfeignes qu'avoient arborées cette multitude de prétendans à une gloire immortelle ;
car il ne faut pas croire qu'il n'y ait que les militaires qui puiffent y prétendre : tous les états y
ont les mêmes droits, & la renommée entonne
également fa trompette pour les favoris d'A-
pollon comme pour ceux de Mars : c'eft ce qui
forme un concours perpétuel aux environs du
temple.

En avançant dans le pays , nous découvrîmes un château dont la forme & la ftructure
antique annonçoient qu'il avoit vu plufieurs
fiècles ; Zachiel nous y conduifit. Ce château
étoit occupé par un vieil officier qui nous reçut
très-bien ; mais pendant le fouper il fe mit à
nous faire un récit des batailles où il s'étoit
trouvé, des rencontres où on l'avoit employé,
des bleffures qu'il avoit reçues, des injuftices
qu'on lui avoit faites en gratifiant des gens fort
inférieurs à lui, & mille autres chofes auffi peu

intéreffantes pour des étrangers. Cette converfation ennuia tellement Monime, qu'elle en eut
des vapeurs. Nous prîmes congé de notre hôte
pour partir le lendemain au lever de l'aurore.

Zachiel nous conduifit dans l'empire des faliens, où le feu de la guerre étoit allumé de
toutes parts. A l'approche d'une de leurs villes,
nous fûmes obligés de paffer au milieu d'un
camp : les officiers, le cafque en tête & couverts de leurs cuiraffes, fe préparoient à partir ; déja le mouvement des foldats formoit un
nuage de pouffière qui s'élevoit dans l'air ; déja
les tambours, les fifres & les trompettes fon-
noient la marche, lorfqu'un courrier arriva ap-
porta un contre-ordre qui les arrêta.

Monime obfervant leurs mouvemens, parut
d'abord déconcertée à l'afpect des fers de leurs
piques hériffées, & à l'éclat brillant des armes
qui éblouiffoit les yeux ; faifie de crainte & de
frayeur, elle fupplia le génie, d'une voix tremblante, de la conduire dans quelqu'autre monde,
ne pouvant fupporter la vue de ces hommes
qui fembloient ne refpirer que la mort, le fang
& le carnage. Vous verrai-je toujours en proie
à d'indignes foibleffes, dit Zachiel d'un ton févère, devez-vous craindre quelque chofe lorfque je vous accompagne ? Eft-ce donc là le fruit
que je dois attendre de mes foins & de ma com-

plaifance ? Défaites-vous de ces vaines terreurs
fi vous voulez mériter les dons que je me propofe de vous faire. Monime rougit ; honteufe &
confufe de s'être attiré les reproches du génie,
elle n'ofa répliquer, & fut contrainte de fuivre
Zachiel, qui nous fit traverfer le camp pour
entrer dans la ville, où nous defcendîmes dans
un hôtel garni. Nous paffâmes le refte du jour à
nous repofer, en écoutant les inftructions du
génie.

Ces peuples-ci font bien différens des marciens. Chez les derniers, les mœurs, la candeur & la bonne-foi forment les plus folides
fondemens de leur empire ; mais chez les faliens
ces vertus en font bannies depuis long-tems.
Vous ne verrez dans ce royaume qu'un tiffu de
faux prétextes, de raifons vaines, de plaintes
frivoles, de couleurs empruntées & groffières,
d'intrigues fourdes & cachées, d'artifices fug-
gérés par des gens intéreffés à trouver les
moyens de continuer la guerre, afin de s'enrichir aux dépens des peuples.

Je trouve, dis-je, la condition des hommes
bien déplorable, fur-tout lorfqu'ils prennent
pour guide de leur conduite leurs propres
paffions ou celles des autres. Qu'on propofe
la guerre, le foldat, ébloui par l'appât du
pillage, s'y livre avec empreffement, & les

citoyens, séduits par le faux prétexte de conserver la patrie & leur liberté, paroissent animer les troupes ; l'officier, qu'un autre intérêt
guide, les encourage, tandis qu'il court souvent lui-même à sa perte.

Il est vrai, dit Zachiel, que rien ne persuade mieux les personnes qu'on veut entraîner dans son parti que l'exemple ; c'est un penchant attaché à la nature ; il semble que les
hommes ne soient faits que pour s'imiter les
uns les autres : une province entière observe
ce que fait ses voisins ; le feu se répand, se
communique, & devient bientôt un incendie
général ; c'est de ces espèces de mines sourdes
qu'on voit souvent éclore une source de maux,
& la politique de ceux qui les fomentent jouit
alors de tous les artifices qu'elle a mis en œuvre
jusqu'à ce que le sang des troupes soit versé.
Ce royaume en fournit un exemple bien terrible, puisque la guerre qu'ils ont entreprise
trop légèrement réduit l'état à de cruelles extrêmités. L'imbécillité, l'ignorance, la corruption & l'avilissement sont les vices domi-
nans des Saliens, source ordinaire de la pauvreté & de la misère des peuples ; juge mon
cher Céton s'ils sont à plaindre.

Le lendemain nous fûmes visités par plusieurs officiers. La surprise de Monime fut ex-

F f iv

trême, lorsqu'au lieu de voir des hommes ro-
bustes & d'une figure martiale, elle ne vit
en eux que de jeunes adonis, poudrés, pouponnés & peut-être fardés; car ils avoient le
teint aussi apprêté que celui d'une femme qui
a passé les trois quarts du jour à sa toilette.
Ces demi-dieux en plumet, en talons rouges
& en manchettes à double rang, ne sentoient
nullement la poudre à canon; ambrés de la
tête aux pieds, ils parfumèrent tout l'appartement de Monime. Ces mignons du dieu Mars
faisoient sans doute leur principale occupation
de l'imiter dans ses amours, soumettant à la
fortune ou au hasard le soin de leur gloire. Ils
ne nous parlèrent que des faveurs qu'ils avoient
reçues de leurs belles, que des fêtes dont ils
les avoient régalées, de celles qu'ils se pro-
posoient encore de donner dans la ville, &
nous engagèrent Monime & moi d'y assister.

　Ce début me donna une très-foible idée de
la prudence & des talens de ces jeunes officiers; cependant, curieux de m'instruire d'une
profession dont je n'avois que la théorie, que
j'espérois bientôt mettre en pratique, pour ne
rien négliger, je leur fis plusieurs questions sur
leur manière de combattre, & sur certaines
règles que je croyois nécessaires: je leur demandai d'abord s'ils connoissoient parfaite-

ment la carte du pays où ils alloient s'engager, le caractère des peuples qu'ils devoient atta- quer, parce que je regardois ces connoiffances comme très-utiles pour faciliter le paffage de leurs troupes, fe précautionner contre les rufes de l'ennemi, & éviter en même tems de donner dans les pièges qu'ils pouvoient leur tendre ; j'ajoutai que je penfois auffi qu'un bon officier devoit favoir le génie, les for- tifications, la carte & les mathématiques, fur- tout la partie qui concerne l'art militaire.

Pas un mot de tout cela, répondit un de ces meffieurs, en pirouettant fur la pointe du pied ; chez nous le courage & la valeur fup- pléent à tout. Mais, monfieur, la valeur qui n'eft pas accompagnée de prudence & de fang- froid, devient un courage fougeux, qui re- garde de loin le danger, & voudroit être aux prifes dans le tems qu'il faut camper ; ainfi je ne regarde cette valeur que comme une fauffe bravoure ou un courage fanfaron, au lieu qu'une grande ame, un génie pénétrant, un cœur intrépide, voit de près le péril fans en être épouvanté.

Il me paroît, dit ce jeune officier, que les hommes de votre pays font bien phlegmati- ques ; il faut efpérer qu'un peu de nos ufages pourront contribuer à bannir de votre efprit des réflexions inutiles. Ces derniers mots furent prononcés du ton le plus enjoué, en faisant une révérence qui annonçoit leur départ.

Surpris de voir tant d'ignorance dans un officier revêtu d'un poste éminent, je demandai à Zachiel si les autres officiers n'étoient pas plus instruits. Il ne faut pas, dit le génie, vous étonner de la vivacité des Saliens, non plus que de celle de tous les peuples qui habitent dans ce monde; comme cette planète est beaucoup plus proche du soleil que les autres, les influences qui les dominent leur communiquent ce feu & cette pétulance qui les portent à agir très-souvent, sans se donner le tems de réfléchir.

Nous passâmes quelques jours dans cette ville, où nous vîmes régner la licence la plus effrénée; les plaisirs, la bonne chère, le jeu, les spectacles, les concerts, les bals & les fêtes galantes étoient les seules occupations de tous les officiers; leurs tables, toujours servies avec profusion, ne représentoient rien moins que les calamités d'une guerre, toujours onéreuse aux peuples : mais pendant ces plaisirs & cette dissipation, les soldats misérables qui étoient campés aux environs de la ville, y exerçoient mille désordres, par la mauvaise discipline qu'on y observoit.

Monime & moi fûmes invités à un grand
souper, & à un bal qui se devoit donner ensuite chez l'intendant de la province. Cet
homme, que la fortune avoit tiré de l'état
le plus médiocre, pour l'élever à ce haut degré de faveur, s'étoit rendu haïssable à toute
la ville, par les airs de grandeur qu'il affectoit
vis-à-vis la noblesse, & le mépris qu'il montroit
pour les plus riches bourgeois. Les femmes,
piquées du peu d'égards qu'il avoit pour elles,
s'en plaignirent aux officiers de la garnison,
qui promirent de les venger. Leur projet étoit
de faire habiller douze soldats en femmes,
magnifiquement vêtues, qui devoient baloter
toute la nuit l'intendant ; le masque favorisant
ce déguisement, ils ne craignoient pas d'être
reconnus. Nous ne fûmes instruits de la pièce
qu'on vouloit jouer, que deux heures après
que le bal fut commencé. Déjà nos préten-
dues déesses avoient entouré l'intendant, & se
préparoient à lui faire mille niches, lorsqu'on
entendit tout-à-coup un bruit confus de chevaux hennissans, d'hommes & de femmes
qui poussoient des cris épouventables, & de
troupes qui remplissoient l'air de sons belliqueux. D'abord on sonne l'alerte, on s'écrie
aux armes, voilà les ennemis qui ont surpris
la ville, & sont entrés par un passage qui n'é-

toit point gardé. Alors tous ces jeunes officiers, fans paroître effrayés du danger ni de
la douleur de leurs belles, les quittent fans
émotion, pour courir donner des ordres, &
raffembler leurs troupes ; mais malgré toute
leur vivacité, quoiqu'ils employaffent beaucoup de bravoure, leurs foins furent inutiles ;
la ville fut prife, & mife à contribution, malgré tous les efforts des habitans, qui fe défen-
doient avec beaucoup de courage & d'intrépidité. Zachiel, qui avoit prévu ce défordre,
vint à notre fecours ; il nous fit fortir de la
ville, pour nous conduire dans une autre province. Je ne pouvois concevoir que ces jolies
petites figures, qui s'admiroient deux heures
avant dans toutes les glaces, euffent eu le courage de s'aller précipiter au travers des efcadrons ennemis ; cela me paroiffoit tenir de l'en-
chantement.

Après avoir raifonné fur cet événement,
je trouve, dis-je à Zachiel, la conduite de ces
hommes bien imprudente ; car puifque la garde
de cette ville leur étoit confiée, pourquoi ont-
ils négligé de la fortifier dans les endroits par
où elle pouvoit être attaquée ? C'eft que les
lumières de ces hommes font très-bornées, dit
le génie ; la plupart n'ont qu'un point de vue
marqué, au-delà duquel ils ne peuvent étendre

leur pénétration ; ils font pour ainſi dire renfermés dans les ténèbres de la politique humaine ; ils faiſiſſent en aveugle tout ce qu'on
leur préſente ; ils s'arment de prétextes ſpé-
cieux pour les embellir de raiſons bonnes ou
mauvaiſes, afin de trouver les moyens d'engager leurs alliés par des motifs d'ambition ,
ou des conceſſions chimériques, dont ils ne
font point avares ; mais les ruſes qu'ils emploient retombent fouvent ſur eux-mêmes.

Pendant la route le génie nous inſtruiſit de
la religion & des mœurs des Marſiens. Leur
façon de penſer eſt libre, nous dit-il, tous les
grands de ce monde préfèrent ce qu'ils ima-
ginent à ce qu'ils ont vu ou appris ; tous leurs
ſentimens leur appartiennent ; ils penſent qu'en
matière d'opinion on doit toujours ſuivre les
plus douces, les plus modérées, & celles qui
tendent à concilier les eſprits & à entretenir
le repos de la ſociété.

Il n'y a rien de plus abſurde, diſent leurs
prétendus philoſophes, que de vouloir aſſujettir des êtres qui doivent être néceſſairement
heureux, pour les obliger à régler les ſphères
céleſtes, & à combiner tous les événemens qui
arrivent ſur la terre, d'en faire des dieux ſuſ-
ceptibles de haine & de vengeance, qui ſe
laiſſent fléchir par des larmes & des prières;

qui peuvent s'offenfer de nos défordres, quoique plufieurs d'entr'eux nous fourniffent eux-
mêmes plus d'un exemple pernicieux; doit-on
après cela les regarder comme de véritables
dieux? Nous devons donc croire que fi le
monde étoit foumis à la puiffance de vrais
dieux, il feroit admirablement bien conduit,
& que tout fe pafferoit d'une manière digne
de ces dieux fages & éclairés qui le gouverne-
roient. Or comme nous voyons tous les jours
arriver le contraire, ce doit être une preuve
évidente que le hafard préfide feul à tout ce
qui s'y paffe.

Malgré des fentimens fi contraires à leur
religion, on les voit régulièrement dans le
temple de Pallas, en pofture de fupplians,
offrir à la déeffe des vœux & de l'encens.
Comme ils rapportent tout à l'union, ils re-
commandent à tous les citoyens de fe prêter
aux cérémonies publiques & aux actes de religion que leurs mithologiens impofent, lors
même qu'ils n'en feroient pas pénétrés au fond
du cœur, puifque les perfonnes d'efprit ne
peuvent guère être convaincues de la vérité
de toutes les traductions fabuleufes qu'on leur
préfente; mais le peuple qui les croit, & qu'il
eft dangereux de défabufer, puifqu'elles fervent
à entretenir la paix & la douceur parmi eux,

c'eft ce qui fait que les grands font obligés de mettre du moins leur extérieur à l'uniffon de celui de leurs compatriotes.

Les plus raifonnables d'entre leurs philofophes font perfuadés que le bien & le mal ne font des chofes vaines ou chimériques que l'opinion ait introduit. Le bien eft, felon eux, ce qui augmente réellement le pouvoir qu'on a d'agir, & ce qui fait paffer à une plus grande perfection; le mal au contraire eft ce qui diminue & ce qui affoibit ce même pouvoir. Que pouvoit donc offrir la nature de plus convenable à ces différentes vues, que d'y attacher le plaifir? N'eft-ce pas lui qui incline l'ame vers le bien avec d'autant plus de force que le bien eft beaucoup plus defirable que le mal? Que les hommes abufent du plaifir, qu'ils y courent en aveugles & fans aucun ménagement, voilà leurs crimes. Mais la nature n'eft-elle pas affez vengée de cet abus par les peines cuifantes qui en naiffent, & par les remords encore plus terribles que les peines? En général une des plus grandes obligations de l'homme eft de veiller fans ceffe à la fûreté & à la confervation de fon être; c'eft un foin que la nature a gravé dans tous les cœurs, quoique perfuadés que leurs jours font comptés & que rien ne peut changer leur deftinée.

Ce monde est partagé, comme tous les autres, en différentes sectes. Quelques-uns mettent leur confiance dans des idoles qu'ils se fabriquent eux-mêmes ; d'autres adressent leur vœux à des divinités que la folle imagination de leurs anciens mithologiens ont fabriquées pour surprendre la bonne-foi des peuples que l'on ne sauroit guérir de leurs préventions : mais tous les nobles & la plupart de leurs savans ne reconnoissent d'autre divinité que la nature, qu'ils regardent comme l'ame invisible du monde ; ils disent qu'elle a une vertu surnaturelle qui produit, qui arrange & qui conserve toutes les parties de l'univers.

Ces savans distinguent deux volontés dans la nature, dont l'une suppose le bien & l'autre le mal. Ils croient qu'il y a une espece d'équilibre qui fait que tout se balance & reste dans une proportion égale, & qu'il est absurde de penser qu'un être plein de bonté ait créé le monde, & que le pouvant remplir de toutes sortes de perfections, il ait voulu précisément faire le contraire. Mais raisonnez avec ces faux savans, demandez-leur ce que c'est que cette nature dont le terme paroît si vague, ils vous répondront que c'est un principe actif, un être économe qui règle toutes choses avec tant d'art que les biens ne surpassent paffent point les maux ; c'eft , difent ils , une divinité fuperbe , pleine de fafte , puiffante , & qut tâche fur tout de cacher fes fecrets afin de n'être pas découverte. Ainfi , felon leur fyftême , dis-je à Zachiel , la nature , le fort & le hafard ne font qu'une même chofe.

Vous verrez ici, pourfuivit le génie, prefque tous les grands Seigneurs cultiver les fciences ; ils ont des livres de morale , de philofophie & d'hiftoire, qu'ils confervent fans aucun changement ni aucune altération ; le fol amour de la nouveauté ne les paffionne point ; & ce qui les diftingue des autres mondes, c'eft que là même langue s'y parle depuis leur création. Cette efpèce d'immobilité de langue les met en état d'entendre leurs plus anciens auteurs, de perpétuer leurs penfées & leurs fentimens fans avoir befoin de recourir à d'anciennes traductions qui fouvent ne font pas trop fidelles, au lieu que fur votre terre on voit changer en moins d'un fiecle tout le langage d'un peuple ; on diroit que d'autres font venus s'établir fur les ruines de ceux qui difparoiffent.

La mufique eft regardée , dans toute l'étendue de cette planète , comme un remède univerfel capable de guérir les plus grands maux du corps & même ceux de l'efprit ; &

les officiers qui commandent leurs armées en
tirent des secours infaillibles & sans cesse pré-
sens, pour élever dans l'ame de nobles accords,
pour fortifier le courage & la vertu, pour
gouverner & conduire les passions à leur gré,
pour les exciter ou les appaiser au besoin ;
c'est pourquoi tous leurs exercices sont précédés d'une musique agréable & bruyante qui
semble en quelque façon disposer l'ame & la
rendre plus hardie : car à mesure que le son
des instrumens vient la pénétrer, ils se trouvent transportés, si on l'ose dire, d'une fureur
divine, & on croiroit que le dieu de la guerre
entre par leurs oreilles pour les animer au
combat & pour se faire mieux obéir.

Les hommes qui naissent dans cette planète
se ressentent vivement de ses influences ; ils
sont tous belliqueux, & lorsqu'ils ne se font
point la guerre entr'eux, ils s'en dédommagent
en la faisant aux animaux ; du reste leurs manières sont toujours simples, franches & unies
dans leurs sociétés. Ils sont religieux à garder
leur parole, parce que le mensonge est puni
sévèrement chez eux. Un officier qui auroit
manqué à sa parole ne pourroit éviter le mépris de toute la nation ; il seroit dégradé, chassé
de son corps, & forcé de chercher chez l'é-
tranger à y cacher sa honte son& humiliation;

# CHAPITRE IV.

Nous arrivâmes enfin dans le royaume de Bellonie, gouverné alors par un tyran nommé Tracius. Ce prince, d'un esprit cruel & ambitieux, ne se plaisoit que dans le sang & le carnage; il ne s'occupoit qu'à chercher de nouveaux moyens pour envahir les états de ses voisins, & employer pour y parvenir les plus injustes vexations, tandis que le légitime souverain, exilé, chassé de son royaume, obligé d'errer çà & là dans divers états, gémissoit des maux dont il voyoit ses peuples accablés, & encore de tous ceux auxquels il prévoyoit que sa famille malheureuse alloit être en bute.

Avant d'arriver à la ville capitale, nous fûmes obligés de traverser une grande plaine jonchée de morts & de mourans. Une jeune personne qui par ses soupirs & ses sanglots faisoit voir la douleur dont elle étoit pénétrée, excita notre pitié & nous intéressa en sa faveur.

Monime, toujours remplie de zèle pour les malheureux, fit arrêter notre voiture, en descendit, & lui demanda ce qui pouvoit occasionner la douleur qu'elle faisoit paroître. Hélas!

madame, vous ignorez fans doute qu'il fe donna hier dans cette plaine une fanglante bataille.
Vous voyez en moi une époufe au défefpoir,
qui porte dans fon fein le fruit innocent d'une
union facrée. Depuis le lever de l'aurore en vain
je parcours cette plaine, en vain ai-je vifité
tous ces corps maffacrés par le feu des armes,
rien ne s'offre à mes yeux égarés, nul efpoir
ne fe préfente à mon ame, le fort malheureux
a fans doute tranché les jours de mon époux.
Les pleurs de cette jeune perfonne redoublèrent. Monime, pénétrée de fes peines, après
avoir employé des confolations dictées par la
générofité de fon ame, parvint à calmer un peu
fa douleur ; elle l'engagea à prendre place dans
notre voiture pour retourner à la ville, où
nous la remîmes entre les bras de fa famille.

Nous rencontrâmas dans la route une foule
d'habitans qui en fortoient, dans l'efpoir de
voir encore ceux dont la perte excitoit leurs
gémiffemens. Là c'étoit un vieillard accablé
fous le poids des ans; fes organes affoiblis par
l'âge ne lui permettant plus de diftinguer les
objets qui l'environnent, il s'adreffe à tous ceux
qu'il rencontre en leur demandant des nouvelles de fon fils : hélas! leur dit-il, les yeux bai-
gnés de larmes, le foutien de ma vieilleffe a
fans doute péri dans la mêlée ; je n'ai pu dé-

fermer ni attendrir fon fier courage, les forces
m'ont manqué pour le fuivre & mourir avec
lui. Après ce peu de mots, fuffoqué par fa
douleur, fes genoux plient, il eft prêt à tomber ; mais fe ranimant par un dernier effort, il
aborde le premier inconnu, le ferre en foupirant dans fes bras : portez, lui dit-il, à mon
fils ce dernier embraffement, dites-lui qu'il
n'oublie jamais un père malheureux qui ne vivoit qu'en lui, & que fon abfence a réduit au
défefpoir. D'un autre côté, des amis empref-
fés cherchent à procurer quelque fecours à
leurs amis. Ici on voyoit une jeune fille courir à grands pas vers la plaine, dans l'efpoir
d'y rencontrer le jeune guerrier qui lui a promis fa foi.

Arrivés à la ville, nous apprîmes le détail
de cette bataille, où plus de trente mille hommes avoient péri. A ces fâcheufes nouvelles
fe joignit encore celle de la déroute entière
de fon armée navale. Tant de calamités réunies répandirent la confternation dans tous les
cœurs. Il fembloit que de pareils revers auroient dû corriger Tracius, ou tout au moins
modérer fon ambition; mais malgré tous ces flé-
aux, ce tyran ne put encore fe réfoudre à abandonner la témérité de fes folles entreprifes. Infenfible aux calamités de l'état, barbare envers

les peuples, il leur cache avec un foin cruel
la plus grande partie des difgraces qu'il effuie
de la fortune ; & malgré le nombre des troupes déjà facrifiées dans plufieurs rencontres fu-
neftes, malgré l'épuifement d'hommes & de
finances où il fe voit réduit, rien ne peut
l'arrêter.

Un vieux officier, avec lequel nous avions
lié connoiffance, nous affura que depuis long-
tems chaque pas qu'ils faifoient avoit toujours
été marqué de leur fang, obligés d'aller chercher l'ennemi dans des pays arides & dévaftés
par le nombre de troupes qui y avoit déjà
paffé, & qui étoient accoutumées au pillage,
à caufe de la mauvaife difcipline qu'on obferve
parmi les troupes. A ces difficultés on peut
joindre la mifère de nos foldats, mal payés,
mal vêtus, mal entretrenus, mal fecourus dans
leurs maladies par la frauduleufe conduite de
nos entrepreneurs ; c'eft là ce qui caufe la dé-
fertion dans nos armées ; la plupart des foldats
& même des officiers paffent chez l'ennemi,
& en groffiffent d'autant plus le nombre ; tous
ces mécontens fe trouvent alors animés de leur
propre vengeance. Peu fatisfait de ce que nous
venions d'apprendre, nous quittâmes cette
ville pour continuer nos obfervations.

En avançant dans le pays, nous rencontrâ-

mes une multitude de pauvres payfans forcés
de fuivre un foldat qui venoit de les engager
par furprife ou par autorité. Ces miférables,
défefpérés de quitter leurs chaumières, quoique la plupart du tems ils manquaffent des
chofes les plus néceffaires à la vie, paroiffoient dans la dernière confternation. J'en remarquai un entr'autres qui me toucha fenfiblement; je m'en approchai pour lui demander
quelle raifon il avoit de s'affliger ainfi de faire
un métier dans lequel il trouveroit au moins
de quoi fubfifter. Hélas! monfieur, reprit ce
jeune homme en fanglotant, l'excès de mon
defefpoir ne vous furprendra plus, lorfque
vous ferez inftruit qu'on m'arrache des bras
d'une mère chargée de huit enfans, dont le
plus âgé qui lui refte a à peine dix ans; depuis
dix-huit mois que j'ai perdu mon père, je
pouvois au moins par un travail affidu les faire
fubfifter : ce qui fait le comble de mes maux,
c'eft qu'en m'arrachant de ma famille, on la
prive de tout fecours; & je puis vous affurer
qu'on n'en peut guère attendre de moi dans un
métier que je ne connois point & pour lequel
je n'ai jamais eu aucun goût; car, monfieur,
je ne fais pas feulement charger un fufil, la
vue d'un fabre me fait trembler & prefque tomber en foibleffe; tous mes camarades ne font

pas plus braves que moi, jugez de-là quelles troupes on va oppofer à des ennemis accoutumés depuis long-tems à vaincre. Je quittai ce jeune foldat après lui avoir donné ce que j'avois d'argent fur moi. Il me paroît, dit Monime que cette troupe de foldats n'ambitionne pas d'obtenir place dans le temple de la gloire; j'aimerois autant mettre devant les ennemis la repréfentation d'une armée de carton, de même qu'on en met fur nos théâtres.

C'eft-à-dire, dit Zachiel en fouriant, que vous comparez les Marfiens à des effains de mouches qu'on peut épouvanter en leur préfentant des figures grotefques; mais favez-vous que les Marfiens font les hommes les plus prudens de cette planète, les plus judicieux & les plus intrépides dans les dangers: tels font, ma chère Monime, les ennemis des Belloniens; c'eft dans leur armée que je conduis Céton; c'eft-là où je veux qu'il faffe fon apprentiffage dans le métier de la guerre, fous le prince Aricdef, qui a le commandement général de l'armée qu'on envoie pour combattre celle de Tracius. Je dois préfumer de l'élévation de vos fentimens, que vous n'apporterez aucun obftacle aux deffeins que j'ai conçus afin de mettre Céton à portée de profiter de fes voyages.

Monime, loin de s'oppofer aux vues du génie, qui ne tendoient qu'à me rendre digne d'occuper un jour le rang qu'il me deftinoit, parut au contraire charmée de l'occafion qui fe préfentoit de me fignaler par quelqu'action qui pût mériter l'approbation de Zachiel.

Pendant notre route je ne pus m'empêcher de foupirer en penfant que j'allois me féparer de Monime. D'où vient cet air trifte, dit le génie? Seriez-vous infenfible au plaifir que doit goûter un grand cœur lorfqu'il s'agit d'acquérir de la gloire? Pardonnez ce foupir, dis-je, il ne part point d'un cœur pufillanime qui craint le danger; mais ne puis-je rien donner à la douleur de me féparer de vous & de Monime? Je n'ofe, reprit Monime prefque les larmes aux yeux, vous dire que je fuis fenfible à cette féparation, puifqu'elle eft néceffaire à votre avancement.

Calmez-vous l'un & l'autre, dit Zachiel, la féparation ne fera pas longue; il faut, mon cher Céton, montrer plus de force, & vous accoutumer infenfiblement à mon abfence; vous ne m'aurez pas toujours. Je ne vous conduis au milieu des dangers qu'afin de vous apprendre à ne pas prodiguer le fang des fujets. Le ciel vous a fait naître pour commander un jour, ainfi fouvenez-vous qu'un bon général doit être le

modèle de tous les officiers ; c'est son exemple
qui anime l'armée. Vous allez apprendre sous
le prince Aricdef à mériter le titre de grand
capitaine. Songez, mon fils, que la valeur ne
peut-être une vertu que lorsqu'elle est réglée
par la prudence & la modération, sans quoi
ce n'est qu'un mépris insensé de la vie, ou
une ardeur brutale qui ne conduit qu'à sa perte.
Celui qui ne se possède pas dans les dangers est
plus fougueux que brave, parce qu'il semble
qu'il ait besoin d'être animé pour se mettre
au-dessus de la crainte qu'il ne peut surmon-
ter par la situation naturelle de son cœur.

Apprenez qu'en se livrant témérairement
aux dangers, on peut troubler l'ordre & la
discipline des troupes ; en donnant un exemple
de témérité, on expose souvent l'armée entière
à de grands malheurs ; ainsi gardez-vous bien,
mon cher Céton, de chercher la gloire avec
trop d'impatience ; le vrai moyen de la trouver est d'attendre tranquillement les occasions
favorables. Souvenez-vous encore de ne vous
point attirer l'envie de personne, ne soyez
point jaloux du succès des autres, ne cherchez
jamais à en diminuer le prix, soyez au contraire
toujours le premier à donner les louanges à
ceux qui le méritent.

Consultez les plus anciens capitaines ; priez

les plus habiles de vous inſtruire ; montrez leur
de la douceur & de la docilité en écoutant leurs
avis. Il faut néanmoins être ſur vos gardes &
vous perſuader que les plus éclairés ne voient
pas tout, & que les plus ſages font ſouvent de
grandes fautes lorſqu'ils ne ſuivent que leurs
ſens ou leurs préjugés ; mais ſur-tout évitez de
vous découvrir vis-à-vis de certains flatteurs
qui ſe plaiſent ordinairement à ſemer la diviſion
parmi les premiers officiers, afin d'indiſpoſer les
chefs & de profiter des déſordres qu'ils font
naître.

J'écoutois avidement les leçons du génie qui
ſembloient paſſer dans mon ame comme un
ruiſſeau d'eau vive & pure qu'on voit couler
entre des fleurs ; ma tendre Monime m'en parut
auſſi pénétrée de la plus vive reconnoiſſance.
Juſqu'alors je n'avois encore rempli ma mémoire que de grands noms & de grands événemens, ſans me donner le tems de faire aucune
réflexion judicieuſe. Cette converſation, ou
pour mieux dire, les inſtructions du génie firent naître en moi ce deſir ardent de prendre
pour modèle de ma conduite les actions des
hommes illuſtres, de profiter de leurs vertus,
& d'éviter de tomber dans leurs vices.

Nous apprîmes, en arrivant chez les Marſiens, que leur général devoit partir le lendemain pour ſe rendre à la tête de ſes troupes.

Le génie fans perdre de tems me préfenta le
même jour à ce prince qui me reçut avec des
marques de bonté qui d'abord m'attachèrent
à lui. Il promit à Zachiel de veiller fur ma
conduite & de prendre foin de mon avancement ; & pour commencer dès ce jour à me
donner des preuves de fa bienveillance, il ordonna qu'un appartement me fût préparé dans
fon hôtel pour y paffer la nuit, afin d'être à
portée de partir avec lui. Le génie me quitta
après quelques nouveaux confeils & les plus
fortes affurances de ne point abandonner Monime, ce qui me tranquillifa beaucoup.

Le foleil fe levoit & doroit déjà le fommet
des montagnes quand le prince Aricdef partit
pour aller rejoindre l'armée. J'étois à fes côtés
en qualité d'aide-de-camp. Arrivés au rendez-
vous, le prince donna fes ordres pour le campement. J'eus l'avantage d'être employé dans
plufieurs occafions qui m'attirèrent des louanges
de fa part, & me procurèrent fa confiance
& fon amitié. J'eus le bonheur de l'accompagner dans différentes actions qui fe donnèrent,
où ce prince fit voir fon intrépidité & ce
courage invincible qui ne l'abandonne jamais.

Je ne pouvois me laffer d'admirer la fituation avantageufe qu'il favoir toujours choifir
pour le campement de fes troupes, foit à caufe

des fourrages, ou qu'il fallût combattre. J'admirai encore l'ordre & la difcipline qui régnoient dans fon camp, cette intelligence & ce fecret impénétrable fi néceffaire pour la réuffite d'une entreprife, le foin qu'il prenoit de vifiter lui-même fon camp, l'attention qu'il avoit pour fes moindres foldats, afin que rien de ce qui leur eft utile, foit pour le vêtement ou la nourriture, ne leur manquât, & enfin cette obéiffance qu'ils marquoient au moindre fignal de fes volontés.

Cette première campagne n'eut rien de remarquable que la prife de quelques places que nous emportâmes aux Belloniens. Le prince diftribua fes quartiers d'hiver, & nous nous rendîmes à la ville capitale avec un jeune officier qui s'étoit acquis beaucoup de réputation dans les troupes. Sa modeftie, fa candeur & la pureté de fes mœurs, qualités rares dans un jeune homme, lui avoient attiré toute mon eftime & ma confiance. Nous nous liâmes bientôt d'une amitié intime; je l'engageai de venir paffer fon quartier d'hiver avec moi. Je le préfentai à Zachiel & à Monime qui me parurent l'un & l'autre confirmer le choix que j'avois fait par les éloges qu'ils lui donnèrent; il eft vrai qu'il fembloit qu'il portoit avec lui un charme qui entraînoit tous les cœurs en fa faveur.

Me promenant un jour avec cet aimable cavalier, après plusieurs propos vagues : que vous êtes heureux, dis-je, d'avoir commencé si jeune un métier qui vous a procuré souvent plus d'un moyen de vous signaler ! Il est vrai, dit le chevalier, que je suis entré au service de très-bonne heure ; mais, mon cher Milord, que voulez-vous que fasse un homme de condition que la fortune a pris, si je l'ose dire, à tâche d'humilier par les endroits les plus sensibles. On nous promet la campagne prochaine une bataille décisive : si je puis avoir le bonheur d'y acquérir quelque gloire ! mais que dis-je, hélas ! est-ce à moi d'oser m'en flatter ? Non, de quelque façon que tournent les choses, je me retire après cette action, & ne veux plus songer qu'à tâcher de me procurer un repos que depuis long-tems j'ai toujours inutilement cherché ; car il faut convenir, mon cher, qu'à moins d'avoir de grands emplois à l'armée, c'est un métier qui n'a guère d'attrait pour ceux qui s'en peuvent passer ; je ne puis regarder ce métier que comme une ressource pour de pauvres gentilshommes qui n'ont ni assez de bien ni assez d'autorité pour se faire considérer, & dont la plupart ne savent à quoi s'occuper. C'est assurément la profession la plus honnête qu'un homme

de condition puisse choisir ; je l'aime beaucoup ;
& si ce n'étoit les désagrémens que je rencontre à chaque pas, j'aurois peine à le quitter ;
de pressans motifs m'auroient déjà forcé à
prendre un autre parti, si un secret penchant
ne m'eût entraîné dans l'armée d'Aricdef.

Vous n'avez donc pas toujours été chez les
Marsiens ? Non, dit le chevalier, je n'y suis
arrivé que peu de tems avant vous. J'ai commencé à servir chez les Saliens ; mais leur
service entraîne à tant de choses fâcheuses,
on y dépend de tant de gens intéressés & ignorans, sans cesse en bute à des brutaux qui la
plupart, fourbes, débauchés, joueurs ou ivro-
gnes, m'étoient devenus insupportables ; enfin
ceux qui ont des mœurs passent chez eux
pour pédans. Rien ne dédommage de la perte
de son bien ni de son repos. Les injustices &
les passedroits y font encore un désagrément
plus sensible. Chez eux le mérite, les grands
talens, la prudence & la valeur y font comptés
pour rien ; tous les postes s'y achetent à prix
d'argent, ou par de viles complaisances ; ce
qui fait que malgré le nombre de leurs troupes & la supériorité de leurs forces, il est
souvent facile de les vaincre, par l'ignorance
de leurs officiers qui n'ont pas assez de prudence pour savoir à propos profiter de leurs

forces; d'ailleurs la ligue qu'ils ont faite avec les Belloniens m'a entièrement déterminé à passer au service des Marsiens.

Ne croyez pas pour cela, mon cher milord, poursuivit le chevalier, que l'ambition ni l'envie d'obtenir du prince un poste considérable m'ait attiré dans son armée ; je n'y suis conduit dans aucunes de ces vues, sinon celles de m'étourdir sur des malheurs qui m'accablent : oui, mon cher, je veux tâcher de vaincre cette fortune ennemie de mon bonheur & du repos de mes jours, qui, en me ravissant les honneurs dans lesquels je suis né, n'a pu encore me changer le cœur. De fortes raisons ne me permettent pas actuellement de m'ouvrir davantage avec vous ; qu'il vous suffise de savoir que ce n'est ni les dangers, ni les fatigues de la guerre qui m'en dégoûtent. Je suis d'une bonne constitution ; je me passe aisément de peu ; mais je crains la dépendance, & préférerai mille fois la mort, plutôt que de renoncer à ma liberté.

Je vous plains, mon cher chevalier, & n'ose pénétrer dans les raisons qui occasionnent vos dégoûts pour le service ; cependant je trouve que la guerre, malgré les désagrémens que vous venez de me représenter, a bien des avantages qui doivent les contrebalancer; tous

les

les vices que vous croyez y être inséparable-
ment attachés, ne sont point en elle, puisqu'elle a des loix qui les châtient sévérement;
& vous conviendrez que le prince qui nous
commande, n'est point taché de ces vices
que vous dites être si communs dans les officiers qui sont à la tête des armées des Saliens
& des Belloniens; car quelle idée ne devons-
nous pas avoir du prince Aricdef? Sans nous
arrêter à ce qui ne doit éblouir que les esprits
vulgaires, vous ne sauriez disconvenir qu'on
ne peut s'empêcher d'estimer en lui les vraies
vertus qui forment le héros. Ce n'est point
son courage invincible qui me charme, ni ce
mépris des dangers & de la mort que j'admire,
c'est cette présence d'esprit, cette intrépidité,
ce sang-froid dans le désordre des plus furieux combats, cette activité infatigable, qui
fait le vrai caractère des conquérans; cette
vîtesse imprévue avec laquelle il tombe sur
l'armée ennemie, & remporte une victoire
signalée, lorsqu'on le croit mort, ou embar-
rassé dans des défilés, ou son armée entièrement défaite.

Nous avons été témoins l'un & l'autre dans
cette dernière campagne, qu'avec une poi-
gnée de monde il a rendu inutiles toutes les
forces des Saliens, & a pris aux Belloniens

plusieurs places très-bien fortifiées; enfin il a ôté partout à ses ennemis les moyens de l'attaquer. On peut donc dire que c'est par ses talens & ses rares qualités qu'il s'est acquis l'amour & la confiance de ses troupes. Il est sûr que le soldat qui aime & qui peut compter sur son général, est invincible; au lieu que ceux qui font commandés par de lâches courtisans qu'ils ne sauroient estimer, se laissent vaincre aisément. Il ne faut qu'attendre l'occasion de quelque intrigue de cour, qui mette la division parmi leurs officiers: alors, quand on a de bons espions qui vous avertissent, on profite de leur désunion. J'ai oui dire que le prince Aricdef ne laissoit échapper aucun de ces avantages. On peut joindre encore à toutes ses qualités sa probité incorruptible, son amour pour la justice, sa libéralité, sa clémence, son attachement inviolable à sa parole, sa bonne-foi, ses mœurs douces & aimables, son attention pour les officiers & sa bonté pour le soldat.

On ne peut donc sans injustice lui refuser les titres de fameux guerrier, de redoutable capitaine, de bon politique & de sage philosophe, puisqu'il est honnête homme & fidèle à ses amis; nous voyons qu'eux même qui font au-dessous de lui, il les cultive avec soin.

J'avoue, dit le chevalier, que toutes ces

qualités font les apanages d'Aricdef, qu'il mérite à jufte titre les louanges & l'admiration de
tous les hommes ; la renommée qui les a pu-
bliées par toute la terre, m'a fait naître le defir de venir participer à fa gloire ; fans ce defir,
mon cher milord, peut-être n'aurois-je jamais
eu l'avantage de vous connoître. Un foupir
accompagna ces dernières paroles, qui, jointes
à celles qui les avoient précédées, me parurent
renfermer un myftère impénétrable ; je n'ofois
en demander la raifon au chevalier. Remarquant beaucoup de trouble & d'agitation dans
fes yeux, j'en fus inquiet ; pour le diftraire de
fa mélancolie, je lui propofai d'aller faire
notre cour à Monime.

Nous logions dans le même hôtel, & le
chevalier ne paffoit guères de jours fans voir
Monime ; je crus même m'appercevoir du
plaifir qu'il goûtoit à fa compagnie, par l'empreffement qu'il montroit de fe rendre auprès
d'elle. Monime avoit auffi pour lui de ces complaifances diftinguées, qui ne s'accordent qu'au
vrai mérite. Le caractère du chevalier, doux
fans fadeur, prévenant fans baffeffe, joignoit
à tous les dons qu'il avoit reçus de la nature,
ceux qui dépendent d'une noble éducation ; il
poffédoit toutes fortes de talens ; mais il étoit
naturellement porté à la mélancolie. Zachiel,

qui pénétroit fans doute les motifs de fa trifteffe, voulut bien, par condefcendance pour
le chevalier & pour Monime, faire naître
chaque jour de nouvelles occafions d'amufe-
mens & de diffipation.

A peine approchions-nous du doux retour de
la faifon des fleurs, que le prince Aricdef fe préparoit déja à raffembler fes troupes. J'eus ordre
de le joindre devant une ville frontière appar-
tenante aux Belloniens, dont il vouloit faire le
fiège. Les ingénieurs arpentent tous les environs; ils en font le plan; on travaille à la tran-
chée; on forme des chemins couverts; & le
prince, toujours actif, veille fur leur ouvrage;
il en voit les défauts, les corrige, faifit tout ce
qui eft à fon avantage, les fuit & les anime dans
leurs travaux, preffe le fiège de cette ville avec
ardeur, anime toutes fes troupes en leur faifant
diftribuer d'une liqueur forte, dont il buvoit
quelquefois avec eux de cet air familier qui,
mieux que les difcours & les récompenfes, fait
paffer fouvent dans l'ame du foldat la noble ardeur qui anime le héros, qui femble s'être rendu
leur compagnon. Les ennemis ne purent tenir
contre la valeur & la vigilance d'Aricdef; la
ville fut prife, & il y entra en triomphe à la
tête de fes troupes, reçut le ferment de fidélité
de la bourgeoifie, fortifia la place, & après y

avoir rétabli l'abondance & la tranquillité, nous en fortîmes pour fuivre le prince, qui fut s'emparer d'un pôfte avantageux, dans le deffein d'y obferver les ennemis.

Surpris de ne point voir arriver le chevalier, je commençois à craindre que le fecret dépit que j'avois remarqué en lui ne l'eût contraint de fe retirer : je me préparois à lui écrire, lorfque je reçus une lettre de Monime, qui m'apprit qu'il étoit retenu par une groffe fièvre. L'inquiétude de la maladie de mon ami fe joignant à l'empreffement que j'avois de voir Monime, me firent demander un congé de huit jours : j'eus peine à l'obtenir, dans les commencemens d'une campagne où notre armée, déja victorieufe, n'attendoit que le mouvement des ennemis pour diriger fa marche, le pourfuivre ou l'arrêter dans fes projets ; mais je ne pus me refufer au plaifir de revoir Monime : fes yeux, me difois-je, animeront mon courage ; un mot de cette bouche adorable fortifiera ma vertu, & Zachiel, par fes fages confeils, contribuera à me faire acquérir de la gloire ; peut-être auffi ramenerai-je le chevalier qui, je fuis fûr, brûle d'envie de fe trouver à une action décifive.

J'avois des chevaux de relais que je fis partir, & je fus enfuite me préfenter au prince pour prendre fes ordres. Je viens d'apprendre, me

dit-il, que les Belloniens s'avancent dans le
deſſein de nous forcer juſques dans nos retranchemens ; mon devoir eſt de le prévenir, & je
préſume que la bataille ſera ſanglante ; ainſi je
crois qu'il eſt inutile de vous recommander de
ne point laiſſer échapper l'occaſion de ſignaler
votre courage ; je vous permets de vous rendre
où vos affaires vous appellent, pourvu que
vous ſoyez de retour au moment du départ,
pour y remplir les devoirs de votre emploi.

Après avoir quitté le prince, je montai dans
ma chaiſe, & courus toute la nuit, afin de pouvoir avancer les inſtans du bonheur que je me
propoſois. Quel plus doux charme y a-t-il dans
le monde qui ſoit comparable à celui de l'u-
nion des cœurs? Ah! chère Monime, tu joins
la vertu & l'innocence à l'amitié ; nulle crainte,
nulle honte ne trouble ta félicité. Je ſuis ſûr
d'être aimé ſans partage d'une ſœur, la plus
parfaite de toutes les femmes. Ces réflexions
me faiſoient jouir d'avance du plaiſir de la
ſurprendre.

J'arrive enfin ſur les dix heures du matin.
Je vole à l'appartement de Monime, où je penſai
être pétrifié. Que vois-je, grand dieu ! le chevalier dans ſes bras ; elle le tient ſerré, & ſemble
le raſſurer ſur des craintes mal fondées ; elle
l'embraſſe ; je crois voir leurs ſoupirs ſe con-

fondre. Ah! perfide, m'écriai-je, par quel charme as-tu pu la féduire? Ton fang lavera la honte que je reffens. Ces paroles prononcées avec véhémence, leur firent tourner la tête. Surpris l'un & l'autre de me voir, ils rougiffent tous deux; je veux fuir; le chevalier m'arrête fans pouvoir proférer un feul mot. Monime, tremblante & éperdue, tombe fans connoiffance. Je ne m'apperçois que trop, dis-je au chevalier, en le repouffant avec des yeux pleins du courroux qui m'animoit, par le défordre & le trouble que je caufe, que tu as mis le comble à tes trahifons. Non, mon cher milord, dit le chevalier d'une voix émue & prefque éteinte, malgré les apparences, gardez-vous d'ofer foupçonner deux perfonnes qui vous font également attachées; je pars dans l'inftant, & vous inftruirai au camp de tout ce qui caufe aujourd'hui votre furprife : je vais vous y attendre, pour vous y donner les fatisfactions que vous exigerez; commencez par fecourir Monime.

Zachiel, qui parut dans l'inftant, fuivi d'une des femmes de Monime, me tira d'un feul mot des nouvelles inquiétudes où ce difcours venoit de me plonger. Non, madame, dit-il en arrêtant le chevalier, vous ne partirez point; ce n'eft plus dans les dangers des combats que

H iv

vous devez chercher la gloire ; c'est trop long-
tems vous déguiser ; il faut reprendre des habits convenables à votre sexe ; suivez mes conseils, & souffrez que Zerbine vous accompagne
dans ce cabinet.

Ah ! mon cher Zachiel, m'écriai-je, de
quels soins vous occupez-vous. Hélas, Monime se meurt. Le génie s'en approcha, & lui
fit avaler une cuillerée d'élixir universel. J'é-
tois à ses pieds ; je tenois une de ses mains que
je mouillois de mes larmes. Elle ouvrit enfin
les yeux ; ses premiers regards furent sur moi ;
ils étoient tendres ; leur langueur passa dans
mon ame ; je me sentis anéantir par les reproches qu'ils sembloient me faire de mon emportement.

Est-il bien vrai, milord, dit Monime d'une
voix encore mal assurée, que vous ayez pu
me soupçonner ? Hélas ! mon cœur ne vous est
donc pas encore connu ? Mais où est la princesse, c'est elle qui doit me justifier ? Vous n'en
avez pas besoin, mon adorable Monime, vous
l'avez été d'un seul mot de Zachiel. Mais qui
me justifiera moi-même auprès de vous de mes
injustes soupçons ? Me pardonnerez-vous un
premier mouvement dont je n'ai pas été le
maitre ? C'est l'honneur qui fait mon crime ;
c'est à lui de me juger. Eh bien, dit Monime,

levez-vous, l'amitié vous pardonne. Ah! cet aveu remet le calme dans mon ame, dis-je en baisant avec transport cette main que je n'avois point quittée. Je conviens, reprit, Monime, que les apparences ont dû vous alarmer, n'é-tant point désabusé sur le sexe du prétendu chevalier, que vous avez toujours regardé comme un homme; aussi n'ai-je pu supporter l'idée des soupçons que je me suis apperçu que la situation dans laquelle vous nous avez trou-vées, présentoit à votre esprit.

Nous fûmes interrompus par la princesse Marsine, qui rentra après avoir repris les ha-bits convenables à son sexe. Vous êtes sans doute surpris, milord, de ne retrouver en moi qu'une infortunée, à qui le sort a tout ravi. Vous m'avez vu combattre dans plusieurs ren-contres avec quelque sorte d'avantage, qui m'ont attiré votre estime & votre amitié. Ne me faites point de reproches de ne vous avoir pas d'abord accordé toute ma confiance; je sais que vous la méritez à tous égards, non-seulement par vos vertus, mais encore par mille services que j'ai reçus de vous en diffé-rentes occasions; soyez persuadé néanmoins que je vous ai toujours distingué de tous les autres officiers: mais en vous apprenant ma naissance & mon sexe, il falloit vous instruire

de mes malheurs, pour juftifier en quelque
forte un déguifement que l'auftère fageffe dont
vous faites profeffion auroit peut-être défap-
prouvé. D'ailleurs je m'étois promis de ne jamais révéler mon fecret à perfonne. Lorfque
les ordres du prince vous rappellèrent vers
lui, je comptois vous rejoindre dans peu; arrê-
tée par une groffe fièvre, je n'ai pu exécuter
mon projet. Je dois le rétabliffement de ma
fanté a la charmante Monime; fa complaifance,
fes foins, fes attentions, fes affiduités, & ce
charme qui fait l'union des ames, m'ont enfin
arraché à ce que je croyois avoir intérêt d'en-
fevelir éternellement dans un profond filence.
Elle a payé ma confidence par un attachement
fincère, & par l'aveu des fentimens de l'eftime
qui vous lient l'un à l'autre. Difpenfez-moi,
milord, de vous faire le récit de mes aventures; je n'ai rien caché à la belle Monime;
je lui permets de vous faire part de mes fecrets; l'intérêt qu'elle prend à mes infortunes,
les graces qu'elle met dans tout ce qu'elle dit,
les rendront plus touchantes : ainfi j'ofe me
flatter que fon récit me rétablira dans votre
efprit.

La princeffe Marfine fe retira fans attendre
ma réponfe, en me laiffant la liberté d'entretenir Monime. Après nous être dit tout ce que

deux cœurs vraiment touchés peuvent imaginer de plus tendre, je la priai de m'instruire des raisons qui avoient engagé Marsine à se tenir si long-tems déguisée.

_____

## CHAPITRE V.

*Qui ne contient que l'histoire abrégée de la Princesse Marsine.*

LA princesse Marsine, reprit Monime, est fille de Bélus, roi de Bellonie. Ce prince choisit pour son favori Tracius, qu'on peut dire être un de ces hommes nés pour les grandes révolutions, & qui sur la scène du monde prennent & soutiennent avec éclat des rôles fort au-dessus de leur naissance. Le roi éleva ce favori par degré aux premières dignités du royaume. Tracius sut si bien profiter de sa faveur & cacher en même tems l'ambition qui le dévoroit, que le roi ne faisoit rien sans l'avoir consulté, le regardant comme le plus affectionné de ses ministres. Lorsque Tracius vit qu'il possédoit toute la confiance de son maître, il écarta tous ceux qui pouvoient éclairer sa conduite, & se servant de toute son adresse, il fit si bien par ses insinuations,

qu'il embarqua le roi dans plusieurs fausses
démarches, dont il lui déguisoit les suites avec
un soin extrême. Son esprit séduisant trouva
encore le secret de lui faire envisager ses trahisons comme des services signalés. Funeste
aveuglement d'un cœur séduit par le poison
de la flatterie la plus outrée, qui malheureusement environne presque toujours le trône!

Le roi accoutumé aux adulations de ses
courtisans, trop prévenu en faveur de son
favori pour écouter aucunes plaintes contre
lui, ne put appercevoir le précipice qui se
creusoit insensiblement pour le perdre. Ce
monarque ignoroit ce que peut l'amour des
peuples pour son souverain; il savoit l'art de
vaincre ses ennemis, de conquérir des villes,
mais il ignoroit entièrement celui de gagner
les cœurs de ceux qu'il avoit conquis, qui est
le plus grand avantage qu'un prince puisse retirer de ses victoires. Il étoit d'autant plus foible, qu'il se fioit trop en ses forces & en ses
propres lumières, ou plutôt en celles de son
favori.

Ces provinces nouvellement conquises ne
tardèrent pas à se révolter; & par les trahisons de Tracius, plusieurs autres villes des plus
considérables suivirent leur exemple. On fut
obligé de lever de nouvelles troupes pour

châtier les rebelles & les faire rentrer dans leur devoir. Ces nouvelles levées occasionnèrent des dépenses excessives ; pour y subvenir il fallut mettre quantité d'impôts qui surchargèrent les peuples ; mais ces impositions, loin de grossir les trésors publics, ne furent que des torrens qui entraînèrent la substance de tous les Belloniens, pour aller se perdre dans l'immense fortune de ceux qui étoient protégés par Tracius, obligés néanmoins par de secrets traités qu'ils faisoient avec lui d'en rendre les trois quarts.

Le tyran employa une partie de ses richesses à gagner les premiers officiers de la couronne, qui, séduits par son or, n'eurent pas de peine à lui obtenir le commandement général de toute l'armée. Lorsque Tracius se vit à la tête des troupes, semblable à un vautour qui tombe sur la colombe ou sur la tourterelle, & dissipe dans les bois leurs membres palpitans après les avoir déchirés, le tyran voit sans pitié égorger les sujets de son roi ; ses parricides mains, en leur ôtant leurs biens, les sacrifient encore à son ambition.

Tracius, en prolongeant la guerre par ses intrigues sourdes & ses mauvaises menées, augmenta la misère du peuple & trouva le secret de multiplier ses trésors. La politique du tyran l'avoit sans doute engagé à se laisser battre en plusieurs rencontres; mais voyant son crédit augmenter par ces pertes, cette même politique lui inspira de nouveaux projets, il commença à répandre ses richesses sur les soldats, affectant ensuite de n'avoir qu'une table très-médiocre, en se retranchant sur toutes ses dépenses. Cette conduite acheva de lui gagner le cœur des soldats.

Le tyran fit courir le bruit que plusieurs prodiges avoient paru dans le royaume : on dit que sur les frontières le ciel courroucé s'étoit montré couvert de feu, & que dans un jour tranquille & serein le soleil avoit paru tout rayonnant de flammes; on ajouta que le tonnerre étoit tombé dans plusieurs endroits, entr'autres sur le temple de Mars, sur celui de Pallas, & que la statue d'Hercule avoit été renversée.

Tracius, qui en faisant courir ces bruits joignoit l'hypocrisie à la fourbe, affecta d'en être épouvanté. Les augures gagnés, qui furent consultés par ses ordres, répondirent qu'un grand essain de mouches guêpes avoit volé tout le jour dans la place, & qu'il s'étoit allé poser sur le temple d'Hercule ; on dit qu'il falloit visiter les livres des Sybiles pour tâcher de découvrir la cause de ces prodiges; & Tracius continuant fon faux zèle envers le culte des dieux, fit ordonner des facrifices afin de les appaifer.

Les chofes ainfi difpofées, le tyran fit encore répandre de nouveaux bruits fort défavantageux pour le roi, infinuant adroitement que l'ambition, la mauvaife conduite, les exceffives dépenfes de Bélus, & fon peu d'amour pour fes fujets étoient des obftacles qui ferviroient toujours de barrière à leur bonheur. Des difcours auffi féditieux eurent tout le fuccès que Tracius en attendoit; les troupes commencèrent par fe mutiner, demandèrent leur folde & voulurent mettre bas les armes.

Tracius, profitant de ces défordres, leur diftribue de l'argent; & avec un faux zèle pour le bien de l'état, il court de rang en rang pour les encourager. Le foldat déjà gagné par fes libéralités, féduit par fon éloquence & cet amour qu'il montroit pour le bien public, applaudit, & l'armée fut alors remplie d'un bruit fourd femblable à celui qu'on entend après une tempête, quand les antres des rochers confervent encore le bourdonnement des vents impétueux qui toute la nuit ont bouleverfé la mer par leur fifflement enroué.

Tels furent les applaudiffemens qu'ils don-

nèrent à Tracius en le choififfant pour leur
roi. Il fut d'abord proclamé tout d'une voix
à la tête des troupes. Le tyran, pour ne pas
laiffer refroidir l'ardeur qu'ils venoient de
montrer, s'avança vers la prochaine ville, &
fe fit couronner avec les cérémonies ufitées
parmi les Belloniens. Pourfuivant enfuite rapidement fes conquêtes fans prefque rencontrer d'obftacles, il vint affiéger le roi jufques
dans fon propre palais. Ce malheureux prince
fe vit obligé de fe fauver avec la princeffe
Marfine, feule héritière du royaume, qui n'a-
voit alors que quatre ans. Il eft certain que
ce monarque fit une faute irréparable, en
laiffant par cette fuite le tems au tyran de fe
fortifier toujours de plus en plus, & celui
d'engager plufieurs fouverains dans fon parti
qui étoit devenu affez confidérable pour fe
redouter.

Ce malheureux prince détrôné, obligé d'errer en différens royaumes fans pouvoir obtenir
aucuns fecours ni même y ofer paroître que
fous un nom déguifé, Bélus termina enfin fa
trifte deftinée par une mort forcée. Il recom-
manda la princeffe fa fille à ceux de fes plus
fidèles fujets qui l'avoient fuivi & qui n'ont
jamais voulu abandonner fon parti, aimant
mieux facrifier leur grandeur & leur fortune
que

que de manquer à ce qu'ils devoient à leur
souverain; ils jurèrent à ce prince mourant
d'employer leur zèle, leur courage & leur vie
même au service de la princesse, & de mettre
tout en usage pour la faire remonter sur le
trône.

L'infortunée Marsine, réduite comme le roi
son père à la triste nécessité de cacher la majesté du rang dans lequel le ciel l'a fait naître,
est forcée pour ainsi dire d'en descendre à l'instant pour traîner dans le monde une vie obscure, sujette à mille révolutions par les intrigues
du tyran qui a poussé l'indignité jusqu'à mettre
à prix la tête de la princesse.

Le ressentiment que Marsine en conserve
avec tant de justice, l'horreur des trahisons
que Tracius ne cesse d'exercer contr'elle, l'ont
engagée de prendre le déguisement sous lequel
vous l'avez connue; c'est sous cet habit &
sous un nom emprunté qu'elle s'est signalée
dans plusieurs rencontres qui lui ont acquis
beaucoup de gloire, pendant que ses fidèles
officiers, dispersés dans différentes provinces
de ses états, tâchoient par le moyen de leurs
amis de fomenter quelque soulèvement en faveur de leur souveraine, dont elle pût tirer
avantage. Plusieurs s'étoient déjà rangés du
parti de la princesse; ils n'attendoient qu'une

occasion favorable pour faire éclater leur zèle & leur soumission, lorsque la mêche éventée sans doute par quelques traîtres, a ruiné tous leurs projets; quelques-uns ont été arrêtés & exécutés sur le champ; d'autres plus heureux ont pris la fuite, & Marsine ignore encore ce qu'ils sont devenus.

Cependant ce qui met aujourd'hui le comble aux infortunes de la princesse, c'est qu'elle n'a pu voir le prince Aricdef sans être touchée de toutes les éminentes qualités qui éclatent dans sa personne & dans toutes ses actions. Quoique le soin de sa vengeance ni celui de sa gloire ne l'ait point abandonnée, elle m'a néanmoins avoué qu'elle n'avoit passé dans le camp d'Aricdef que dans la vue de s'en faire remarquer. Plusieurs occasions se sont présentées où elle auroit pu se découvrir sans aucun risque, si la crainte de faire connoître les sentimens qui l'animent en faveur du prince ne l'eût retenue; mais un événement imprévu qui cause aujourd'hui son trouble & augmente son désespoir, la force de renfermer pour toujours un secret qui étoit prêt à s'échapper.

Il y a quelques mois qu'on annonça au prince Aricdef un envoyé de Tracius qui demanda une audience particulière. Marsine, que plus d'un motif engageoit de s'informer soigneusement du sujet de cette commission, apprit par l'écuyer du prince que le tyran Tracius faisoit offrir à son maître la princesse sa fille, avec l'assurance de l'associer à sa couronne, pourvu qu'il voulût dès-à-présent abandonner le parti des Marsiens & passer dans son armée pour combattre les Salliens & les Ancides, avec lesquels il vouloit rompre les traités d'alliance qu'ils avoient contractés.

Ce tyran jugeant des sentimens du prince par les siens, ne douta point que des propositions si magnifiques ne dussent éblouir Aricdef, & l'entraîner dans son parti. Mais ce prince, toujours inébranlable dans ses devoirs, loin de prêter l'oreille à un traité qui ne pouvoit s'accomplir que par une trahison, ne put s'empêcher de faire voir à l'envoyé de Tracius tout le mépris & l'indignation que de pareilles propositions excitèrent dans son ame : il le renvoya, en ajoutant que s'il avoit encore l'audace de reparoître dans son camp, il le feroit empaler.

Marsine, qui ignoroit entièrement la réponse d'Aricdef, fut désespérée des projets du tyran; elle craignit qu'une paix générale ne contribuât à leur exécution; le chagrin qu'elle en conçut la fit tomber dans une langueur qui altéra bientôt sa santé; & l'esprit agité par tant de maux ayant

allumé fon fang, eft fans doute ce qui a occafionné la maladie qu'elle vient d'effuyer.

Quoique je ne la regardaffe alors que comme
un fimple officier, il fuffifoit qu'il fût votre
ami pour m'intéreffer à fon fort. Je priai Zachiel de le vifiter. Le génie connut d'abord
le fujet de fes maux ; il prépara lui-même fon
efprit à fe foulager en m'en faifant la confidence. Il me déclara fon fexe, m'apprit une
partie de ce que je viens de vous dire, &
m'engagea de la voir fouvent pour tâcher
d'adoucir l'amertume de fes peines. Je m'y
fuis prêtée avec un foin extrême, & par cette
complaifance, guidée par les confeils de Zachiel, je me fuis acquis toute fa confiance, &
n'ai pu en même tems lui refufer la mienne.

Hélas ! mon cher Céton, continua Monime,
lorfque vous êtes venu nous furprendre, c'é-
toit dans un de ces momens où la raifon plie fouvent fous le poids de fes maux ; l'infortunée
Marfine, dans un épanchement de cœur où
l'ame fe fait voir à découvert, paroiffoit hors
d'elle-même. Auffi troublée qu'elle de l'a-
mertume de fa douleur, j'employai tout ce
que peut l'amitié pour en modérer l'excès,
perfuadée que la communication des cœurs
imprime à la trifteffe je ne fais quoi de
doux & de touchant qui eft feul capable de
calmer les plus grands maux.

Voiià, mon cher milord, un récit fuccinct
des difgraces d'une princeffe qui mérite par
fes vertus, fes talens & la grandeur de fon ame,
un fort plus heureux. Sa beauté, quoiqu'un
peu flétrie par fes ennuis, reprendra tout
fon éclat lorfque Zachiel aura accompli fes
promeffes. J'ignore quelles font fes vues pour
le bonheur de cette princeffe, mais il lui
affure que fon deftin va bientôt changer.
Marfine a pour le génie toutes les déférences
qui lui font dues, cependant elle n'eft point
inftruite de fa qualité; perfuadée que je tiens
ma naiffance de Zachiel, comme il ne fe dé-
core d'aucun titre, je la vois fouvent embarraffée fur ceux qu'elle cherche à lui donner.
Vous venez d'être le témoin de cet air d'autorité que le génie a employé pour l'engager
à quitter fon déguifement. Je fais que fon deffein étoit de fe rendre au camp, & de faire
toutes chofes pour tâcher de s'y diftinguer au
cas qu'il y eût une bataille, ou d'y finir fa
trifte deftinée.

Pénétré des malheurs de cette princeffe, je
paffai dans fon cabinet avec Monime, pour
lui offrir tous les fervices qui dépendroient de
moi. Nous la trouvâmes dans fon fauteuil, la
tête appuyée fur une de fes mains, plongée
dans une fombre rêverie; elle leva fur nous

des yeux languiſſans : je vous vois partir à regret, milord ; hélas ! vous allez acquérir de la
gloire, tandis que je ſuis forcée de reſter en-
ſevelie ſous le poids de mes peines. Il faut,
madame, lui dis-je, vous ſervir utilement de
ce courage qui juſqu'alors ne vous a point
abandonnée ; la grandeur de votre ame doit
vous mettre au-deſſus des injuſtices de l'aveugle
fortune. Vous m'avez ſouvent honoré de votre
confiance ; je vous laiſſe avec un autre moi-
même, qui, pénétrée de vos maux, emploiera
tous ſes ſoins pour vous aider à les ſupporter.
J'oſe encore joindre mes prières à celles de
Monime, afin de vous déterminer à ſuivre
les conſeils de Zachiel ; ſi ſes talens étoient
connus de vous, je me perſuade aiſément que
vous ne feriez nulle difficulté de le choiſir pour
le guide de toutes vos actions.

Cette princeſſe, qu'un deſir de gloire & celui de la vengeance animoit, peut-être même
celui de ſon amour, paroiſſoit abſorbée par
ſes réflexions ; elle ne ſongeoit point à me répondre. Marſine n'ignoroit pas que la bataille
qui devoit ſe donner étoit contre les Belloniens : l'eſpoir de rencontrer Tracius, auteur
de tous ſes maux, l'avantage de le combattre,
l'eſpérance de le vaincre, ſur-tout étant animée par le déſeſpoir ; à ces raiſons ſe joignit

sans doute un sentiment plus vif; l'amour, ce tyran qui ne respecte ni sceptre ni grandeurs, vint encore tyranniser son cœur, sous l'espoir de se faire connoître au prince Aricdef par quelque action d'éclat. Toutes ces pensées agitoient la princesse, lorsque Zachiel entra, qui s'appercevant de son trouble, l'en tira par ces mots :

Modérez vos inquiétudes, Madame, dit le génie en faisant briller dans ses yeux un feu divin, cachez, s'il se peut, l'agitation de votre ame ; vous savez ce que je vous ai promis, reposez-vous sur ma parole & sur mon attachement jusqu'à l'entier accomplissement de vos desirs ; les connoissances que j'ai de l'astronomie me font voir distinctement que tous vos malheurs vont finir : mais si vous vous obstinez à vouloir encore vous exposer dans les combats, cette même science vous y prédit une mort inévitable.

Des paroles si positives produisirent sur l'esprit de la princesse tout l'effet que le génie en attendoit. Je ne résiste plus à suivre vos conseils, répondit Marsine, & vais désormais vous regarder comme mon père : mon bonheur & ma gloire sont entre vos mains, je les confie à votre sagesse & à votre expérience ; je vous conjure seulement de croire que tout ce que

j'ai entrepris jufqu'ici n'a été qu'un enthoufiafme caufé par l'ardeur de mourir ; je n'envi-
fageois que ce feul moyen pour me délivrer
d'une vie qui m'étoit à charge. Que ne dois-je
point à des foins qui m'arrachent d'une mort
où le défefpoir m'alloit livrer ! Heureufement
que vos difcours viennent de porter dans mon
ame des traits de lumière qui me font connoître que les biens que je reçois de vous
font des biens effectifs : je ne puis vous en marquer ma reconnoiffance que par une entière
déférence pour vos confeils.

Zachiel nous apprit enfuite que l'envoyé
de Tracius, de retour à fa cour, avoit annoncé la réponfe du prince Aricdef, en lui peignant
des plus noires couleurs le mépris qu'il faifoit
de fon alliance. Ce difcours fit entrer le tyran
en fureur ; la honte, l'honneur, la colère &
le défefpoir excitèrent dans fon ame des mouvemens oppofés qui le mirent prefque hors
de lui-même. La fureur demeura la maîtreffe ;
& le barbare tyran, femblable à ces hommes
qui au défaut de vertus héroïques ont des vices
impétueux, s'abandonna à tous les fentimens
que la rage peut infpirer, afin d'exciter fes
troupes à punir un orgueilleux qui ofoit braver
fa puiffance.

Ces nouvelles précipitèrent mon départ, il

fallut enfin m'arracher d'auprès de Monime ;
la présence du génie me forçoit à contraindre
ma douleur, mais un air de tristesse se répandit
sur mon visage ; mes discours confus & sans
liaisons lui découvrirent bien mieux ce qui se
passoit dans mon cœur que n'auroit pu faire
l'éloquence la plus forte. Monime, dont le
trouble égaloit le mien, malgré les efforts
qu'elle faisoit pour tâcher de m'en dérober la
connoissance, ne put néanmoins s'empêcher
de me dire, en s'attendrissant beaucoup,
qu'elle alloit renouveller ses vœux au ciel afin
qu'il augmentât ma gloire & qu'il daignât conserver des jours auxquels les siens étoient
attachés.

Zachiel, sans me permettre de répondre,
m'entraîna pour me donner de nouvelles instructions. Vous allez, ajouta le génie, vous
trouver dans une des plus glorieuses occasions
de votre vie. Ne vous laissez jamais effrayer
par le péril ; que le sang-froid & la prudence
accompagnent toujours vos actions. Tâchez sur-
tout, mon cher Céton, de ne vous point écarter d'Aricdef & de combattre à ses côtés ;
suivez ses ordres ; que la fausse gloire ne vous
empêche pas de demander les choses que vous
ignorez ; songez que le général est revêtu de
tout le pouvoir & de toute l'autorité de l'em-

pereur, & que cette autorité fe communique comme les rayons du foleil, qui, tout immenfes & infinis qu'ils font, ne diminuent rien par leur émanation de l'éclat de cet aftre, fource de la lumière. Je ne vous retiens plus; partez, mon cher Céton, la victoire fuivra vos pas.

# CHAPITRE VI.

### *Defcription d'une bataille.*

J'ARRIVAI au camp dans l'inftant que le prince Aricdef venoit de donner fes ordres pour le départ. Ce général avoit reçu des nouvelles certaines que les Belloniens s'avançoient dans le deffein de combattre, que la jonction de leur armée avec celle des Saliens devoit fe faire fur une hauteur, & qu'ils s'étoient déjà emparés d'un terrein fort avantageux, qui étoit une plaine entre deux montagnes fermée par derrière d'un grand bois, mais affez fpacieufe pour y contenir une armée en bataille; ils y avoient en effet rangé toutes leurs troupes fur deux lignes; la première endoffée du grand bois, afin d'empêcher qu'on ne pût les joindre par derrière; ils croyoient auffi leur droite af-

furée par un château & par la ville dont ils
étoient les maîtres ; leur gauche étoit fermée
par une chaîne de montagnes efcarpées qui
s'étendoit très-loin ; outre cela ils avoient
devant eux au pied de la montagne une grande
rivière & un gros ruiffeau qui les enfermoient
du côté de la plaine.

Ce fut devant cette plaine que le prince
nous conduifit, après plufieurs jours d'une
marche forcée. Aricdef commença par reconnoître la fituation des lieux & la difpofition
des ennemis qu'il ne pouvoit attaquer ni par
la droite, à caufe des montagnes efcarpées,
ni par la gauche défendue par la ville & le
château. Le feul endroit qu'il remarqua par
où on pouvoit les joindre étoit un défilé à
côté de la ville, qui pouvoit à peine contenir
quatre hommes de front, & qui étoit encore
dominé par le château, de forte qu'on ne pouvoit paffer par ce défilé fans s'en rendre le
maître & forcer la ville qui étoit devant, &
dont les avenues étoient remplies de jardina-
ges, de haies, de vignes & de petits ruiffeaux
qui formoient un terrein marécageux où les
gens de pied avoient beaucoup de peine à
marcher. Tous ces endroits étoient encore
occupés par les Belloniens qui les avoient garnis d'infanterie.

Il fallut donc chaffer toute cette infanterie, paffer le ruiffeau & la riviere qui
étoit très-profonde, pour gagner ce défilé,
au bout duquel on n'avoit pour fe mettre en
bataille qu'un terrein fort étroit qui alloit toujours en montant, & dans lequel on pouvoit
mettre à peine fix ou fept efcadrons de front ;
il eft vrai que ce terrein s'élargiffoit à une
certaine diftance, mais auffi on ne fe trouvoit
plus qu'à une portée de moufquet des ennemis.
Comment pouvoit-on avoir l'audace d'aller
former des lignes fi près d'un camp dont les
troupes étoient fraîches, repofées, & fortoient
de bons quartiers d'hiver ; au lieu que les nôtres étoient extrêmement fatiguées d'une longue marche, fans aucun repos & fans équipages ; leur cavalerie étoit cuiraffée, la nôtre
n'avoit pas même de buffles ; enfin de tel côté
qu'on envifageât leur armée, il eft certain
qu'elle avoit fur la nôtre non-feulement l'avantage de la fituation, mais encore celui du
nombre.

Toutes ces difficultés, loin d'arrêter le prince, ne firent qu'animer fon courage ; nuls de
ces avantages n'échappent à fa pénétration ;
il les envifage tous, & en même tems les
dangers où fes troupes feroient expofées s'il
n'engageoit la bataille avant la jonction des

armées de l'ennemi. Le defir qu'il avoit de fe
fignaler dans cette campagne par une action
éclatante, le détermina au combat, malgré
tous les obftacles qui fembloient l'en détourner.

Une réfolution fi hardie étonne tous les officiers ; mais les foldats, accoutumés à vaincre
fous ce prince, applaudirent à cette décifion
par des cris de joie qui furent dès-lors regardés comme un bon augure : tous remettent
avec zèle leur deftin à la prudence, à la valeur & aux grands talens de celui qui les commande.

Ce fut donc ce pofte que notre général choi-
fit ; il y rangea des troupes en état de fe foutenir les unes par les autres, après avoir pris
une exacte connoiffance des lieux ; il fait profiter de fes avantages, des fautes de l'ennemi,
& éviter les piéges avec toute l'activité poffible.

Déjà il s'eft emparé des hauteurs qui dominent la ville & le château, déjà il a reconnu
tout le terrein qui les environne, il a compté
toutes les reffources de l'ennemi & il a découvert les lieux qui favorifent l'attaque ; cependant la nuit eft deftinée pour les chaffer de
leurs poftes, & le filence de cette nuit affreufe
eft troublé par les décharges continuelles de

toute notre artillerie. Il femble que les dieux
favorifent nos deffeins : le ciel fe couvre de
nuages, le feu des éclairs fe mêle au feu continuel & rapide de nos batteries, & le bruit
des canons, joint aux éclats redoublés du tonnerre, fait retentir les rochers; les remparts
s'écroulent, & tous ces objets réunis dans l'obf-
curité d'une nuit fombre forment une fcène
d'horreur & d'épouvante; l'ennemi étonné eft
forcé de céder au torrent, il fuit après avoir
livré aux flammes toutes fes richeffes.

Ces malheureux fe hâtèrent de rejoindre le
gros de leur armée. La vigueur de cette action répandit le trouble & l'épouvante dans
le camp des Belloniens. Nous attaquâmes enfuite le château qui domine le défilé par lequel on pouvoit joindre l'armée ennemie. Lorfqu'on s'en fut rendu maître, on les délogea
de toutes les hauteurs, & le prince fit paffer
toute fon infanterie fans aucun obftacle dans le
terrein que nous venions de gagner pour nous
mettre en ordre de bataille.

Ce terrein ferré des deux côtés par de longues haies qui s'étendoient jufqu'au camp des
Belloniens, fut gardé par nos dragons. Le
prince fit avancer à droite & à gauche, de
l'infanterie qu'il plaça dans divers poftes, ou
en corps, ou par détachemens, felon la difpo-

fition du terrein, afin de couvrir fa cavalerie lorfqu'elle arriveroit, ou pour la foutenir fi l'ennemi venoit à la charger. Ces difpofitions faites, il fit avancer la cavalerie pour la mettre en ordre de bataille à mefure qu'elle arriveroit. Le peu d'étendue qu'avoit ce terrein nous força, d'abord à n'y former que des lignes fort courtes.

Le prince donna enfuite fes ordres aux lieutenans généraux qui devoient commander chacun dans leur pofte, & fe mit au centre de l'armée, à la tête de laquelle il avoit placé fon canon. Le prince ordonna fur toutes chofes à la cavalerie d'effuyer le premier feu des ennemis, & de ne les charger que le fabre à la main.

Les Belloniens qui voient tous nos mouvemens, viennent fondre fur nous avec tout l'avantage que leur donne la pente du terrein; & leurs glaives infernaux, ébranlés par la rage, frappent tous nos foldats, renverfent notre première ligne fur la feconde; déjà commençoit la confufion, lorfqu'Aricdef fit avancer fes bataillons la pique baiffée pour arrêter l'impétuofité des ennemis qui faifoient tous leurs efforts pour enfoncer nos lignes, mais ceux qui étoient poftés derrière la haie firent de fi furieufes décharges fur eux, qu'ils n'en

purent foutenir le feu ; ils commencèrent à plier à
leur tour, reculant peu-à-peu : nous les chaf-
fâmes fur leurs hauteurs, & gagnâmes par ce
premier choc un terrein affez confidérable pour
redonner une nouvelle forme à notre armée.

Aricdef fit alors placer fa cavalerie au centre, mit quatre gros bataillons fur les ailes,
& des pelotons d'infanterie entre fes efcadrons,
pour feconder les cavaliers lorfqu'ils en viendroient aux mains. Il plaça fon artillerie à la
tête, fit une troifième ligne, & ordonna qu'on
étendît les deux autres.

A peine notre canon eut-il commencé à
donner, que les Belloniens revinrent une feconde fois avec l'élite, de leurs troupes,
nous firent plier & fe firent jour à travers
plufieurs efcadrons, ce qui mit affez de
défordre parmi nos troupes pour craindre
l'événement de cette journée ; mais le prince
avoit fi bien pofté fon infanterie, qu'elle fe
trouva par-tout à portée de réparer le défavantage de la cavalerie ; enforte que nos efcadrons s'étant ralliés, Aricdef fe mit à leur tête,
fuivi des officiers généraux qui fondirent l'épée
à la main avec tant de force & de vigueur fur
les ennemis, qu'ils les firent plier à leur tour ;
ce qui nous donna encore l'avantage fur cette
dernière action qui dura jufqu'à la fin du jour,

pendant

pendant laquelle le prince ne se contenta pas
d'aller dans tous les rangs encourager ses troupes du geste & de la voix, il les anima beaucoup plus par son exemple. Ce prince se trouva
par-tout, ne se ménageant pas plus que le
moindre soldat; il donna ses ordres avec autant de sang-froid & de tranquillité que s'il
eût été dans sa tente.

Les Belloniens, éblouis par un fantôme, suivent l'affreuse mort qui couvre tout leur camp
de ses ailes funebres. A la pointe du jour ils
nous présentent le combat qui fut beaucoup
plus sanglant que la veille. Les étendards &
les drapeaux furent pris & repris des deux
côtés. Nos généraux & les autres officiers firent également paroître leur conduite & leur
courage dans les diverses rencontres qui se
présentèrent.

Le vent qui souffloit alors avec impétuosité,
joint aux mouvemens des troupes, fit élever
une si grande poudre, qu'on ne se voyoit presque plus; & la confusion presqu'inévitable dans
ces sortes d'occasions contribuant au carnage,
on s'acharna tellement, que la mêlée s'engagea, de toutes parts. La fureur se déchaîna &
devint générale; des clameurs inouies se firent
entendre; la discorde effroyable brisoit à grand
bruit armes contre armes, & les roues étin-

celantes des chariots belloniens mugiffent par
leur terrible choc. On voyoit une multitude
de dards enflammés fiffler épouvantablement
dans les airs, couvrir de feux les deux armées;
& le bruit du canon, femblable à celui du
tonnerre lorfqu'il gronde dans la nue, menace
davantage ceux qui l'entendent de plus près.

Cependant nos troupes, animées par la préfence d'Aricdef, favent toutes quand il faut
s'avancer, tenir ferme, changer d'attaque,
ouvrir ou ferrer leurs files; nul ne fonge ni à
la fuite ni à la retraite, nulle action ne marque la crainte, chacun s'emploie comme fi
fon bras eût dû décider du fort de la victoire;
enfin on croyoit voir devant eux s'avancer
le trépas des ennemis.

Cette bataille occupoit un champ immenfe;
la face de l'armée changeoit à tout moment,
& la fortune paroiffoit encore égale, lorfque
Tracius, aveuglé par fa fureur & le reffentiment qu'il confervoit du mépris qu'Aricdef
avoit fait de fon alliance, s'avança avec cette
audace que donne l'orgueil & la préfomption;
il envifageoit déjà le prince comme enchaîné
à fon char.

Tremble, perfide, dit le tyran, des horreurs
de cette funefte guerre qu'il n'a tenu qu'à toi
de finir par des propofitions avantageufes;

ces cruautés vont enfin retomber fur toi &
fur tes complices; je te ferois fuir dans les
enfers pour y fignaler tes fureurs. Ne crois
pas, reprit Aricdef, intimider par tes bravades celui qui te méprife affez pour ne pas craindre des coups. As-tu mis en fuite le moindre
de mes foldats? Penfes-tu me vaincre plus
facilement, ou aurois-tu affez d'audace pour
te figurer que ta vue puiffe me faire trembler? La juftice qui m'a mis les armes à la
main eft foutenue par l'honneur : tels font mes
motifs. Veux-tu finir cette guerre par un combat fingulier? Faifons ufage de notre courage,
c'eft au dieu des armées à décider de notre
fort.

Il mirent fin à leurs difcours, & s'avançant
l'un contre l'autre avec une égale ardeur, ils
commencèrent un combat furieux ; on les
voyoit tourner avec une égale rapidité, &
leurs épées flamboyantes traçoient dans les
airs d'horribles fphères de feu.

Ce grand fpectacle fufpendit tout ; les deux
armées faifies d'horreur fe retirèrent des deux
côtés pour attendre la décifion de ce combat;
leur vigueur, leur adreffe & leur légèreté
paroiffoient les mêmes; mais Aricdef avoit
reçu des mains de Mars une épée d'une trempe
fi parfaite, que rien ne pouvoit réfifter à fon

tranchant ; il brife le cimeterre de fon ad-
verfaire, & du fecond coup lui fait dans le
côté une profonde bleffure : alors le bouclier
de Tracius lui devint inutile, il plie il recule
en chancelant & donne enfin du genou en
terre.

A cet afpect les Belloniens, frappés comme
d'un coup de foudre, frémiffent de rage & de
défefpoir à la vue de l'état humiliant de leur
roi ; fes plus braves guerriers courent à fon
fecours, le mettent fur leurs boucliers, l'emportent dans fa tente en gémiffant fur leur
malheur. En effet, quel funefte augure pour
eux, mais quel triomphe pour nous ! Nos foldats
pouffent des cris de joie qui furent en même
tems le fignal du combat & le préfage de la
victoire.

Les Belloniens voulant venger la mort de
leur roi, ne fe tinrent pas dans l'inaction ; leurs
cris affreux furent fuivis d'une nouvelle attaque. Ce dernier combat repréfentoit l'image
de l'enfer ; le fer & les flammes étinceloient
de toutes parts ; ils combattoient tout bleffés
& tout fanglans comme des bêtes féroces que
la vue de leur fang irrite, & que la crainte de
la mort ne touche point. On entendoit les
cris de joie des vainqueurs couvrir les plaintes
des bleffés & les gémiffemens des mourans.

Nous les repouſſâmes enfin avec tant de vigueur, qu'ils furent entièrement défaits, la
plupart taillés en pièces; un petit nombre ſe
ſauva à la faveur de la pouſſière qui nous en
déroba la marche.

Maître du champ de bataille & de leur
camp qu'ils furent contraints d'abandonner,
leur artillerie, leurs munitions & tous leurs
équipages furent le prix du vainqueur; les
ſoldats y firent un butin conſidérable qui les
dédommagea de la fatigue qu'ils venoient d'eſſuyer par une marche de quatre jours & quatre
nuits, ſans preſque avoir le tems de ſe repoſer,
ſuivie enſuite d'une bataille dont la ſeconde
journée dura depuis ſix heures du matin juſqu'à
cinq heures de l'après-midi.

Le prince Aricdef, ſans s'arrêter, pourſuivit ſes conquêtes avec tant de rapidité, qu'il
ſoumit en très-peu de tems toutes les villes
qui s'étoient rangées du parti des Belloniens,
& celles qui avoient favoriſé ſon paſſage dans
le royaume. Après avoir fait punir les chefs de
leur rebellion, il ne ſongea plus qu'à aller
combattre les Saliens & les Arciens, dont il
apprit que l'armée s'avançoit à grandes journées pour joindre celle des Belloniens; apparemment qu'ils ignoroient leur entière défaite.

Aricdef fit rebrouffer chemin à fes troupes ; & pour leur donner le tems de fe repofer, s'empara d'un pofte avantageux, diftribua fon armée dans différens endroits, d'où il lui étoit facile de les rallier, afin d'attirer l'ennemi en des lieux dévaftés, de lui fermer les paffages & d'être à portée de lui enlever tous les convois qui viendroient. Ces pays inondés de fang par les ravages de la guerre, offroient par-tout un fpeƈacle effrayant de la barbarie de Tracius. Il étoit impoffible que cette multitude de troupes mal aguerries pût long-tems réfifter à contre une armée de vainqueurs.

Les Saliens donnèrent dans le piége qu'Aricdef leur avoit tendu, & fe trouvèrent enfermés malgré le nombre de leurs troupes. Le général des Arciens qui s'apperçut de la faute qu'ils avoient faite, harangua fes foldats : il étoit éloquent, connoiffoit les hommes, favoit faifir leur foible & les maîtrifer, en fe pliant d'abord à leurs goûts, en les étudiant avec adreffe, fe compofant avec art fur les divers mouvemens qu'il remarquoit fe paffer dans leur ame.

Ce général fut fi bien profiter de fes lumières, qu'il fit voir à fes troupes que les Saliens ne feroient vaincus que par eux-mêmes & par l'ignorance de leurs capitaines, qui n'avoient pas fu fe fervir de leur avantage ni de leurs forces ; il donna des raifons fi manifeftes & fi plaufibles de fon fentiment, que l'officier & le foldat en furent perfuadés ; il les invita en fuite de faire des propofitions de paix.

Quel augure, pourfuivit-il, devons-nous tirer du fuccès de nos forces & de notre courage, lorfque les plus braves de nos alliés viennent d'être vaincus & réduits à prendre honteufement la fuite ? N'allons pas par notre obftination rallumer encore la colère du vainqueur dans l'incertitude du fuccès. Nous nous fommes laiffé féduire par les pernicieux confeils de Tracius qui nous a entraînés par des vues d'ambition ; nous aurions dû faire plus de réflexion avant de prendre les armes contre un ennemi fi dangereux, mais nous nous fommes livrés en aveugles aux mouvemens de notre courage. Vous n'ignorez pas que l'exil, l'ignominie & l'efclavage font des maux inévitables pour des vaincus. Il faut céder à la fortune volage & demander la paix : tout m'invite à vous donner des confeils paifibles, eu égard à l'état où vous êtes réduits.

A peine le général eut-il fini fon difcours, que chacun applaudit à fon confeil. Il fut regardé comme le foutien de fa patrie. Chaque foldat remit fes armes, cafque, bouclier &

lance, afin d'en former une efpèce de trophée en fon honneur. On députa un des premiers officiers, avec un plein pouvoir d'accorder tous les articles qu'Aricdef voudroit exiger.

Le prince le reçut en vainqueur généreux ; & quoiqu'il fût en état de leur faire la loi, cependant il leur accorda des conditions raifonnables, & la paix fut arrêtée au pied de la montagne où s'étoit donnée cette fanglante bataille contre le tyran Tracius.

La campagne finie par cette paix, le prince Aricdef licencia fes troupes & retourna à la cour, où je fus contraint de le fuivre. Ce général, après avoir reçu les honneurs du triomphe, me préfenta au roi, & eut la bonté de lui faire mon éloge. Ce monarque nous combla de louanges ; & pour conferver la mémoire d'un fi heureux fuccès, il fit élever, en face de fon palais, une ftatue repréfentant la fortune, qui d'une main tient une corne d'abondance, & de l'autre un gouvernail, au haut duquel eft une couronne murale, avec ces mots autour : *la fortune de retour nous ramène l'abondance.*

# CHAPITRE VII.

*Suite de l'histoire de la princesse Marsine.*

PEU sensible aux louanges que je reçus de tous les courtisans, je me disposai à partir pour rejoindre Zachiel & Monime, de qui je me flattois d'en recevoir de plus sincères. Marsine devoit aussi partager mes soins ; mais je ne pus penser à cette princesse sans sentir renaître en moi le plus ardent desir de lui rendre service ; mon empressement cédant à ce désir, je ne voulus point quitter le prince Aricdef sans lui faire le récit des maux qu'avoit soufferts l'infortunée Marsine ; & pour l'intéresser plus vivement en sa faveur, je commençai par lui rappeller les malheurs du roi son pere : je n'ignore point, ajoutai-je, que le tyran Tracius vous a fait offrir de partager l'empire qu'il a usurpé sur Bélus, en vous unissant à sa fille ; mais la grandeur de votre ame, votre probité incorruptible, & cet amour pour la justice, vous ont fait mépriser des propositions qui ne pouvoient s'accomplir que par d'injustes moyens. Permettez que j'ose vous dire, seigneur, qu'il naît quelquefois des occasions que nous présente la fortune, dont on peut profiter ; lesquelles occafions, loin de ternir la gloire d'un illuftre conquérant, ne lui font offertes que pour la faire briller dans tout fon éclat. Vous favez toutes les trahifons que le tyran a employées pour fe rendre maître du royaume de Bellonie, qui appartient de droit à la princeffe Marfine par la mort du roi fon père.

Que prétendez-vous m'infinuer par ce difcours, dit Aricdef en m'interrompant ? J'aurois voulu pouvoir être utile à cette infortunée princeffe; mais depuis la fuite du roi fon pere, on a toujours ignoré le lieu de fa retraite; je n'en ai jamais entendu parler : fans doute que les malheurs l'auront précipitée dans le tombeau du roi fon père. Non, feigneur, repris je, elle eft encore pleine de vie; un déguifement la cache depuis long-tems aux injuftes Belloniens; elle vous eft même connue; fes rares qualités n'ont pu échapper à vos yeux, puifqu'elle a fervi dans votre armée avec le même emploi que vous avez bien voulu m'accorder, & Marfine & le chevalier Meilly ne font qu'une même perfonne ; vous favez quelle réputation elle s'eft acquife fous ce nom. Dieux! qu'entends-je, s'écria le prince d'un air extrêmement furpris? Ai-je donc pu méconnoître fi long-tems l'héritière du trône de Bellonie? Il eft vrai qu'un fecret penchant m'a toujours porté à la diftinguer

des autres officiers. J'admirois fur-tout en elle
cette candeur, cette vérité, cette générofité
& ce courage qui eft inféparable des grandes
ames ; mais pourfuivez & m'apprenez ce qui
a pu l'empêcher de fe trouver à l'action générale.

Jé racontai alors au prince la maladie de
Marfine, occafionnée par une fuite de fes chagrins, dont je lui fis le détail en y joignant les
raifons qui l'avoient engagée à prendre ce déguifement, afin de fe fouftraire aux cruelles
tyrannies de Tracius. Pourquoi, dit le prince,
a-t-elle refufé de m'honorer de fa confiance ?
Parlez, mon cher milord, je vous conjure, au
nom de notre amitié, de me dire par quel endroit j'ai pu m'attirer fa haine ; car quelle autre
raifon peut l'avoir empêché de me révéler un
fecret qu'elle vous a confié ? Je fais que vous le
méritez ; mais en fuis-je indigne ? Ah, feigneur,
que la princeffe eft éloignée d'une façon de
penfer fi injufte ! Il eft vrai, feigneur, que Marfine a permis que je fus inftruit de tous ces fecrets. Il en eft encore un que vos bontés devroient m'arracher fans doute, permettez.....
Je ne permets rien, dit le prince, encore un
coup ; parlez, mon cher milord, je le veux, je
l'exige, non pas en prince, mais en ami. C'en
eft trop, repris-je, je ne puis réfifter à cet excès
de bonté.

Alors je dévoilai au prince les tendres fentimens que la princeſſe avoit conçus pour ſes rares vertus, que la renommée ne ceſſoit de publier dans tout le monde. Je ne crus pas non plus devoir lui cacher tous les combats qui s'étoient élevés dans ſon ame par le deſir de ſe déclarer, la crainte d'en trop dire, celle d'une paix qui ruinât toutes ſes eſpérances. Je n'ai pu voir, ajoutai-je, cette infortunée princeſſe, ſans être touché. Une impreſſion de langueur & d'abattement, en éteignant la vivacité de ſa phyſionomie, la rend plus intéreſſante ; ſes yeux ternis par la douleur, ſemblables aux rayons du ſoleil échappés à travers les nuages, lancent, comme eux, des feux plus piquans ; ſon humiliation a toujours les graces de la modeſtie ; on ne peut la voir ſans la plaindre ni l'écouter ſans admiration.

J'eus le bonheur, par mon récit, d'inſpirer au prince Aricdef un ardent deſir de voir la princeſſe & de lui offrir tous les ſervices qui dépendroient de lui. Le prince fut prendre congé du roi. Ce monarque, qui l'aimoit beaucoup, ſurpris d'un départ auſſi précipité, voulut ſavoir les raiſons qui pouvoient l'obliger de s'éloigner ſi-tôt de ſa cour. Aricdef, qui s'attendoit à cette queſtion, n'héſita pas à ſatisfaire le roi. Il lui fit le détail de toutes les

infortunes qu'avoit effuyées la princeffe Marfine pendant tout le cours de fa vie; enfuite
il fupplia le roi par-tout ce qu'il crut de plus
capable de le toucher, de vouloir bien accorder fa protection à cette illuftre malheureufe,
qu'on ne pouvoit abandonner fans injuftice.
Ce monarque, furpris que la princeffe eût pu
réfifter à tant de maux, lui accorda non-feulement ce qu'il demandoit, mais il ajouta obli-
geamment qu'il ne pouvoit mieux reconnoître
les fervices qu'il venoit de rendre à l'état,
qu'en employant tout fon pouvoir & les raifons les plus convaincantes afin de déterminer la princeffe Marfine à partager fa couronne
avec un prince qui en foutiendroit la majefté
avec autant de juftice, de prudence & de gloire,
qu'il en avoit acquis par fon courage & fes
talens dans toutes fes campagnes.

Une grace accordée avec des éloges auffi
flatteurs de la part d'un roi plein de juftice
& de bonté, & dont le mérite feul a droit de
prétendre à fes faveurs, comblèrent de joie
le cœur d'Aricdef; fa reconnoiffance fe mani-
fefta par les affurances d'un refpectueux attachement & d'une entière foumiffion aux ordres
de fa majefté. Le roi lui ordonna de raffembler
fes troupes & de partir inceffamment pour ne
pas donner le tems à la fille de Tracius de for-

mer de nouvelles brigues dans la Bellonie.

Après que le prince Aricdef eut pris congé du roi, animé par un nouveau défir de gloire, & peut-être encore par celui d'un amour naiffant, ce prince s'étoit aifément rappellé les traits & la majefté de la taille du faux chevalier; il fentoit déjà ce germe d'une paffion qui l'entraînoit vers elle, & qu'il a confervé jufqu'à fa mort. L'appas d'une couronne prefque offerte a auffi-bien des attraits pour un cœur fait pour régner.

Ses ordres donnés aux officiers pour le rendez-vous des troupes, nous nous difpofâmes à partir. Je dépêchai un courier à la princeffe pour lui annoncer la vifite du prince & les grands deffeins qu'il avoit formés de la rétablir fur fon trône : mais nous fîmes une fi grande diligence, que nous devançâmes d'une heure le courier.

Marfine, autant par décence que par amitié, avoit continué de partager l'appartement de Monime. Ces deux charmantes perfonnes étoient enfemble lorfque nous arrivâmes; je leur préfentai le prince. Marfine parut d'abord un peu troublée; Monime fit briller la joie dans fes yeux, & le prince furpris de leur éclatante beauté, refta un inftant fans parler: mais fe remettant l'un & l'autre, ils eurent

enfemble une longue converfation, dans laquelle la princeffe fit briller la nobleffe de fes
fentimens, fa grandeur d'ame, l'étendue de
fon génie & ce courage qui l'avoit foutenue
dans toutes fes adverfités. Aricdef déjà prévenu en faveur de Marfine, prit dans ce premier entretien autant d'amour qu'elle defiroit
de lui en infpirer.

Pendant que le prince & la princeffe étoient
occupés fi agréablement, je me retirai avec
Monime dans l'embrafure d'une croifée pour
pouvoir nous parler plus librement. Nous nous
dîmes tout ce que l'amitié peut infpirer de plus
tendre à deux cœurs vraiment épris & qui ont
paffé long-tems fans fe voir. Monime s'expli-
quoit avec cette énergie qui caractérife le fentiment d'une ame noble. Elle m'apprit tous les
foins que Zachiel s'étoit donnés pour affurer
le bonheur de Marfine. Le génie avoit fait plufieurs voyages à deffein de difpofer les Belloniens à recevoir leur légitime fouveraine; & par
une fuite de fes foins ceux des fujets qui étoient
reftés fidelles à la princeffe, & qui avoient été
obligés d'errer çà & là dans divers royaumes,
s'étoient raffemblés lorfqu'ils apprirent la mort
du tyran Tracius, qui fut fuivie de la défaite
entière de fon armée; leur zèle les fit rechercher avec foin tous ceux que la crainte ou

peut-être l'intérêt avoient engagés à fuivre le
parti du tyran ; ils bannirent leurs craintes ,
ranimèrent leur zèle & leur fidélité , & firent fi
bien qu'ils furent en très-peu de tems en état
de former un corps de troupes affez confidérable.

Zachiel qui entra mit le comble à ma joie
par fa préfence , il me reçut avec cet amour
& cette cordialité d'un père qui chérit fon fils.
Après certaines politeffes d'ufage vis-à-vis des
grands , il confirma au prince tout ce que
Monime venoit de m'apprendre. Ces nouvelles ranimèrent les efpérances de la princeffe.
Il fut décidé qu'on fe mettroit dès le lendemain
en marche pour rejoindre ces troupes & les
animer par la préfence de leur fouveraine.
Monime voulut accompagner la princeffe ;
Zachiel, loin de s'y oppofer, parut charmé
de fa réfolution ; il ne doutoit pas que l'exemple de Marfine ne fervît à diffiper toutes fes
craintes.

Le prince Aricdef, à la tête d'une armée
de trente mille hommes de troupes aguerries,
ou pour mieux dire, de vainqueurs, joignit
en peu de tems celle de la princeffe. La jonction des troupes s'étant faite, on entra dans
la Bellonie ; mais cette princeffe qui vouloit
épargner le fang de fes fujets, envoya un hé-

raut

raut d'armes annoncer fon retour, & publier une amniflie générale en faveur de tous ceux qui voudroient rentrer dans leur devoir & viendroient fe ranger fous les étendards de leur fouveraine ; cette marque de fa clémence groffit confidérablement fon armée.

Cependant la princeffe Fauftine, fille de Tracius, qui venoit d'être couronnée, avoit un fort parti ; fes généraux employèrent toutes les forces du royaume pour la maintenir fur le trône : mais Aricdef leur ôta tous les moyens de le furprendre, & par fes foins il s'affura de toutes leurs démarches. Ce prince répandit dans le camp de Fauftine, à fa cour, dans fon Confeil, en tous lieux, des gens qui l'ob-fervent, qui découvrent fes vues, fes deffeins, fes projets, & qui en avertiffent Aricdef. Mal-gré les rigueurs de la faifon, le prince avance dans le pays, foutient plufieurs combats, affu-jettit des villes ; & pourfuivant les rebelles, il pouffe fes progrès. Les Belloniens furpris, confondus de fon audace, précipitent leur fuite, lui cèdent par-tout la victoire, font enfin contraints de fe rendre & de demander un pardon qu'ils n'ont pas de peine à obtenir.

La princeffe Marfine, après avoir reconquis fon royaume, reçut une magnifique ambaffade

de la part de l'empereur des Marfiens. L'ambaffadeur avoit ordre de la féliciter fur fon
heureux avénement, de l'affurer de fon amitié,
de renouveller à perpétuité un traité d'alliance, dont le principal article étoit d'accepter
pour époux le prince Aricdef. Marfine fit à
l'ambaffadeur la plus pompeufe réception, &
de l'aveu de tous les grands de fa cour, elle
répondit qu'elle étoit charmée que les vœux
de l'empereur s'acccordaffent fi bien à fon
penchant; qu'elle ne pouvoit mieux reconnoître la protection qu'il lui avoit accordée,
& en même tems les fervices que le prince
Aricdef venoit de lui rendre, qu'en partageant
avec lui une couronne qu'il s'étoit déjà acquife
par fon intrépide valeur, par fes rares vertus
& par des talens fi dignes de régner; que
d'ailleurs le prince ayant l'honneur de lui
appartenir par le fang, elle fe feroit toujours
gloire de cette alliance qui la mettoit en droit
de regarder déformais l'empereur comme un
père attentif au bonheur de fes enfans; elle
ajouta avec des graces infinies, qu'elle le
prioit d'affurer l'empereur que malgré tous
les avantages qu'elle trouvoit dans cette union,
l'intérêt y avoit moins de part que le choix
de fon cœur. Le prince, témoin de cette con-

verſation, ſe ſentit pénétré de la plus vive reconnoiſſance ; l'amour & la joie éclatoient dans ſes yeux.

La reine ne voulut point renvoyer l'ambaſſadeur qu'il n'eût été témoin de ſon mariage avec le prince. La cérémonie s'en fit avec une pompe & une magnificence dignes de ces deux époux. Ils furent couronnés le lendemain aux acclamations de tous les peuples. On apprit quelques jours après que la princeſſe Fauſtine, déſeſpérée de ſa chûte, s'étoit renfermée dans le temple de Pallas pour y conſacrer le reſte de ſes jours au culte de la déeſſe. Enfin l'aimable paix ſi long-tems déſirée vint fermer le temple de Janus, rétablit la confiance, bannit l'envie & la jalouſie ; le commerce reprit de nouvelles forces, les talens & les arts renaiſſent, les troupes congédiées ne ſont plus occupées qu'à joindre le myrthe à leurs lauriers, & chacun ne ſonge qu'à jouir du fruit de ſes glorieux travaux.

Aricdef & Marſine paiſibles dans leurs états, ne ſont occupés que du ſoin de rendre leurs ſujets heureux. Ce prince toujours humain, toujours ſage dans ſes projets, attentif à toutes les parties d'économie, à tous les objets de l'adminiſtration publique, à tout ce qui peut

aſſurer ou augmenter ſa puiſſance, ſa gloire &
le bonheur de ſes ſujets; on peut le comparer
à un protée qui prend à ſon gré mille formes
différentes. Sa vie eſt un livre que tous les généraux, même les grands princes devroient
étudier. Cette conduite le fait adorer de ſes
peuples qui comptent ſes jours par autant de
bienfaits. On diroit auſſi que la parque, attentive à leur commun bonheur, ſe plaît à
alonger la trame de ſes jours, afin de donner
le tems à ſes ſujets d'admirer ſes vertus & de
les faire germer dans leurs cœurs.

# CHAPITRE VIII.

Nous ne pûmes nous refuſer au plaiſir d'attendre le retour du printems à la cour d'Aricdef.
La reine, attachée à Monime par les liens de
la plus tendre amitié, eût bien voulu l'engager
de ſe fixer auprès de ſa perſonne, elle lui fit à
ce ſujet les plus brillantes propoſitions pour
mon établiſſement, & le roi ſe joignant à Marſine, il nous eût été très-difficile de réſiſter à
leur empreſſement ſans l'éloquence de Zachiel
qui leur fit ſentir la néceſſité où nous étions de
continuer nos voyages.

Quoique logé dans le palais du roi, nous étions néanmoins obligés de paſſer pluſieurs cours & une prodigieuſe quantité d'apparte-mens avant d'arriver à ſon cabinet. Ces appar-temens étoient toujours remplis de gens qui venoient ſolliciter des penſions ; ceux-là un gouvernement ; ceux - ci le commandement d'une place ; d'autres la garde d'un fort ; quel-ques-uns des compagnies, & un très-grand nombre demandoient de petites plaques d'or qui repréſentent la figure du dieu Mars envi-ronné de gloire : cette plaque eſt une marque qui conſtate leur courage, qui les annoblit & les fait reſpecter des ſoldats & du peuple. Ce concours de prétendans formoit une foule qu'il étoit difficile de pénétrer.

D'autres vieux officiers hors de combat, nouvelliſtes, gais ou taciturnes, malgré la ri-gueur de la ſaiſon, ſe raſſembloient par pelo-tons dans les jardins du palais : là, ſans craindre le vent de biſe, ils s'échauffroient à régler l'é-tat en diſputant ſur le jugement que chacun portoit ſur toutes les affaires. L'étendue de leur vue perçoit dans le cabinet des princes & ſem-bloit en découvrir les ſecrets les plus impé-nétrables.

Curieux de les entendre raiſonner, je me

rendis un jour dans le jardin. Je m'acoftai d'un vieux militaire qui me parut rempli de bon-fens. Après quelques tours d'allée je lui de mandai quelles étoient les loix des Belloniens. Nos loix, dit l'officier, fe rapportent toutes à la guerre. Nos légiflateurs n'ont pour but que la victoire, c'eft pourquoi ils nous recomman-dent de tenir toujours nos citoyens occupés à des exercices militaires, fans leur permetre de fe livrer à aucune autre profeffion, finon à ceux qui ont vieilli dans le métier des armes, & que la foibleffe de l'âge, ou les bleffures qu'ils ont reçues, rendent incapables de fervir. Ainfi, lorfque nous fommes en paix, ils doivent étudier avec la même diligence tous les moyens de faire la guerre avec avantage, en exécutant au moindre fignal tous les ordres de celui qui les commande, car les troupes font un corps dont le général eft la tête; il faut qu'il ranime fes efforts, puifque leurs deftins font commis à fa prudence & à fon habileté, qu'il veille lorfqu'ils dorment. De lui feul dépend la fûreté des foldats. Il doit établir une bonne difci-pline, s'oppofer aux cruautés. Tout général qui fouffre le carnage, qui pille, ravage & permet les excès, eût-il conquis la moitié du monde, la voix des peuples contre lui réunie oublie tous ſes exploits, ne voit plus que ſa tyrannie, & le regarde comme un tigre altéré de ſang. Avec des connoiſſances auſſi étendues dans l'art militaire, vous méritiez, monſieur, de commander. Ces principes, reprit-il, n'ont jamais été goûtés de Tracius : trop plein de ſon orgueil, il ne prenoit conſeil de perſonne; c'eſt ce qui l'a conduit à ſa perte. Le roi qui vous gouverne actuellement a toujours ſuivi exactement ces maximes; il rend juſtice au mérite, & n'accorde les honneurs militaires qu'à ceux qui ſe ſont diſtingués par des actions d'éclat, ſans égard à la naiſſance. Je le ſais, dit l'officier, mais je ſuis trop vieux à préſent pour m'aſſujettir à faire ma cour; je cède aux jeunes courtiſans le précieux avantage de mériter ſes bienfaits.

Pendant notre ſéjour à la cour nous y fûmes régalés de pluſieurs fêtes galantes, où Monime fit briller ſes graces & y captiva plus d'un cœur. Occupés le reſte du tems à faire notre cour, à recevoir des viſites, ou à en rendre, il eſt certain que nous n'eûmes pas le tems de nous ennuyer. Dans le nombre des galans de Monime, j'en remarquai un qui me parut plus aſſidu que les autres; c'étoit un jeune colonel tout rempli de lui-même, qui tournoit mé

thodiquement les yeux & la bouche, toujours
muni de petits traits d'hiſtoire chroniques &
méchants, qu'il débitoit dans des termes propres aux perſonnes de ſon eſpèce. Nous ne fai-
ſions pas un pas ſans le rencontrer ; je crois
qu'il avoit le don de ſe multiplier. Il vint un
jour chez une femme où nous étions invités à
ſouper ; après qu'il y eut débité un tiſſu de fa-
daiſes qui n'avoient pas le ſens commun, il
ſe leva pour ſortir. Comment, dit la maîtreſſe
de la maiſon, vous ne ſoupez pas ici ? Non,
dit-il, je dois me rendre chez la maréchale qui,
comme vous ſavez, m'honore de ſon eſtime. En
vérité, je ſuis déſeſpéré de ne pouvoir pas profiter plus long-tems d'une compagnie ſi radieuſe : mais les viſites m'excèdent, elles me
pétrifient ; cependant perſonne n'en rend &
n'en reçoit plus que moi ; mon ſuiſſe ne peut
ſuffire à les écrire, & mes chevaux, que je
force auſſi eux-mêmes d'être martyrs de la
mode & du bon ton, tombent ſur les dents
ainſi que mon coureur. Que dites-vous de cet
aimable cavalier, demanda malicieuſement
Monime à une femme qui n'avoit ceſſé d'applaudir à toutes ſes niaiſeries ? Il eſt charmant,
dit la dame. Il faut convenir que c'eſt un homme
adorable, plein d'eſprit, rempli de graces, amu-

fant au poffible, qui nuance une tapifferie à enlever, qui affortit des porcelaines à étonner, qui a un goût délicieux dans le choix des ma-gots, qui eft toujours radieux dans fes parures, dans fes meubles, dans fes équipages; enfin c'eft un homme divin. Il eft vrai, dis-je, que voilà de rares & utiles qualités pour un militaire.

Je remarquai que les occupations de prefque tous les jeunes officiers qui habitent le monde de Mars, reffembloient affez à celles qu'on venoit de nous faire admirer. Ces occupations font analogues à leur caractère. Leur premier foin en s'éveillant eft de penfer à leur parure; la matinée fe paffe fans qu'ils fé puiffent déter-miner fur l'habit qu'ils mettront; le choix de la couleur les embarraffe. Il en eft qui relèvent les teints pâles; d'autres fervent à diminuer & à adoucir le rouge de ceux qui fe font échauffés par les veilles, le jeu, la table, oú à quelques autres exerçices. Il faut donc confulter fon miroir; on a peine à fe décider. Si on paffe la journée avec la belle Julie, dont les vapeurs la font évanouir à chaque inftant, on dóit néceffaire-ment arborer le tendre & le férieux; mais fi l'aimable Dorine s'y rencontre, on veut auffi lui plaire, & un ton fépulchral la tient au fup-plice.

Le valet de chambre qui ne comprend rien à tout ce raisonnement, se persuade que les irrésolutions de son maître ne sont causées que par l'embarras de choisir un habit qui ne dépare point les femmes auxquelles il a dessein de donner aujourd'hui la préférence. Il admire cette délicatesse recherchée dans son maître. Accoutumé à dire librement son sentiment sur des choses beaucoup plus sérieuses, il le tire d'inquiétude : mettez, monsieur, un habit bleu, cette couleur sied également à la blonde comme à la brune. Cet oracle le détermine ; il vaut à ce domestique une partie de sa garde-robe ; on continue la toilette ; on donne des ordres à son coureur qu'on envoie impitoyablement dans les quatre quartiers de la ville faire des complimens à des femmes qu'on a quittées à cinq heures du matin, & qu'on compte revoir le soir. Cependant on s'occupe d'une bourse dont les nœuds sont du dernier goût ; mais le toupet, l'arrangement des boucles, est beaucoup plus long que la coëffure d'une femme à qui on fait un nouveau parquet à son chignon.

Lorsqu'on s'est donné bien des peines & des soins à parer sa figure, que lui-même a composé tous les traits de son visage, qu'il a étudié dans ses glaces différentes attitudes qui doivent

le rendre plus agréable, notre jeune colonel se
croit plus charmant qu'Adonis ; il part comme
un éclair dans un char magnifique pour se faire
admirer chez plusieurs femmes à qui il dit à
chacune une épigramme sur toutes les autres,
débite une histoire qu'il vient de composer &
qui n'a pas le sens commun ; il entremêle sa
conversation de quelques fades douceurs qu'il
débite d'un air distrait ; prend une main, la
baise, en regardant si ce baiser fait quelque
impression ; proteste qu'il n'a jamais vu de femme
aussi radieuse, s'interrompt, soupire machinalement, fait une révérence, & vole chez une
autre répéter la même scène de cette comédie.

La beauté de Monime lui attira bientôt les
hommages de tous les grands. Nous fûmes un
jour visités par un de ces hommes que le hasard plaît à élever au-dessus de leur naissance :
Doronte étoit son nom ; sa fortune étoit établie sous le règne du tyran, qui, de simple
soldat, l'avoit élevé aux plus hautes dignités.
Contraint de les abandonner sous le nouveau
règne, il jouissoit néanmoins de certains honneurs & des immenses richesses dont Tracius
l'avoit comblé ; mais plein d'orgueil & de fatuité, il méprisoit souverainement les personnes qu'il avoit connues dans sa médiocrité ; il

avoit perdu totalement la raifon, à peine vé-
gète-t-il ; le jugement égaré, il fe rappelloit
avec douleur fon premier état ; la moitié de fa
vie eft pour lui un fupplice affreux qui le fera
peut-être mourir de vanité : on le voit enfin
fuccomber fous le poids de l'orgueil que lui a
donné le pofte qu'il occupoit ; mais il n'eft pas
le feul que la fortune prive de jugement par fes
dangereux charmes. Il eft peu de gens qui aient
l'ame affez forte pour fe défendre des pièges
qu'elle leur tend. Zachiel nous fit remarquer
que l'expérience nous montre que dans tous les
tems les plus grands hommes ont été fujets,
ainfi que le vulgaire, au défaut de fe laiffer
aveugler par la fortune. Ils ont juftifié ce que
dit Afdrubal dans le Sénat, lorfqu'il établit pour
maxime certaine, qu'on voyoit très-rarement
le jugement avec la bonne fortune. Ceux qui fe
font le plus appliqués à connoître le cœur humain, regardent l'union de la fageffe & de la
profpérité comme une chofe prefque impoffible.
L'amour propre a trop d'influence fur les hommes, pour ne leur pas perfuader aifément qu'ils
ne doivent attribuer qu'à leur feul mérite ce
qui n'eft fouvent qu'un pur effet du hafard. Les
plus grands hommes font fujets aux mêmes défauts. En examinant les hiftoires anciennes &

modernes, on trouve que les caractères de ceux qui ont été favorisés de la fortune font presque tous devenus plus méchans par les heureux succès qu'ils ont eus.

Alexandre, en fortant de la Grèce, étoit vertueux & humain : lorsqu'il eut vaincu les Perfes, il devint débauché & cruel, fit périr plufieurs de fes capitaines, ordonna qu'on expofât Lifimacus aux bêtes féroces, tua Clitus fon favori dans un feftin, prit l'eunuque Bagoas qui appartenoit à Darius, pour le faire fervir à un ufage honteux ; enfin l'orgueil que lui infpira fa bonne fortune le rendit affez infenfé pour vouloir être regardé comme une divinité.

Sylla ne commit les cruautés qu'il exerça contre fes compatriotes, qu'après avoir été comblé des faveurs de la fortune dans toutes les guerres qu'il avoit entreprifes : les profcriptions dont il remplit Rome & toute l'Italie, furent les fuites de ces heureux fuccès. Plufieurs exemples pourroient encore vous être cités, continua le génie ; mais ceux-ci doivent fuffire pour vous faire voir que la haute naiffance ne garantit pas toujours des écueils tous ceux que la bonne fortune favorife. Un homme élevé au-deffus des autres, croit fouvent être en droit de fe permettre toutes fortes d'excès ; il

oublie que sa naissance est un roc élevé, où
il paroît à découvert, où l'on voit ses desseins
& les secrets motifs qui le font agir, & où le
public, juge impartial de ses actions, pro-
nonce impunément son arrêt; le masque de
la vertu ne trompe qu'un tems, sa pénétration
le fait lire au fond des cœurs, & d'un air suprême il condamne tous les grands : dignités,
richesses, honneurs, rien n'arrête sa censure;
leur éclat les décrie; un faux pas les perd;
informé de tous leurs écarts, on les publie;
ses vertus sont effacées, & cette aurore brillante qui sembloit présager des jours fortunés,
est bientôt éclipsée par la mauvaise politique.
Il est peu de princes qui emportent au tombeau
les regrets de la nation, dont ils ont mérité l'attachement au commencement de leur règne.

Le terme que Zachiel avoit accordé au roi
& à la reine étant expiré, nous nous dispo-
sâmes à suivre le génie dans le cinquième ciel.
Je ne rapporterai point la dernière conversation que nous eûmes en prenant congé de leurs
majestés. Cette conversation peu suivie nous
fit connoître la douleur qu'ils ressentoient de
notre séparation, par la violence qu'ils se firent
en consentant à notre départ. L'indifférence &
la froideur trouvent aisément des paroles; mais

les foupirs, l'attendriffement & les larmes font le vrai langage de l'amitié : Monime n'en put employer d'autres, & la fenfibilité de fon cœur ᵺ plus d'impreffion fur celui du roi & de la reine, que le difcours le plus éloquent.

Nous laiffâmes ce royaume plus floriffant qu'on ne l'eût encore vu. Jamais le trône n'avoit été rempli par un roi auffi favant dans l'art de régner. Uniquement occupé de l'agrandiffement de fon royaume, il ne perdoit point de vue le defir d'étendre fa domination ; fon affabilité & la facilité qu'il avoit de s'exprimer, lui gagnoient les cœurs de tous ceux qui l'approchoient, & fa libéralité les lui attachoit fans retour. Les preuves qu'il avoit données de fon intrépidité dans les dangers, de fon inébranlable fermeté dans les revers, lui attirèrent toute leur confiance. Ce prince étoit inépuifable dans fes reffources ; on peut dire que les deffeins les plus compliqués n'étoient pour lui qu'un jeu d'imagination, laquelle, auffi vafte que féconde, lui procuroit les moyens d'exécuter avec autant de rapidité qu'il projettoit facilement.

Les arts, enfans du repos & de l'abondance, reparurent à la cour d'un prince devenu par fes conquêtes affez puiffant pour les protéger.

Il aime les lettres, en connoît le prix, récompense ceux qui les cultivent, & s'y applique souvent lui-même.

*Fin du premier Volume.*

**TABLE**

# TABLE
## DES VOYAGES IMAGINAIRES
### Contenus dans ce Volume.

*Troisième Ciel.* VÉNUS.

*Fin de la Table.*

Contraste insuffisant ou
différent, mauvaise qualité
d'impression

Under-contrast or different,
bad printing quality

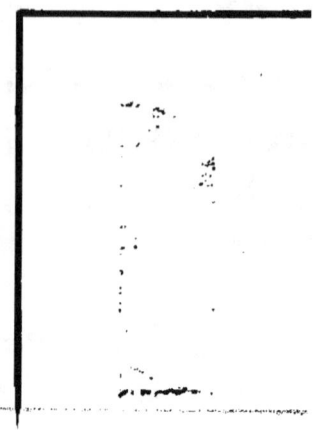